周梅森

反腐小说经典系列

NATIONAL PUBLIC
PROSECUTION

国家公诉

周梅森 / 著

江苏凤凰文艺出版社

图书在版编目（CIP）数据

国家公诉 / 周梅森著. —— 南京：江苏凤凰文艺出版社，2017.4（2025.9 重印）

ISBN 978-7-5594-0285-1

Ⅰ.①国… Ⅱ.①周… Ⅲ.①长篇小说－中国－当代 Ⅳ.①I247.5

中国版本图书馆 CIP 数据核字(2017)第 068313 号

书　　　名	国家公诉
著　　　者	周梅森
责 任 编 辑	李　黎　孙金荣
出 版 发 行	凤凰出版传媒股份有限公司 江苏凤凰文艺出版社
出版社地址	南京市中央路 165 号，邮编：210009
出版社网址	http://www.jswenyi.com
经　　　销	凤凰出版传媒股份有限公司
印　　　刷	江苏凤凰通达印刷有限公司
开　　　本	718×1000 毫米　1/16
印　　　张	21.75
字　　　数	330 千字
版　　　次	2017 年 4 月第 1 版　2025 年 9 月第 7 次印刷
标 准 书 号	ISBN 978-7-5594-0285-1
定　　　价	42.00 元

（江苏文艺版图书凡印刷、装订错误可随时向承印厂调换）

周梅森，一九五六年出生，江苏徐州人，当过矿工、文学编辑，现任中国作家协会主席团委员、江苏省作家协会副主席、专业作家。出版有《周梅森文集》、《周梅森政治小说读本》及《黑坟》、《沉沦的土地》等中长篇小说七十三种；改编并参与制作长篇电视连续剧《人间正道》、《中国制造》、《绝对权力》、《至高利益》、《我主沉浮》、《国家公诉》、《我本英雄》等十余种；多次获国家图书奖、五个一工程奖、全国优秀畅销书奖、中国电视飞天奖、金鹰奖；其代表作中篇小说《军歌》获第四届全国优秀中篇小说奖。

目录

第一章　大火骤起 …………………………………… 001

第二章　案情追溯 …………………………………… 027

第三章　泰山压顶 …………………………………… 050

第四章　是人是鬼？ ………………………………… 073

第五章　重大突破 …………………………………… 090

第六章　诡秘的举报者 ……………………………… 113

第七章　挺住，你没有退路 ………………………… 136

第八章　生存还是死亡？ …………………………… 162

第九章　零点拘捕 …………………………………… 179

第十章　惊心动魄三小时 …………………………… 196

第十一章
黑名单 ·· 213

第十二章
沉重的职责 ·· 232

第十三章
法庭上的较量 ··· 248

第十四章
水涨船高 ··· 265

第十五章
果然有好戏 ·· 290

第十六章
现在轮到了你 ··· 312

第十七章
国家公诉 ··· 326

第一章　大火骤起

1

二〇〇一年八月十三日,长山那把大火烧起来的时候,叶子菁正在市人大主任陈汉杰家汇报工作。不是她想去汇报,是陈汉杰要找她通通情况。叶子菁记得,自己是吃过晚饭后去的陈家,时间大约是七点多钟,天刚黑下来,古林路5号院里竹影摇曳,一片迷离。叶子菁于摇曳的竹影中,踏着卵石小径走向小楼时,正见着陈汉杰在楼下客厅的大书案旁磨墨,进得门来,便嗅到了一缕淡淡的墨香气。

陈汉杰见叶子菁到了,仍没离开书案,和叶子菁寒暄了几句,就铺展宣纸,操练起了书法。是岳飞的《满江红》,陈汉杰平常最爱操练的诗文之一,叶子菁在许多场合见识过。当时,那场巨大的灾难还没降临,叶子菁心情挺不错,便站在一旁欣赏着,和陈汉杰开起了玩笑:"老书记,这么多年了,您还壮怀激烈啊?"

陈汉杰自嘲说:"啥壮怀激烈?子菁啊,我现在是白了少年头,空悲切喽!"

叶子菁笑道:"看您说的,您老现在德高望重啊!哎,传我来有什么指示?"

陈汉杰边写边说:"我哪来这么多指示?就是请你检察长来通通气!"

当时气氛挺宽松,陈汉杰的语气也很随便,然而,通的气却意味深长。

陈汉杰先说起了上访专业户崔百万的事:"子菁啊,崔百万现在到我们人大信访办'上班'了,前几天还拦了我的车,要人大出面干预他的破产诉讼案。崔百万可是长恭同志当市长时树起的致富典型啊,案子又是法院判的,我们人大怎么好干预啊?总不能让崔百万到省城找长恭同志吧?长恭同志现在可是常务副省长了!子菁,你们检察院得在法律监督上多做点工作啊,看看法院判的是不是有道理呢?"

叶子菁禁不住一阵头皮发麻,马上想到:面前这位老领导该不是要出他以前的搭档王长恭的洋相吧?陈汉杰做市委书记时,和市长王长恭面和心不和,叶子菁是知道的,据说当年提名她做检察长,王长恭还在常委会上婉转地抵制过,陈汉杰没买账。在长山许多干部群众眼里,她是陈汉杰线上的人。不过,天理良心,在此之前,陈汉杰从没对她说过多少工作之外的话,更谈不上什么感情笼络,这位老领导给她的印象是:老成持重,公允平和,除了重要的干部人事安排,一般不坚持什么。王长恭正好相反,风风火火,闯劲十足,是公认的有气魄的开拓型干部。市长强书记弱,在他们那届班子是个不争的事实。也正因为如此,王长恭破格提上去了,进了省委常委班子,做了常务副省长。据说陈汉杰心里是不太服气的。

崔百万的事叶子菁也知道,报纸电视上曾经猛炒过一阵子。崔百万靠养狐狸闯出了一条致富之路,住上了价值上百万的大别墅,引起了王长恭的注意。王长恭就出面抓了这个典型,向省里汇报后,邀了一帮欠发达地区的县长、县委书记到崔百万的狐狸养殖场开现场会。贷款也是王长恭亲自批的,要市农行特事特办,市农行也就特事特办了。嗣后,长山地区的狐狸多得成了灾,价格一落千丈,崔百万破产也在情理之中了。市农行到法院起诉追债,法院查封崔百万的财产其实都很正常。

叶子菁觉得陈汉杰没有必要在这种事上做王长恭的文章,气量太小了嘛!嘴上却也不好多说,更不敢劝,只道自己一定抽时间亲自过问一下,还开玩笑说了句:"老书记,您跟崔百万说,让他别烦您了,以后就到我们检察院信访室'上班'吧!"

陈汉杰的风格是点到为止。崔百万的事不说了,把《满江红》写完,漫不经心地磨着墨,又说起了另一桩案子:"还有矿区公安分局收赃车的事,也举报到我们人大来了。子菁,我可和你说清楚:这不是匿名信啊,全是有名有姓的,好几封哩,我都批转给你们检察院了。你检察长大人看到了没有啊?有什么说法呀?"

叶子菁赔着小心说:"我们已经向公安机关发出立案通知书了。"说罢,又补充了一句,"收购赃物罪不在我们检察院管辖范围,应该由公安机关立案侦查!"

陈汉杰在书案上铺展着纸,不无讥讽地说:"好嘛,啊?让他们自纠自查!"

叶子菁听出了陈汉杰的不满,解释说:"老书记,您的批示我们很重视,我也向矿区检察院布置了,虽然由公安机关立案查处,但我们一定监督到底!"

陈汉杰不悦地点了点头:"那好,子菁,我希望你们好好监督,这件事的性质很恶劣!我们公安局是干什么的?办案抓贼的嘛。现在倒好,和一伙盗车贼搅到一起去了,人家盗车,他们收车!真给我们执法部门长脸啊!江正流这个公安局长是怎么当的啊?当真警匪一家了?果真如此,他公安局门口的标语就得改,别警民团结如一家了,改成警匪团结如一家吧!'警匪团结如一人,试看天下谁能敌'!"

叶子菁心中一惊,苦笑道:"哎,老书记,这……这言重了吧?"

陈汉杰摆摆手,又说了下去,说得越发明白了:"子菁同志,对江正流你要警惕,现在看得比较清楚了,这个同志人品比较差,没原则,少党性,也缺乏法制观念,摆到市公安局长的位置上恐怕是个错误,是长恭同志留下的一个隐患啊!"

叶子菁真没想到,在大火即将烧起来的这个灾难之夜,前任市委书记陈汉杰会这么评价自己任上提拔起来的一个公安局长,会这么赤裸裸地和她交底交心,这在陈汉杰的从政生涯中如果不是绝无仅有,也是很少有的,这不是陈汉杰的风格。

陈汉杰沉着脸,继续说:"子菁,有些话我今天不能不说了。我离开市委书记岗位前犯的最大的一个错误,就是用了这个公安局长。是长恭同志提的名。江正流和长恭同志的关系大家都知道,一九九七年长恭同志就想让江正流做检察长,是我顶住了,坚持用了你。去年郑局长调省公安厅后,长恭同志又想起了江正流,我当时要从市委书记岗位上下来了,就没有再坚持,就犯下了这么一个历史性错误!"

叶子菁笑着,婉转和气地劝说道:"老书记,也别说是什么历史错误,江正流总的来说干得还不错嘛,对您老领导和长恭副省长也都还是比较尊重的……"

陈汉杰自嘲地一笑:"尊重?他尊重的是王长恭,不是我!我没戏了,上不去了,这个小人就要我的好看了!听说了没有?人家要办我家小沐的涉黑案呢!"

叶子菁这才恍然大悟:看来老领导找她通情况的真正目的是他儿子

的问题!"

关于陈汉杰的小儿子陈小沐,社会上的说法很多,有的说陈小沐打着陈汉杰的旗号四处敛财,有的说陈小沐靠他老子的庇护,走私骗税发了大财,还有的说陈小沐是二杆子,净给人家当枪使,并没发什么大财……反正说什么的都有。不过,叶子菁做了这四年检察长,倒还没见有陈小沐的案子移送过来,涉黑更是头一次听说。

叶子菁便道:"老书记,我负责任地告诉您,这个案子公安局还没送过来。"

陈汉杰郁郁道:"公安局如果移送了,你和检察院就依法办吧,该怎么起诉怎么起诉,在长山市谁也没有超越法律的特权嘛!不过,有个话我也得说在前头,谁想拿小沐的那些烂事做我的文章也没那么容易!"他又禁不住激动起来,"警匪勾结收赃车不叫涉黑,陈小沐做点小生意倒涉黑了,那就扫黑嘛。啊,彻底扫一下!"

叶子菁本想劝陈汉杰几句,让老领导管好自己的儿子,可偏在这时,电话响了起来,是市人大值班室一位秘书长打来的,说是解放路44号大富豪娱乐城发生特大火灾,现场一片混乱,伤亡很严重。陈汉杰一听,急眼了,在电话里就向值班室要车。叶子菁想起自己的车在门外停着,便让陈汉杰不要等了,坐自己的车走。

和陈汉杰一起出门时,叶子菁看了一下表:二十一时二十分。

刚出大门,就看到了一片撕破夜幕的冲天火光。着火的大富豪娱乐城位于市中心,市委宿舍区在城西,中间隔了三四公里,火光仍是那么触目惊心,仿佛一轮太阳凭空跌落下来。陈汉杰很焦虑,上车后没关门就催促开车,而后用手机不断地打电话,先打到市政府值班室,得知值班秘书长已到了现场,又把电话打到了现场。

市政府值班秘书长沙哑着嗓门,在电话里向陈汉杰做了初步报告,说是现场情况十分糟糕,火势很大,有毒气体四处弥漫,大约有好几百人被困死在大富豪娱乐城内,预计后果可能极为严重。更要命的是,解放路商业区道路狭窄,消防车根本开不进去,目前消防支队的同志正在积极想办法,已就近接通了五个消防栓……

陈汉杰对着手机嘶喊道:"别说这么多了,救人,现在最要紧的是救人!"

值班秘书长急促地说:"是的,是的,陈主任,已经这么做了,第一批伤员和死难者抢出来了,现在……现在还在不断地往外抬死人,已经超过八十人了……"

叶子菁当时就觉得问题很严重,这场火灾不论怎么发生的,反正是发生了,将来的公诉不可避免。出于职业性敏感,叶子菁当即想到了收集、固定现场证据。以往的办案经验证明:在这种混乱时刻,能够证明案情真相的原始证据很容易移位换位,甚至消失。于是,叶子菁在陈汉杰打电话的同时,也操起手机紧张地打起了电话,找到了手下的副检察长张国靖和陈波,要他们立即带人赶往火灾现场待命。

与此同时,他们挂着警牌的桑塔纳轿车拉着警笛,左突右冲,一路狂奔。

随着车轮的飞速转动,火光越来越近,越来越亮,先是在高远的天空闪烁,继而从一座座高楼大厦的间隙挣扎出来,将车前的道路映照得一片通明。叶子菁注意到,他们的警车一路过去时,不断有救火车呼啸着,从几个方向赶往解放路……

2

二○○一年八月十三日,中共孜江省委常委、常务副省长王长恭到南坪市检查工作。从南坪市返回省城途中,王长恭悄悄在长山下属贫困县川口下了车,想了解一下川口镇希望小学的建设情况。事先王长恭特意交代过秘书小段:此事不能声张,不和长山市领导打招呼,当晚也不在长山落脚,到川口镇看看希望小学就走。

没想到,长山市委、市政府的领导没来,川口县委领导一个不少,全来了,列队站在界碑前恭迎,路边各式轿车停了一大排。进镇后,还搞了个让王长恭哭笑不得的欢迎仪式。王长恭先还隐忍着,可看到在大太阳下晒得满头汗水的孩子们,终于忍不住了,拉下脸来批评说:"你们这些同志都怎么回事啊?抓经济奔小康没能耐,搞这种形式主义的玩意倒轻车熟路!我今天再强调一下,这种形式主义的东西不能再搞了!别人我管不了,我就说我自己,我下次再来,你们该干什么干什么,不许这么虚张声势,吹吹打打,更不准搞什么界迎界送,你们不累我还累呢!"

县委书记王永成挨了训并不生气,赔着一副生动的笑脸解释说:"王省长,这次不是情况特殊嘛,咱川口是您的老家,您对家乡又这么有感情,捐资三十二万帮我们镇上建了座希望小学,我们家乡干部群众总……总得尽点心意嘛!"

听了这话,王长恭又不高兴了:这三十二万是他女儿结婚时省城和长山市一些干部送来的礼金,拒收办不到,退回去又不可能,他才捐给了家乡的希望小学,根本不想这么四处张扬。于是,便点名道姓批评王书记说:"王永成,我跟你说过多少遍了?你怎么就是不改口啊?这三十二万是我捐的吗?作为一个国家公务员,我哪来的这三十二万?这是长山和省城一些同志们捐的,我不过经了一下手罢了!"

在王永成等人的陪同下,走进希望小学新砌的三层教学楼,看着明亮的门窗,崭新的桌椅,王长恭脸上才浮出了一丝笑意。看得出王永成这个本家县委书记还是尽了心的,三十二万的捐款实打实用在教育上了,估计县里和镇上还多少贴了点钱,这就好。这笔钱捐出去后,王长恭就怕王永成这帮小官僚挪做它用。在长山当市长时,王长恭就领教过王永成一回。好像是一九九七年,王永成跑来汇报说,川口境内发现了一座了不起的汉墓,十分珍贵,还说国家和省文物局要给钱保护,前提是市里也得配套出血,他便从市长基金里批了二十万。结果倒好,全让王永成补发工资了,不但市里的二十万、省里的十五万,就连和国家文物局的三十万也差不多全发了工资,害得国家文物局和省里再没给长山市拨过一分钱文物保护经费。

王永成似乎也看出了王长恭此行的目的,半开玩笑半认真地说:"王省长,我知道您这次来还是不放心我,怕我们又把这笔钱借用了,其实我们哪敢啊!再穷不能穷了教育,再苦不能苦了孩子。再说,我们还盼着下回您给捐个希望中学哩!"

王长恭哭笑不得:"王永成,你知道的,我就这么一个女儿,没下回了!"这话说完,又感叹起来,"也是的,公事公办,让他们捐资助学,一个个跟我哭穷叫屈,我女儿结婚,没请没邀,一个个全到了,轰都轰不走,都大方得很哩!"

王永成说:"也算是坏事变好事了。瞧,孩子们有这么好的地方上学了!"

王长恭抱臂看着面前的新校舍,沉思着,不无忧郁地说:"这件事孤立地看,也许是坏事变好事,联系到目前的社会风气来看,问题就比较严重了!这是正常的人情来往吗?我看不是,变相的权钱交易嘛!我不当这个常务副省长,肯定没有这么多人跑来凑热闹!所以,你们都给我小心了,千万别在廉政问题上栽跟头!"

　　王永成连连应道:"是的,是的,在廉政方面,我们一直抓得比较紧。"

　　王长恭语重心长地告诫说:"组织上抓紧是一回事,自身怎么做又是一回事。我知道,真正搞好廉政很难。市场经济条件下,你手上的权力完全可能变成商品,只要你手上有权,不要你去找钱,钱会主动跑来找你。怎么办呢?我这里有三条经验,不妨说说:一拒绝,二回赠,三捐献。实践的结果证明,还是有些作用的!"

　　王永成讨好道:"所以咱长山干部才说,您比陈汉杰同志了解中国国情!"

　　王长恭这才想起了过去的老搭档:"哦,老陈这阵子怎么样?情绪还好吗?"

　　王永成挤了挤眼,意味深长地说:"好什么?牢骚大着呢,背后没少损您!"

　　王长恭知道,自家这位远房表侄官运不佳,调来调去做了八年县委书记,一直没提上个副市级,对原市委书记陈汉杰意见很大。在长山做市长时,王永成曾经跑来找过他,送过简历。他碍着情面,嘴上答应帮忙,可在其后两次研究干部问题的市委常委会上都没为王永成说过什么话,一直到调离长山都没说过。王永成不知就里,便把这笔卧槽的烂账理所当然地记到了陈汉杰头上,抓着机会就攻陈汉杰。

　　此刻,王永成又把早秃的脑袋凑了过来,声音也压低了许多:"王省长,听说了吗?陈汉杰正怂恿养狐狸的崔百万到省城找你哩。还说了,这致富典型既是您亲自抓的,崔百万的大别墅又是您支持盖的,就该把别墅卖给您,让您替他还贷!"

　　王长恭心里很火,脸上却在笑,口气也很轻松:"那好啊,我这常务副省长就别当了,和崔百万一起养狐狸去吧!"话一出口又担心出言不慎会被王永成这帮人利用,便果断地结束了这个话题,不无愠意地对王永成说,"少传这些没根没据的话吧,我看老陈不会这么没水平!方便的时候,代我向老陈问个好,就说我想他哩!"

王永成看到苗头不对,把一肚子煽风点火的话咽了回去,又说起了别的。

看过希望小学,原准备马上赶回省城,王永成死活不答应,一定要王长恭吃个便饭。毕竟是自己的家乡,王长恭不好不给面子,却又怕王永成喋喋不休"汇报工作",便说:"那就抓紧时间开饭,简单一点,一人一碗手擀面,吃过赶路!"

王永成连连应着:"好,好,王省长,那咱们就简单,尽量简单!"

到县委招待所小饭厅坐下一看,并不简单,鸡鱼肉蛋上了一大桌子,大碗大盘子五彩缤纷,上下码了两三层,凉的热的一起上来了,整个一土老财请客。王长恭马上得出了结论:川口县这些年怕还是欠发达,不但是经济,各方面都欠发达,这帮小官僚想瞎造都造不出个水平来。酒倒是好酒,五粮液,可王长恭一口不喝就敢判定是假酒。在长山做市长时,川口出产的假五粮液坑了他不止一次。

坐到桌前了,不吃也不行,身为常务副省长的王长恭只好再次顺应国情,硬着头皮吃了起来。王永成和川口的干部敬酒,王长恭一口不喝,只用矿泉水应付。王永成表白说,这五粮液绝对是真的,是办公室主任亲自跑到城里专卖店买的。王长恭仍是不喝,却也不反对陪客的这帮小官僚喝。小官僚们见王长恭是这个态度,也就不敢喝了,一个个正襟危坐,正人君子似的。王长恭笑了,说酒开了瓶,不喝也浪费了,能喝的还是喝吧。大家这才看着他的脸色,小心地喝了起来。

几杯下肚,王永成以酒壮胆,又试图放肆,观察着王长恭的脸色要汇报工作。

王长恭心里有数,立马拦住:"哎,永成,吃饭就是吃饭,今天不谈工作。"

不谈工作便拍马屁。女县长率先吹捧王长恭清廉正派,平易近人。王永成接过话茬儿抒发无限感慨,述说长山市干部群众对王长恭的深切怀念。由王长恭又自然而然地说起了原市委书记陈汉杰,对陈汉杰的不恭之词迅速溢满桌面。一位管政法的县委副书记还说起了陈汉杰小儿子陈小沐的涉黑问题,一副幸灾乐祸的样子。

王长恭本来不想发作,后来实在听不下去了,脸一拉,重重地放下了筷子。

就这么一个动作，立即消灭了酒桌上的一种情绪，权力的威严不可小视。

重新拿起筷子吃饭时，王长恭才严肃地说："川口是我老家，我不希望在我老家听到任何诋毁陈汉杰同志的言论，我不管你是出于什么动机！我和陈汉杰同志搭班子时是有过一些误会和不愉快，不过，都过去了嘛！至于他儿子的问题，大家也少议论，更不要幸灾乐祸！我看啊，如果不注意，这种事在你们身上也会发生！"

吃过饭，王长恭从秘书手里要了一百块钱，放到桌上："今天简单的事又让你们搞复杂了，酒钱菜钱大家请自觉付一下，在座的每人一百，我们算是抬石头！"

这太意外，也太不给大家面子了，王永成、女县长和一屋子人全怔住了。

过了好半天，王永成才第一个反应过来："好，好，我们……我们就按王省长的指示办！"说罢，让办公室主任向大家收钱，自己先掏了一百元。掏钱时，又对王长恭抱怨说，"王省长，其实，您知道，这……这也是咱中国的国情嘛！"

王长恭脸色铁青，话说得生硬："这种国情我不准备再顺应下去了，再顺应下去，你们川口没啥希望！财政倒挂，你们还这么大手大脚，老百姓怎么看啊？什么影响啊？"似乎觉得有些过分，走到门口，才又缓和口气对王永成说，"永成，给你土财主提个建议：以后别把冰镇北极虾拿去油炸了，那就是冰着吃的！"

王永成被训昏了头，随口应道："好，好，王省长，那咱以后就冰着吃！"

王长恭拍了拍王永成的肩头，笑道："永成啊，咱们别吃了，以后我再来，就搞点野菜什么的吃吃嘛，既省钱，又别有风味，不比这么瞎造好啊？！你和同志们就算可怜我也别这么造了，吃你一次付一百块，我向你表婶交不了账喽！"

在县委招待所门口上车时，王永成和一帮小官僚也一一上了各自的车。

王长恭见了，故意问："哎，怎么？永成，你们也和我一起回省城啊？"

王永成有些窘："送送您省委领导，我们……我们就是送送……"

第一章　大火骤起

王长恭手一摆:"不必了,不搞界迎界送,就从这次开始吧!"

离开川口时,是二十时五十分,距那场大火的起火时间只有不到十五分钟了。王长恭记得:秘书小段上车后和他说过这个时间,道是上了高速公路两个小时内肯定赶到省城。这个记忆应该不会错。那晚,如果不是王永成把事情搞复杂了,如果他不留在川口吃这顿复杂的晚饭,长山火警传来时,他的车应该进入省城了。

当王长恭的专车驶过高速公路长山段,距省城还有一百五十多公里时,不是长山市,而是省政府值班室的电话打来了,向他报告了这场严重的火灾情况。当时,省政府值班室情况不明,报过来的死亡人数是一百一十八人。

王长恭极为震惊,像凭空吃了谁一记闷棍:这么大的事故,不论是作为临时主持全面工作的常务副省长,还是作为前任长山市长,他都有不可推卸的责任!

向省城方向的前进戛然而止,王长恭让司机把车停在路边,马上用手机联系省委书记赵培钧和刘省长。赵培钧书记和刘省长这几天都不在家。刘省长在北京开一个全国经济工作会议,赵培钧则于前天率领孜江省党政代表团到上海考察去了。

好在这两位党政一把手的手机都没关机,情况及时汇报过去了。

赵培钧书记和刘省长听罢电话汇报,都很焦虑着急,明确指示王长恭:立即代表省委、省政府赶往长山市紧急处理事故,尽可能把损失降低到最小程度,一刻也不能耽误!同时,按重大事故上报规定,向中央有关部门如实汇报,不得隐瞒!

王长恭遵命而行,合上手机后,命令司机掉转车头,违章逆行,赶往长山市。

那晚真是险象环生,想起来还让人后怕。夜间行车,又是在高速公路上逆行,迎面而来的车辆不断掠过,刺眼的车灯不时地打过来,照得车里人睁不开眼。小段和司机的心都提到了喉咙口上,王长恭却不管不顾,一再催促司机加速,再加速。

专车驶到长山收费站,收费人员不明就里,想拦住这辆大胆违章的逆行车辆,秘书小段把头及时地伸出了车窗,一声大吼:"让开,王省长要紧急处理事故!"

收费人员一怔，识趣地提起了收费口的铁栏杆。

专车略一减速后，箭也似的蹿了过去。

由于收费人员的动作稍微慢了一点，提起的铁栏杆碰到了车顶，擦出了一片惨白的划痕，司机听到头顶发出的那声破坏性怪响，当即心疼得骂起了娘……

收费站距火灾发生地解放路还有十五公里，王长恭的专车开了十八分钟。这十八分钟在王长恭的记忆里像漫长的十八年。问题太严重，也太恶劣了，这么多人在这场大火中死亡，社会影响可想而知。更要命的是，就在这时候省属长山矿务集团南部六大煤矿破产关闭，三万工人失业离岗，社会情绪极为强烈，群访事件不断，省委、省政府和长山市委、市政府都面临着极大的压力。王长恭一路赶往现场时想，如果此事处理不当，进一步激化社会情绪，后果将不堪设想……

因此，王长恭在车里就给长山市委书记唐朝阳通了个电话。得知唐朝阳和市里的有关领导同志已赶到了现场，正在指挥救火，王长恭简单地说了句，"好，要采取有力措施，尽量把伤亡和损失减少到最低程度！"没顾得上进一步了解救火情况，就代表省委、省政府下达了第一道指示："朝阳同志，你们要注意两点：一、立即封锁现场；二、在火灾真相没查明之前，有关这场火灾的报道不得见报！"

唐朝阳在电话里急促汇报说："王省长，现场正在封锁，宣传部那边我马上打招呼吧！不过，就算不见报，这么大的事也瞒不了，天一亮只怕就家喻户晓了！"

王长恭知道唐朝阳说的是实话："所以，才更要注意维护社会稳定，更要注意做好市民群众的思想政治工作。事情既然已经出了，就要冷静，就要正确对待！"

唐朝阳那边连连说："好，好，王省长，我们一定按您和省委的指示办！可……可到底是个什么情况，我还不知道呢，我还是先了解清楚再说吧……"

王长恭一听这话，搂不住火了："朝阳同志，这么多人把命都送掉了，你还不知道是什么情况？你这个市委书记是干什么吃的？有没有把我们老百姓的生命财产当回事啊？我问你，这把大火烧起来时，你在什么位置？在干什么？啊？"

唐朝阳道:"我还能在哪里?起火时,我正和长山矿务集团破产领导小组黄国秀同志谈话。王省长,您知道的,几万失业煤矿工人还在和我们市里闹啊,今天上千号人要去卧轨,差一点儿阻断了京沪线,我们公安机关当场拘留了八个……"

王长恭心里一沉,不好再说什么了:"好,好,朝阳同志,别说了,我知道了!正因为知道煤矿失业工人情绪比较激烈,我和省委才焦心啊,怕这把火一烧,再烧出一堆新麻烦来!好吧,我马上就到了,有些情况我们见面谈吧!"

说这话时,王长恭的专车已驶入了知春路路口,距解放路四十四号着火现场只有不到一千米了。其时,火势虽已得到了一定程度的遏制,却仍在猛烈燃烧,浓烟水雾阵阵腾起,时不时地模糊着王长恭的视线,让坐在车内的王长恭焦虑不已。

好在那夜无风,火势没有蔓延到周围建筑物上,王长恭心才稍微安定了一些。

进入警戒线后,王长恭无意中在一辆消防车前看见了女检察长叶子菁,身着便衣的叶子菁正向几个身着检察制服的下属交代着什么,姣好而刻板的面容被火光映照得忽明忽暗。王长恭觉得很奇怪,不由得有些恼火,大火还没扑灭,这个女检察长急着跑来干什么?谁让她来的?想搞什么名堂?!这么想着,车轻轻从叶子菁身边滑过去了,直到公安局长江正流匆匆迎过来,车才停了下来。

王长恭下车便问江正流:"检察院怎么来得这么及时啊?市委通知的?"

江正流没在意,沙哑着嗓门说:"好像不是,市委通知之前,叶检和陈汉杰主任就一起来了,比我还早一步到场!"怕王长恭产生误会,又解释说,"哦,王省长,起火时我正研究处理南部矿区的卧轨事件,所以,没能及时赶过来!"

王长恭心里有数了:"正流,怎么听说抓了八个闹事工人啊?"

江正流抹了把汗:"不止,今晚还得抓两个,是策划者!"

王长恭略一沉吟:"你们依法办事是对的,该抓一定要抓。不过,我个人的意见还是少抓,能不判的就不要判,失业工人也难啊,多一点理解吧!"

江正流应着:"好,好,王省长——您看,唐书记、陈主任正在等您哩!"

王长恭这才注意到,不远处的路灯下,长山市委书记唐朝阳正指着火光闪烁的大富豪娱乐城,和市人大主任陈汉杰说着什么,陈汉杰的情绪好像挺激动,说话的声音也很大,不过,因为现场比较混乱,人声嘈杂,说的什么王长恭听不清……

3

对长山市委书记唐朝阳来说,二〇〇一年八月十三日是个晦气透顶的日子。两桩要命的大事赶着同一个日子一起来了,这在他二十多年的从政生涯中是绝无仅有的。白天是一场突发性的卧轨事件,长山矿务集团一千多破产失业工人涌上了京沪线,差一点阻断了这条中国最繁忙的铁路大动脉。忙了一天,连气都没喘匀,晚上大富豪娱乐城又来了一把火,不明不白烧死一百五十多人,唐朝阳真是欲哭无泪。

大富豪娱乐城起火时,唐朝阳正在西郊宾馆和矿务集团的同志研究工作。三万工人失业离岗,给长山带来的压力是很沉重的,卧轨事件已经发生了,如果掉以轻心,下一步还不知会发生啥要命的事。作为市委书记,唐朝阳不能大意,也不敢大意,吃过晚饭便让秘书通知矿务集团的头头过来谈话。集团党委程书记知道不是什么好事,借口向省委汇报工作连夜去了省城,只把矿务集团党委副书记兼破产领导小组组长黄国秀和手下几个人支派来了。唐朝阳虽说心里有气,却也不好发作:矿务集团是省属特大型国有企业,干部任免权在省委,人家去向省委汇报工作,你拿他怎么办?现在的情况就是这样,只要你不攥着他的乌纱帽,他就不把你当回事。

所以,那晚见了黄国秀,唐朝阳没一点好脸色,耷拉着眼皮,开口就批评说:"国秀同志,咱们都得负点责任啊,不能一破了之,更不能不顾社会安定!你看今天,如果不是公安局措施果断,组织了大量警力,京沪线就要中断了!"

黄国秀啥都有数,赔着笑脸说:"是的,是的,唐书记,出现这种突发性事件,我们集团也很意外。今天上午接到公安局的电话,我立即带人赶到卧轨现场去了,该做的工作都做了,工人同志也还是听招呼的,没出什么大事。"

唐朝阳看着黄国秀，口气严厉起来："没出什么大事？动静还小啊？公安干警上去了近两千人，连市内的交警都调上去了，当场抓了八个！国秀同志，你别忘了，你老婆叶子菁是我们的检察长，你这边松一松，她那边就得多几起公诉案！"

黄国秀并无怯意，迎着唐朝阳冷峻的目光，苦笑说："唐书记，这……这事我正要说呢，那八个人是不是拘留几天就放了？毕竟没造成卧轨的事实和后果嘛，再说，现在也……也真不能再激化矛盾了，大家都难啊，尤其是那些失业工人！"

唐朝阳没接这话题，往沙发靠背上一仰，忍着气做起了工作："国秀同志，失业工人难，市里就不难吗？不瞒你说，看到省里的破产方案，我的心就揪起来了！这么多失业工人不是摆在别处，是摆在我们长山市啊，处理不好，社会治安必将急剧恶化，兆头今天就出现了嘛！当然了，对省里的破产决策我们也得理解，南部煤田资源枯竭是事实，再拖下去也不是办法。都知道痛，这刀子还是得下啊！"

黄国秀自嘲地笑笑："是的，是的，唐书记，那就理解万岁吧！但愿这三万失业工人也能充分理解我们，都高高兴兴地失业回家，去为国分忧！"话刚说完，脸上的笑僵住了，牢骚喷薄而出，"唐书记，今天没失业工人在场，又是在你市委领导面前，我得说点实话，我现在真是昧着良心做工作啊！南部煤田的资源是今天才枯竭的吗？为什么不早做转产安排？德国鲁尔工业区在资源枯竭前二十年就在安排转产了！我们这些当领导的到底对工人负责了没有？内心愧不愧啊？！"

唐朝阳心里躁动着，脸面上却尽量保持着平静，甚至是冷漠："你这话说得对，是该二十年前就做转产安排，可二十年前我们国家是个什么情况？我们又在哪里啊？现在，历史的责任落到了我们身上，我们怎么办？只能尽心尽力解决好！"

黄国秀手一摊："可这合理吗？工人们过去的劳动积累到哪里去了？能这么不管工人的死活吗？作为以前南二矿的党委书记，现在的集团的党委副书记，我真没法回答工人同志的责问啊！"接着再次提出了放人的问题，"所以，唐书记，我还是希望您和市委能出面和市公安局打个招呼，对被拘留的八个工人同志，在法律许可的范围内尽可能地从轻处理，能放最好还是放,毕竟是一时的冲动行为嘛!"

唐朝阳回避不了了,手一摆,回答说:"冲动不是理由,工人们的情绪可以理解,但违法必须追究,这种冲动在任何法治国家都是不能允许的!这事你不要再说了,我市委书记不能以权代法,你这个破产领导小组组长也不能做工人领袖!"

黄国秀一怔,摇起了头,无奈地诉苦道:"唐书记,我可真没想到,您会把我看做工人领袖,破产失业工人可是把我们骂成了工贼啊,都要砸程书记的车了!"

唐朝阳说:"所以呀,你们程书记现在不但四处躲工人,也躲着我和市委嘛。看看,今天就是请不动他!不过,这滑头还算有眼力,把你推到了第一线做破产清算工作。他和我说了,你这个同志有群众基础,工人们肯定不会太为难你!"

黄国秀郁郁道:"那你市委书记把我看做工人领袖,我……我也认了!"

唐朝阳拍了拍黄国秀的肩头:"工人领袖是玩笑话,你别当真,但依法办事是个原则。尤其在目前这种情况下,更要特别强调法治!当然,我在下午的会上也说了,处理的重点是组织策划者,不是有过激言行的工人!你如果想不通,可以回家找子菁同志谈谈,相信她会给你做出法律解释。"怕黄国秀继续发牢骚,又劝道,"国秀同志,这次省里总是拿出了六个亿嘛,听说还压缩了两个基建项目,我们还是多为省里分点忧吧!该市里的责任我不会推;你们集团呢,该管的事也要管起来。比如,能不能发动党员干部把失业工人们组织起来,进城搞点三产啊?"

黄国秀脸上这才有了点亮色:"唐书记,这我倒要向你和市委汇报一下了,失业自救已经在搞了。南二矿去年试行破产,有个叫李大川的党支部书记把手下的三百多号工人组织了一下,大家把各自的工龄钱集中起来,凑了二百万家底,搞了个方舟装潢总公司,现在生意做得很好,连大富豪娱乐城都是方舟公司装修的。"

唐朝阳高兴了:"好,好啊,要推广李大川和方舟装潢公司的经验,在报刊媒体上加强宣传!在这种特殊的困难时期,党员干部要起作用,像李大川这样的好党员要树为典型!那个大富豪娱乐城我抽空也去看看,帮你们吆喝两嗓子……"

这是唐朝阳第一次听说大富豪娱乐城，是黄国秀作为失业工人自救的一个样板工程说的。唐朝阳可没想到，黄国秀这话说过不到十几分钟，大富豪娱乐城着火的噩耗便传了过来，更没想到，后来这座大富豪娱乐城会给他和长山市带来一场如此猛烈的政治大地震，以致于让他这个市委书记和那么多干部在政治地震中中箭落马！

大富豪娱乐城着火，是秘书匆忙进来汇报的。唐朝阳当时没想到伤亡会这么大，情况会如此严重。最初，甚至没想到立即赶往火灾现场，又继续和黄国秀谈了几句。待秘书接电话时再次提到了大富豪，他才一下子醒过神来，问秘书："小刘，你……你说什么？大富豪娱乐城着火？大富豪？情况还很严重？"

秘书捂着手机说："是的，唐书记，情况相当严重。消防车开不进去，四百多人被困在火场，加上大富豪娱乐城又装修不久，有毒气体四处弥漫，恐怕……"

唐朝阳惊出了一身冷汗，没顾得上和黄国秀道别，起身就走："快去现场！"

坐在警灯闪烁的专车里，一路往火灾现场赶时，中共长山市委书记、唯物主义和辩证法的坚定信仰者唐朝阳平生头一次迷信起来，不断地在心中祈祷：老天爷保佑，千万少死几个人，可不能再乱上添乱了！最好现在就来场大雨，下得越大越好！然而，把目光投向车窗外，唐朝阳看到的却是一片响晴夜空。

尤其让唐朝阳扫兴的是，恰巧收音机里在播天气预报，一位女播音员正用他熟悉的口音述说着天气情况："八月十三日夜间到八月十四日白天，长山地区天气晴朗，偏西风二到三级，最低气温二十五摄氏度，最高气温三十五摄氏度，降水概率为零……"

更要命的是，市长林永强这时候偏偏不在长山，八月十二日晚林永强率着一个招商团去了美国，现在刚到旧金山，上午他还和林永强就卧轨事件通过电话。

4

叶子菁后来想，从长山复杂的政治历史背景考虑，她也许不该这么早又是这么主动地出现在火灾现场。她不是消防队长,而是检察长。身份既特殊又引人注目,必然会招致一些同志的猜忌。你这个检察长想干什么?惟恐天下不乱吗?在其后的办案过程中,叶子菁不得不一次次婉转地解释:她这绝不是存心找谁的麻烦,而是因为巧合,如果那晚她不在陈汉杰家汇报工作,如果陈汉杰没有接到火警电话,如果陈汉杰当时有车,她也许会按部就班等待市委、市政府的通知。相似的情况也发生在常务副省长王长恭身上,如果八月十三日王长恭不到南坪市检查工作,也不可能及时赶过来和唐朝阳、陈汉杰进行这么一次尴尬的会面。

叶子菁记得很清楚,她和陈汉杰赶到现场不过十分钟,市委书记唐朝阳和公安局长江正流便一前一后匆匆赶到了,来得都比较及时。当时,公安局的警戒线还没组织起来,现场聚着不少围观群众,一片混乱喧嚣。更要命的是,许多消防车被牢牢堵在解放路中段一大片违章建起的临街门面房前,根本无法接近着火的娱乐城——这一点给叶子菁的印象极为深刻,叶子菁亲眼看到消防支队的一位警官满头大汗,跳着脚四处骂娘,让手下的官兵们在一辆辆消防车前临时接长水龙带。

陈汉杰和唐朝阳看到这种糟糕情况,脸色都阴沉得吓人,两人和公安局长江正流商量了一下,便通过江正流连着下了几道命令:立即组织警戒线,封锁现场;疏散娱乐城周围建筑物内和在场围观人员,以减少新的伤亡和不必要的损失;用水龙压住火势,尽一切力量救人。对解放路中段那片严重阻碍救火的门面房,二位领导和江正流谁都没提起,也许是在这种紧急情况下来不及提,也许是忽略了。

叶子菁却没忽略这一事实,以往的办案经验告诉她,这个事实必定会成为将来渎职立案的一条重要线索。因此,副检察长张国靖和陈波带着检察院的几个同志一到现场,叶子菁马上把张国靖和陈波悄悄拉到一边,嘱咐他们对消防车被阻的现场情况进行录像拍照,在不影响救火的前提下,尽可能多搜集一些类似的原始证据。

就在这时,王长恭的专车到了,几乎是擦着他们的身子开过去的。由于四处是人,车开得挺慢,叶子菁在火光的映照中看到了王长恭熟悉的面孔。就像王长恭对她的过早出现感到惊奇一样,她也感到很惊奇:这位前长山市长现省委常委、常务副省长怎么这么快就从省城赶过来了?是一个省委领导的责任心使然,还是……

一切都不得而知。包括王长恭在内的三位省市领导面对这场大火都想了些什么，见面之初又说了些什么，叶子菁都不知道。当时，她离他们谈话的地方——人民商场门口有一定的距离。她只知道了一个基本事实：在二○○一年八月十三日灾难性的夜晚，在大火未熄的第一时间里，对此可能负有领导责任的王长恭、唐朝阳、陈汉杰再次聚到了一起。后来，不是别人，正是王长恭不无震怒的声音把叶子菁吸引到了这三个省市领导身边，让叶子菁目睹了一个难忘的场面。

王长恭手指颤抖，指着那一大片建到了路面上的门面房，大声责问唐朝阳和陈汉杰："……你们到底是怎么回事？啊？这些违章建筑怎么还没拆？我在长山做市长时就做过批示的，要拆，拆干净。两年了，怎么就是不执行啊！"

叶子菁真没想到，第一个注意到这个严重渎职事实的竟然是前任市长王长恭！

说这话时，王长恭背对叶子菁站着，叶子菁看到的是王长恭的威严背影。

陈汉杰是侧身站着的，脸上看不出什么表情，说话的口气不急不忙，却话里有话："我说长恭同志啊，你不要这么官僚主义嘛。你看看，这些门面房可都是刚盖起来的啊，最多半年！"声音在这时候提高了，带着明显的怨愤，"我刚才还和朝阳说呢，现在我们有些同志，胆子太大，心太黑，要钱不要脸，要钱不要命！"

唐朝阳也解释说："是的，是的，长恭同志，今天不是听陈主任说我还不知道，旧的违章建筑拆了，新的违章建筑又盖起来了，有令不止，防不胜防啊！"

陈汉杰又发泄说："有什么办法呢，敢这么干的人，我看一定有后台！"

王长恭仍像当年在长山当市长时那样果断而有气派，手一挥，怒气冲冲道："那我们就连他的后台一起查查，看看谁敢包着护着！"

陈汉杰赞同说："好，长恭同志，你和省委有这个态度，我们就好办了！"

唐朝阳也说："长恭同志，对您的这个指示，我们一定认真贯彻执行！"

陈汉杰说的后台是谁，叶子菁当时并不知道，可从三位领导的对话口气来看，陈汉杰好像是多少有些知情的，而王长恭和唐朝阳则是完全不知情的样子。

毕竟火情严重,关于门面房的违章占道问题,就议论了这么几句。作风强硬的王长恭没和任何人商量,便对站在一侧的公安局长江正流下了一道命令:"正流同志,调铲车,调推土机,马上调,把这些门面房全给我推了,为消防车让道!"

江正流应了一声:"是,王省长。"转身跑步离去了。

没想到,就在这时候,陈汉杰转过身子,四处寻觅着,高声叫了起来,声音有点怪怪的:"哎,哎,叶子菁,子菁同志啊,你在哪里啊……"

叶子菁迟疑了一下,快步走了过去:"陈主任,您……您找我?"

陈汉杰指着不远处的门面房:"你们检察院得把这拍下来,立此存照嘛!"

叶子菁本想说,自己已经安排下去了,可觉得陈汉杰这话有些意味深长,而且王长恭和唐朝阳又黑着脸站在面前,便不动声色地点头应了,像是被动地接受了陈汉杰的指示。不料,正要领命走开,身着检察制服的张国靖和渎职侵权侦查处一个拍照、录像的同志突然出现在大家面前不远处,弄得叶子菁顿时有些窘迫不安。

王长恭看到张国靖和那位拍照的检察人员,马上对陈汉杰说,言词中透着明显的讥讽:"老陈,叶检察长敏感得很嘛,哪用得着我们下命令啊!"不无深意地看了叶子菁一眼,又说,"很好嘛,子菁同志,关键时刻就是要有这种敏感性!"

叶子菁听出了王长恭话中的不满,想解释一下:"王省长,也是巧了……"

王长恭没让叶子菁说下去,口气严厉地道:"子菁同志,你不要解释了,现在也不是解释的时候!作为检察长,你有你的职责,我们不会干涉。但是,在目前这种紧急情况下,救火救人是第一位的,你们的现场取证绝不能干扰救援工作!"

叶子菁赔着小心道:"是的,是的,王省长,这我已经向同志们交代了!"

唐朝阳也跟在王长恭后面下了一道指示:"还有,要注意保密,不管发现什么情况,多么严重的问题,未经省委、市委许可,一律不得擅自对外宣布!"

叶子菁点了点头："唐书记，这……这我明白！"

王长恭的口气这才多少缓和了一些："子菁，唐书记和市委的这个指示很重要啊，这么大的事故，惊天动地啊，大家都要有全局观念！"就说了这么几句，省委书记赵培钧的电话打来了，询问现场救援情况。王长恭挥挥手，让叶子菁走了，自己从秘书小段手里接过手机，口气镇定地向赵培钧书记汇报起来……

这时，挤在头里的七八辆消防车的水龙头全接通了，加上原已接通的八个消防栓，十几条水龙从几个方向扑向大富豪娱乐城，火势得到了进一步控制。待就近调来的推土机和铲车开到现场时，占道门面房的拆除已无多少必要了。可在王长恭的指令下，占道的门面房还是拆了，沿原路向里拆除了约两米左右，履带式推土机在前面开道，铲车和许多救援人员跟在后面清理，迅速为消防车清出了一条通道。

然而，当一辆辆消防车开到大富豪娱乐城时，最后几团暗火也熄灭了。

这一切的一切全点滴不漏地进入了检察院渎职侵权侦查处的摄像机。

5

灾难过后，长山的夜空呈现出原有的安详和平静。那些蹿上夜空的疯狂火舌，伴着火光四处翻滚的浓烟，在烟火中腾起的阵阵水雾一下子全消失了，好像根本就没有存在过。如果不是身在现场，不是亲眼目睹，叶子菁会以为这是幻觉。

长山市中心最大的也是最高档的一座娱乐城就这样在大火中报销了，霓虹灯下的绚丽辉煌不复存在了，大富豪的夜夜狂欢成了一种记忆。对那些灾难发生前曾流连于此的幸运者来说，记忆应该是美好的；而对灾难之夜死难者的亲人们来说，记忆则是异常沉重的。一场猛烈的大火将大富豪娱乐城变成了一座狰狞的废墟，废墟上一个个焦黑的窗口像一只只血盆大口，把许多无辜的生命吞噬了。

焦黑的尸体当街摆了一片，一具具尸体还在从大富豪娱乐城的废墟里往外抬，情景触目惊心。叶子菁在此前从没见过这种悲惨的景象：许多尸体被烧得面目全非了,身上的手机、BP机却没烧毁,竟在死者身上响个不停。叶子菁后来才知道,许多死者的身份就是根据这些打来的电话和BP机上的信息搞清的。

具体的伤亡数字是八月十四日零点四十五分出来的:死亡一百五十四人,轻重伤员六十七人,其中二十六人是市消防支队救火官兵。

清场完毕,在指挥车前和公安局长江正流、副局长伍成义碰头时,江正流阴沉着脸向叶子菁通报说,死亡人数估计还有进一步增加的可能,三十几名重伤者中只怕还会有人陆续出现在死亡名单上。据江正流和伍成义介绍,经初步辨认,已查明死亡者中有二十三名政府公职人员,涉及到公安、工商、税务等六个部门,其中副处以上干部五人,有一位税务专管员一家三口竟全烧死在大火中了。

这些情况叶子菁已注意到了,有些尸体确是穿着制服的。印象最深的是一个警官,参加这种高消费娱乐活动不但穿了警服,竟然还佩带了枪械!叶子菁本想把情况向江正流反映一下,话到嘴边还是咽了回去,现在不是讨论政风警纪的时候。

江正流叹息说:"这下子麻烦太大了,惊动了长恭省长,够咱们喝一壶的!"

叶子菁意味深长地说:"只惊动了长恭省长?肯定要惊动中央,惊动全国了!"

江正流连连道:"是的,是的,唐朝阳书记和陈汉杰主任脸都青了!"

叶子菁这才问:"火是怎么烧起来的?江局,伍局,你们心里有点数了吗?"

江正流看了看副局长伍成义,伍成义皱着眉头道:"现在谁敢说有数?不过,我已经安排人手紧急排查了。目前说法比较多,有的说是电线短路引起的,有的说是顾客抽烟时乱扔烟头引起的,还有人说是坏人放火,反正什么说法都有!"

叶子菁提醒道:"不论有多少说法,事实只有一个。火烧起来了,而且伤亡十分惨重。这把火怎么会一下子烧得这么大?有没有渎职问题?消防法规他们是怎么执行的?"指着面前一片狼藉的路面,"这些占道的门面房又是怎么回事?都是哪家的?哪个部门批准他们盖的?如果不是消防通道被堵,伤亡不会这么严重啊!"

江正流说:"这个情况我和老伍注意到了,叶检。我同意你的判断,这里面肯定有严重的渎职问题! 就算是有人故意放火,渎职这一条也逃不掉!"停顿了一下,又说,"据初步了解,占道门面房是大富豪老板苏阿福盖的,是不是有哪个部门批过还不清楚。"

副检察长张国靖插上来道:"叶检,我们还发现了一些线索。大富豪娱乐城根本没有营业执照,没有文化娱乐经营许可证,也没有消防检查合格证,基本上可以断定是违法经营。而且,在公共场所的治安管理上也有很严重的漏洞。"

叶子菁看着张国靖有些吃惊:"这个苏阿福胆子怎么这么大? 啊!"

江正流也不太相信,看了看张国靖,又看了看伍成义,狐疑地问:"张检,伍局,你们到底搞清楚了没有? 啊? 这么大的火,有些证照是不是被烧掉了?"

伍成义汇报说:"江局,不是这种情况。火并没烧到苏阿福的办公室,起火时办公室锁着门,我们和张检他们砸开门,仔细检查了现场,还拍了不少照片。"

江正流仍不相信,惊问道:"那么……那么,苏阿福又是怎么烧死的呢?"

张国靖回答说:"苏阿福死在豪华包间巴黎厅,估计是在陪什么重要客人。"

叶子菁这才知道身为大富豪娱乐城老板的苏阿福竟然也烧死在这场大火中了!

"八一三"特大火灾案从一开始就显现出了前所未有的办案难度,且不说长山市复杂的政治背景和省市领导的微妙态度,就苏阿福的死已经够让她为难的了。

苏阿福不是一般人物,是长山市著名民营企业家、省政协委员,社会关系极为复杂。这场造成重大伤亡的大火和已经初步暴露出来的渎职问题估计都与此人有关。敢于这么无照经营,占道大盖违章建筑,权钱交易的情况估计是免不了的,这场灾难背后的腐败现象肯定十分严重,不知会涉及到什么人,涉及到多少人。但这个关键人物一死,很多事情就难查了,许多秘密也许将会成为永远的秘密……

这时,一个公安人员急急地过来了,俯着耳畔悄悄向江正流汇报了几句什么。江正流一愣,呆不住了,匆匆结束了这次碰头:"叶检,先说到这儿吧,我得去处理点急事!接下来是咱们公安、检察两家的事了,我们就好好配合,及时通气吧!"

叶子菁嘴上应着,心里仍想着死去的苏阿福,甚至想到:会不会有什么人为了掩饰自己的某种秘密,故意放火烧死苏阿福?关于放火的说法,叶子菁一到现场就听到了,江正流刚才也提到了。不过,目前看来还没有什么事实根据。再说,就算什么人要对苏阿福搞杀人灭口,也未必采取这种极端的办法,伤害这么多无辜啊!

江正流走后,叶子菁让伍成义和张国靖引着,去察看苏阿福的尸体。

苏阿福的尸体显然是受到了某种特殊关照,是单独摆在娱乐城车库里的,旁边还有两个公安人员临时守护着。尸体的上体部分已经大部烧焦了,整个脑袋像个黑乎乎的大炭球,五官难以辨认。叶子菁过去在一些公共场合见过苏阿福几面,也在报纸、电视上看过苏阿福的形象,现在却一点印象也没有了,于是便指着尸体问张国靖和伍成义:"张检,伍局,你们怎么断定他就是苏阿福?会不会搞错啊?"

张国靖说:"不会搞错,我们在他裤子口袋里发现了一串钥匙,全是他办公室和他家门上的,还有他的奔驰车,我们的同志已经试开过了。苏阿福的老婆也证实,大火烧起来时,苏阿福在巴黎厅,正招待两个北京客人,她和他通过电话。"

伍成义补充说:"两个北京客人也烧死了,三具尸体都在巴黎厅,苏阿福和一个客人的尸体在门口,另一个客人在房内,现场我们录了像,随时可以调看。"

叶子菁一怔,提醒道:"这个录像一定要注意保密,还有苏阿福的死,暂时也不要透露出去!现在看来,这个案子可能会比较复杂,如果大家知道苏阿福已经死了,涉嫌受贿渎职的问题很可能查不下去,有些人就要一推六二五了!"

伍成义道:"叶检,这个问题我已经想到了,也向江局长汇报过了。"

叶子菁不经意地问了一句:"哦,正流同志是什么意见?"

伍成义道:"江局长不但同意,还特别交代了,先不要把苏阿福列入死亡名单,暂时放在重伤名单上,对外一律说苏阿福没有生命危险,正在抢救。"

叶子菁明白了："这么说,死亡人数实际上已经是一百五十五人了?"

伍成义说："是的,是的,叶检。这事咱们两家恐怕也得统一一下口径!"

叶子菁点了点头："好吧!还像过去一样密切配合吧!你们江局长说得对,下面是咱们两家的事了。这么大的火灾,死了这么多人,不彻底搞清楚不行啊!"

刚说到这里,手机响了起来,市委通知叶子菁立即赶到街对面人民商场四楼小会议室参加市委、市政府召开的紧急会议。叶子菁不敢怠慢,吩咐副检察长张国靖和已在现场的检察干部继续配合公安部门进行现场取证,自己急忙走了。

从大富豪娱乐城出来,踏着满是积水的解放路赶往人民商场时,破产丈夫黄国秀突然来了个电话,开口就问："怎么回事,子菁?听说烧死了一百五十多人?"

叶子菁没好气地道："也不看看几点了,好好睡你的觉,没你的事!"

黄国秀也没啥好声气："我睡什么睡?方舟装潢公司的李大川在咱家坐着呢,正和我说情况,方舟总公司第三施工队的人被抓走了两个,说是涉嫌放火……"

叶子菁的头一下子大了:天哪,她怎么把这个茬儿忘了?大富豪娱乐城可是李大川方舟装潢公司旗下的一帮下岗失业工人施工装潢的,在装潢过程中还发生了一些经济纠纷,她这位破产丈夫曾经向她讨教过法律解决的途径!如果真有哪个愣头青因为这些经济纠纷在大富豪娱乐城放了一把火,那问题就太严重了,也太可怕了!

黄国秀却在电话里有板有眼地说："子菁,根据李大川和我的分析,放火是完全不可能的!苏阿福欠了方舟公司第三施工队查铁柱他们二十万装潢款,施工队一直是通过合法途径讨要的。这事我和你说过,查铁柱是准备起诉苏阿福的……"

叶子菁马上打断了黄国秀的话头："老黄,你别说了,在事实没查清之前,任何分析都只能是分析,不具备法律意义!给你一个慎重建议,请李大川马上离开我们家,这位同志现在出现在一个检察长家里是不合适的,很不合适!"

黄国秀不高兴了,在电话里叫了起来："有什么不合适?啊?叶子菁,你别忘了,这不但是你检察长的家,还是一个破产领导小组组长的家,一个党委副书记的家,出了这么大的事,我不能不管不问,我既有这个责任,也有这个义务!"

叶子菁压抑着心头的不悦:"你说得很对,你是有责任,有义务,不过,我们家既不能成为检察院,也不能成为党委办公室,工作最好还是都到办公室去谈!"

这话说完,叶子菁立即合上了手机。

没几分钟,手机又不屈不挠地响了起来。

这时,叶子菁已走进了人民商场四楼小会议室,面前不时地走过一些赶来开会的有关领导同志。几个领导同志都提醒叶子菁接电话,叶子菁估计是黄国秀的电话,想关机不接,犹豫了半天又没敢——在这种紧张要命的时刻,随时都可能有什么重要电话打进来。叶子菁只好努力镇定着情绪,躲到会议室一角接起了电话。

没想到,就这么片刻的时间,新情况又出现了!

黄国秀开口就叫:"叶子菁,你本事真大啊,让公安局到我们家抓人了!"

叶子菁十分意外,一怔,压低声音问:"哎,哎,老黄,怎么回事?啊?"

黄国秀道:"怎么回事?市公安局来人了,就是现在,要把李大川带走!"

叶子菁明白了,肯定是公安那边的调查取证工作涉及到了李大川,便语气平和地道:"老黄,这个情况应该想到嘛,大富豪是方舟下属第三施工队装潢的,作为方舟装潢公司的老总和法人代表,李大川有义务配合我们搞清问题嘛!"

黄国秀冲动地说:"叶子菁,我告诉你,今天向唐书记汇报工作时,我还向唐书记介绍过李大川的事迹,唐书记是有指示的,要把李大川这种为政府分忧的好党员树为典型!你们这么干,是不是也向市委请示一下?听听唐书记的意见啊?"

叶子菁想都没想便道:"我看没这个必要,唐书记和市委也得依法办事!"

也是巧,这话刚落音,市委书记唐朝阳正好从叶子菁面前走过。

唐朝阳注意地看了叶子菁一眼,问:"怎么?说情的电话现在就来了?"

叶子菁识趣地合上了手机,支吾着,一时也不知该说什么才好。

唐朝阳步履沉重地走了两步,又缓缓回过了头:"子菁,你是检察长,有个招呼我要打在前头,说情风要坚决顶住,这场火不论涉及到谁,不论他官多大,地位多高,都要给我依法办事,一查到底,否则,我们没法向老百姓交代啊!"

说这话时,唐朝阳眼睛红了,脸色非常难看。

公安局长江正流恰在这时抹着脸上的汗,匆匆走进了会场。

唐朝阳又叫住了江正流:"江局长,现场有没有发现什么放火证据啊?"

江正流谨慎地回答道:"唐书记,我们……我们正在紧急排查!"

唐朝阳紧追不放:"会不会真是放火,啊?有没有这方面的证据?"

江正流摇摇头:"唐书记,到目前为止现场还……还未发现这类证据!"

唐朝阳脸一拉:"那就叫下面不要乱说,才几个小时就谣言满天飞了!"

江正流似乎想说些什么,可见唐朝阳脸色难看,终于没敢说,赔着小心连连应着,和叶子菁坐到了一起。一坐下,就对叶子菁嘀咕说:"搞不好真是放火哩!"

叶子菁吓了一跳,小声问:"放火?谁放火?方舟装潢公司的工人?"

江正流却没说下去:"现在还说不清楚,伍局正在审那些嫌疑人呢!"

叶子菁的心沉了下去……

第二章　案情追溯

6

凭良心说,长山市公安机关的表现是很称职的,火灾发生后反应及时,临危不乱,采取的措施也很得力。八月十四日凌晨,市委、市政府通报火灾情况的紧急会议在人民商场四楼会议室召开时,起火的直接原因已基本查明了,四位和火灾有关的人员已被公安局办案人员分头控制起来,其中包括方舟装潢公司总经理、法人代表李大川和方舟公司第三施工队队长查铁柱,以及当时在场的两个重要目击者。

根据大富豪娱乐城几个幸免于难的工作人员反映,由于方舟装潢公司第三施工队在装潢大富豪娱乐城时质量上出现不少问题,娱乐城老板苏阿福扣了二十万工程尾款没有支付,施工队队长查铁柱带着手下人来闹过好多次。八月十三日下午两点左右,查铁柱又带着一个叫刘金水的管道工和一个叫周培成的电焊工来要钱。三人在苏阿福的办公室里吵了好半天,乱扔烟头,四处吐痰。苏阿福被闹得吃不消了,叫来娱乐城的保安把他们轰了出去,刘金水和周培成当时便扬言放火烧了娱乐城。这两个工人是不是真的放了火没人知道,娱乐城的工作人员只注意到了一个事实,当晚,查铁柱又过来了,在娱乐城前厅烧电焊,后来这场大火就烧了起来。

查铁柱是第一个被拘留的。因为案情重大,主管业务的第一副局长伍成义亲自主抓。拘留地点在方舟公司第三施工队租来的一套旧民房里。这套旧民房是施工队的集体宿舍。查铁柱不知出于什么心态,肇事之后竟然没有逃跑,竟然穿得衣帽整齐,坐在床前的破桌子旁喝酒。伍成义带着一帮公安人员匆忙赶到时,查铁柱面前的一瓶二锅头已喝掉了半瓶。查铁柱当时尚不知道大火造成人员伤亡严重的情况。

进了公安局,面对突击讯问的伍成义和公安人员,查铁柱并不否认是自己闯的祸,在审讯室的椅子上一坐下,没等伍成义先问,就急忙说:"我……我知道,我知道,我……我这回工作失误,闯下大……大祸了。你们就是不找我,我……我也要找你们投案自首的。你们看嘛,换洗衣服和牙刷毛巾我……我都准备好了!"

伍成义冷漠地审视着查铁柱,公事公办:"说说你的姓名,年龄,职业!"

查铁柱道:"我叫查铁柱,四十岁,原是咱长山矿务集团南二矿矿山救护队队长。去年矿上破产了,给了我一万八,让我结账回家,我就在方舟装潢公司第三施工队当了队长。哦,我还是方舟公司党总支副书记,书记是我们老总李大川……"

伍成义手一挥,阻止道:"查铁柱,我不问的事你都不要啰唆!"

查铁柱很老实,连连点头:"是,是,伍局长,那你问吧,问啥我说啥!"

伍成义问:"你究竟是怎么失误的,这场大祸又是怎么闯下来的?"

查铁柱说了起来:"是……是这么回事,火是烧电焊的焊流引起的。大富豪娱乐城前厅不是有个洞吗?原是他们甲方让我们留下的,说是当地漏用,后来苏阿福老板为了赖账,非……非说是我们的工程质量问题,我就来焊了。我……我可不知道楼下是他们娱乐城的大仓库,堆了那么多东西,他……他们也没跟我说!"

伍成义怀疑当时在场从事电焊作业的不止查铁柱一人,追问道:"查铁柱,请你把事情过程说说清楚,当时在场进行电焊作业的有几个人啊?除了你还有谁?"

查铁柱想都没想便说:"就我一个人。下午因为讨要工程款,我们和苏老板吵过架啊,吵得挺凶,电焊工老周不愿干,谁都不愿来干了,我是施工队长啊,又在矿上干过几天电焊活,也只能我来干了。我这不是想早点要回那二十万尾款吗?我们南二矿去年就破产了,是第一批试点单位,今年又是好几万人破产失业,我们挣点钱不容易啊!他苏阿福是大老板,不能这么黑心啊,你们说是不是……"

伍成义再次阻止道:"查铁柱,请你不要扯远了!"想了想,问,"查铁柱,你这个电焊工合格不合格啊?有没有电焊作业许可证啊?"

查铁柱没当回事:"没有,可我会干哩,挺合格的!我……我在南二矿是救护队长嘛,矿山救护队是干啥的?专门抢险的!"说起自己以往当矿山救护队长的光荣历史,他明显兴奋起来,两眼放光,不无炫耀,"伍局长,你不知道,井下冒顶塌方,透水爆炸,我们都得上!作为救护队长,啥都得会摆弄几下!伍局长,你想啊,我要是没这两下子,当紧当忙时不抓瞎了,再说,大家也不会服我嘛……"

伍成义明白了:"这就是说,你根本不具备电焊作业资格,是不是?"

查铁柱仍在辩:"可我的电焊活并不比有证的老周差啊,大家都知道的!"

伍成义不愿在已弄明白的细节上过多纠缠,问起了具体问题:"查铁柱,你是什么时候发现起火的?起火后都干了些什么?"

查铁柱又说了起来:"着火不是我发现的,那个洞不是让我焊死了么?楼下仓库里的烟啊,火啊,我不可能看到!是歌唱家刘艳玲告诉我的!刘艳玲当时不知怎么从三楼跑上来了,一见我在那里烧电焊就说……"

伍成义敏感地发现了新线索,做了个手势:"哎,查铁柱,请你等一下,这个刘艳玲是什么人?你们好像很熟悉?是不是?"

查铁柱说:"当然熟悉了!刘艳玲是我们矿上刘木柱的小闺女。她爹是我师傅,后来在井下牺牲了,是冒顶砸死的,尸体还是我亲手扒出来的哩!刘艳玲一直在海南当歌唱家,前阵子从海南回来了,又到大富豪娱乐城当上了歌唱家……"

伍成义不屑地插了一句:"什么歌唱家,三陪小姐嘛!"

查铁柱很正经:"哎,可不敢这么说啊,艳玲歌唱得好呢,是个小百灵!"

伍成义摆摆手:"好了,我们不争论,请你继续说事实吧!"

查铁柱只好说事实:"刘艳玲一见烧电焊的是我,就说,查叔,坏了坏了,楼下让你弄着火了!我到楼下一看,可不得了了,出大事了!我先还想救火,和刘艳玲一起四处找灭火器,找不着,就拉过三楼厕所的清洁水管冲。伍局长,你们想啊,那么大的火,那么小的水,像尿似的,它不起作用啊!再说玻璃都烧炸了,楼下仓库里燃烧的毒气也出来了。刘艳玲先捂着鼻子跑了出来,也招呼我快跑。"

伍成义注意地看了查铁柱一眼:"哦,那你就跑了?啊?"

查铁柱说:"我……我不跑怎么办?我跑出来后,就……就打119火警电话报警了。哦,对了,对了,我……我还给110打过电话!就这么个情况,是……是我闯的大祸,我……我不赖,你们该判我多少年就是多少年,我……我全认!"

伍成义想了想:"你刚才说到,你们下午和娱乐城老板苏阿福吵过架?都吵了些什么?你有没有说过要烧了苏老板的大富豪娱乐城?再不给钱就放把火?"

查铁柱忙解释:"哎,伍局长,这话可不是我说的,真不是!是刘金水和周培成说的!伍局长,你不知道,苏阿福太霸道了,没听完我们的话就要喊保安赶我们走!小刘一下子恼了,把一支刚吸完的烟头扔到了地板上。苏阿福就说:'你他妈的想烧了我的娱乐城啊?'小刘话赶话接了上来:'就算我烧了你这鸟窝又怎么了?你们是大富豪,老子是没饭吃的穷人,赤脚的不怕你穿鞋的!'周培成也说了句气话:'再不给这二十万,小心哪天我们就在你娱乐城放把火!'我当时就批评了他们,很严肃哩!还给苏老板道了歉,这事你可以去问苏老板!伍局长,你不知道,对这支施工队,我一直抓得比较严,上半年还被评为方舟公司优秀施工队,我们老总李大川敢把这支队伍交给我,就是知道我的为人,对我很放心……"

伍成义敲了敲桌子:"又跑题了——说说看,你批评这刘金水和周培成时,心里的真实想法是什么?拿不到钱对苏阿福就没有怨愤吗?就没有报复的念头?"

查铁柱沉默了片刻:"说心里话,我连杀了他的心都有!苏阿福早先不过是个摆地摊的个体户,好像还进过号子吧?现在官商勾结,发了,他大富豪了!我们倒好,为国家拼了一辈子命啊,万把几千块,一个个全结账回家了!我们把这点保命钱凑起来,搞了这么个自救的装潢公司,他还黑心赖我们的账!这还有天理吗?!"

伍成义故意问:"如果这把火不是因为你的原因造成的,你会很开心吧?"

查铁柱脸一下子白了:"哎,伍局长,这是什么意思啊?我怨愤再大,也不会这么幸灾乐祸的,真想杀苏阿福,我可以单挑嘛!——你的话我听出味来了,你们是不是怀疑我故意放火?这误会可就太大了!我是党员,还是总支副书记。我说过的,我干过矿山救护队长啊,哪里出了险情,我就带人冲向哪里!怎么可能故意放火呢?水火无情啊,大火一起来,烧死的就不是一个苏阿福了!"

伍成义心里已多少有数了:"查铁柱,你知道就好!这场火灾的性质我们先不谈,我们还是来谈事实。现在的事实是:一、因为你烧电焊引起了这场大火;二、你们方舟公司第三施工队和大富豪娱乐城存在经济纠纷。是不是这个情况?"

查铁柱连连点头:"是的,是的,这我都承认!可我们施工队和大富豪娱乐城的经济纠纷和这场火灾没什么关系!我们老总李大川一再提醒我们,要我们通过协商或者法律途径解决问题。至于我查铁柱的为人,我们李总可以替我做证明!"

省市那么多领导都在等着听汇报,弄清了基本事实之后,伍成义没再问下去,果断结束了对查铁柱的第一次讯问:"好了,查铁柱,我们今天先到这里吧!"

查铁柱却意犹未尽:"你们还得找找歌唱家刘艳玲啊,她也能替我做证明!"

伍成义站了起来:"查铁柱,你不要吵了,看看这份记录,签个字吧!"

查铁柱接过讯问笔录认真地看了一遍,哆嗦着手签了字。

签字时,查铁柱还在不停地说:"反正我……我不是故意放火,刘艳玲能证明!我对苏老板意见再大,也……也不会去放火!这……这你们不能赖我……"

伍成义这才火了,把查铁柱签过字的讯问笔录往公文包里一装,怒道:"查铁柱,你知道这场火烧死多少人吗?一百五十四人!就算是失火,你也罪大恶极!"

查铁柱一下子呆住了:"什么?烧……烧死了一……一百五十四人?啊?"

伍成义没再理睬查铁柱,把公文包一夹,匆匆离开了审讯室。

临出门时,伍成义注意到,查铁柱身子晃了晃,软软地瘫倒在地上……

7

寻找重要知情人刘艳玲时,公安局另一组办案人员费了很大的周折。

火灾现场没发现这位"歌唱家"的踪迹,南二矿区家里也没有此人的芳影。据刘艳玲的母亲说,她这位当"歌唱家"的女儿从海南载誉归来以后,在长山市内的演出工作一直比较繁忙,请她唱歌的单位和领导太多,这阵子已经基本上不回家了。办案人员没办法,电话请示伍成义以后,调动了各分局、各派出所的值班人员,临时在全市范围内搞了一次突击扫黄,这才好不容易在上海路43号夜巴黎泳浴中心包间里把刘艳玲找到了。公安人员出现在刘艳玲面前时,刘艳玲的确在唱歌,唱"你有几个好妹妹,为什么每个妹妹都嫁给了眼泪"。是躺在一位喝醉了的广东建筑承包商怀里唱的,一对丰满的乳房正牢牢把握在那个中年男人手上。

　　这位歌唱家显然已把大富豪娱乐城的大火给忘了,派出所人员要带她走时,她马上现出了一副可怜相,泪水涟涟说:"同志,同志,你们……你们肯定搞错了,我……我也就是坐坐台,唱唱歌,我……我从不卖身做那种生意啊……"

　　上海路派出所方所长经验丰富,二话不说,把刘艳玲的手袋一下子抖了个底朝天,几个避孕套当场暴露出来:"还狡辩哩!不做那种生意,你随身带这些东西干什么?别以为我不认识你!你的外号是不是叫'歌唱家'啊?这阵子是不是一直在大富豪娱乐城卖淫啊?给我放老实点,我们一直盯着你呢!"

　　刘艳玲没话说了:"好,好,我认倒霉,认罚,你们说个数吧!咱们最好当场解决,这种事我在南方碰到过,人家很讲效率,就是当场解决的,交钱就走人!"

　　方所长没当场解决,按伍成义的要求,把刘艳玲带进了辖下的上海路派出所。

　　进了上海路派出所,刘艳玲仍没想起那场已造成了重大灾难的大火,还试图就自己的卖淫罚款问题和方所长讨价还价:"所长,你少罚我两个,我肯定不让你们派出所吃亏!我多给你们交代几个嫖客,你们去罚那些嫖客嘛,都是大款哩!"

　　方所长桌子一拍:"这事回头再说,先给我说说大富豪的火!"

　　刘艳玲这才想起了大富豪的火灾:"说这呀?那……那可不是我的事!"

　　方所长又唬又诈:"不是你的事我们就找你了吗?老实交代你的违法事实!"

　　刘艳玲白了脸,叫了起来:"违法的不是我,是……是我们后道房的查叔查铁柱,我爹过去的大徒弟,大火是……是他弄的,这……这可不关我的事,真的!"

方所长挥挥手:"那就细说说,都是怎么回事呀?啊?刘艳玲,这种地方想必你也来过,如果耍滑头,你小心我旧账新账和你一起算,卖淫就够劳教的了!更何况,你今天这情节极其恶劣!大富豪娱乐城烧成那个样子,死了那么多人,你竟然跑了,又到夜巴黎做起生意了,还有点心肝吗?!"

刘艳玲吓坏了:"我……我没心肝,方所长,你……你让我咋说我就咋说!"

方所长又来火了:"我让你实事求是说,有一说一,有二说二!你刚才说火是查铁柱弄的,查铁柱是怎么弄的啊?是失火还是放火啊?把过程都说说清楚!"

刘艳玲小心地看着方所长,回忆着:"是……是这么回事,今晚快九点的时候,有个老板打传呼让我到大富豪去陪他,我当时在夜巴黎没生意,就过来了。一进楼门就闻到了一股烟味,上到三楼才发现,三楼的仓库烧起来了。我挺害怕,想逃,可听到楼上有嗞嗞啦啦焊电焊的声音,就跑了上去,想和电焊工说一声。一上四楼,就看到了查叔查铁柱,原来……原来是他在那里焊电焊!"

方所长问:"在三楼时,你看到落下来的电焊火花了吗?"

刘艳玲说:"没有,火势那么大,有电焊火花我也看不见了。"

方所长想了想:"这就是说,你看到大火时,火已经烧了很久了?"

刘艳玲说:"肯定烧了很久了,我也纳闷,查铁柱怎么会没发现呢?!"

方所长注意地盯着刘艳玲:"查铁柱会不会发现了,故意让火烧啊?"

刘艳玲否认了:"不是,不是,后来查铁柱和我,和另一个姓周的工人一起救火的,我们一起找灭火器,还从前厅卫生间拉了根清洁工用的水管出来……"

方所长意外地发现了新线索:"哎,刘艳玲,你等一下,你是说,当时在场的,除了你和查铁柱,还有一个人?一个姓周的工人?是不是?"

刘艳玲"嗯"了一声:"是,好像是查铁柱手下的打工仔,喊查铁柱队长!"

方所长和气多了:"那你回忆一下,这个姓周的工人是什么时候出现在四楼电焊现场的？是在你上了四楼之前，还是在你上去之后？你又怎么知道他姓周呢？"

刘艳玲想都没想便说："查铁柱喊那人老周，老周是在我后面上来的！我正和查铁柱说着失火的事，老周上来了，也说着火了，拉着查铁柱要跑。查铁柱非要我和老周救火，老周还嘀咕说，救什么救，把这些x养的大富豪都烧死才好呢！"

方所长提醒道："刘艳玲，你说的这个情况很重要，一定要实事求是啊！"

刘艳玲说："就是这么个事嘛，不信你们去问查铁柱和那个老周！"

方所长说："这不要你烦，我们当然会问的——后来呢？"

刘艳玲耸了耸肩："后来……后来，我看火实在太大，马上要蹿上楼了，怕被困在里面出不去，就第一个跑下楼了，下楼之前还喊了一声，让查铁柱他们也快点走。再后来，你们知道的，我又去了夜巴黎，一直在陪那个广东佬喝酒唱歌。"

方所长最后问："离开火灾现场以后，你是不是又见过查铁柱和那个老周？查铁柱和老周和你说过什么没有？他们有没有打过电话或者传呼给你？"

刘艳玲摇摇头："没有，都没有，他们谁也不知道我的传呼号码！"

对"八一三"大火案重要目击者刘艳玲的目击讯问到此结束。

刘艳玲这时也闹清楚了，公安机关这次找她的目的不在扫黄，而在于搞清火灾情况，神情中现出一丝侥幸："方所长，着火的事我都说清楚了，可以走了吧？"

方所长脸一拉："走？你往哪里走？现在该说说你那些好生意了！"

刘艳玲只好说自己的好生意，愣都不打，马上把那个广东佬卖了。

方所长并不满足："不止那个广东佬，你这个歌唱家名气大得很哩！"

刘艳玲很为难，嘀咕说："捉奸捉双，不抓现行也算啊？"

方所长说："算，凡和你做过的都算，你今天得竹筒倒豆子了！"

刘艳玲想了想，问方所长："方所长，你这回是不是玩真的？"

方所长眼一瞪："你以为是和你开玩笑吗？我再说一遍，你今天这性质极其恶劣！大富豪娱乐城烧死那么多人，你不说向公安机关报告，还去做那种事！"

刘艳玲怯怯地看了方所长一眼，又问："不论是谁，我……我都得说？"

方所长虎着脸："说，通通给我说出来！"

刘艳玲吞吞吐吐道："你们派出所的王立朋和我做过，只给了我五十块钱……"

方所长一怔，拍起了桌子："刘艳玲，你给我放老实点！"

刘艳玲一脸怯意，也不知是真害怕还是装害怕："方所长，我说不说吧，你非让我说！真的，王立朋真和我做过，就在大富豪包间的沙发上，按倒就干！大富豪在王立朋分管的片上，王立朋和苏阿福又是兄弟哥们，别说给了我五十，就是给五块，我也得和他做啊！方所长，你们只要能对王立朋秉公执法，我就继续交代！"

方所长这才黑着脸说："这个法恐怕执不了了，告诉你，王立朋已经死了，烧死在大富豪娱乐城了，所以你也少给我胡说八道，更不许在外面乱说！"

刘艳玲吓了一跳："真的？王立朋今天牺……牺牲了？"

方所长不接茬儿，没好气地喝道："少废话，继续交代吧！"

刘艳玲却不交代了，嫣然一笑道："不年不节的，你们又不急着发奖金，我交代啥？总得细水长流嘛！我都交代了，有钱的老板们全让你们抓完了，咱们的日子都不好过！王立朋都知道培养税源，你当所长的咋就不知道？真是的！"

方所长火透了，从桌前站起来，走到刘艳玲面前又吼又跳："刘艳玲，你胡说什么？你以为我们公安人员都像王立朋吗？王立朋今天被烧死了，是他狗东西的幸运，如果不死，那不仅仅是罚款，是要双开的，开除公职，开除党籍！"

就在这时，市局的电话到了，是副局长伍成义打来的，了解对刘艳玲的突击讯问情况。得知方所长在为卖淫问题和刘艳玲纠缠不清，伍成义发了脾气，在电话里训斥方所长说："你神经有毛病啊？烧死的那一百五十多人还扔在那里，省委、市委这么多领导等着我们汇报，你还在审什么卖淫嫖娼问题，当真要钱不要命，要钱不要脸了?！还有你们所的那个片警，怎么也死在大富豪了？到这种娱乐场所竟然带着枪！你们都给我小心了就是，就算我和江局长饶了你们，检察院也不会饶了你们！马上把这个三陪小姐送过来，还有讯问笔录！"

放下电话后,方所长再不敢怠慢,立即安排车,亲自送刘艳玲去了市局。

刘艳玲当夜即被市公安局拘留,临时羁押于公安宾馆。

8

方舟装潢公司第三施工队电焊工周培成和管道工刘金水是在城西区一处装潢施工工地被抓获的。当时,周培成和刘金水都穿着印有"方舟装潢"字样的工作服在工地上干活,像根本不知道大富豪娱乐城着了火。执行任务的公安人员要带他们走时,他们还一再问:"怎么回事?这都是怎么回事啊?我们到底犯了什么法?"

然而,这两个涉嫌者毕竟不是作案老手,显然没经历过这种吓人的场面,内心的虚怯几乎是遮掩不住的,交涉过程中,一直不敢正视公安人员的眼睛。领队的钟楼分局王小峰副局长注意到,从被带上警车开始,周培成就浑身发抖,脸上、额头上虚汗直冒。因此王小峰开初以为这场突击讯问可能会很容易得到正确的结果。

没想到,问题偏偏出在周培成这个最重要涉嫌者身上。

周培成对警方提出的所有的涉嫌疑点都不承认,甚至连他们施工队和大富豪苏阿福那二十万的经济纠纷都推说不知道,要王小峰去问他们的队长查铁柱。审到后来,查铁柱和刘艳玲两边的交代全出来了,周培成才承认说,他和刘金水八月十三日下午是跟着队长查铁柱找苏阿福要过工程尾款,也确实吵过架。可周培成仍不承认火灾发生时自己去过大富豪,刘金水也信誓旦旦地证明,大富豪着火时,周培成一直和他在一起,吃过晚饭后就到城西区工地干活去了,从没离开过工地一步。

王小峰副局长由此判断,事发后周培成可能和刘金水、查铁柱订过攻守同盟,不得不认真对付了。他敲着桌子,极是威严地说:"周培成,你以为咬死口不承认,事实就不存在了?你以为和刘金水、查铁柱订了攻守同盟,就能蒙混过去了?事实就是事实!我可以告诉你,有位重要的目击者在起火现场看到过你!"

周培成坚决不承认:"那……那他可能看错人了!"

王小峰副局长内心焦虑,却尽量保持着耐心:"你说的这个情况也有可能,如果这位目击者是偶然路过,无意中看了你一眼,不排除会看错人。问题是,这位目击者最初参加了救火,和你,和查铁柱一起呆过一段时间,知道你姓周,还亲耳听到你对查铁柱说'救什么火?把这些大富豪全烧死才好哩!'对不对?!"

周培成当即叫了起来:"我没说过这话,我说了,我当时不在现场!"

王小峰把桌子一拍:"那么,你找苏阿福要钱时威胁过要放火吧?啊!"

周培成知道这话关系重大,头一昂:"当时说的话多了,我记不清了!"

王小峰火透了,冷冷威胁道:"周培成,你不要这么死硬!我警告你,你现在已经涉嫌犯罪了,伪证罪!你不要以为你什么都不承认,我们就不能抓你判你,不管这把火是怎么烧起来的,不管与你有没有直接关系,作为中华人民共和国的公民,你都有义务作证,要把自己知道的情况向我们执法机关说清楚!"

周培成偷偷看了王小峰一眼,怯怯地把头低了下去。

王小峰口气缓和了一些:"周培成,你也不要怕,就算你实事求是,承认到了现场,我们也不会认定就是你放的火,我们办案要的是证据,不仅仅是口供!"

周培成说:"王局长,那……那你们何必要问我呢?把证据拿出来好了!"

王小峰实在没办法了,让周培成冷静一点,好好想一想顽抗的后果,自己出去给自己的连襟、市局局长江正流打了个电话,汇报说周培成确有放火嫌疑,建议江正流立即和检察长叶子菁通一下气,特事特办,马上对周培成采取拘留措施。

江正流没听完就把电话挂了,要王小峰先把周培成涉嫌放火的事搞清楚再说。

也是巧,这边刚放下电话,刘金水那边就突破了,审讯人员向王小峰汇报说,刘金水交代了。大富豪娱乐城着火前一个时,周培成确实到大富豪去了,说是去给查铁柱帮忙,是踏着一辆三轮车去的,想回来时顺便把用过的电焊机拖回来。娱乐城大火烧起来后,周培成一个人慌慌张张回来了,说是查铁柱不小心,把大富豪弄失火了,搞不好要进去,还说是查队长交代的,让他不要承认到过现场。

王小峰心里有底了,再次走进讯问室时,二话不说,先把周培成铐了起来。

周培成的脸一下子白了,这才明白,自己和查铁柱、刘金水订的攻守同盟是那么靠不住,没要王小峰多说什么,便连连道:"我说,我说,我是到过现场!"

王小峰怒道:"现在愿意说了?那就说清楚,到现场干了些什么!"

周培成吞吞吐吐说:"能……能干什么?我就是想给查队长帮忙!我是电焊工,这……这份电焊活本来该我干的,我……我闹情绪不去,查队长才去了。我到现场后发现火烧起来了,就……就和查队长,还……还有一个小姐一起救火……"

王小峰紧追不舍:"是你先发现的火情,还是那位小姐?"

周培成紧张极了:"是……是那位小姐,她在我前面上的楼!"

"你离开宿舍赶往大富豪,具体是什么时间?"

"这……这我记不太清了!"

"好好想想,想清楚再说!"

"好像……好像是八点多钟……"

"八点多多少?说准一点!"

"好像……好像刚过八点吧?"

"从你的宿舍到大富豪骑三轮车走不了一个小时吧?"

"一般也……也就是半个小时……"

"还有半个小时你在干什么呢?有没有到娱乐城里逛一逛啊?"

周培成说不下去了,怔怔地看着王小峰:"王……王局长,你……你怀疑我……我放火是不是?着火前,我……我根本没进过娱乐城,真……真的……"

王小峰逼视着周培成,目光犀利:"周培成,你别急着解释,先回答我的问题,那半小时你都干了些什么?既然没进娱乐城,那你在什么地方啊?"

周培成胆怯地回避着王小峰的目光,支支吾吾回答说:"我……我在路上和……和一个骑自行车的老头撞……撞了一架,我……我们吵了起来……"

"路上?哪条路?"

"知……知春路口……"

"这个老头姓什么，叫什么？"

"这……这我怎么会知道？"

"形容一下他的样子。"

"就……就是一个老头，不高也不矮，不……不胖也不瘦！"

"你这等于没说！老头什么长相？"

"这……这我说不清楚，长……长相很一般……"

王小峰心里益发有数了："周培成，请你给我放老实点！大富豪娱乐城这把火烧死的不是一个两个人，是一百五十四人啊！多少无辜的家庭被这把火葬送了，多少儿子失去了父亲，多少妻子失去了丈夫，多少老人失去了儿子女儿！"

周培成脸色苍白难看，无力地呐呐道："这……这和我有什么关系？"

王小峰压抑不住地吼道："没关系？你不是说过吗？这些大富豪全烧死才好呢！烧死在娱乐城的这一百五十四人都是大富豪吗？绝大多数都是奉公守法，勤劳致富的市民百姓！他们利用闲暇时间到娱乐城休息一下，竟然落得这么个下场！"

周培成辩解道："我……我咒的大富豪不是他们，是……是苏阿福那种人！"

王小峰哼了一声："周培成，我看你的情绪很成问题，不恨穷，就恨不均！"

周培成心里很不服气，愣了半晌，终于壮着胆，勉力打起了精神："不……不是！我……我恨的只是不公！只要……只要是公平的，我没啥话说！现在许多事公平吗？他……他苏阿福怎么富起来的？怎么就敢这么公开开妓院？苏阿福开……开妓院，你们……你们公安暗地里还保护，我……我们的老婆女儿却去卖淫！"

王小峰一怔，近乎庄严地责问道："周培成，你这话说得有根据吗？啊？我们哪个公安在保护妓院？苏阿福这个娱乐城是妓院吗？你说的这个我们是指谁？又是谁的老婆女儿在大富豪卖淫？今天都请你说说清楚，我们一定去查，去办！"

周培成口气强硬起来："查谁办谁呀？王局长，这种官腔你就别打了吧！"

王小峰缓和了一下口气:"好吧,好吧,周培成,这事我们先不谈!你以后可以慢慢谈,这些情况如果属实,我们一定会依据党纪国法严肃处理!但是,不论怎么说,这都不应该成为你仇视社会,进行疯狂报复的理由……"

周培成冷笑起来:"怎么?王局长,你还真认为这把火是我放的?"

王小峰尽量平静地说:"周培成,谁也没认定这把火是你放的,这把火究竟是怎么烧起来的,我们会去进一步深入调查,相信用不了多久就会真相大白的!"

周培成试探着问:"那就是说,你们……你们现在抓我并没有多少理由?"

王小峰毫不客气地说:"有理由,这理由还很充分,你涉嫌作伪证!"

……

9

八月十四日上午九时,这些至关重要的讯问笔录都送到了省市领导们面前。

这时,省市领导们还在紧张忙碌地不断开会,叶子菁已记不清是第几个会了,反正一个会接一个会,从大富豪对过人民商场的临时会场一直开到西郊宾馆多功能会议厅。先是火灾事故情况通报,接着是市委常委扩大会,扩大到了公检法三长。天亮之后,又是火灾事故处理领导小组善后工作协调会。在协调会上,市委书记唐朝阳阴沉着脸宣布说:"十点还要开个全市党政干部大会,副处以上干部全部参加,不准请假!'八一三'大火伤亡惨重,震惊全国,在这种非常时期,各单位、各部门,长山市每一个党员干部都有责任在市委、市政府的统一领导下,全力以赴做好社会稳定工作。"这期间,从北京和省城打过来的电话,发过来的电传和明码电报一直不断。国家安全生产管理总局、国务院办公厅、中央有关方面领导相继发出了一系列严厉指令,要求迅速查明火灾原因。天还没亮,省检察院和省公安厅两位一把手就紧急往长山赶了,八点刚过,最高人民检察院和公安部的电话也追了过来。

好在对三个火灾涉嫌者和一个现场目击者的讯问材料及时出来了,

相关的现场证据也找到了,省市领导们才略微松了口气,这才抢在全市党政干部大会召开之前,抓紧时间开了个案情汇报分析会。会议由市委书记唐朝阳主持,省委常委、常务副省长王长恭,市人大主任陈汉杰,市政法委全体成员和公检法三长参加了会议。

会议气氛沉重而压抑,省市领导们的脸色很忧郁,与会者们都赔着一份谨慎和小心。倒是王长恭还放得开些,脸上努力挂着一丝笑意,要大家打起精神来。

似乎是为了打破会场上的沉闷,鼓舞士气,王长恭在会议一开始就表扬公安局说:"正流同志啊,我看你们公安局还就是过得硬嘛,十二小时就把起火原因搞清楚了,把几个重要涉嫌者全控制起来了,这是抓住了战机嘛,开局不错啊!"

江正流说:"王省长,这不都是分内的事嘛,我们公安局干的就是这个嘛!"

市委书记唐朝阳感慨地说:"'养兵千日,用兵一时'啊,这种时候主要看你们的了!你们就是要主动一些,要不断抓住战机,还有检察院和法院,也都要有这种主动出击、连续作战的精神!好了,江局长,你先说说目前掌握的情况吧!"

江正流点了点头:"好吧!"看着面前的讯问记录,胸有成竹地说了起来,"唐书记、王省长,同志们,根据几个犯罪涉嫌人和目击者的初步供述和现场取证的情况来看,这场大火疑点很多,不排除有人故意放火。故意放火的人有可能是方舟装潢公司第三施工队队长查铁柱,也有可能是该施工队电焊工周培成!"

唐朝阳马上问:"正流同志啊,你们这么推测,这个,啊,有什么根据啊?"

江正流看了叶子菁一眼,对唐朝阳道:"唐书记,这不是我一个人的推测,是我们具体办案同志的初步判断,叶检和检察院的同志也有相同的认识!根据市委的指示精神,检察院已经提前介入,一直在配合我们的侦查,我们是通了气的。"

王长恭把目光转向了叶子菁:"哦,子菁,也说说你的想法和看法吧!你这个检察长发现了什么啊?哦,有一点我还要再次充分肯定,就是敏感性,你和检察院的同志在第一时间及时赶到了现场,和正流配合得不错,值得表扬啊！"

叶子菁觉得现在是公安局在第一线办案，自己不宜多说什么，便道："王省长，还是先听江局谈吧，别冲淡了主题，我的想法和看法回头再汇报！"又适时地解释了一下，"我真不是有什么敏感性，也是赶巧了，昨晚我正在陈主任那汇报工作，听说大富豪着火，就随陈主任一起过去了。江局，你说，继续说！"

江正流说了下去："现在已经搞清楚了，起火的直接原因是电焊的灼热焊流从四楼落到了三楼仓库，引燃了仓库里的剩余装潢材料、油漆和娱乐城淘汰下来的旧沙发。我们已经在四楼现场发现了那台烧坏的电焊机，在三楼仓库发现了凝结成块的焊流。从表面看，这是一场电焊作业不慎引起的火灾。但情况没这么简单，目前看来，起码存在以下三个疑点：一、方舟装潢公司第三施工队和大富豪娱乐城存在严重经济纠纷，从方舟公司法人代表李大川，到几个涉案嫌疑人全都承认，并且承认不满情绪很强烈，这种强烈的不满情绪会不会导致他们中的某个人失去理智，铤而走险呢？二、火烧起来有个过程，着了那么大的火，电焊作业者查铁柱为什么没有及时发现？仅仅是疏忽吗？三、几次扬言要放火烧娱乐城的电焊工周培成奇怪地出现在现场，对自己出现的合理性却无法解释。周培成在无法自圆其说的半小时内都干了些什么？有没有可能钻进三楼仓库故意放火呢？很值得怀疑！"

这些怀疑也是包括叶子菁在内的所有与会者的怀疑。

江正流简短的汇报结束后，陈汉杰第一个说话了，情绪比较激动。

陈汉杰说："现在看来，情况比较复杂，有可能是失火，也可能是有人故意放火，江局长和办案同志的怀疑不能说没有道理。所以，我们办案就要慎重了，一定要以事实为根据，以法律为准绳！"针对案情，就这么原则地说了两句，谁也没想到，陈汉杰话头一转，批评起了公安局，"在这之前，我找办案同志了解了一下情况，真吓了一大跳啊！讯问笔录上有些话我记了下来，现在给大家念念吧！"

与会者的目光全盯到陈汉杰脸上，叶子菁禁不住有些担心了。

陈汉杰戴上老花眼镜，看着手上的笔记本："先来听听查铁柱回答讯问时是怎么说的。查铁柱说：'我连杀了苏阿福的心都有！苏阿福官商勾结，发了，他大富豪了！我们为国家拼了一辈子命啊，万把几千块，一个个全结账回家了！我们把这点保命钱凑起来,搞了个自救的装潢公司,苏阿福还黑心赖账！这还有天理吗?'周培成的话就更让我揪心了！周培成说:'苏阿福怎么就敢这么公开开妓院啊？苏阿福开妓院,你们公安暗地里还保护,我们的老婆女儿却去卖淫！'"

会场上的气氛骤然紧张起来,似乎充满了火药味,随时可能爆炸。

叶子菁注意到,唐朝阳和王长恭对视着,用目光交流着什么,脸色十分难看。

陈汉杰把老花眼镜摘下,扫视着与会者:"同志们,两个犯罪嫌疑人说的情况存在不存在啊？我看还是存在的吧？比这还黑的事恐怕还有吧？比如说,我们某个执法机关和盗窃犯勾结,大收赃车,都告到我们人大来了！我已经让子菁同志和检察院过问了！今天我不是在批评哪个同志,也不是为查铁柱和周培成辩护,不管什么理由,只要事实证明他们纵了火,该杀就杀！但我想提醒同志们,一定要注意社会情绪啊,一定要把老百姓的疾苦放在心上,不能这么麻木下去了！"

王长恭强作笑脸接了上来:"好,好,我看陈主任提醒得好,很好！这种时候一定要注意社会情绪！同志们,大家千万不要忘了一个事实,查铁柱、周培成都是南部破产煤矿下来的失业工人,这样的工人在长山市还有三万！所以,我们公、检、法各部门办这个案子一定要慎而再慎,一定要以稳定为前提！正流,陈主任刚才提到的这些问题,你要抽时间去查一下,要给老百姓和方方面面一个交代！"

江正流忙站起来,解释道:"王省长,陈主任,我们公安系统可能存在这样那样的问题,有些问题也许还很严重,可……可要说保护谁开妓院,恐怕……恐怕不是事实！查铁柱、周培成有明显的反社会倾向,他们说的话不能作为根据……"

王长恭脸一拉,没好气地道:"正流同志,你就不要再解释了,现在不是解释的时候！你们要集中精力办好这场火灾案,公、检、法密切配合,你们在座三长就是第一责任人,都要负起责任！与此无关的话题都不要说了,继续汇报分析案情！"

陈汉杰似乎听出王长恭的弦外之音,当即予以反驳:"长恭同志啊,我刚才说的这些话,可都与这场大火有关啊！破产失业工人的情绪你和省委也知道,昨天还闹过一场未遂卧轨,把我们长山折腾得够呛！现在好像大家已形成了一种共识,好像就是放火了!带着这种先入为主的情绪可不行啊,不能定调子嘛!尤其是江局长和子菁同志,办案权在你们手上,你们一旦搞错了,那是要人头落地的,搞不好还会引起严重的社会动乱,这也不符合省委、市委稳定压倒一切的精神嘛!"

谁也不能说陈汉杰说得不对,可谁都感到陈汉杰弦外有音,有点不顾大局。

毕竟是自己的老领导,毕竟是案情分析会,这样开下去可不行,对老领导不好,对会议的顺利进行也没有任何好处,叶子菁便及时地插了上来:"哎,陈主任,我们现在不是在汇报分析吗?谁也没定调子嘛,江局长也不过是种分析!"

陈汉杰看着叶子菁:"江局长说了,你们检察院也分析是放火,是不是?"

叶子菁赔着十分的小心:"是的,陈主任。根据现在掌握的情况看,放火的可能性的确不能排除!对江局长和公安局的分析判断,我们检察机关基本上是持赞同态度的。但是,陈主任,你提醒得对,这也是我正想说的,不能定调子,我们现在绝不会带着任何主观印象去办案,是失火也好,是放火也好,关键看下一步的证据。目前看来,放火证据还不太充分,我和江局商量了,准备进一步调查取证。"

唐朝阳提醒说:"你们在办案过程中,要注意一个问题,就是内外有别。即使有确凿证据证明是放火,也要注意对外宣传的口径。我个人的意见是就事论事,一定不要特别强调犯罪嫌疑人的破产矿工身份,要讲政治,顾大局!"

王长恭接上来道:"朝阳同志这个意见我赞成,省委赞成。刘省长、赵书记刚才还打了电话过来,要求我们特别注意当前社会的敏感点,我看这一条要作为政治纪律规定下来,一定要顾全社会稳定的大局!"怕陈汉杰产生误解,马上又强调说,"陈主任刚才说得很好嘛,不管有什么理由,只要事实证明有人纵了火,该杀就杀!今天你们公、检、法三家都在这里,我希望你们都能有个明确态度!"

江正流代表公安局第一个表了态:"王省长,唐书记,我们公安局听省委、市委的招呼,在任何时候、任何情况下都坚决按省委、市委的指示办事,不打折扣!"

法院院长洪文静也跟在江正流后面表了态:"党领导一切嘛,这没啥好说的!王省长,唐书记,我们法院肯定听省委、市委的招呼!"似乎言犹未尽,看了叶子菁一眼,"可关键得看检察院将来怎么起诉,检察院怎么起诉我们就怎么判嘛!"

王长恭、唐朝阳、陈汉杰和所有与会者的目光都集中到了叶子菁身上。

叶子菁觉得这态不好表,党的领导是政治领导,党也要在法律允许的范围内活动。省委也好,市委也好,都不应该干涉具体案件的侦查审理,这其实是个谁都知道的基本常识。于是,便斟词酌句道:"王省长,唐书记,我们检察院一定坚定不移地认真贯彻落实省委、市委的指示精神,一定以事实为根据,以法律为准绳,把这桩影响重大的案子办好,不枉不纵,对死难者亲属和全社会做出法律交代!"

唐朝阳显然听出了叶子菁表态的微妙之处,冲着叶子菁点点头说:"好,子菁同志,你有这个态度就好。市委不会对具体案情做什么指示,更不会以权代法,干涉影响你们办案。不过,其他方面的影响可能还会有,比如,你丈夫黄国秀,今天早上就把电话打到我这里来了,为方舟装潢公司打保票。我没什么客气的,和他说了,这个保票你黄书记最好不要打,让我们的公安检察机关依法去办!"

叶子菁这才知道,这个破产丈夫竟然把电话打到市委书记唐朝阳那里去了!

唐朝阳继续说:"所以,我说啊,现在依法治国还不是那么尽如人意,问题是多方面的,既有权与法的问题,以权代法,以权压法,也有情与法、理与法的问题!我不否认矿务集团破产领导小组组长黄国秀是个好同志,对破产煤矿的工人有很深的感情,可这种感情绝不能影响到我们办案,影响到我们公正执法!"

叶子菁一时间浑身燥热,不无窘迫地道:"唐书记,您说得对,这个问题我一定会特别注意!"继而,说起了正题,"火灾的直接原因要进一步查清楚。另外,对涉嫌渎职这方面的线索恐怕也得马上查,如果行动迟缓,也许会给涉嫌渎职的犯罪分子造成串供和脱罪的机会。现场情况证明,渎职问题不但存在,后果还很严重!比如说,苏阿福盖到路面上的那片门面房,比如说大富豪的无照经营……"

唐朝阳挥了挥手,打断了叶子菁的话头:"子菁,这些都不必细说了,你们公、检、法三家就依法去办吧!不过,当前的重点还是要摆在起火的直接原因上。现在我们的压力极为沉重,必须尽快做出正确结论!好了,同志们,时间不早了,马上还要开党政干部大会,下面我就代表市委、市政府讲几点精神……"

唐朝阳代表市委、市政府做指示时,叶子菁走了神,眼前又现出昨夜那场划破夜空的熊熊大火,心里既焦虑又紧张。省委、市委面临的压力,其实也是她和江正流面临的压力。不管带不带主观情绪,做不做定论,查铁柱和周培成都有放火之嫌。查铁柱确有可能以烧电焊做掩护,制造失火的假象,周培成也有可能在说不清道不明的那半个小时内钻进三楼仓库做什么手脚。进一步的侦查取证必须马上开始,要提醒一下江正流,请伍成义和公安局的同志们查清以下一些问题:周培成这半小时到底干什么去了?他说他在知春路口和一位老人吵架,谁能证明呢?三楼仓库着火时,身在四楼的查铁柱是不是真发现不了?恐怕要做一下侦查实验……

10

新的证据次日上午出来了。据知春路执勤交警和两个报亭摊贩证明,八月十三日晚上八时至九时,知春路口没发生任何交通纠纷,更没见到一个骑三轮车的中年人和一个什么老人吵架,不要说吵了半小时,半分钟也没有。而大富豪现场的侦查实验则表明,三楼大火烧起来时,身处四楼的人的确看不到,原因很简单,娱乐城前厅没有任何窗子,除非火势大到足以从楼梯口蹿上来,否则查铁柱不可能发现。

"……不过,这并不能说明查铁柱就没有放火的可能!"江正流和叶子菁碰头通报情况时说,"叶检,我请你注意一个重要事实,查铁柱不是偶然到大富豪娱乐城去一次,临时焊了这一次电焊,他是负责大富豪装潢的施工队长,在那里干了半年活,对这座楼的结构应该很熟悉,完全可能利用这一点制造失火假象!"

叶子菁明白江正流的意思:"这就是说,疑点还是疑点?"

江正流说:"我看已经不是什么疑点了,事实差不多可以认定了!"

叶子菁仍很谨慎:"江局,我看还不能认定,这还是我们的主观推测嘛!"

江正流有些恼火了:"叶检,王省长、唐书记一直在盯着咱们啊,都等着要结果,快急死我了,你怎么还这么婆婆妈妈的?这么大的案子,这么多的疑点,先把这两个家伙以放火罪逮捕再说嘛,一百五十多条人命啊,保证冤不了他们!"

叶子菁不为所动,忧心忡忡地说:"江局啊,放火和失火可是性质完全不同的两回事啊!失火最高刑期七年,放火可是要判死刑的,不能不慎重啊。我们不但有个对上级领导负责的问题,更有个对事实和法律负责的问题嘛!"

江正流不好再说什么了,亲自跑到看守所主持了对查铁柱的又一场审讯。

让叶子菁和检察院的同志都没想到的是,就在当天下午案情出现了重大突破。查铁柱终于悔罪了,承认是他故意放火。现场取证也有了新收获,三楼仓库发现了汽油燃烧的残余成分。对查铁柱的审讯结束后,江正流和公安局的同志带着最新的审讯笔录和相关立案材料,再次找到了叶子菁,要求检察院马上对查铁柱和周培成以涉嫌放火罪正式逮捕。为了证明没上手段,还带来了一盘审讯录像带。

这是叶子菁第一次看到查铁柱,尽管是在录像上。当时,叶子菁并不知道录像上的这个中年人和自己丈夫黄国秀有什么特殊关系,只是根据案卷记载,知道这个中年人是黄国秀过去在南二矿任党委书记时的一个部下,矿山救护队队长,现在则是一个具有强烈反社会情绪的放火嫌疑人。也就是那晚在西郊宾馆看录像时,叶子菁注意到,这个中年人多少有些面熟,好像在过去某个模糊的岁月里到他们家来过,也许是来向黄国秀汇报工作,也许是喝酒。黄国秀在南二矿当党委书记时,经常有些干部工人找到门上和他喝酒,曾经让叶子菁不厌其烦,也生了不少气。

市委书记唐朝阳提醒的不错,除了权与法的问题,客观上也确实存在着情与法、理与法的问题。面对录像带上受审的前矿工查铁柱,叶子菁心里有一种说不出的滋味,既有同情怜悯,也有厌恶憎恨。她多希望这一切都不是真的,多希望查铁柱面对公安人员大声申辩:"不,我不是故意放火!"可事实让叶子菁既沮丧又震惊!

查铁柱精神几近崩溃,在审讯过程中他一直泪流满面,不断悔罪,说是自己罪大恶极,说是他恨死了大富豪的苏阿福,就故意放火。据查铁柱供认,到大富豪娱乐城放火,他是蓄谋已久的。不过,事前事后都没有和任何人说起过。他是施工队长,二十万工程尾款要不回来是他的责任,所以八月十三日晚上,他才以烧电焊为掩护,故意让大富豪娱乐城烧了起来,其后的救火完全是演戏。

录像带上的江正流问:"……那么,查铁柱,你为什么要演这个戏呢?"

查铁柱说:"不是歌唱家刘艳玲上……上来了吗?后来还有我们施工队的老周,周培成,他们都……都看见三楼仓库着火了,我……我不假装救火不行啊!"

江正流问:"周培成又是怎么到现场来的?他真的一点不知情吗?"

查铁柱说:"就是没……没周培成的事嘛,全是我的事,真的!"

江正流问:"怎么这么巧呢?偏偏在大火烧起来的时候,周培成也到了?还有,你为什么让周培成不要承认到过现场?出于什么目的?放火的事都承认了,还有什么好怕的?把周培成的情况也给我们说说清楚!"

查铁柱号啕大哭起来,一把把抹着鼻涕:"真……真没有周培成的事啊,我……我不能说假话啊!要……要毙你们毙我!一百五……五十多条人命啊,就……就毙我一百五十次我……我也不冤,我认罪伏法,认……认罪伏法!"

江正流责问道:"查铁柱,你在此之前为什么不承认放火?"

查铁柱喃喃地说:"那……那是我心存幻想,以为你……你们查不出来!"

江正流说:"查铁柱,这你就想错了!俗话说得好嘛:要想人不知,除非己莫为!我再问你:你在烧电焊之前,有没有往仓库里浇过汽油或者其他燃烧物?"

对这个关键问题,查铁柱当场否认了:"没有,这……这没有……"

江正流直截了当地追问:"那么,周培成呢?有没有可能这么干?"

叶子菁注意到,这时候录像上的查铁柱像疯了似的,直着脖子叫了起来:"没有,我……我说过,没……没周培成的事!你……你们就当……就当是我泼了汽油吧,枪毙我吧,我什……什么罪都认,反正,反正我……我是不想活了……"

很明显,江正流和公安局在汽油这一细节上有诱供嫌疑,录像上一清二楚。

好在报捕材料上这一细节没有作为证据列出,叶子菁和检察院也就没有就此提出质疑。检察、公安两家毕竟要密切配合办好这个大案要案,上面追得又这么急,江正流和公安局的心情完全可以理解,在这种时候没上手段已经算不错了。

不过,在公安局报送的材料上,周培成的罪名仍是涉嫌放火。

叶子菁和负责批捕工作的副检察长张国靖琢磨了一下,觉得不妥。

张国靖便以商量的口气对江正流说:"江局,周培成现在以放火立案不合适吧?此人虽有放火嫌疑,但他自己既没承认,又没人证物证,将来如果不能以放火罪提起公诉,我们就被动了!最好还是以伪证罪先立案吧,你们看呢?"

江正流和公安局的同志也没再多坚持,事情就这么定了下来。

八月十五日晚上,经长山市人民检察院批准,查铁柱以涉嫌放火、妨碍司法作证两项罪名被正式逮捕立案,周培成以涉嫌伪证罪被同时批准逮捕。妨碍司法作证的水电工刘金水,因最终帮助公安机关认定了事实,履行了自己的作证义务,传讯后被监视居住。负有法人责任的方舟装潢公司总经理李大川也被监视居住,随时听候有关执法部门的传唤……

第三章　泰山压顶

11

王长恭在"八一三"大火案发生后的三天中没有离开过长山一步,没睡过一个囫囵觉。三天三夜忙下来,王长恭眼泡青肿,走路打晃,疲惫已到极点。然而,也正因为有这么一位勇于负责的省委常委、常务副省长挡在第一线,长山市委、市政府的日子才略微好过了些。面对相继赶到长山了解情况、指导工作的中央有关部门领导,王长恭带着沉痛的心情,一次次代表省委、省政府做检讨,主动承担领导责任,给市委书记唐朝阳和长山市的干部们留下了十分深刻的印象。

八月十六日下午,根据中央和国务院领导的最新指示精神,省委召开专题研究"八一三"大火的省委常委会,王长恭才拖着疲惫不堪的身子准备离去。临走前还是不太放心,又把公安局长江正流和检察长叶子菁找去,听取最新的案情汇报。

汇报地点在西郊宾馆王长恭的套房。汇报开始前,王长恭还对协调小组的同志们就火灾死难者的善后工作做过几点指示。事过许久以后,叶子菁还记得,王长恭当时的指示精神是:制定善后方案时要灵活一点,要把对死难者家属的赔偿抚恤政策用到最大限度,不能按一般的伤亡事故处理。

协调小组的同志走后,王长恭就着这个话题先说了几句,情绪明显不佳:"稳定压倒一切,先花钱消灾吧!这几天重伤员又过去了两个,死亡人数达到了一百五十六人。他们的直系亲属,亲朋好友起码上千号人,必须考虑他们的情绪!绝不能让他们跑到省城、北京去群访告状,这个意见我还要在省委常委会上说的!"

叶子菁和江正流点头应和着,并没就这个话题深谈下去——他们一个是公安局长,一个是检察长,职责是办案,死难者的善后处理不是他们分工负责的事。

王长恭似乎看出了他们的心思,往沙发后背上一倒:"你们呢,也有个积极配合的问题,要配合有关部门做好死难者家属的工作,既要制服犯罪分子,警示和教育群众,还要扩大办案的社会效果,化被动为主动,维护社会政治局面的稳定!"

看得出,此时的王长恭已经心力交瘁,实际上是在勉力支撑着。

叶子菁和江正流不敢多言,一连声地应着,请王长恭和省委放心。

王长恭这才挥挥手:"好吧,你们把案子的最新进展情况说说吧!"

江正流汇报起来,把查铁柱招认的放火事实和立案情况说了一下,坚持认为周培成也有参与放火的嫌疑。"——不过,对周培成目前还没有以涉嫌放火立案,而是以伪证罪立的案,检察院比较谨慎,认为这样做可能比较稳妥。"

王长恭表示说:"谨慎稳妥是对的,以免将来造成被动嘛!办案权在我们手上,周培成现在也在我们的掌握控制下,以后查实有放火证据再以放火罪立案起诉也不迟!"话头一转,却又道,"但是,子菁,这个案子还是要抓紧啊!"

叶子菁汇报说:"王省长,这个案子我们一直抓得很紧,现在我们全集中到西郊宾馆日夜办公了,今天在会上我和大家说了两点,一是要特事特办,二是要依法立案定案。江局长这边的侦查工作我们一直在积极配合,该立案的立案了,该批捕的也批捕了,省检察院那边也很重视,要求我们市院一天一报。"

王长恭比较满意,揉着困涩的眼皮说:"好,好,看来你们公安、检察两家合作得不错,这就好!不瞒你们说,开始我有些担心啊,怕有些同志在这种时候不顾大局,有意无意地给省委、市委添乱,这种苗头不是没有嘛,不能不警惕嘛!"

叶子菁心中一紧,马上想到了老领导陈汉杰,以及陈汉杰在这场火灾案发生后的一系列出人意料之外的表现,觉得王长恭这话绝不是泛泛而谈,而是实有所指的,既是指变相打横炮的陈汉杰,只怕也是在指她——她毕竟是陈汉杰任市委书记时提上来的检察长,在王长恭和长山市一些干部群众眼里是陈汉杰的人。

王长恭点到为止,没再说下去:"正流,子菁,你们一定要清楚,目前我们要抓的重点就是两件事,一是妥善处理死难者的赔偿抚恤问题,二是从重从快把这个案子依法办掉,平息广大死难者家属的愤怒情绪!现在社会上传说很多,许多市民好像知道是放火了,纷纷要求严惩凶手。所以,子菁啊,你们检察院不能按部就班啊,要真正做到特事特办,对放火犯罪分子尽快起诉!"

叶子菁理解这位前市长的心情,老搭档陈汉杰在那里盯着,自己这个具体办案的检察长又是陈汉杰的人,王长恭不会没有想法。因此,叶子菁没有强调困难,也没做什么解释,只道:"好吧,王省长,您这个指示我一定带回去和同志们好好研究,用足用活法律政策,争取在最短的时间里对涉嫌放火的犯罪分子提起公诉!"

王长恭点了点头,又指示说:"还要注意严格办案纪律,保守秘密,案件这边一突破,社会上怎么马上就知道了?怎么这么快啊?一下子杀声四起,搞得省委市委都很被动!保密问题,检察院要注意,公安局也要注意,尤其是公安局!"

江正流解释说:"社会上的传闻估计也是猜测,放火的说法早就有了!"

王长恭不悦地看了江正流一眼:"猜测?猜测得这么准啊?你们一定要有政治警惕性,要及时发现反馈有关本案的动向和情况,力争牢牢掌握办案主动权!"

江正流表示说,回去后立即传达贯彻王长恭的这一重要指示精神。

让叶子菁没想到的是,接下来,王长恭话头一转,过问起了具体案情:"怎么听说大富豪娱乐城的老板,就是那个,啊,苏什么福也被这把火烧死了?三天过去了,这么重要的情况怎么都不汇报啊?正流同志,子菁同志,你们倒说说看!"

叶子菁觉得自己不便说,怎么解释只怕都解释不清,便把目光投向江正流。

江正流到底是王长恭一手提起来的干部,对这种带有明显不满的质疑根本没当回事,笑着解释说:"王省长,这您可别误会,我们这三天的重点不是放在查铁柱、周培成这些直接肇事者身上吗?渎职那一块没怎么顾得上,所以,我和叶检他们商量了一下,决定对苏阿福的死暂时保密,这不是担心查渎职时碰到障碍嘛!"

王长恭盯着江正流："这个苏阿福是不是真死了？确凿吗？"

江正流道："不假，真是烧死了，我和叶检都亲自查看过尸体。"

叶子菁也证实说："是的，王省长，这一点我们绝不会搞错的！"

王长恭略一沉思："这件事还是要汇报，你们要尽快向市委汇报一下！"又指示说，"渎职问题也要一查到底，没有渎职问题放火后果不会这么严重！"

叶子菁适时地汇报说："王省长，对渎职这一块，我们已经在查了，第一批六个犯罪嫌疑人已经立案拘留，就是昨天的事，估计马上还要拘几个。"

王长恭颇为欣慰："这就好啊！子菁，你是检察长，一定要发挥好检察部门的法律监督和查办职务犯罪的职能作用，彻查严办造成放火后果的责任人和相关管理部门的渎职犯罪人员，在这方面也要给人民群众一个满意的交代！"

叶子菁苦笑道："王省长，这类案子比较棘手哩，可不像直接起火原因那么好查，我们的动作不能说不迅速，可还是出现了串供、涂改、假造证据的现象……"

王长恭说："对那些涂改证据，弄虚作假，抗拒查处的，可以考虑在法律允许的范围内从重处理！不过，子菁，我也要提醒你一点，可能你心里也有数，长山的干部队伍情况比较复杂，历史上有些恩恩怨怨，你这个检察长就要注意了，绝不能带着主观情绪办案，更不能搞得人人自危，人心惶惶，一定要就事论事啊！"

这既是提醒，也是警告，明白无误的警告。

叶子菁想了想，诚恳地表明了态度："王省长，如果有一天，您和省委发现我背离党纪国法另搞一套，可以考虑把我撤换下来，我绝不会有什么怨言，真的！"

王长恭和气地笑了："子菁，言重了吧？"又亲切地说，"替我带个话给老陈吧，请他一定不要这么激动，长山出了这么大的事，谁的脸面都不好看嘛！仅仅是让我和唐朝阳难堪吗？他老陈就不难堪？过去他是市委书记，现在还是市人大主任，就没有一点责任吗？我就承认有领导责任嘛，这几天见了谁都检讨！"

很明显，王长恭是把叶子菁当做陈汉杰的代言人了，这番话说过以后,没等叶子菁搭什么话,又让秘书小段拿出两小罐茶叶,放到叶子菁面前:"子菁,这是浙江省党政代表团上月来我省访问时送的新龙井,我一直给老陈留着呢,你替我带给老陈吧!请他一定多注意身体,少为一些无聊的小事生闷气!"

叶子菁心里很不自在,却又没法不应,只得把茶叶收到了自己的手提包里。

让叶子菁没想到的是,王长恭又不无严厉地批评起了江正流:"正流,你是怎么回事啊?啊?怎么突然盯上陈小沐了?陈小沐涉什么黑呀?你们的同志究竟掌握了什么证据啊?传得一塌糊涂,难怪老陈对你们公安局意见这么大!"

江正流显然没有思想准备,怔了一下,慌忙汇报说:"王省长,陈小沐真有涉黑问题啊,在复兴路上开了个小沐饭店,和一些不三不四的人混在一起,欺行霸市,还发生了用刀子捅人事件,受害者现在还在医院躺着呢,不抓真不行啊!"

王长恭不悦地说:"打架斗殴嘛!不是已经拘留几天了吗?赶快放掉吧!"

江正流似乎挺为难:"王省长,这…这恐怕不行。人家受害者不答应啊!"看了叶子菁一眼,"叶检正好也在这里,我就实话实说,这恐怕要立案起诉的……"

王长恭脸上挂不住了,看了看江正流,又看了看叶子菁:"立案起诉?子菁同志,你们当真起诉啊?老陈会怎么想啊?你叶子菁又怎么去面对老陈啊?"

叶子菁不知案情内幕,含糊道:"王省长,这案子不是还没移送过来嘛!"

王长恭冲着江正流脸一拉:"那就不要移送了,你们公安局做做工作,让陈小沐他们多赔点钱,请受害者撤诉!这个陈小沐我知道,一直让老陈头痛得要命!"

江正流不敢再坚持了,苦着脸道:"好吧,王省长,我们尽量做工作吧!"

临走,王长恭又加重语气指示说,严重危害社会公共安全的犯罪分子是任何国家任何社会制度都不能容忍的,对放火的查铁柱,要尽快起诉,早杀快杀公开杀!

王长恭这一连三个"杀"字,给叶子菁留下了深刻的印象。

12

看着那两小罐特级龙井,陈汉杰意味深长地笑了,对叶子菁说:"子菁啊,火灾发生那晚我就说过嘛,这把火一烧,有些同志日子就不好过喽!看看,说准了吧?人家主动求和了!好啊,送了茶叶,还亲自干预,放了我家小沐一马!"

叶子菁适时地探问道:"老书记,陈小沐这……这次又是怎么回事呀?"

陈汉杰倒也坦诚:"小沐不是个好东西,生事精哩,我没少骂过他。不过,这次倒不能全怪他,伤了人不错,可并不是小沐捅的,而且也事出有因!受伤的家伙是个劳教释放人员,想试着收小沐饭店的保护费,用过餐后,把饭店供在门厅的财神爷抱走了。小沐哪是饶人的,一声吆喝,手下的人就上去了,和那家伙打了起来,混乱之中,也不知是谁捅了那家伙一刀,姓江的和公安局就找小沐算账了。"

叶子菁赔着小心道:"这也不能说公安局不对嘛,毕竟是捅伤了人嘛……"

陈汉杰手一摆:"子菁,小沐的事不说了。我告诉你,长恭同志和江正流的这份情我是不会领的,我巴不得把陈小沐判个三年五年,让这混小子接受点教训!"

叶子菁认定陈汉杰说的不是真心话,可却故意当成了真心话来听,话说得也很真诚:"是的,是的,老书记。那天在您家时我就想说,社会上对陈小沐的议论真不少,这些年各种传闻一直就没断过,对您老领导有消极影响哩……"

陈汉杰没容叶子菁说下去:"所以,总有人拿小沐做我的文章嘛,过去做,现在还是做!"显然不愿再谈这个不愉快的话题,话头一转,又说起了王长恭,"我们长恭同志聪明啊,讲政治啊,现在来求和了,我看晚了!"

叶子菁心里愕然一惊:"老书记,您……您这话是什么意思?"

陈汉杰淡然一笑:"什么意思?你去想呗!好好想想,往深处想!"

叶子菁无论怎么想也不敢把这场大火和王长恭联系起来,只好保持沉默。

陈汉杰心情不错,把一小罐龙井茶启了封,一边沏茶一边说,颇有些猫耍耗子的意味:"子菁啊,长恭同志这好茶送来了,我们得喝啊,不喝白不喝! 不过,喝茶归喝茶,原则还得坚持,该说的话我还要继续说,襟怀坦荡嘛!"

叶子菁笑道:"老领导,那你就别打哑谜了,真了解什么情况就说说吧!"

陈汉杰脸一虎:"哎,子菁啊,现在可是你们在办案啊,怎么要我说啊? 我能了解什么情况? 这检察长是我当的啊!"把泡好的茶往叶子菁面前重重一放,"检察长大人,还是你先给我说说吧,都是怎么回事呀? 啊? 当真要按长恭同志的指示把那两个煤矿失业工人杀了? 还早杀快杀公开杀? 也太急了点吧? 啊?"

叶子菁应付着:"案子最后怎么判是法院的事,现在还没到那一步呢!"

陈汉杰说:"你知道就好,子菁。我提醒你一下,你这个检察长是市委提名建议,人民代表选举产生的,你叶子菁要对法律负责,对人民负责,不是对哪个人负责! 我看有些人现在是想糊弄过去,想借两个失业矿工的脑袋把这件事摆平,这不行! 就算是那两个矿工放火,渎职问题也要给我彻底查清,一个也不能放过!"

叶子菁故意说:"老书记,你这指示和长恭同志的指示并不矛盾嘛!"

陈汉杰不冷不热地看着叶子菁:"子菁啊,你怎么也学会耍滑头了? 我看还是有些矛盾的吧? 我们这位前市长恐怕有点言不由衷吧? 什么就事论事? 什么长山的干部队伍情况比较复杂? 什么恩恩怨怨? 都是托词嘛,目的只有一个,希望你们不要动真格的,最好能眼睁眼闭,网开一面,你不承认有这意思?"

叶子菁只好承认:"这我也想到了,包括你家小沐的事,就有交换的色彩。"

陈汉杰哼了一声,讥讽说:"所以我才说嘛,我们长恭同志老道啊,表的这些态,做的这些指示,可以说是滴水不漏啊,还很有大局观念哩! 倒是我老陈,不顾大局,在这种时候还打横炮,给省委市委添乱! 子菁,你是不是也这样想?"

叶子菁婉转地道:"老书记,我怎么想无关紧要,可这种时候大局总还要顾嘛。如果个人的感情色彩太强,对渎职案的查处也不利嘛,可能会给一些同志造成错误印象,好像我们不是在依法办案,而是在进行什么派系斗争,这就不好了!"

陈汉杰激动起来:"子菁,这你搞错了,今天和你谈这个案子,我没带任何感情色彩!这么大的一场火,烧死了这么多人,我痛心啊,夜夜做噩梦啊!他一个个混账东西还想滑过去?!"越说越气,"你看看这几天,啊?全省不少地市的头头都跑到长山来慰问了,慰问谁啊?不是慰问那一百五十六个死难者家属,是慰问我们市委、市政府的领导,给他们压惊!他们哪里受惊了?是头上的乌纱帽受惊了吧?这些官僚们,谁把我们老百姓当回事了?这种风气我是看不下去,我今天在办公会上已经说了,如果哪个市的领导同志跑到我们人大来慰问,我概不接待!"

叶子菁不禁有些肃然起敬:"老书记,你……你就不怕得罪人啊?"

陈汉杰淡然道:"我这人大主任是最后一站了,还怕得罪谁呀,不怕喽!"叹了口气,又说了下去,"所以,子菁,对这个案子我的意见是,一定不要急,他们谁急你都不要急,要特别注意案子的质量,把它办成铁案,看看这后面的名堂到底有多少!比如说,这么多门面房盖到街面上,他苏阿福不给我们的干部送钱行吗?能没人管他?你们找大富豪娱乐城的那个苏阿福问一问嘛,相信会有收获的!"

说这话时,陈汉杰并不知道苏阿福已经死了,一副胸有成竹的样子。

叶子菁想了想,还是说了:"老书记,你可能不知道,苏阿福也烧死了!"

陈汉杰怔住了:"什么什么?苏阿福也烧死了?这里面是不是有名堂啊?"

叶子菁也就实话实说了:"现在不好判断,不管查铁柱是不是故意放火,起火的直接原因都是烧电焊。而查铁柱和方舟公司工人们除了报复情绪,不可能和哪个官员的渎职受贿有联系,他们的社会地位够不上我们的官员嘛!"

陈汉杰思索着:"查铁柱和工人们的情绪会不会被什么人利用啊?"

叶子菁摇摇头:"这我们也注意了,现在还没发现这种线索和迹象。"

陈汉杰语出惊人："那么，有没有另一种可能呢？苏阿福并没死？"

叶子菁一怔："老书记，这是您的假设，还是……"

陈汉杰说："当然是假设了，不过，我建议你们再好好查查！"

叶子菁苦笑道："该查的早查过了，我和江正流都很重视，亲自过问的！"

陈汉杰提醒说："哎，子菁啊，关于江正流，我上次就和你交过底，今天再和你打个招呼，要保持一定的警惕性，长恭同志那么想捂盖子，这位江局长能大揭锅吗？从他那里过来的情况，你要多问几个为什么！当然喽，江正流不能代表整个公安局，公安局办案同志都还是不错的，副局长伍成义就很好嘛，及时向我通报了情况，所以我在第一次案情分析汇报会上才做了这么个有针对性的发言！"

这么一说，叶子菁才知道，原来最早的审讯情况是伍成义透露给陈汉杰的。

一年多之前，市公安局调整班子时，伍成义和江正流这两个副局长都在考察名单上，陈汉杰是想让伍成义上的，名字摆在江正流前面，政法口的同志们都以为伍成义要上。结果却有些出人意料，伍成义因为平时说话不太注意，被抓了不少小辫子，江正流比较谨慎，又有王长恭这位政治新星做后台，意外地提了公安局长。因此，伍成义一直对王长恭耿耿于怀，和老书记陈汉杰走得比较近也在情理之中了。

喝着茶，陈汉杰又关切地询问道："苏阿福一死，渎职案不太好办了吧？"

叶子菁叹息道："这还用说？八月十三日晚上发生的火灾，八月十四日下午我们就根据有关线索采取行动了，头一批拘了六个，包括大富豪娱乐城消防安全员，消防支队防火处专管员，钟楼区城管委负责解放路违章拆除的副主任汤温林。今天又把工商、文化市场管理几个部门玩忽职守的家伙们拘了，就是我来之前的事。不过，办得都不太顺利，涉嫌者一推二六五，我的感觉他们似乎知道苏阿福死了。"

陈汉杰讥讽道："江正流知道的事还保得了密啊？涉案人还会不知道啊？"

叶子菁狐疑地道："老书记，现在话还不能这么说吧，江正流还是保密的，连王长恭都不知道苏阿福烧死的事，临走时还当面问过江正流，也不太高兴哩!"

陈汉杰带着轻蔑笑了笑:"子菁,这你也相信?他们在你面前演戏嘛!"

叶子菁想想,觉得没根据的事不能胡说,便没就这个敏感的话题再说下去。

陈汉杰却胸有成竹:"就算苏阿福真死了,这个案子也不是办不下去,只不过难度大一点,周折多一点罢了!"说着,从办公桌抽屉里拿出几封举报信,"我这里收到了几封举报信,举报的都是市城管委主任周秀丽,其中有一封就涉及到大富豪娱乐城,说得很清楚嘛,苏阿福给这位女主任送过四万块钱,违章建筑是她批的!这封举报信你拿回去好好分析研究一下,也许会对你们办案起到点作用!"

直到这时,叶子菁才恍然悟出,陈汉杰真把王长恭套进去了!周秀丽的情况她知道,是王长恭做市长时"四大花旦"中的头号"花旦",机关干部群众对他们之间的关系传说纷纭,演绎了不少花花绿绿的故事,陈汉杰还在全市党政干部大会上辟过谣。

陈汉杰也适时地说起了这件事:"大家都知道,周秀丽后面有王长恭啊!她和王长恭到底是个什么关系我一直不太清楚,社会上谣传四起的时候,我还在市委书记岗位上,不能任凭这些流言蜚语干扰工作嘛,还在一次会上好心好意地为长恭同志辟了谣。没想到,倒把长恭同志和那个周秀丽得罪了,解释都没法解释!"

叶子菁却觉得陈汉杰辟谣的好心好意很值得怀疑,在她的印象中,就是从那次辟谣事件后,二人的关系进一步恶化了,以至于到今天隔阂越来越深,难以化解。

陈汉杰老道程度一点不比王长恭差,打出了这致命的一枪,用周秀丽套住王长恭后,倒先做起了自我批评:"在周秀丽的问题上,我是有责任的,这个同志最早还是我发现的嘛,是我提名建议把她摆到市城管委主任的岗位上的!现在看来是用错了人,犯了错误了!当然,人也是变化的,谁也不能替她打一辈子包票嘛!"说到这里,幽默了一下,"家用电器也不过包个三五年,我的包修期算过去了!"

叶子菁苦中作乐,也回之以幽默:"现在家用电器可要终身包修了!"

陈汉杰半真不假地道:"怎么,你叶子菁也要办我吗?"

叶子菁马上说:"哎,哎,老书记,这种玩笑可开不得……"

陈汉杰脸一拉,近乎庄严地道:"叶子菁,我不和你开玩笑,在这种时候也没心思和你开玩笑!有渎职一定要办,我陈汉杰如果渎了职,你该怎么办怎么办!其他领导渎了职也要给我依法去办,你这次要准备碰硬,准备豁出去!"

叶子菁怔了好一会,才含糊地表态说:"老书记,您这话我会记住的!"

13

从市人大院里出来,天已朦胧黑了下来,叶子菁郁郁不快地让司机送她回家。

现在,叶子菁只想回家好好睡上一觉。到西郊宾馆集中办案已经四天了,一次家都没回过,四天里电话不断,汇报不断,白天黑夜没有片刻的安宁,已搞得她身心交瘁。更要命的是,来自上面的压力越来越大,王长恭、陈汉杰各唱各的调,唐朝阳和市委到底是个什么意思现在还不清楚,下一步案子肯定难办了,甚至办不下去。查铁柱不是那么好杀的,周秀丽也并不好查,凭几封匿名举报信怎么查?现在哪个干部没有举报信啊?捕风捉影举报她的也有嘛,春节前市纪委还找她谈过话。

真得好好想想了,越是在这种雷鸣电闪的时候越是要保持清醒的头脑,不管王长恭、陈汉杰做什么指示,有什么倾向,具体案子总要由她和检察院来办。一个严峻的问题她不能不想:案子真办错了,王长恭、陈汉杰都不会认账的。他们也许会反过来责问说,我们不懂法,你也不懂法吗?这检察长可是你当的!她今天如果被谁牵着鼻子走,将来就会有人办她的渎职罪了!因此她必须慎而再慎,既要小心地避开头上的雷鸣电闪,又要依法办事,把案子彻底查清楚,责任重于泰山啊!

越想心里越乱,坐车回家的路上,叶子菁脑海里一片混乱,昏昏欲睡。车到矿务集团机关宿舍楼前,叶子菁竟睡着了,是司机叫醒了她。

上楼进了家门,被破产丈夫黄国秀堵了个正着。

黄国秀一见叶子菁进门,劈面甩过来一个惊叹号:"子菁,可等到你了!"

叶子菁有些意外,本能地觉得大事不好,这个破产书记可不是好对付的,他必然要为保护方舟装潢公司和查铁柱纠缠不休。于是,她打消了在家睡觉的奢侈妄想,一边盘算着该怎么溜走,一边却做出一副挺随意的样子,勉强打起精神问:"哎,黄书记,你怎么回事啊,不废寝忘食了?这么早就赶回家来了?"

黄国秀接过叶子菁手上的公文包:"还说呢,这不是等你嘛!打电话你不接,打传呼你不回,你那专案重地我又进不去,也只能天天在家里守株待兔了!"

正在客厅做作业的女儿小静插上来说:"爸,你用词不当,我妈不是兔子!"

叶子菁走到女儿面前,亲昵地拍了拍女儿的脑袋,苦笑说:"小静啊,你妈还不如个兔子呢,连在自己窝里都不得安宁。瞧,你爸这杆猎枪又在等着我了!"

黄国秀直咧嘴:"小静,听你妈这话说的——叶检,你也太抬举我了吧?我算什么猎枪?小静刚才还说呢,我这几天已经从破产爸爸进化成慈母了……"

小静马上讥讽:"黄书记,我说的是'磁母','磁铁'的'磁'!不管什么铁都吸!妈,就连我这块黄书记一贯瞧不起的小角铁都被吸得牢牢的,黄书记等你时,不断地向我汇报,为失火的那两个工人叔叔叫屈!这人命关天的大事我也不好太马虎了,就代你做了几天的检察长。现在你真检察长来了,我这模仿秀也该下岗了!"

果不其然!叶子菁马上开溜:"别,别,小静,你千万别下岗,我拿件衣服就得走!这模仿秀你还得做下去,没准哪天也能到电视上风光一把呢!"

黄国秀急了,一把拉住叶子菁:"哎,哎,叶检,你总得赏脸在家吃顿饭吧?我在午门外候驾候了这么几天,耽误了多少事啊!你检察长大人怎么说也得让我奏上一本吧?你别怕,我知道你现在重任在肩,时间宝贵,一定长话短说!"

叶子菁不听也知道黄国秀要说什么,可一点不听又不行,只怕连女儿都会责怪她,只得应付道:"好,好,老黄,那我给你十分钟时间!"

黄国秀连连应着:"行,行,就十分钟!"说着,把叶子菁拉进了卧室。

进了卧室,叶子菁往床上一倒,闭上了困乏的眼睛:"说吧,说吧,抓紧！"

　　黄国秀不清楚叶子菁这几天的疲劳情况，上前去拉叶子菁："起来，起来，叶检，你这样哪像听汇报的样子？唐书记、王省长也没躺在床上听过我的汇报嘛！"

　　叶子菁这才叹着气，说了实话："老黄，夫妻一场，你可怜可怜我好吧？这把大火一烧，我可惨了，这四天总共没睡过十小时，真想一觉睡到明天天亮……"

　　黄国秀乐了："好，好啊。那你就睡，好好睡一觉，明天再到西郊宾馆去！"

　　叶子菁却警觉了，主动坐了起来，极力撑起眼皮："别，别，案子刚开始办，那么多事呢。老黄，你有什么话就快说，再不谈正事，我可真要走了！"

　　黄国秀不敢啰嗦了，正经起来，一连串地问："哎，子菁，还真是放火啊？说是查铁柱和周培成都以放火罪立案了，要判死刑？省委领导有指示，要从重从快，公开杀？到底是怎么回事？你们检察院是不是真的准备按放火罪起诉了？"

　　叶子菁心不在焉地听着，哈欠连连，一言不发。

　　黄国秀推了叶子菁一把："哎，你倒说话呀！"

　　叶子菁忍不住又一个哈欠："老黄，不该你问的事，你最好别问！"

　　黄国秀声音一下子提高了八度："哎，叶子菁，你这叫什么话？怎么就不该我问啊？查铁柱、周培成都是我们南二矿破产失业工人，他们生产自救的方舟公司是我和集团党委支持搞起来的！为什么叫'方舟'啊？就是《圣经》里挪亚方舟的意思！现在市场经济洪水滔天，煤矿失业工人没人管了，一个个党支部解散了，党员关系全转到街道了，这时候一批共产党员站了出来，保留了这惟一的一个支部……"

　　叶子菁摆摆手："老黄，这些事我都知道，你不要说了，这与本案无关！"

　　黄国秀不无激动地反驳道："这是必要的背景分析！把这个背景了解清楚，对你们办案是有好处的，能让你们保持清醒头脑！叶子菁，我告诉你，现在工人中传言可不少，有些话说得也比较激烈，说省里市里有些头头为了保自己的乌纱帽，不惜歪曲事实，想把失火定为放火，都想逃避领导责任……"

叶子菁做了个手势："打住！——黄国秀，你就敢保证不是放火？啊？"

黄国秀不接叶子菁的话题，只管进攻："叶子菁，请你先说说清楚，我们一些省市领导这么急于定查铁柱他们放火，有没有舍车保帅的意思？有没有？"

叶子菁有苦难言："老黄啊，这你让我怎么说呢？省市领导有什么想法，我怎么会知道？反正我得依法办案，不能渎职，免得将来让人家办我的渎职罪！"叹了口气，又郁郁说，"王长恭和陈汉杰的矛盾你不是不清楚，你自己琢磨去吧！"

黄国秀马上明白了："别琢磨了，我知道情况挺复杂，所以才为你担心！如果这个案子真没法公正客观地办，你就别办了，让他们撤你好了！"又忧心忡忡问，"子菁，你们以放火罪逮捕了查铁柱，是不是真掌握了什么过硬的证据啊？"

一涉及到具体案情，叶子菁又是公事公办的口气了，谨慎地道："现在你就别问了，如果到时候我们以放火罪提起公诉，你一定会在法庭上看到有关证据的。"

黄国秀仍不甘心，向叶子菁拱了拱手："好，好，子菁，我不为难你，我问的话不要你正面回答，只要你点点头，或者摇摇头就成，你就当我是瞎猜吧……"

叶子菁根本不给黄国秀钻空子的机会："别，别，你最好啥也别问！"

黄国秀苦起了脸："叶子菁，说到底你还是我老婆啊！"

叶子菁纠正道："不光是老婆，还是叶检！"

黄国秀无可奈何了，气恼之中，没好气地讥讽说："对，对，你是叶检！叶检，我看你现在简直就是一部法律大全了，浑身上下都是法律的气味……"

偏巧，这时女儿小静推门进来了，接过黄国秀的话茬儿打趣说："可不是嘛，我们家可是法律之家，空气中都弥漫着法律条文，人人依法办事，处处依法办事！"看着叶子菁，脸上浮出了一丝坏笑，"叶检，有个情况我得反映一下，黄书记这几天违反了《未成年人保护法》，老给我下面条，对我身体和精神摧残都很大，我智力严重下降！"说着，却把一个小本本递给黄国秀，"黄书记，请你签个字！"

黄国秀不干:"我违反《未成年人保护法》了,找你妈签字去吧!"

叶子菁接过小本本,正要签名,黄国秀又一把夺了过去,在小本本上只扫了几眼就火了:"黄小静,这一个星期你到底做过什么家务劳动?还自评优秀?"

小静一跳多高:"叶检,黄书记他又犯法了,涉嫌诬陷!他一天到晚在单位,我拖地、洗碗、擦家具他全没看到,竟然就敢断定我没做家务,是诬陷吧?"

黄国秀哭笑不得:"子菁,你看看我们这家,乱得像狗窝,她还狡辩!"

叶子菁笑道:"黄书记,你就签字吧,你没有证据的论点,我不予采信!"

黄国秀说:"那我保持上诉的权力!"说罢,苦笑着,掏出笔来签了字。

叶子菁问女儿:"小静,放暑假十几天了,怎么还没拿到成绩报告单?"

小静不以为然地说:"又不是我一个人,同学们谁都没拿到!"

叶子菁知道女儿一心要当记者,当作家,除了语文,其他功课都够呛。尤其是数学,上个学期竟然不及格!便狐疑地问:"你这学期的数学考得怎么样啊?"

小静一本正经道:"妈,应该还行吧,考完后自我感觉不错!"

黄国秀毫不留情:"自我感觉?黄小静,是幻觉吧?"

黄小静不敢恋战了,接过签了字的小本本就走:"叶检、黄书记,你们继续谈,我就不打搅了,我给你们做饭去,再次用行动证明我是如何热爱劳动的!"

叶子菁也不想和黄国秀再谈下去了,站了起来:"小静,做好饭,你们爷俩吃吧,我也得回西郊宾馆去了。老黄,你看看,这谈了可不止十分钟吧?"

黄国秀不干:"哎,哎,叶检,你别走啊,你不在家时,黄小静可没给我做过一顿饭,你今天也让我沾个光,享受一下小静给你的特殊待遇嘛!"

小静也不想让妈妈走,扒着门框说:"妈,你别走,回宾馆也得吃饭嘛!"

叶子菁想想也是,便又坐下了:"好,小静,那你就抓紧点,别太复杂了!"

小静说:"不复杂,熟菜我老爸买了,我就是炒个青菜,下锅面条!"

小静走后，黄国秀又叹着气，和叶子菁点名道姓说起了查铁柱："子菁啊，查铁柱可真是个大好人啊。这里有个具体情况，你可能不太清楚，怎么说呢……"

叶子菁漫不经心地看着黄国秀："有什么不好说的？说嘛！"

黄国秀这才尽量平静地说："子菁，一九九六年十月南二矿的透水事故你还记得吧？负三百打通了老塘，淹死了二十多人，把我和一个检查组也困在下面了……"

叶子菁说："这事我知道啊，当时我还在矿区检察院，都吓死我了！"

黄国秀眼圈红了："子菁，你知道就好。我和那个检查组的三个同志全是查铁柱带人救出来的！为了救我们，查铁柱三天三夜盯在井下，差点送了命啊！"

叶子菁一怔："怪不得我觉得查铁柱脸很熟，他好像到我们家来过吧？"

黄国秀眼里已是泪水充盈："来过，还不止一次！最后一次是去年试行破产的时候，他找到我们家，把一大堆立功受奖的证书全带来了，含着泪问我，国家怎么不要他这个抢险英雄了？我怎么说？说什么？我把咱家两瓶五粮液全开给他喝了，喝到后来，他搂着我失声痛哭，要我这个党委书记不要把他们党支部解散，不要把他的组织关系转到街道上……"他哽咽着说下去，"后来的情况你知道的，这就有了方舟公司，就有了公司的几个施工队和这个党总支！"

叶子菁心里也很酸："所以，你不但盯着我，还把电话打给了市委唐书记？"

黄国秀承认说："是的，我根本不相信查铁柱会放火。子菁，这不可能啊！"

叶子菁仍保持着理智和清醒："老黄，这话先不要说了。好不好？"

黄国秀却仍在说，仰着脸，努力不让眼中的泪落下来："查铁柱被逮捕后，我寝食不安啊，想得也很多！我一直在想，我们有些领导为自己和他们部下同僚的乌纱帽考虑时，到底有没有替底层老百姓考虑过啊？子菁，我认为，如果在证据不足的情况下，把查铁柱和周培成仓促判了死刑，杀掉了，那就不是杀了两个人的问题，实际上是杀掉了民心！"

叶子菁心中不禁一震，怔怔地看着黄国秀，半晌无语。

黄国秀仰天一声长叹,又说:"子菁,我送你一句话,希望你能记住:'苟利国家生死以,岂因祸福避趋之'——一定要为民做主,公正执法啊!"

叶子菁这才郑重地道:"老黄,你这句话我一定会记住!我们检察院还有一句话,是前年去世的前任检察长留下的,我也记到了今天:'升官发财请走他路,贪生怕死莫进此门。'我这次准备经点风雨,见点世面!"话头一转,却又说,"不过,老黄,也不能以情代法啊,唐书记已经在会上公开提醒我了。所以我今天也得和你说清楚,你要有个思想准备,如果放火事实确凿,将来真以放火罪起诉查铁柱,你一定要尊重这个事实,不管这个事实多么残酷,绝不能以个人感情干扰我!"

黄国秀怔了一下,难受地点了点头,却又说道:"子菁,我当然不想用个人感情干扰你,我知道你是检察长,必须做法律机器,可我的个人感情还真是抛不开啊!还有个事你不知道,查铁柱十三号夜里被抓,第二天上午他老婆就喝农药自杀了,现在还在抢救!我前天到他们家去看了看,真是惨不忍睹啊!查铁柱的老父亲半身不遂瘫在床上,两个孩子眼中的泪都哭干了,家里已经两天没开伙了……"

叶子菁痛苦地摇着头:"可这都不是阻止执法的理由啊!"

黄国秀眼中的泪水落了下来:"是的,是的,这……这我也知道……"

因为黄国秀是矿务集团党委副书记,和查铁柱又有这么一种特殊关系,关心这个案子很自然,让叶子菁没想到的是,女儿黄小静竟然也在关注着这个案子!

一家三口围在客厅的大桌前吃过饭,黄小静马上缠上了叶子菁,要对叶子菁进行什么独家采访,说她是市小记者团副团长,要为小记者团立个很"酷"的大功。

叶子菁哭笑不得,把饭碗一推,站了起来:"对不起,老妈无可奉告!"

黄小静跟前跟后,真像个什么人物似的:"现在不是老妈了,是叶检!叶检,现在社会上对这个案子说法很多,据说这是放火,请问你们有放火的证据吗?"

叶子菁收拾着准备带走的换洗内衣:"少给我烦,据谁说的你去问谁吧!"

黄小静把学英语用的小录音机突然伸到叶子菁面前,吓了叶子菁一跳:"我现在就问你,叶检察长,根据你们掌握的情况,这个案子什么时候可以起诉?"

叶子菁火了,一把推开小录音机:"拿开,我还是那句话,无可奉告!"

黄小静小嘴一噘,生气了:"妈,我白给你做饭了?我有采访自由嘛!"

叶子菁觉察到自己态度生硬了,有些内疚地在女儿脸上捏了一把,挺和气地说:"静儿,你说的不错,你是有采访的自由,可妈也有拒绝采访的权力嘛,你真当上记者就知道了,这种事会经常碰到的!好了,静儿,别闹了,妈真要走了!"

没想到,却没走成,女儿早防着这一手了,把大门反锁了,钥匙藏了起来。

叶子菁站在门口,开玩笑说:"黄小静同志,你这可是涉嫌非法拘禁啊!"

黄小静脸上挂着甜甜的笑意,振振有词道:"叶检,如果对别人,你说的这个罪名可能成立,但我是你的女儿,你是我老妈!我老爸说了,你太累了,让我把你关在家里,留你好好休息一下,今天哪儿都别去,就在家里睡个好觉!"

一旁,正在餐桌前收拾碗筷的黄国秀也适时地投来了一缕关切的目光。

叶子菁看看丈夫,又看看女儿,心里不禁一阵发热,眼睛湿润了……

14

夜里下了一场大雨,连着几天的酷热消失了,早上起来后,天气凉爽宜人。

然而,在检察人员集中办案的西郊宾馆二号楼却感受不到这种宜人的清凉。楼里人来人往乱哄哄的,尤其是二楼物证室。火灾燃烧现场的相关物证图片已挂满了两面墙,让每一个目睹者过目难忘,再凉快的天也会浑身冒汗。叶子菁从物证室门前走过时,驻足向里面看了一眼,正看到一幅物证标号为0211的死难者遗体照片。这幅照片不知是公安局移送过来的,还是张国靖他们在现场自拍的,简直是触目惊心。死者生前是个什么样子不清楚,照片上的遗体已收缩成了焦黑的一团,没有一点人的模样,叶子菁禁不住一阵眩晕,马上产生了一种类似中暑的感觉。

到了走廊尽头自己的办公房间坐下,还没来得及看一看刚送来的案情通报,院办公室白主任便跟着进来了,吞吞吐吐地说:"叶检,得……得给你汇报个事哩!"

叶子菁以为又是协作单位迎来送往上的事,也没在意,看着案情通报,头都没抬:"白主任,现在情况特殊,你分工范围内的事就别汇报了,按规定办好了!"

白主任不好说下去了:"好,好,叶检,那……那这事我就不说了!"却站在办公桌对面不走,继续啰嗦着,"这事我也想过找张检,可张检忙着批捕组一摊子事一夜没睡,现在刚躺下。找陈检吧,陈检又在忙着工作协调上的许多事……"

叶子菁突然悟到,白主任可能真碰到了什么非汇报不可的事了,这才抬起头:"好了,白主任,有什么事就快说吧,大老爷们的,别弄得像个小媳妇似的!"

白主任舒了口气,搓着手道:"叶检,我也知道你太忙,按说这种事我们办公室是可以按规定处理,可人家祁老太非要见你们检察长一面,我这也就……"

叶子菁听不下去了:"什么祁老太?乱七八糟的!白主任,这可是办案组!"

白主任知道叶子菁误会了,忙说:"叶检,你忘了?这一百五十六个死难者不都分解到全市各机关单位去了吗?咱检察院不也摊了一户吗?就是祁老太啊!"

该死,还真把这件事给忙忘了!火灾发生后,善后处理的任务实在太重了,市委、市政府研究以后,搞了个临时措施,把做死难者家属工作的任务全分解下去了,全市党政机关,包括市纪委都分了几户。公检法三家当然不能例外,公安局人手多,分了两户,法院和检察院人手少,也各分了一户。叶子菁还慎重向白主任交代过,说这是一项政治任务,要求院办公室一定要按市委精神把工作做好。

叶子菁苦笑着,做起了自我批评:"对不起,白主任,我真忙糊涂了!你说说吧,咱们这户的工作做得怎么样了?啊?那位祁老太还有些什么要求吗?"

白主任挺动感情地汇报说:"叶检,总的来说还不错,祁老太真是识大体顾大局啊！儿子、媳妇，还有一个小孙子，一家三口全烧死了，这精神打击有多大呀，老太太没埋怨政府一句，更没提啥非分要求，只要见你们领导一面！"

叶子菁直到这时才知道，分到她检察院的这一户里竟然死了三个！而就是这么一个失去了儿子、媳妇、孙子的老太太竟然没有埋怨政府一句！多好的老百姓啊，对人家要见你一面的要求，你还有什么可说的？再忙也得去！

于是，叶子菁把原准备召开的办案组碰头会临时推迟了，和白主任一起去了市政府第三招待所，看望被临时安排住在那里的那位祁老太。

一路上，白主任不断介绍情况，叶子菁因此得知，这位祁老太是早几年退下来的小学教师，三个儿女两个定居海外，只有二儿子一家在长山。二儿子生前是贩卖炒货的个体户，儿媳妇生前是一家私企的仓库保管员，死去的孙子正好十岁，恰是为了庆祝孙子十岁生日，他们才碰上了这场弥天大祸。

白主任歔欷着，特别指出："……叶检，祁老太小孙子的死亡照片昨天洗出来了，就在物证室挂着呢。我去看过，物证编号0211，真惨啊！十岁的孩子啊，活着时那么天真烂漫，祁老太那里有照片的，现在竟然烧得像只叫花鸡了！"

叶子菁这才知道，0211号那焦黑的一团竟是个十岁的孩子！

到得市政府第三招待所，马上看到了那孩子生前的照片，是放在祁老太床头柜上的，八寸。照片上的孩子虎头虎脑，托着脑袋趴在花丛中，正如白主任所说天真烂漫，叶子菁无论如何也不敢把照片上的这个孩子和0211号物证联系在一起。

祁老太正睡在靠窗的一张床上打吊针，看上去形如槁尸。头发枯白散乱，两个眼窝深深陷了下去，目光一动不动地定在窗前。如果不是嘴角某根神经时不时地微微抽颤着，叶子菁几乎很难判断床上睡着的是个活人。老人身边守着检察院办公室的两个女同志，好像都是来院不久的大学生，叶子菁一时还叫不上名字。

白主任引着叶子菁走到祁老太面前，俯下身子，声音很轻，像怕吓着老人："祁老师，我们叶检察长来看您了，您有什么话要说就尽管说吧！"

祁老太陷在眼窝中的眼珠这才缓缓转动起来，把目光落在叶子菁脸上。

叶子菁坐到床前,拉起了祁老太的手:"老人家,真对不起,我来晚了!"

祁老太怔怔地看着叶子菁:"你是检察长?就是将来上法庭起诉的公诉人?"

叶子菁说:"是的,是的,老人家。我们检察院的职责就是代表国家对一切危害国家和社会的犯罪分子提起公诉。具体到这个案子,因为事关重大,我也许会以主诉检察官的身份出席法庭,支持公诉!不过,老人家,这还是将来的事,对火灾发生的情况我们目前还在调查取证阶段,你也不要太急,啊?!"

祁老太眼里汪上了泪,哽咽说:"好好查,好好去……去取证吧,一个也……也别放过!我见你,就是想告……告诉你,千万别……别放过他们,那些放火使坏的家伙,还……还有那些该对这事负责任的部门!他们这些当官的是干……干什么吃的?啊?怎么就让火烧成这个样子?连……连消防车都开不进去?一百五十六人啊,就……就这么走了,我的儿子、孙子,一家三口,就……就这么走了……"

叶子菁连连道:"是的,是的,老人家,我们绝不会放过任何犯罪分子!"

祁老太挣扎着坐了起来,泪流满面:"叶检察长,你……你们不能光这么说啊,要……要动真格的!这……这都好几天过去了,怎么……怎么还没查出个结果?啊?大家都……都要上……上街游行了,要……要向你们讨说法啊!"

白主任在一旁插话道:"叶检,这情况我知道,一些受害者家属面对这种突如其来的打击,心理上难以承受,加上社会上各种猜测议论都有,情绪就很激动,昨天二招那边就有几个受害者家属来找过祁老师,商量游行的事,祁老师没同意去。"

叶子菁心里真感动:"老人家,为这我得谢谢您,政府得谢谢您啊!"

祁老太任泪水在苍老松垮的脸上流着,呐呐说:"游行有……有什么用啊?人走都走了,该走的不该走的都……都走了!你们不知道,这……这事都怪我啊,我怎么就想起给小孙子过……过这十岁生日呢?怎么想起来让……让他们到大富豪去唱歌?大富豪一个小包间二……二百块,一杯可乐卖十五块,谁……谁去得起啊!小孙子闹了多少次啊,他爹妈都没……没同意,舍不得花……花这笔钱啊!我这老不死的这是中了哪门子邪,八月十三号偏给了他们五百块钱,这……这五百块钱是给他们一家三口买了下……下地狱的门票啊,是我……我害了他们啊……"

面对这么一个悲痛欲绝的老人,叶子菁真不知该说些什么才好。

祁老太和泪诉说着:"真……真是黑心烂肺啊,还有人说烧死的都……都是大富豪,烧死活该!老天爷啊,我儿子、媳妇两人的工资加一起不……不到一千块啊,平时一分钱恨不得掰成两半花,算……算什么大富豪啊?这叫什么事啊……"

听着老人绝望的哭诉,叶子菁的心被深深刺痛了,此前对查铁柱的所有同情和怜悯一时间全被深深的憎恨取代了。如果真是故意放火,这个查铁柱就是十恶不赦的混蛋,实在是不杀不足以平民愤!退一步说,就算是违章作业,大意失火,一手造成了这么重大的责任事故,这个查铁柱也该受到法律的严厉惩罚。查铁柱光荣的过去以及他与黄国秀的私人恩义,在这种极其严重的后果面前都不值一提!那种反社会情绪更是绝对不能容忍的,别说祁老太儿子媳妇不是什么大富豪,就算是大富豪,就算是发了不义之财的大富豪,也不该落得这么一个悲惨的结局!除了法律的制裁,谁都没有以非法手段报复不义的权力,谁都没有以暴易暴制裁他人的理由,这是一个法治国家和社会必须遵守的基本规则,否则一切就会乱了套……

回去的路上,叶子菁心里真不好受,祁老太的哭诉声仍连绵不绝地在耳畔回响,避不开,躲不掉。花丛中的孩子和0211号物证照片上的焦炭不断交替地出现在她眼前,睁眼闭眼都看得见。黄国秀昨天还讥讽她,说她是部铁石心肠的法律机器。叶子菁想,如果真是这样就好了,真是机器的话,她就没有这许多哀伤和痛苦了。可她偏偏不是一部法律机器,而是有血有肉的人,是人之妻,人之母。在祁老太一家悲惨的遭遇面前,在那幅0211号物证照片面前,她不可能无动于衷。

于是,在当天下午办案组的碰头会上,叶子菁及时做了一番指示,要求大家在细致把关、确保案件质量的前提下,进一步加快办案速度,不要死抠细枝末节。

叶子菁说:"……公安机关的报捕材料就是限于客观因素一时不能完

全到位，也可以先批捕。不管白天黑夜，无论公安机关什么时候报捕，都立即审批！现在我们面临的形势可以说是泰山压顶，任何拖延都是不能允许的，同志们要主动和公安机关加强联系，及时向公安机关反馈情况，提出进一步的证据补查要求。我们采取这种特殊措施的目的，就是要真正形成打击犯罪的合力，最大限度地平息民愤！"

然而，就是在这种泰山压顶，八面挤压的情况下，叶子菁仍没忘记事情的另外一面，谈过了"特事特办"，又说起了依法办案："但是，还是要依法办案！这场大火损失惨重，社会影响太大，要求严惩的呼声一直很高，对我们办案多多少少会有些干扰，我们必须保持清醒的头脑，正确区分罪与非罪的界限，该捕的坚决捕，不该捕的坚决不捕，不管有什么压力，压力多大，一定要维护法律的尊严！"

副检察长张国靖马上提出了公安机关内涉案人员的问题，请示叶子菁："上海路派出所那位方所长现在捕不捕？大富豪娱乐城在上海路派出所辖区，此人涉嫌渎职，他们的片警王立朋佩带枪支烧死在现场，影响极其恶劣，我们的意见是……"

叶子菁没等张国靖说完便拍了板："公安机关的涉案人员一个不许动！"

第四章　是人是鬼？

15

招商活动还没结束，市长林永强就提前从美国回来了。在洛杉矶临时赶上美国西北航空公司一班飞上海的飞机，八月十九日下午三时抵达上海浦东机场。在浦东机场一下飞机，等候在那里的市政府驻沪办事处主任就把一张飞省城的机票及时递到林永强手上，林永强匆匆忙忙再次上了飞机，当晚赶到了省城。从省城机场出来，老婆来了个电话，希望林永强当晚不要走了，起码在省城家里吃顿晚饭。政府办公厅接机的同志也建议林永强先回家看看，林永强没同意，说是长山的天都要塌了，唐书记都急死了！遂直接从机场去了长山市政府第一招待所唐朝阳的住处。

林永强和唐朝阳年龄上相差十岁，关系却非同一般，长期以来配合默契，是人们公认的一对黄金搭档。唐朝阳做省团委书记时，林永强是青工部部长；唐朝阳在南坪市任市长时，林永强是市政府副秘书长兼办公室主任；唐朝阳出任南坪市委书记后，原打算安排林永强任市委秘书长，进市委常委班子，省政府偏看上了林永强，调林永强到省政府做了副秘书长，做副秘书长那年，林永强三十二岁，是几位副秘书长中最年轻的一个。去年六月长山换班子，唐朝阳由南坪调往长山做了市委书记，接王长恭的新市长是省经委的一位主任，这位主任上任不到十个月就垮了，此人在省经委任上的一桩受贿案案发被撤职审查。唐朝阳抓住这一契机，跑到省委做工作，把林永强从省政府要到长山做了市长，两个知根知底的老朋友又成了一个班子的新搭档。因此，"八一三"大火发生后，唐朝阳面对强大压力，硬没让林永强回来，说是家里有他顶着，要林永强沉住气，把该做的招商工作做完做好。

现在，这位到任不过五个月的市长回来了，回来面对这场弥天大祸。

赶到唐朝阳住处，已是晚上九点多钟了，唐朝阳刚把省委书记赵培钧一行送走，看着林永强风尘仆仆走进门，嘴角浮出了一丝苦笑，故作轻松地说："永强啊，你还算有良心，到底提前从美国回来了，有那么点同志加兄弟的意思！"

林永强连连道歉："对不起，对不起！唐书记，让你老大哥一人顶雷了！"

唐朝阳拉着林永强在沙发上坐下："你知道就好！这六天我和同志们可惨透了，从中央到省里一拨接一拨来人，一次次训话，搞得我们大气都不敢喘啊！"

林永强直咂嘴："这么大的事故，伤亡这么严重，可以想象，可以想象！我在旧金山接了你的电话不是说了吗？不行就往回飞，我可真没有回避的意思啊！"

唐朝阳叹了口气："其实你回来也没什么意义，该出的事已经出了，不过多陪着挨些训罢了！想透了我就理智了，火灾事故要处理，今后的日子也还得过啊！"

林永强挺感慨："唐书记，我真是幸运哩，碰上你这么个好班长，如果换个市委书记，肯定要我立马打道回府了，我毕竟是市长嘛，头一个顶雷的该是我啊！"

唐朝阳摆摆手："好了，好了，别吹捧我了，给我说正事吧！"

林永强便说了起来："唐书记，你们在家日子不好过，我们在国外日子也不好过啊！大火一起，各国新闻媒介全报道了，对招商活动产生了很坏的影响！有些情况我也没想到，我们川口县养狐狸大户崔百万把一份乱七八糟的材料弄到美国去了，招商会上不少长山籍侨胞一再追着我问：类似遭遇他们会不会碰到？对我们是不是能够认真执行我国政府WTO的有关规则表示怀疑！还有那个长山机场，我们是作为良好的投资环境宣传的，那些长山籍侨胞本事可真大，竟然给我拿出了一个统计材料，机场建成后，三年的总计客流量不到一万人次，去年只有两千人次！"

唐朝阳并不掩饰自己的情绪，讥讽说："这不都是长恭同志的政绩嘛！"

林永强的不满情绪上来了："是嘛，到了长山我才知道，像长恭同志这种大改革家的班真不能接！人家崔百万狐狸养得好好的，挣了七八十万了，你跑去瞎关心个啥？硬逼着人家贷款盖别墅！现在银行催着还贷，你又不管了！还有机场,根本就不该建,不到三百公里范围内已经有两个机场了,非要再建一个！"越说越有气,"现在长山的市委书记是你,市长是我,这些麻烦收拾不好省委可要找咱们算账啊！王长恭又进了省委领导班子,算省委的一部分,你说咱们找谁诉苦去?!"

唐朝阳苦笑说:"好了,永强,知道没地方诉苦就别说了,还是向前看吧！再说,谁都不是完人嘛,出现一些决策上的失误也免不了,长恭同志在长山做了五年市长,长山的变化还是不小的,这咱们也得承认,不能鄙薄前人嘛！"又关切地询问起了具体的项目,"咱们那个坑口电站的合同签了吗? 资金啥时能到位?"

林永强又来了精神:"签了,按合同规定投资应该在今年年底以前到位！"

唐朝阳往沙发上一倒,长长舒了口气:"好啊,这一下子可就是十五个亿啊,落实了这一个项目,你这趟美国就没白跑,我这几天的雷也就没白顶……"

林永强道:"哎,唐书记,可不止这一个项目哩！在这种困难情况下,我们仍没放弃可能的争取工作,生态农业几个项目也签下来了,还有五个意向哩！"

唐朝阳很欣慰:"好,好,不容易,不容易！"这才把话头一转,说起了"八一三"大火案,"永强,'八一三'这把大火可是来势凶猛啊,有些情况我在电话里和你说过了,就不重复了。我现在有个不好的预感,搞不好这把火会把许多人都烧焦！"

林永强心里有数,知道自己和唐朝阳都在劫难逃:"唐书记,我这已有思想准备了！我是市长,日后让省委处分我吧！"想想又觉得委屈,禁不住发起了牢骚,"我们算是倒血霉了,你市委书记来了一年多,我这市长才当了五个月,头上的代字刚去掉,就碰上了这种塌天的大祸事,陈汉杰、王长恭他们倒一个个溜了！"

唐朝阳严肃地说:"不管五个月,还是一年多,我们总是来了嘛,来了就得承担责任！烧死了这么多人,别说给处分,就是撤了我们,我们也没什么好埋怨的！所以,你就要注意了,态度一定要端正,要和我一样好好检讨,见了谁都检讨,把责任主动承担起来,不要往上届班子和任何一个领导头上推！工作还不能松劲,不能减轻力度,该怎么干怎么干,越是在这种时候越是要经得起考验!"

林永强立马明白了,唐朝阳表面看来是在批评他,实则是在指点他。

果然,唐朝阳缓和了一下口气,又说:"我们多做检讨,主动承担责任,是我们这届班子应有的正确态度,可事实还是事实嘛,有些问题我们不说别人会说,他们自己也会说,想拦也拦不住,陈汉杰现在就在说嘛,盯着长恭同志不放嘛!"

有关情况林永强在国外就知道了,火灾发生后,他往国内打了不少电话。国内不少同志也打电话给他,谈情况,说动向,已多次提到了陈汉杰和王长恭各自不同的态度。因此,便问唐朝阳:"这么说,他们这对老搭档为这场火又干上了?"

唐朝阳点了点头:"陈汉杰抓住渎职问题不放,打了几个电话给我,昨天还跑到这里和我当面谈过一次,建议市委研究一下,把城管委主任周秀丽'规'起来。据我所知,陈汉杰也在向检察院施加压力,把匿名举报周秀丽的信转给了叶子菁。"

林永强提醒说:"据长山干部反映,叶子菁和陈汉杰的关系可是不一般啊!"

唐朝阳像没听见林永强的提醒,自顾自地继续说着:"而长恭同志那边呢,却一再要我们保护干部,尽力维护长山市政治局面和干部队伍的稳定,和我说了不少和陈汉杰搭班子时闹出的不愉快,要我们保持清醒的头脑。长恭同志的意思我也听明白了,是担心陈汉杰意气用事,在这种时候大打内战,最后搞得大家都不好收场!"略一停顿,又郑重地补充了一句,"据长恭同志透露,顾全安定团结的大局,保持长山干部队伍的稳定,也是培钧书记和省委领导集体的意思。"

林永强笑了:"那就好办了,陈汉杰和王长恭两边开仗,咱们就地卧倒嘛!"

唐朝阳神情严肃,却又有点莫测高深,狠狠看了林永强一眼:"什么就地卧倒?贪生怕死啊?!我冷静地想了一下,陈汉杰追得不是没道理,这场大火暴露出来的渎职问题的确很严重,周秀丽是有不可推卸的责任,起码是领导责任嘛!"

林永强忙插上来:"哎,哎,唐书记,你可别犯糊涂!周秀丽是什么角色你不会不知道!她可是长山'四大名旦'里的头号'花旦',是长恭同志面前的大红人！"

唐朝阳苦笑起来："永强，这还用你提醒？我何尝不知道？所以才犯难嘛！"

倒也真是个难题，周秀丽身后站着王长恭，查周秀丽必然得罪王长恭，不查吧，陈汉杰这老同志不会答应。细想想，林永强也觉得挺有意思，陈汉杰做市委书记时真叫大度，除了在干部问题上把得紧点，啥都依着王长恭，以致造成了大权旁落的局面。现在王长恭上去了，他老人家没戏了，就啥也不顾忌了。可他和唐朝阳却还得顾忌，这么闹下去，闹得狼烟四起，并不符合他们这届新班子的利益。

于是，片刻的沉默过后，林永强说："唐书记，我认为长恭同志的思路是对的，要适应中国特有的国情政情嘛，这种事不论发生在哪里，主管领导都会保护干部的，不保护谁还敢替你卖命啊？当然，对陈汉杰也别硬顶，让他在那里嚷吧，我们不理睬就是了！可以告诉他，我们就得按长恭同志和省委指示精神办事，有不同意见请他去向省委直接反映，甚至可以去举报长恭同志嘛，这都是他的权力！"

唐朝阳未置可否："那我们也得想想啊，是不是坚持原则了？这些干部是否值得保护？如果腐败掉了也硬保吗？陈汉杰敢于这么追，我估计不是意气用事，有可能真掌握了什么！再说，现在在第一线办案的又是叶子菁，事情可能不会以王长恭或者我们哪个人的意志为转移，长恭同志也敏感地意识到了这一点，很担心啊！"

说到这里，电话响了，是对过桌上的那部红色保密机。

唐朝阳拿起话筒"喂"了一声，口气变了："哦，哦，是长恭同志啊！"

林永强一听是王长恭，马上把耳朵竖了起来，努力捕捉来自省城的最新信息。

王长恭消息灵通，知道林永强回来了，开始没谈案子上的事，先询问这次在国外的招商引资情况，得知坑口电站的合资合同已经正式签了下来，折合十五亿人民币的美元年底就要到位，连声对唐朝阳赞扬说："好啊，好啊，我们小林市长这次不虚此行嘛，到底把合同签下来了！这个项目最早还是我牵的头，老陈还有些异议呢，不相信会成功，看看，还是成功了嘛！朝阳，我还是过去那个观点，要开放搞活，长山是资源型重工业城市，招商引资的重点要摆在资源的开发利用上！"

唐朝阳应和着："是的,是的,长恭同志,小林市长正在我这里谈情况呢,一再说您和老陈为长山市打下了良好的基础,我们是站在你们的肩头上起步的!"

王长恭说："哦,小林市长也在啊?朝阳,你请他听电话!"

唐朝阳意味深长地看了林永强一眼,把话筒递到了林永强手上。

林永强心里有数,接过话筒就大唱赞歌,口气还挺真诚："王省长,我正说要向您汇报呢!这次在旧金山,许多长山籍侨胞还向我打听您的情况,都说这些年长山在您手上崛起了,一再要我向您致意问好哩!"

王长恭呵呵笑着："也要一分为二,我老市长也给你留下了不少问题嘛!"

林永强忙道："王省长,看您说的!哪个城市没点问题?发展中的问题嘛!"

王长恭却做起了自我批评："有些问题并不是发展中的问题,'八一三'这场大火一烧,在城市管理方面就暴露了不少问题,我这个前任市长是有责任的啊……"

林永强一副诚恳而惭愧的腔调："王省长,您可千万别这么说!这哪是您的责任,全是我的责任。现在长山的市长是我,我官僚主义,没把老百姓放在心上,我要向您、向省委、省政府做深刻检讨,而且随时准备接受处分,包括撤职!"

王长恭很满意："好,好,小林市长,你有这个态度很好,不过事情不会像你和朝阳同志想得那么严重,你们到长山的时间毕竟不长嘛,还在熟悉情况阶段,省委、省政府会实事求是的,到时候我也会说话的,你们一定要放下思想包袱!"

林永强的口气益发诚恳："王省长,这请您和省委放心,刚才唐书记还在和我商量呢,哪怕明天被撤职,我们今天也得为党和人民站好最后一班岗……"

王长恭没容林永强再说下去："好了,小林市长,你不要说了,能正确对待就行了,是我的责任我也不会推,请你把电话给朝阳同志吧,我还有些话要说!"

唐朝阳再次接过电话后,王长恭才说起了正题,口气很不高兴："朝阳,怎么听说老陈越闹越凶了?盯上城管委主任周秀丽同志了?怎么个情况啊?"

唐朝阳轻描淡写地说:"哦,王省长,是这么个情况。陈汉杰同志从人大那边转了几封有关周秀丽同志的匿名举报信过来,其中有一封和这场火灾好像有点关系,说周秀丽收了苏阿福四万块钱。我准备请小林市长和周秀丽谈谈,了解了解情况。陈汉杰同志建议市纪委出面谈,我想了想,没同意,主要考虑影响问题!"

王长恭赞同说:"很好,朝阳,这种敏感时期一定要注意影响!纪委出面还得了啊?不传得满城风雨了?可以向你透露一下,周秀丽同志不是我,而是老陈建议提起来的干部,当年市委常委会的讨论记录你可以找来看看。所以,该说的话我还是要说,周秀丽成绩和贡献都很大,没有这位女同志,长山的市容市貌不会是现在这个样子,长山也就不可能进入全国文明卫生城市的行列!这个女同志是不是有问题我不敢打包票,该怎么查你们怎么查,就是涉及到我王长恭,你们也不必客气!不过,朝阳同志,我也再重申一下,要保护干部!我对你和小林市长有个保护的问题,你们对下面的干部也有个保护的问题,现在是看人品人格的时候了!"

后面几句话,王长恭说得很有力,也很响亮,林永强在一旁听得很清楚。

唐朝阳连连表态说:"是的,是的,长恭同志,您提醒得对,很及时啊!这种时候我们一定要讲党性,讲人品人格,哪怕自己多承担些责任,也要保护干部!"

通话结束后,唐朝阳站在电话机旁,怔了片刻,缓缓放下了话筒。

又沉默了好一会儿,林永强才苦笑着说:"唐书记,你说你这是何苦来呢?啊?不就是几封匿名信吗?还谈什么谈?要谈你去谈吧,我不想和周秀丽谈!"

唐朝阳眉头紧皱,思索着:"永强啊,不谈又怎么办呢?陈汉杰盯着呢!"

林永强赌气道:"好,好,要我谈也行,我例行公事!不过,谈话的结果我现在就可以告诉你:事出有因,查无实据!只怕陈汉杰同志还是要失望的!"

唐朝阳脸一沉:"永强,这叫什么话?你还没去谈怎么就知道事出有因查无实据呢！"想了想，像是问林永强，又像是自问，"陈汉杰究竟是怎么回事？如果周秀丽和长山干部队伍中当真存在严重问题，他这个前任市委书记能没有责任吗？"

林永强发泄说："我看这位老同志是疯了，自己到站就不管别人死活了！"

16

床头电话响起时，周秀丽正无奈地忍受着丈夫每周一次的规律性蹂躏。

丈夫归律本名归富娃，上大学时改名归律。归律是学《统计学》的，毕业于长山大学，后来留校教起了《统计学》。从助教、讲师、副教授，一步一个台阶干到了教授，还带起了研究生。用归律教授经常向周秀丽炫耀的话说，他是遵循一个学者健康成长的客观规律一步步走到了成功的今天，如同类人猿进化为人一样自然。

周秀丽不以为然，对归律标榜的所谓成功嗤之以鼻，认定归律是得了病，"规律病"。归律的工作和生活实在是够规律的，一切全在事先的安排和计划之中。结婚前，周秀丽还以为这是一种美德，结婚后才知道，和这么一位规律病患者共同生活是个什么滋味！归律早上起床是准时的，不管春夏秋冬，永远是六点十分。晨练是准时的，不论下雨下雪，永远在校园操场小跑一小时。就连夫妻之间过性生活也是讲究计划和规律的，八年前刚结婚时一周两次，逢周三和周末各一次。近两年改了，改之前还慎重且民主地和周秀丽商量过，说是双方都人到中年了，岁数越来越大了，孩子也大了，要多注意身体，只能一周一次了。

这就定下了目前的做爱时间，每逢周五晚上九时到十时之间。不在这个计划的时间里，周秀丽就是心情很好，想轻松浪漫一下，归律也不干。而在这个计划时间里，不管周秀丽心里多烦，有多少公事私事要处理，不奉陪又不行。

王长恭来电话的那晚正逢周五，而且，正是在九时十时之间，周秀丽便在一个很有规律的特定时间段里，和王长恭通了一个很没有规律的电话。把话筒拿起时，归律刚开始忙活，周秀丽倚在床上只"喂"了一声，就感到下身一阵不适。

王长恭在电话里开口就问:"小丽啊,现在说话方便吗?"

周秀丽瞅了瞅亢奋中的归律,迟疑了一下:"方便,王省长,您说吧!"

王长恭那边似乎明白了什么,称呼变了:"秀丽同志啊,你说的情况,我找朝阳同志了解了一下,是有那么回事!这个老陈还真找到朝阳同志那里去叫了!"

归律仍在那里动作着,尽管很小心,还是弄出了一些不雅的响声。

周秀丽拧了归律一把,挺委屈地说了起来:"王省长,你说这叫什么事啊?陈汉杰到底是整我,还是整你?凭几封匿名信就敢让市委把我'规'起来?现在哪个干部没有匿名信?只要力度大一点,伤害了谁的利益谁就告你,你简直没法干工作!"

王长恭说:"事情没这么严重,朝阳同志说了,就是了解一下情况,这两天可能会让小林市长找你谈谈。朝阳和小林市长那里我打了招呼,和他们交代了,在这种时候一定要保护干部,他们心里有数,全答应了,估计也就到此为止了。"

周秀丽心领神会:"王省长,那就谢谢您了!其实,就算他们抓住不放,我也不怕。说我拿了苏阿福的四万块钱,谁能证明?苏阿福已经死了嘛,写匿名信的家伙不过是瞎猜测!我估计很可能是陈汉杰指使手下人写的,主要想整你王省长!"

王长恭说:"哎,秀丽同志啊,这你也不要瞎猜嘛,我看老陈不会这么做!倒是你这个同志,要总结,要好好想想,你们城管委内部会不会出问题啊?据我所知,匿名信是写在城管委文件纸上的,省纪委好像也收到了一份!"

周秀丽苦笑道:"王省长,你提醒得对,我估计也是内部人干的!"

王长恭说:"那你就要注意了,绝不能在这时候给我、给省委捅娄子!小林市长找你谈话时,你要摆正位置,把有关情况说清楚,要给市委一个交代!该检讨的地方还是要检讨,这么多违章门面房盖到了大路上,光是区城管委和下面具体工作人员的责任啊?你这个市城管委主任就没责任啊?领导责任肯定逃不掉嘛!"

周秀丽说:"是的,是的,王省长,我当然有领导责任,唐书记和林市长不也有领导责任吗?领导责任是一回事,受贿渎职又是一回事,尤其是扯上了苏阿福,也太毒了!你说说看,我要真收了苏阿福的钱还得了啊?还不被他们送进去了!"

王长恭提醒说:"哎,秀丽同志,苏阿福的事不要说了。苏阿福的死现在还是秘密,你可千万别捅出去了,你一捅出去,有人又要大做我的文章了……"

归律简直不是个东西,偏在这时候雄姿勃发,威猛异常起来,让周秀丽不厌其烦。周秀丽不愿再忍受下去了,狠狠一脚,将归律踹下了床,闹出了一阵异响。

王长恭在电话里听到了动静,惊疑地问:"哎,秀丽同志,怎么了?"

周秀丽掩饰道:"没什么,没什么,王省长,是狗,我们家的那只狮子狗掉到床下去了!"还装模作样地叫了一声,"哎,教授,快把我们汪汪抱到外面去,我这和王省长谈事呢!"对着话筒又说,"王省长,你说,你说,我听着呢!"

王长恭又说了起来:"秀丽同志,还有个事我得批评你,我一再让你去看看老陈,你怎么就是不去呢?你是老陈提起来的干部,老陈有恩于你,不能人一走茶就凉嘛!何况老陈没走,还在市人大岗位上,现在人大也不是二线了,是一线嘛!"

周秀丽不满地叫了起来:"王省长,你咋又说这事?老陈一天到晚在那里攻我们,恨不得把你这副省长的位子掀掉,把我搞到牢里去,我还跑去看他?!我人正不怕影子歪,偏不服这个软!真抓住我什么证据,让叶子菁他们起诉我好了!"

王长恭那边很不高兴,称呼也在不知不觉中变了:"小丽,你怎么这样不顾大局啊?我能低这个头,你怎么就不能低这个头呢?不是我推卸责任,我看我和老陈的关系就坏在你们这帮干部手上!特别是你和江正流!老陈从市委书记岗位上一下来,你们这脸马上就变了,江正流更好,把陈小沐也抓起来了!什么都别说了,小丽,你抽时间尽快到老陈家去一趟,向他人大汇报工作,好好汇报!"

周秀丽不敢做声了,连连应着,郁郁不乐地挂上了电话。

电话刚挂上,归律又扑上来了,这回倒快,三下两下解决了战斗。

完事之后,归律发起了牢骚:"小丽,你这个人真是一点情趣都没有!"

周秀丽心烦意乱,火气格外地大了起来:"教授,你还好意思谈情趣?

碰上你这种人,我算是倒了八辈子血霉了!你真不想过下去,我们干脆离婚算了!"

离婚不是没想过,结婚没多久,周秀丽就怀念起了独身的日子。独身的日子过了三十四年,是那么无拘无束,自由愉快,如果不是迫于亲朋好友以关心的名义施予的压力,她真不愿和这位归教授结婚。当然,和归律结婚时,也没想过婚后的日子会这么糟糕。可一次次想着离婚,却又没有一次付诸行动,这里面既有儿子归亮的原因,也有仕途上的原因,尤其是和王长恭的事传得很邪乎时,就更不敢离了。

归律有一点很好,对她很信任,从不怀疑她和王长恭会有什么出格的事。

对周秀丽离婚的威胁,归律从不当回事,离婚这件事一直没列入他的计划。不在计划范围的事,归律是不会考虑的。归律曾郑重其事地和周秀丽说过,别人可以感情冲动,而一个统计学专家是决不能冲动的,冲动了就会造成灾难性后果。

没想到,就在这个夜晚,归律把一个灾难性后果推到了周秀丽面前。

关灯睡觉前,归律问:"你和王省长通电话时,怎么说苏阿福死了?"

周秀丽应付着:"苏阿福是死了嘛,不过,你先不要到外面乱说!"

归律狐疑地咕噜着:"不对吧?苏阿福怎么就死了呢?"

周秀丽没好气地道:"有什么不对?八月十三号那天就烧死了!"

归律认真起来:"小丽,那我见鬼了?前天明明见着苏阿福了,在川口……"

周秀丽吃了一惊:"什么什么?前天你在川口见到苏阿福了?啊?"

归律点了点头:"是啊,前天上午我带着两个研究生到川口搞统计调查,在川口镇国道旁无意中撞上的。苏老板到咱家来过,还给我们送过酒啊烟的,我就上去和他打招呼,他没理我,车一开就跑了。哦,对了,是辆白色桑塔纳!"

周秀丽仍不相信:"老归,当真是苏阿福?你是不是看走眼了?啊?"

归律挺自信的:"嘿,怎么会看走眼呢?苏老板到咱家来过几次,我能认不准?!"说罢,又自以为地教训起来,"小丽,不是我说你,苏阿福的东西你真不该收!你现在是市城管委主任,县处级干部,我是大学教授,相当于副厅级,我们俩的工资加起来五千多,占苏阿福那点小便宜干啥……"

周秀丽听不下去了,从床上爬起来:"好了,好了,老归,你别啰嗦了,我得给王省长打个电话!苏阿福如果真还活着,只怕我们长山就要出大乱子了!"

归律也急了,盯着周秀丽问:"哎,小丽,别人我不管,我只说你,你腐败了没有?违章建筑和你有没有直接关系?你收没收过苏阿福的钱啊?"

周秀丽已拨起了电话:"你放心,我没收过什么钱,不过是些烟酒嘛!"

归律不敢放心,仍喋喋不休说着:"小丽,我看烟酒最好也退掉……"

这时,电话通了,周秀丽向归律做了个手势,忙和王长恭说了起来……

17

江正流的警车从省公安厅院内出来,迎头撞上了省政府办公厅的一辆奥迪。奥迪按了几声喇叭,把江正流的警车及时唤住了。江正流伸头向外张望时,奥迪车的后车窗已缓缓降下了,王长恭的秘书小段冲着他叫:"哎,哎,江局长,你怎么回事啊?手机一直不开!王省长让你马上到他那去一趟,正在办公室等你呢!"

江正流这才想起,向省公安厅领导汇报工作时关了手机,一直到现在都没开。他忙打开手机,先给王长恭回了个电话,回电话时,已吩咐司机把车往省政府开了。

王长恭果然在办公室等着,坐在桌前批着一堆文件,一脸的不快。

江正流虽然预感到情况不妙,可仍没想到王长恭会发这么大的火。

见江正流进门,王长恭把面前的文件往旁边一推,一句客气话没有,马上阴着脸训斥起来:"江正流,你这个公安局长是怎么当的?啊?还能不能干了?不能干马上给我打辞职报告!我来向唐朝阳和长山市委建议,换个公安局长!"

江正流被训蒙了,直咧嘴:"王省长,这是怎么了?哪里出问题了?啊?"

王长恭"哼"了一声:"还问我?那个苏阿福到底是怎么回事?"

江正流很茫然:"还能怎么回事?不是烧死了吗?我当面向您汇报过

的,为了顺利办案,我们才封锁了消息,叶子菁和检察院也……也清楚这个情况……"

王长恭火气更大了:"到现在你这个局长还这么糊涂,还没把这个关键线索查清楚!我替你查了一下,这个苏阿福好像没死,有人见到他了,在川口镇上!"

江正流根本不信:"这怎么可能?王省长,他的尸体我、叶子菁,还有伍成义都亲眼看到过的,尸体身上的钥匙我们一把把试过,包括苏阿福的那辆奔驰车!就算我业务水平差点,伍成义副局长您知道,那可是老刑警出身,啥也瞒不了他啊!"

王长恭怒道:"当初我真该提名伍成义做这个局长,陈汉杰就这样建议过!"

江正流马上反映:"伍成义现在还老往陈汉杰那跑,我前天还批评过他……"

王长恭很不耐烦,手一挥:"好了,好了,别说伍成义了,说苏阿福!周秀丽同志的丈夫归律教授说是在川口镇上见到苏阿福了,就是大前天上午的事!"

江正流根本不相信:"王省长,这绝不可能!不管怎么说,我也干了快二十年公安了,业务水平还不至于差到这种地步!烧死的这一百五十六人,我让民政局一一查对了,迄今为止没发现任何一位失踪者,没发现任何一具尸体对不上号……"

王长恭提醒说:"有个情况要考虑啊,现在不是过去了,城市流动人口数量大,如果哪个外地出差的同志烧死了,他家里的亲属一时半会就不可能知道嘛!"

江正流承认道:"这我和伍成义都考虑过,不过,这种偶然性很小!"

王长恭也多多少少怀疑起来:"照你这么说,这位归律教授认错人了?"

江正流判断道:"肯定是认错人了,要不就是见鬼了,苏阿福绝不可能出现在川口镇!就算苏阿福逃脱了这场大火,他也不敢这么大模大样地走出来!苏阿福比谁都清楚,死了一百五十多人,政府和死亡家属都饶不了他,光赔偿就能让他倾家荡产!再说,那个归教授我也知道,就是个迂夫子嘛,过去闹的笑话多了!"

王长恭忧心忡忡:"可不能大意啊!苏阿福如果真活着,那就不是他一个人倾家荡产的问题,长山市就要出天大的乱子了,包括你公安局可能也要陷进去!到时候就不是我吓唬你,请你辞职的问题了,恐怕市委真要撤你的职!你想想,大富豪娱乐城能开到这种规模,你们公安局内部会没苏阿福买通的人暗中保护?在公开场合我不好说,可在你这知根知底的老同志面前,我得把话说透,犯罪嫌疑人查铁柱、周培成说的情况不是不存在,肯定存在,也许还会很严重!"

江正流喃喃地说:"是的,是的,王省长,违纪干警我们每年都处理一批!"

王长恭讥讽道:"哦?每年处理一批?这么说,你警风警纪抓得还很严啊?处理的都是些什么人?片警、交警、一般干部!我告诉你,苏阿福后面有大人物!"

江正流心里一惊,怯怯地看了王长恭一眼,不敢做声了。

王长恭缓和了一下口气,继续教训道:"不但是你们公安局,还有城管委,其他一些管理部门,估计都会和苏阿福有些说不清道不明的关系。都扯出来怎么办啊?让我怎么向党和人民交代?说我在长山做了五年市长,就用了你们这帮人?你们不要脸皮,我还得要脸皮嘛,不能让陈汉杰、叶子菁这些同志看我的笑话嘛!"

江正流想了起来:"老陈看谁的笑话?他的笑话也不小,陈小沐还没放呢!"

王长恭一怔:"江正流,你说什么?陈小沐你还没放?我说话是放屁啊?!"

江正流慌忙解释:"不是,不是,王省长!这也怪不了我们,陈小沐已涉嫌故意伤害罪,是刑事犯罪,不论我怎么做工作,人家受害者家属死活不答应啊⋯⋯"

王长恭一下子失了态,手指几乎戳到了江正流的额头上:"江正流,你不要再说了!回去就给我放人,立即放!受害者家属如果不答应,你给我跪下去求!"

江正流怕了,吞吞吐吐道:"王省长,你⋯⋯你别说这些气话,我⋯⋯我就是跪下去求也没用了!陈小沐的案子昨天已⋯⋯已经正式移送到钟楼区检察院了,事先我也不知道,是钟楼分局具体办的,现在就⋯⋯就看叶子菁他们怎么处理了！"

王长恭气得手都抖了起来："江正流，你……你怎么蠢到这个份儿上？啊？"

江正流抹着额上的汗，又解释："王省长，我……我这也不是蠢，我……我可能是把您的意思理解错了！我……我以为你当着叶子菁的面说陈小沐，也……也就是做个样子！再说，把陈小沐推给检察院，责任也……也就不在我们这边了……"

王长恭不愿再听下去了，有气无力地挥挥手："正流，走吧，你回去吧！"

江正流却不走："王省长，您也别太担心，我认为苏阿福绝不可能活着……"

这时，王长恭已走到办公桌前坐下了，叹息似的说："走吧，你走吧！"

江正流这才忐忑不安地走了，驱车一路回长山时，不断地和家里通话，还特别找了副局长伍成义，把王长恭对苏阿福生死问题的怀疑告诉了伍成义，要伍成义认真对待，将苏阿福的尸体再次核验，同时严格清对死亡者名单，看看到底有没有其他未查明身份的失踪者。伍成义没当回事，在电话里就发起了牢骚，骂归律教授迂腐之极活闹鬼。伍成义说，他在第一线具体负责办案，对苏阿福的情况了解得很清楚，苏阿福有个弟弟叫苏阿贵，是川口镇农民，估计这位教授看到的是苏阿贵。

后来的调查结果证明，果然就是一场节外生枝的活闹鬼，苏阿福的尸体好好在殡仪馆躺着，并没变成鬼魂溜出来。一百五十六位死亡者，无一例发生错误，也未发现任何一位外地来长山的失踪者，长山市各大宾馆饭店旅客登记表上入住和离去均有明确记录。办案人员拿着苏阿贵的照片找到归律教授再问时，归律教授也吃不准了，吭吭哧哧说，苏阿福和苏阿贵弟兄俩长得这么像，自己不排除会认错人。

找到苏阿贵了解，苏阿贵也证实，在归律教授所说的时间内，他好像是到镇上商店买过东西，因为买的东西比较多，一个人拿不了，就叫了一辆出租车，是不是桑塔纳，是什么颜色的桑塔纳他就搞不清了。川口镇的出租车全是逃税的黑车，既没有出租顶灯，也没有什么明显的出租标记，归律教授把它认作私家车也很正常。

苏阿福的生死情况搞清楚后，江正流松了口气，专门打了个电话向王长恭进行了汇报。王长恭听过汇报没有任何特别的表示,"哦"了几声后,又说起了陈小沐的事,问江正流还有没有办法把这件事缓和一下,不这么激化领导之间的矛盾?江正流赔着十分的小心说,事情已搞到这一步,就得看叶子菁和检察院的了,如果叶子菁和检察院那边能松下口,退回来补充侦查,他一定好好配合,做撤案处理。

王长恭这才多少有了些欣慰:"好吧,那你就学聪明点吧,别再把我的意思理解错了,继续给我找麻烦!正流,我告诉你,现在我不愿激化矛盾,朝阳同志,小林市长估计也不愿激化矛盾,惹翻了陈汉杰有什么好处?大家都不过日子了?!"

江正流心里仍是不服气,情绪禁不住又流露出来:"王省长,其实,这个陈小沐只要一起诉,肯定判个五年以上,我们工作做得很细,这伤害罪证据确凿哩!"

王长恭又火了:"江正流,你怎么又蠢起来了?别说是伤害罪,就是杀人罪你也得给我糊过去!要讲政治,顾大局,现在的大局是,长山干部队伍不能乱!"

江正流忙往回收:"是,是,王省长,我并不是不顾大局,我不过是在您老领导面前说个事实,让您老领导心里有个数!"话头一转,却又道,"不过,案子毕竟是移送过去了,如果叶子菁和检察院要起诉,那……那我们就没办法了……"

王长恭判断道:"这个可能性不是太大,叶子菁和陈汉杰关系特殊,不会这么公事公办得罪老陈的,问题还是在你们公安这边。你们把案子移送过去了,让叶子菁和检察院怎么办啊?你可以透个话给叶子菁,让她们检察院把案子退回来嘛!"

江正流连连应着,放下了电话。

放下电话后,江正流冷静地考虑了一下,把钟楼区公安分局主管治安的副局长、自己的连襟王小峰找到办公室来了,含蓄地传达了王长恭不要激化领导之间矛盾的指示,交代说:"……小峰,你们分局有点数,只要检察院那边把陈小沐的案子退回来补充侦查,你们就不要争了,做做受害人的工作,就做撤案处理吧!"

王小峰挺有政治头脑,想了想,建议说:"既然这样,倒不如我们主动到检察院把陈小沐的案子撤回来算了,就把好人好事做到底嘛!"

江正流没同意，阴着脸说："这叫什么好人好事啊？这是违法乱纪！这种事最好两家分担，别全闹到咱公安一家头上，这么证据确凿的案子，她叶子菁和检察机关只要能找出借口退，我们就敢撤，她真不退，真要对陈汉杰来一次公事公办，我们又何必非要担这个责任呢？陈汉杰同志已经在指责我们公安违法乱纪了嘛……"

第五章　重大突破

18

"八一三"大火案的侦查取证工作终于排除干扰初步完成了。除涉嫌放火的直接责任者查铁柱和周培成二人以外，十八名渎职犯罪嫌疑人相继落入法网。这十八人涉及到了长山市工商、城管、城建、消防、税务、文化市场管理等八个单位和部门，其中副处级干部一名，科级干部三名，副科级干部五名，一般工作人员九名。

在侦查取证过程中，几乎没有一个单位和部门不搞地方保护主义。哭的闹的私下里说情的，软的硬的公然抗拒的，无奇不有，真让叶子菁和检察院办案人员大开了一回眼界。文化管理部门为了推卸责任，甚至不惜修改早几年就发下去的文件，又制造了一起伪证犯罪，进一步扩大了应拘捕者的名单。如此一来，叶子菁以往的好名声玩完了，针对她本人和检察院的攻击谩骂转眼间铺天盖地。云南路正盖着的检察大楼也突然停了工，说是市里要紧急筹措死难者善后处理资金，财政一时拿不出钱了。主管后勤的副检察长陈波不太相信，侧面了解了一下才知道，问题还是出在办案上：被批捕的钟楼区城管委副主任汤温林是市财政局汤局长的弟弟，你不给人家面子，捕了人家的亲弟弟，还指望财政按期给你拨款啊？再说市里紧急筹措死难者善后资金也是真实情况，市长林永强在会上公开说过，这是政治任务，决不能让死难者家属跑到北京、跑到省里去群访。

好在公安局这次不错，和他们检察院密切配合，真正做到了依法办事，不管阻力多大，该拘的全拘了，该捕的全捕了。因此，在八月二十五日公安局和检察院领导的碰头会上，叶子菁和副检察长张国靖代表市检察院，对公安机关广大干警的工作态度、工作精神和工作效率给予了高度评价，表示感谢的话说了一大筐，很是真诚。江正流和伍成义都很高兴，既谦虚又客气，说是依法办事嘛，这是应该的。

然而,江正流、伍成义脸上的笑容还没消失,客气话还没说完,叶子菁却让张国靖拿出了一份公安机关涉嫌犯罪者的名单,向江正流和伍成义通报情况说,名单上的这五个公安局的同志和案子也有利害关系,都涉嫌受贿渎职,经院检察委员会慎重研究,已经决定逮捕了。江正流和伍成义一下子全僵住了,简直是目瞪口呆。

江正流火透了,当场责问叶子菁道:"叶检,你们检察院怎么能这么干呢？我不是说我们公安系统的人就不能抓,可你们总要和我们事先通个气嘛!"

叶子菁笑道:"江局,你看,你看,我和张检这不是在和你们通气嘛!"

江正流有些气急败坏:"这算什么通气？都立案了,通气还有什么用?!"

叶子菁态度仍然挺好:"立了案也可以撤嘛,只要你们能拿出撤案的理由！比如说上海路派出所的那位方所长,不立案行吗？苏阿福的大富豪在他的责任所辖区,他手下的片警王立朋带着枪烧死在娱乐城,他本人也有严重的受贿渎职问题,我们手上是有证据的。大富豪的工作人员证明,他没少在大富豪签过单!"

江正流手直摆:"好了,好了,叶检,你别和我说具体案情,我再声明一下,我并不是说我们公安机关的人不能抓,你们过去也抓过嘛,我们局里一年也要处理几个,这都很正常。不正常的是,你们对我们瞒得严丝合缝,连点气都不透!"

叶子菁笑着解释说:"江局,这不也是办案的需要嘛！我们要是早把风声透出去,可能会影响公安机关同志们的工作情绪嘛,咱们彼此还是多点理解吧!"

伍成义这时插了上来,情绪也不小:"行,行,叶检,张检,我们理解,也算服了你们了,让我们公安干警把有关涉案人员全抓完后,最后轮到了我们自己！就说那个方所长吧,这阵子没少配合你们工作吧？要找什么人替你们找什么人！你们说说看,这叫啥？叫'卸磨杀驴'吧！也太那个了吧？我们当然会有看法嘛!"

叶子菁半真不假地冲着江正流和伍成义鞠了一躬:"好,好,江局,伍局,我代表检察院给你们二位道歉了,希望这件事到此为止,别影响咱们今后的合作!"

江正流呼地站了起来："别，别，叶检，我担当不起！"说罢，拂袖而去。

叶子菁脸上挂不住了："哎，江局，你别走啊，有些情况我还没说呢！"

江正流头都不回："你和老伍说吧，我局里还有个会！"走到门口，又站住了，回过身道，"叶检，还有个事得和你打个招呼，我们钟楼分局可是把陈小沐的案子移送给你们区检察院了，我也是这几天才知道的。为这事，王省长把我叫到省城狠训了一通，所以，你最好亲自过问一下，看看是不是要退回来补充侦查！"

叶子菁半真不假地说："哟，江局，你到底还是把球踢到我脚下了？"

江正流不冷不热道："哎，别这么说嘛，你叶检也可以一脚踢回来嘛！"

叶子菁没接这话茬儿，只道："也许这个小案子用不着我检察长过问吧！"

江正流又没好气地说了句："行，反正你看着办吧！"说罢，走了。

江正流走后，叶子菁和伍成义继续碰情况，对查铁柱和周培成两个直接涉嫌放火的犯罪嫌疑人，又提出了一些疑点，请公安机关继续侦查，补充证据。

公安方面五位涉嫌人立了案，事先又没通气，伍成义心里很不满意，工作态度不是那么积极了，推脱说："查铁柱和周培成还查什么？放火的事查铁柱自己都承认了，一直到现在也没翻过供！我们是没有什么好查的了，想查你们自己查吧！"

叶子菁不想纠缠，笑着说："好，好，那我们再谈下一个问题，市城管委主任周秀丽。那封涉及"八一三"大火案的匿名举报信复印件，我们院反贪局的同志几天前就转给你们了，举报人的笔迹你们的技术部门查了没有？有没有什么线索？"

伍成义眼皮一翻："叶检，你知道的，举报信是写在市城管委文件打印纸上的，估计是内部人，可看不到城管委全体干部笔迹，让我们技术部门怎么查啊！"

叶子菁说："可以调城管委干部档案嘛，每年一份考核表大家都要填的嘛！"

伍成义手一摆："说的轻松！我们有什么权力调城管委干部的档案啊？这事我正想说呢，你们最好找市委或者纪委去，只要市委下决心办周秀丽，查起来很容易。市委不打算认真，我劝你们也就别太认真了！人家江局是一把手,明确指示我了,要我听省委和市委的招呼,办案不能越权,我就是想配合你们也不敢啊!"

叶子菁见伍成义发起了牢骚,故意提醒道:"陈主任也希望你好好查查!"

伍成义便也说起了陈汉杰:"这我当然知道!叶检,不瞒你说,陈主任亲自给我打过电话,让我排除阻力好好去查,我就和陈主任说了,首先是不好查,再说,就算查到了这个匿名举报人也没用!苏阿福死了,死无对证的事,人家周秀丽还会认账啊?这个苏阿福要能死而复生就好了!"

叶子菁敏感地嗅到了一个至关重要的信息:"苏阿福死而复生?什么意思?"

伍成义苦苦一笑:"能有什么意思,无非是个希望吧!上星期周秀丽的丈夫归律教授活闹鬼,说是在川口镇上亲眼看到苏阿福了,又把我们好一番折腾,结果倒好,忙了半天人家教授说认错人了,见到的不是苏阿福,是苏阿福的弟弟苏阿贵!"

张国靖明白了,笑道:"我说嘛,怎么突然间你们又核对起死亡者名单了!"

叶子菁却盯着不放:"哎,伍局,你说苏阿福会不会真还活着?陈主任当面向我说过他的怀疑哩!如果真有迹象证明此人活着,你们公安机关还得好好抓呀!"

伍成义指着叶子菁直叫:"你看,你看,叶检,你们还当真了!我再说一遍,是他妈活闹鬼!归教授这个人你们没听说过吗?据说和周秀丽过性生活都是有日子的,迂腐得很哩!"摇了摇头,又说起了周秀丽的事,"叶检,张检,我明白告诉你们,王省长根本不想查周秀丽,市委估计也不会认真查,我劝你们最好适可而止,别再找不自在了,现在骂你们的人可真不少,连我今天都要骂你们了!"

叶子菁很严肃:"伍局长,你们爱怎么骂怎么骂,我该怎么办还得怎么办!这封匿名信不一般啊,明确提到周秀丽收了四万元钱,和违章建筑有直接关系!我们今天放弃职责,有意无意地网开一面,以后没准就会有人来办我们的渎职了!"

伍成义不知是讥讽还是欣赏:"那好啊,叶检,你快找市头去汇报嘛!"

张国靖也跟着说:"叶检,我看还真得找找唐书记或者林市长哩!不但是请市纪委配合查周秀丽,还有办案经费的事,会上说好给三十万,可至今没到账……"

伍成义马上打断了张国靖的话头:"好好查一查周秀丽,啊,抓出一大批腐败分子,人家林市长唐书记就高兴了,就大笔给你们拨款了!"夸张地摇着头,"二位检察官大人,我不知道你们这是真糊涂呢,还是装糊涂啊?你们怎么就是不理解领导们安定团结的意图呢?想搞动乱啊?现在要息事宁人,要保持政治局面的稳定,说白了,就是别再扩大办案面了,把抓了的这帮小萝卜头们判了结案!"

叶子菁一怔,冷冷看着伍成义问:"怎么?伍局,这也是你的想法?"

伍成义自嘲道:"我一个副局长的想法算什么?狗屁不算!我上面有江正流局长,有市委、市政府、省委、省政府,我得听招呼啊!所以,叶子菁,你现在要考虑的是领导们的想法,王长恭、唐朝阳、林永强他们的想法!你这么干下去,人家可以换个检察长来办这个案子,我看你是不想干这个检察长喽!"

叶子菁火了,拍案而起:"伍局,你别激我!这决心我早就下了,宁可不当这个检察长,也不能让谁将来办我的渎职,我只要在这个岗位上呆一天,就得守住法律的底线!你可以去听领导们的招呼,我不行,我只听法律和事实的招呼!"

伍成义不为所动:"好,好,事谈完了吧?我就不奉陪了!"说罢起身走了。

19

向市长林永强汇报是事先约好的,时间是下午三点,地点在市政府林永强办公室。叶子菁赶到市政府时差十分到三点,林永强办公室的门紧关着,秘书让叶子菁先到接待室等一下,说是林市长正代表唐书记和市委跟周秀丽进行一次很重要谈话,不准任何人打扰。叶子菁便没打扰,坐在接待室里看了一会儿报纸。看报纸时就听到,对门林永强办公室里时不时地传出哭泣声,显然是周秀丽在哭泣。

三点零三分,对面办公室的门开了,周秀丽红着眼圈走出来,林永强跟在身后送着,面带微笑,一连声地说着:"周主任,要正确对待,一定要正确对待啊!"

周秀丽也连声说着:"林市长,请你和唐书记放心,我一定经得起考验!只要是我,是城管委的责任,我绝不往任何人身上推!我昨天还和王省长说呢,成绩归成绩,错误归错误,我这次错误性质太严重了,组织上怎么处理我都不抱怨!"见叶子菁在面前,也和叶子菁打了个招呼,"哟,叶检,你这阵子咋这么憔悴啊?"

叶子菁敷衍说:"周主任,你怎么才看出来啊?我从来就没你水灵嘛!"

周秀丽努力微笑着:"我看还是累的,叶检,得多注意身体啊,别案子没办完,人先累垮了,工作可是永远做不完哩!再说了,多干事就多得罪人嘛!"

林永强马上批评说:"哎,哎,周主任,你怎么又来了?把事情说清楚就行了嘛,有则改之无则加勉嘛,这种时候四处发牢骚可不好啊!"这话说罢,很优雅地冲着叶子菁手一伸,"请吧,子菁同志!你来得正好,你不找我我也要找你了!"

到林永强办公室一坐下,没容叶子菁提,林永强先说起了匿名信的事,一脸的无奈:"子菁同志,你看这事闹的?这种时候出现了这种匿名信!按说匿名信用不着我管,可这种时候,又是这种要命的内容,不管又不行,唐书记和市委很重视,一定要我出面和她慎重谈谈,这一谈就谈得她眼泪汪汪,委屈得很哩!"

叶子菁不用问也知道,这种谈话的效果不会好,只能是事出有因,查无实据。

果不其然。林永强通报情况说,周秀丽以党性和人格保证,绝没接受过苏阿福或者其他任何人的贿赂,一口咬定个别坏人用心险恶诬陷她,要求市委和有关部门追查诬陷者,还她清白。据周秀丽说,这几年为了创建全国文明卫生城市,她的工作力度一直比较大,不可避免地得罪了一些人,有些人早就想看她的笑话了。

林永强这么说时,叶子菁走了神,禁不住想起了不久前看到的一桩历史公案:清朝道光年间,山西省介休县知县因工作失职被罢了官,一怒之下向巡抚上书,揭发本省官吏的贪污腐败,并要求将这封告状信奏明皇上,搞得整个山西官场人心惶惶,山崩地裂。巡抚大人哪敢把这种告状信转奏皇上？只得捏着鼻子私下里做工作，和省级贪官们凑了好大一笔银子，买通了那位知县，让他收回了告状信。然而，这就树立了一个危险的榜样，受处分的下级官员竟然这么成功地敲诈了领导，以后他们这些领导还怎么当？再出现这种告状信怎么办？于是精明过人的巡抚大人向属下各府道县发了一份严正的公文，要求严查上报类似的腐败问题，如无这类问题则必须具结保证。这一着实在是妙不可言，在位的府道县官员们既要保官又要升官，谁愿像被撤职的介休知县那样敲诈领导？结果在意料之中，各府道县均具结做了保证，决无此类腐败情状，上级领导英明，下面干部廉洁，全省形势一片大好。

叶子菁觉得这位市长，也许还有唐朝阳，多多少少有些像当年那位巡抚大人，找周秀丽谈话不过是个表面文章，实则只是要周秀丽具结保证，就算将来周秀丽真出了问题，谁也找不到他们头上，他们不是没查，查过了嘛！查无实据嘛！

林永强注意到了叶子菁目光的游移："哎，子菁同志，你在想什么啊？"

叶子菁这才回过神来："没什么，林市长。我在听，在听哩，您继续指示！"

林永强叹了口气："我也没啥要指示的，也就是这么个情况了！我要周秀丽正确对待，工作力度大，有人诬陷不是没可能，可总是无风不起浪嘛，自己还是要注意嘛！"又询问道，"子菁同志，怎么听说陈汉杰主任还把信转到检察院去了？你们检察院那边查得怎么样？是不是找到了点证据啊？"

叶子菁苦笑着摇了摇头："如果有证据，我也用不着向您和唐书记汇报了，依法办事就行了！林市长，现在情况比较复杂，苏阿福死了，这事看来是难了！"

林永强情绪好了起来，以玩笑的口气鼓励说："天下事难不倒共产党人嘛！"

叶子菁也是开玩笑的口气："问题是我们有些同志恐怕不是共产党人啊！"

林永强脸上的表情认真了，手一挥："不是共产党人也好办嘛，啊，撤职，开除党籍！市委、市政府的态度很清楚，对任何涉案人员都要严格依法处理，决不横加干涉！子菁同志，你说说看，到目前为止，我和唐朝阳同志有没有具体过问过案情？包括钟楼区文化管理部门做伪证，该抓的人你们不是都抓了吗？！"

叶子菁忙解释道："林市长，这您可误会了。我不是指您和唐书记，我是指下面，有些情况您可能不清楚，别的不说，至今我们的办案经费都还没到账呢！"

林永强有些意外："怎么回事？办案经费必须保证嘛，唐书记有指示的！"

叶子菁摇着头："怎么回事我也说不清，反正没到，催了几次也没划过来。"

林永强脸一拉，马上打起了电话，找到了市财政局，劈头盖脸训了汤局长一通："汤局长，你们怎么回事？检察院'八一三'的专项经费怎么还没划过去？少给我强调理由，我不听！你现在就给我安排拨款，不行就先从我市长基金里出！"

放下电话，林永强又关切地问："子菁同志，还有什么困难要解决啊？"

叶子菁本想再提提检察大楼工程拨款的事，话到嘴边还是忍住了，只道："林市长，现在社会上有个说法啊，法院是包公，公安是关公，检察院是济公……"

林永强呵呵直笑："有意思，也很形象嘛，啊？！我看对我们公检法总的评价还是不错的！尤其是你们这个济公，这个形象就很可爱嘛，尽管穷，还要四处主持正义，这个，啊？'鞋儿破帽儿破身上的袈裟破'，大人孩子都会唱！"

叶子菁禁不住还是说了："林市长，现在法院、公安办公条件都不错，都有自己的办公大楼，我们检察院大楼盖了三年了，至今没盖起来，现在又停了……"

林永强摆摆手："子菁同志，这事你不要说了，我知道，也就是临时停一下，不但是你们这座检察大楼，市政府一个财政拨款项目也停了，以后总要盖。一到长山来上任我就说了，发展中的问题一定要在发展中解决，关键是要把长山的经济搞上去！大锅里有小碗里才能有嘛，蛋糕做大了，分起来就没那么多矛盾了！"适时地调转了话头，"所以，这个'八一三'放火案要尽快办掉！昨天唐书记召集我们在家的常委们开了个会，专门议了议，你们要尽快起诉，起码把放火的家伙先办了，给社会一个交代，渎职案涉及人数比较多,案情也比较复杂,可以缓一步起诉。"

叶子菁点点头:"好吧,林市长,我们争取快一些吧,起诉处已在准备了。"

林永强并不满意:"子菁同志,不要这么含糊啊,唐书记的意思是十天内起诉,法院审理还有个过程嘛!你们准备一下,市委最近要听一下你们的汇报!"

叶子菁应了:"好,林市长,我回去就传达落实你的这个指示!"

林永强马上纠正:"子菁同志,这不是我的指示,是唐书记和市委的指示!"又自嘲道,"说真的,我这市长还不知干几天呢,随时准备下台走人!不承认不行啊,水平差嘛,人家长恭省长搞了五年没出事,我五个月就出了这么大的事!"

叶子菁觉得林永强明显话中有话,似乎暗示着什么,便也意味深长道:"所以,林市长,有些问题我们恐怕还是得搞搞清楚哩!你看你和唐书记能不能以市委、市政府的名义把市城管委的干部档案调出来,查对一下匿名信的笔迹呢?"

林永强想了想:"这恐怕不太合适吧?周秀丽知道不闹翻天了?"

叶子菁说:"周秀丽不是要查那个诬告者吗?真是诬告也应该查嘛!"

林永强仍不松口:"那你们执法机关依法去查嘛,我们不能以权代法。"

叶子菁不好再说下去了,郁郁不乐地起身告辞。

林永强却又把叶子菁叫住了:"哎,子菁同志,你等等,这里有些材料请你带回去看看!"说着,从办公桌一侧的柜子里拿出一个装着材料的厚厚的档案袋。

叶子菁打开一看,吓了一跳,竟然全都是针对她和检察院的匿名举报信!

林永强对她也像对周秀丽一样客气:"子菁同志,你也要正确对待啊!"

叶子菁心里火透了,把档案袋往林永强桌上一放:"林市长,这些材料我不看了,没时间,也没这份闲心,你和唐书记最好还是请纪委查一查吧,我们等着!"

林永强不高兴了:"子菁同志,你这个态度就不对了嘛,唐书记让我把这些材料交给你,本身就是对你和检察院同志们的信任嘛!唐书记说得很明确,检察院现在办着这么大一个案子,工作力度又这么大,免不了要得罪一些部门,得罪一批同志,不排除有些别有用心的家伙造谣诬陷,干扰办案,市委一定要保护干部!"

叶子菁这时啥都清楚了:市委要保护她,想必也要保护周秀丽和其他干部。看来伍成义说得不错,领导们现在的确不愿看着再出新乱子,要息事宁人,把抓了的这帮小萝卜头们杀了判了就结案,查铁柱和周培成估计是在劫难逃了……

20

受检察长叶子菁的指派,起诉处女处长高文辉拟代表检察院出庭支持对查铁柱和周培成的公诉。接过查铁柱和周培成放火案全部卷宗,准备起诉材料时,高文辉发现了一个重要细节,查铁柱八月十五日承认故意放火,而八月十四日晚上,查铁柱的老婆喝农药自杀未遂。这就让高文辉想到了一个问题,查铁柱承认放火时,是不是知道了他老婆自杀的事了?如果知道,是不是会产生绝望情绪,自诬其罪?

这事关系太重大了,涉及到整个案子的定性,两条人命,还有检察机关将来的错案责任,高文辉不敢大意,向叶子菁做了汇报。叶子菁没任何犹豫,责令高文辉和起诉处把这事彻底搞清楚,以便她和院检察委员会做出实事求是的法律判断。

调查从公安机关审讯人员身上开始。公安局送过来的录像带显示,当时的审讯人员一共三个,其中有公安局长江正流。高文辉找到江正流时,江正流正在开局党组会,一听说是这种事,立时火了,很不耐烦地要高文辉自己去看录像带,看看录像带上谁提过查铁柱老婆自杀的事。再查问另两个审讯人员,也没结果,两个审讯人员说,一直到现在他们都不知道查铁柱老婆曾自杀过,当时就更不可能知道了。

按说,事情可以到此结束了,可高文辉总觉得这事哪里不太对头,周培成至今不承认参与放火,可又说不出在那神秘的半小时干什么去了,更不承认现场发现的汽油是他带去的,一再说三楼仓库里剩余的装潢材料很多,有一瓶半瓶汽油残留下来不是不可能的。高文辉就此和技术部门一起进行了又一番细致查证,发现了一些没法解释的新疑点,感到这么定查铁柱、周培成放火实在是太牵强了。

高文辉带着最新的查证材料,再次向叶子菁做了汇报,请求指示。

叶子菁听过汇报,沉思了好半天,提出了一个问题:"这个查铁柱很奇怪啊,最初不承认放火,只说是失火,后来怎么又承认了?突破的契机到底在哪里?"

高文辉说:"叶检,这不正是我想问你的吗?我实在找不到这种契机!"

叶子菁突然问:"你考虑一下,江局和那两个审讯人员说的是不是实话啊?"

高文辉笑了:"叶检,这也是我的怀疑!省里市里催得这么急,社会上的压力又这么大,他们公安局急于定案嘛,周培成明显夹生,查铁柱则有自诬的可能!"

叶子菁想了想:"你们再好好去审审查铁柱,看看他本人怎么说?!"

高文辉试探道:"叶检,这合适吗?就算查铁柱提供了诱供线索,只怕江局他们也不会认账。再说万一翻过来,弄成了失火,只怕省里、市里也不会答应。"

叶子菁微微一笑:"哦,那你说说看,省里市里为什么就不答应啊?"

高文辉道:"这谁不明白?放火是人为事件,其性质是刑事犯罪,不涉及各级领导的责任。失火就不同了,性质是安全事故,上上下下都有责任,从省里到市里,肯定会处分一大批干部!"

叶子菁"哼"了一声:"当真要用老百姓的血染自己的顶子啊?!"话刚说完,却又往回收了,"不可能嘛,高处长,你不要把我们一些领导同志想得这么灰嘛!我看省里市里,包括长恭同志和市委、市政府领导,都不会这么想问题的!"

高文辉心照不宣道:"是的,是的,叶检,可能是我多虑了!"

叶子菁说:"我看也是多虑,到目前为止,我们的执法环境还是很好的嘛!"

高文辉叹了口气,苦笑道:"怪不得同志们都说你是理想主义者哩!"

叶子菁平淡地说:"理想总还要有的嘛,作为检察官,起码要有依法治国的理想嘛!我说依法治国是理想,也就是承认现实中依法治国的障碍和干扰还很多,这不又是现实主义者了吗?"拍了拍高文辉的肩头,"小高,别想这么多了,我知道你的意思,你准备一下,我陪你去审查铁柱,这个突破的契机一定要搞清楚!"

这次至关重要的提审是在公安局看守所进行的,参加讯问的还有两个公安方面的原审讯人员。讯问提纲叶子菁事先看过,在案情细节上做了些补充,请两个原审讯人员参加也是叶子菁提出的。高文辉便产生了一种感觉,这位检察长对放火真实性的怀疑似乎比她还深刻,让她作为公诉人出庭也许是一种意味深长的安排,叶子菁也许一直在等着她这位最高人民检察院命名的"十佳公诉人"把疑问提出来呢!

然而,对查铁柱的审讯一开始并不顺利,查铁柱进门坐下就连声认罪,像背书一样,把供述了许多次的供词又说了一遍,既没提到自己老婆的自杀问题,也没谈到家庭困境和由此引发的绝望情绪,一再要求政府早点枪毙他,以平民愤。

作为涉嫌放火的犯罪嫌疑人,查铁柱已被戴上了脚镣手铐,头发全白了,神情木然,整个人也瘦得脱了形,和二十几天前录像带上的人相比已判若两人。

高文辉根据拟定的讯问提纲,开始提问:"查铁柱,你是否有罪?"

查铁柱连声道:"有罪,有罪,我有罪!是我放火烧了大富豪!"

高文辉问:"那你放火的动机是什么?"

查铁柱答:"我早就说了,是报复,不想让苏阿福那些大富豪有个好!"

高文辉问:"可你一开始并不承认是报复放火,这又是为什么?"

查铁柱答:"我那是心存幻想,妄想欺骗政府,逃避杀头的责任。"

高文辉问:"那么,怎么这么快又想通了?又承认了?是什么原因呢?"

查铁柱答:"我没想到会烧死这么多人,我觉得罪该万死,就承认了。"

高文辉看着卷宗:"好,那我们就来说说你故意放火的过程。根据你本人八月二十二日的供述,大富豪娱乐城三楼仓库发现的汽油是你故意泼洒的?是不是?"

查铁柱木然答道:"是,是,这不关周培成的事,是我的事,我洒了一瓶汽油。我算好了,电焊火流落到汽油上,火一下子就会烧起来,没个救的!"

高文辉问:"汽油是装在什么容器里的?你又洒在了什么地方?"

查铁柱一时答不上来了:"这……这我记不太清了……"

高文辉审视着卷宗里的有关证据材料,头都没抬:"好好想想!"

查铁柱目光茫然:"可能是个盐水瓶吧,我好像都洒在管道下口了……"

这明显不对,现场调查情况证明,查铁柱焊接的管道下口并不存在汽油燃烧残留物,残留物是在最里面的一堵墙后发现的,装汽油的也不是盐水瓶,而是一个1000CC的小塑料桶。技术部门的分析表明,汽油是在火势蔓延后才引燃的,消防支队救火人员也提供了旁证。这么看来,查铁柱十有八九是说了假话,编不圆了。

高文辉盯了上来:"查铁柱,你说的容器不对,想好了再说!"

查铁柱立即改了口:"那……那就是铁桶,小铁桶……"

高文辉敲了敲桌子:"再想想,再想想!"

查铁柱再次改了口:"要不就是酱油瓶,对不对?"

叶子菁这时说话了,语气中透着不可置疑的威严:"查铁柱,我提醒你一下,法律对每一个公民都是公平的,你做过的事,是你的责任,你不承认也没用!你没做过的事,不是你的责任,你也不能往自己身上揽,一定要实事求是回答问题!"

高文辉又问了下去:"你把汽油洒到了焊接口的管道下面,是不是?"

查铁柱连连点头:"是,是,我说了,这样火着起来就……就没救了!"

高文辉问:"那你是怎么进的仓库?又是怎么把汽油洒上去的?"

查铁柱喃喃着:"就……就是从走道窗子爬……爬进去的嘛……"

高文辉冷冷道:"查铁柱,你本事不小啊!从走道的窗子到管道下面隔着十三米,到处堆的都是东西,寸步难行,你竟然能把汽油洒到管道下面?老实说!"

查铁柱实在编不下去了,先是默默流泪,继而绝望地号啕大哭起来:"你……你们别问了,都别问了!我不知道,我……我啥都不知道!我……我就是不想活了,一次烧死了这么多人,我该给他……他们抵命啊!我老婆比我明白啊,先……先走了,你……你们说,我……我家里这种样子,活着还有啥……啥劲呀……"

叶子菁、高文辉和参加讯问的两个公安人员全怔住了。

高文辉趁热打铁，一口气追了下去："查铁柱，你不要哭了，我问你，你怎么知道你老婆走了？是通过什么渠道知道的？什么人告诉你的？"

两个公安局的同志一下子紧张了，其中一个也急切地跟着问："查铁柱，这个问题你必须说清楚！今天市检察院的领导在场，你不必怕，是谁你就说谁！"

查铁柱摇了摇头："这有啥好说的？人家告诉我也是好心。"

叶子菁和气地说："那你就把这个好心人说出来嘛！"

查铁柱这才说了："是看守所的小赵，他老家就在我们南二矿……"

找到看守小赵一问，事情全清楚了。查铁柱没说假话，他老婆自杀的情况确是小赵传过来的。据那位小赵说，因为过去就认识，查铁柱一家又这么可怜，就忍不住把情况告诉查铁柱了，为此被中队长训了一通，后来也不让他看押查铁柱了。

案情因此突变，面对高文辉和起诉处其他检察官，查铁柱推翻了关于放火的供述，实事求是地回到了八月十三日夜供认的违章作业，不慎失火的事实基础上……

21

更没想到的是，几乎是与此同时，周培成那边也取得了重大突破。

周培成被捕后，周培成的老婆汤美丽三天两头跑检察院，跑公安局，见了谁都一把鼻涕一把泪地哭，像祥林嫂似的，翻来覆去说着几句话："我家周培成没到大富豪放过火，我家周培成胆小不会放火，我可以替周培成做个证明人。"这简直是天方夜谭，犯罪嫌疑人的老婆替犯罪嫌疑人做证明，而且又没有任何可供查证的证据线索。因此不论是公安局还是检察院，都没把汤美丽的反应当回事。汤美丽便越闹越凶，上星期二拦了公安局办案人员的车，争吵起来后失去理智，辱骂撕扯办案人员。公安局以妨碍公务的理由拘留了汤美丽三天，让她写了保证书，答应不再闹了，才把她放了出来。出来后，汤美丽不敢到公安局闹了，却又跑到检察院闹了，穿着一件写着"冤"字的白褂子，一大早就跪到了市检察院大门口，非要见叶检察长，引起了不少路人的围观，造成了很坏的社会影响。

在这种情况下，叶子菁只好见了，想做做工作，晓以利害，让汤美丽收敛一点,不要继续这么无理取闹了。那天参与接待的还有副检察长张国靖、起诉处女处长高文辉和起诉处的几个年轻同志,地点在检察院小会议室——叶子菁本来说好要和他们一起研究放火案的退补事宜,见这位汤美丽是临时决定的。

没想到,这临时一见,竟将叶子菁又一次推入了危险的感情旋涡。

汤美丽是个毫无姿色可言的中年妇女,矮矮瘦瘦的,看上去起码四十岁出头了,如果不是汤美丽自己后来承认,叶子菁无论想像力多丰富,也很难把这么一位容貌早衰的妇女和卖淫的小姐联系在一起。

汤美丽进门就跪下了,仍是过去对公安、检察人员说的那一套:"叶检察长,我家周培成冤啊,冤死了!周培成真没到大富豪放过火啊,周培成胆子太小了,说啥也不会放这把火,我能替周培成做证明人!我真能证明啊!"

叶子菁让起诉处的女同志把汤美丽拉起来,尽量和气耐心地做工作说:"汤美丽啊,你说冤我说冤都没用,我们办案要以事实为根据。现在的事实是,八月十三日晚上周培成就在火灾现场,我们先不管他有没有放火报复苏阿福和大富豪的念头,他既然出现在着火现场,总要搞搞清楚吧?现在周培成还只是犯罪嫌疑人,法院还没判嘛,目前不存在什么冤不冤的问题。"

汤美丽抹着泪,又要往下跪:"检察长,所以我才得向你反映啊!"

叶子菁仍没当回事:"你想反映什么?不要跪,好好说吧!"

汤美丽说了一个新情况:"检察长,周培成那晚到大富豪是接我的!"

叶子菁有些奇怪:"接你?你在大富豪干什么?你好像不是那里的员工吧?"

汤美丽吞吞吐吐:"我……我在大富豪娱乐城附近打……打工……"

叶子菁益发奇怪,注意地看着汤美丽:"打工?打什么工啊?在哪家?"

汤美丽看看一屋子人,不愿说了:"检察长,这我……我只想和你一人说!"

叶子菁没同意:"这不是我们两人之间的私事,我看他们用不着回避!"

汤美丽迟疑起来:"那……那就算了,反……反正我家周培成就是冤……"

叶子菁道:"冤在哪里？都到这一步了,还有什么不好说的啊？"

汤美丽愣了好一会儿,突然甩起手猛抽自己的脸,边抽边流泪。

叶子菁忙拉住汤美丽的手:"哎,哎,你这是怎么了？汤美丽,你说呀！"

汤美丽这才哽咽着,说了起来:"叶检察长,我……我今天不要脸了,我家周培成说不清楚自……自己的事,都……都被当成放火犯抓起来了,搞不好得枪……枪毙啊,你们说,我……我还要什么脸啊？要脸还……还有啥用啊……"

听汤美丽一说才知道,周培成那夜还真是来接汤美丽的。南二矿破产关井后,周培成、汤美丽夫妇俩全失业了,日子实在过不下去,汤美丽便和几个境遇相同的中年妇女结伴做起了廉价皮肉生意。大富豪娱乐城美丽年轻的小姐多的是,轮不上汤美丽们去做,年老色衰的汤美丽们只能在大富豪附近的小发廊做了,一次二十三十块,以解无米之炊。那天,汤美丽身体不太舒服,发着烧仍被一个姐妹伙着去做生意了。做了一笔以后,实在受不了,就让周培成弄辆三轮车接她回去。不巧的是,周培成接到电话刚过来,偏又来了笔生意,是个建筑工地上的民工,说好给二十五,便又做上了,周培成便在大富豪对面的小吃摊等了约摸半小时,于是,周培成就说不清这半小时的情况了,总不好说老婆在发廊卖淫,自己在等着接老婆吧?!

叶子菁听罢,极为震惊:"汤美丽,这么说,你卖淫你丈夫周培成也知道？"

汤美丽点点头:"八月十三号那晚,周培成来接我,刘姐的丈夫老王来接刘姐,老王也在小吃摊上见过我家周培成的,不信你们去找刘姐和老王问问！我请老王来作证,他不愿来啊！"

是啊,那位老王当然不愿来做这种证明,作为丈夫,眼睁睁地看着自己人老珠黄的老婆在这种地方卖淫,还等在那里守候接人,真是太丢人了！叶子菁这才明白了,为什么周培成宁愿担着放火的嫌疑也不愿说出真情,这真情实在是没法说呀！

屋里的检察官们全被汤美丽述说的残酷事实惊呆了,空气沉闷得令人心悸。

汤美丽见大家都不作声,有些怕了,泪眼汪汪地看了看叶子菁,又看了看张国靖、高文辉,惶惑不安地道:"叶检察长,还……还有你们,你们……你们这是怎么了?啊?怎么……怎么一下子都……都不说话了?我说的可……可都是真情啊!你们想想,不……不是到了这种地步,我……我好意思说吗?"又急切地述说起来,"老王肯定能证明,那晚他和我家周培成一起吃过水饺,是周培成付的钱!刘姐那晚的生意不好,一个没做成,也想早点回去,就喊老王来接她,是和我一起打的公用电话,刘姐也能证明!只要你们检察院找他们,他们不敢不说实话!我求他们不行啊,求几次了,他们老说丢不起这个脸啊,可这脸重要还是命重要?叶检察长,你们倒是说话呀!我现在的希望就在你们身上了,我求你们了!你们……你们就可怜可怜我这苦命的女人吧!"说罢,又呜呜哭了起来,哭得悲痛欲绝。

叶子菁心里难受极了,好说歹说,劝阻了汤美丽的哭闹,当场指示张国靖道:"张检,这事你安排一下,马上去办!根据汤美丽说的这个情况,到南二矿找那个刘姐和老王核实事实经过。另外,周培成也再审一下,看看周培成怎么说?!"

张国靖当天便亲自带人去了南二矿区,顺利找到了刘姐和老王夫妇。情况和预想的完全一样,开初二人一口否认,既不承认卖淫接人的事实,更不承认当晚在大富豪附近见过周培成,直到张国靖发了火,要他们上警车去检察院,他们才慌了神,把事实经过陈述了一遍。那晚老王不但和周培成一起在小吃摊上吃了一碗水饺,还就着水饺分喝了一瓶二两装的二锅头。大富豪着火是周培成先发现的,周培成知道查铁柱在那里烧电焊,才慌忙跑进了大富豪帮查铁柱救火……

让叶子菁想不到的是,周培成偏死不承认,仍咬死口坚持最初的口供,说自己当时就是在知春路口和一个什么莫须有的老人吵架。无论高文辉怎么做工作,述说利害关系,周培成因为面子问题就是不转弯,高文辉又不好违反规定暗示什么,只得如实向叶子菁汇报,建议叶子菁亲自出面和周培成谈谈。

叶子菁却觉得没什么必要了,叹着气对高文辉说:"小高,我看就算了吧,我也不和他谈了,谈了难受啊,他心里难受我心里也难受,这两天我一直想哭!"

高文辉理解叶子菁的心情："是的，是的，不是汤美丽自己找上门来说这事，我真不相信这会是事实！"摇摇头，又说，"口供不能作为定案的根据，周培成说不清楚的这半小时事实上已经由那位老王和刘姐，还有他老婆汤美丽说清楚了！"

叶子菁意味深长道："其实周培成也婉转说清楚了，八月十三日夜里公安局第一次审问时他就说了嘛，原话我还记得哩！'现在许多事公平吗？苏阿福怎么富起来的？怎么就敢这么公开开妓院？苏阿福开妓院，我们的老婆女儿却在卖淫！'"

高文辉苦笑起来："真没想到周培成的老婆就在卖淫啊！"

叶子菁感叹着："是啊，不要光看到满城的高楼大厦，高楼大厦后面的阴影还很浓重啊，我们的社会良知正在浓重阴影中哭泣啊！当一座座城市霓虹灯闪亮，四处灯红酒绿时，当大量的热钱在股市、汇市上涌动时，我们也不能忘记那些为改革做出了历史性牺牲的弱势群体啊，我看警报已经拉响了！"

高文辉搓手叹气道："叶检，说这些有什么用？这都不是我们管得了的！"

叶子菁不同意高文辉的看法："怎么能这么说呢？古人尚且知道国家兴亡匹夫有责，何况我们这些改革开放年代的检察官？我想了一下，我们在办案的同时，也要搞点社会调研，通过合适渠道把这些破产矿工的困难情况如实反映上去！"

高文辉点了点头："好吧，好吧，叶检，我们反正听你的就是……"

这天夜里，叶子菁心情沉重，又一次失眠了，已是十二点多钟了，仍主动打了个电话给破产丈夫黄国秀，电话拨通后，一时却又不知该说什么，竟有些后悔。

黄国秀倒挺快活："子菁，怎么想起给我打电话，是不是要抽空接见我了？"

叶子菁迟疑了片刻，还是说了："老黄，告诉你个情况，现在看来，查铁柱放火一案，事实不清的地方还很多，整个案子恐怕要退回公安局补充侦查了……"

黄国秀何等聪明，马上明白了："这么说，查铁柱和周培成都死不了了？"

叶子菁不敢多说："黄国秀，你先不要激动，心里有数就行了！未来的变数还很多，长山的复杂情况你知道，不瞒你说，我现在反而更担心了，很担心啊！"

黄国秀兴奋不已："嘿，实事求是还担心什么？妹妹你大胆向前走嘛！"

叶子菁说："大胆向前走？前面可能是地雷阵啊，你就不怕我粉身碎骨？"

黄国秀大大咧咧说："我看没这么严重，炸死的还不知道是他妈谁呢！"

叶子菁苦中作乐，开玩笑道："万一把我炸得四肢不全，你可要倒霉了！"

黄国秀呵呵笑着："这也好啊，我们家阴盛阳衰的局面就改变了嘛！子菁，不和你开玩笑了，能不能多透露点情况啊？查铁柱和周培成到底是怎么回事？啊？"

叶子菁却断然打住了："算了，你别再问了！"说罢，默默挂上了电话……

22

距市委要求的起诉时间只有几天，检察院竟然把两个涉嫌放火的放火案全案退回。公安局这边一下子炸了锅，局长江正流什么汇报也不听，什么材料也不看，要具体主持办案的副局长伍成义马上去找叶子菁，问问叶子菁和检察院到底想干什么。江正流很恼怒地告诉伍成义，叶子菁和检察院这是在搞名堂，是在故意出公安局的洋相！案子的全部侦查过程检察院都清楚，检察院也提前介入了，许多疑点还是检察院要查的，放火也是两家一起定的，现在突然翻过来，简直岂有此理！

伍成义只得奉命行事，紧急赶往市检察院找叶子菁交涉质询。

见了叶子菁，伍成义脸一虎，首先声明说："叶检，我现在可是代表江正流局长来的，江局长谈了几点意见，我全照本宣科，你可给我注意听好了！"

叶子菁知道风暴迟早要来，一脸的微笑："哦，伍局，你还奉旨训谕啊?"

伍成义一脸的庄严:"那是,我们江局长发了大脾气,要我原话照转!"说罢,口气严峻地转述了江正流的意见,替江正流发了一通大脾气,接下来发泄自己的不满,不过,口气却和缓多了,有些半真不假,"哎,我说叶检,你们检察院的姐们哥们想抢功也不能这么抢嘛,怎么一脚就把我们踹了?这么心狠手辣啊?"

叶子菁平静地问:"伍局,你们江局看没看我们送过去的材料啊?"

伍成义头一摇,口气很强硬:"我们江局长没看,根本不愿看!"

叶子菁苦苦一笑:"那他就敢让你来代表他训话了?你也就这么来了?"

伍成义的口气仍是那么强硬,不过话语中透着明显的讥讽:"我们江局长有什么不敢的!我又怎么能不来呢,人家是一把手,我老伍敢不听吆喝嘛?找死不成!"

叶子菁摆摆手:"行了,行了,伍局,你别发牢骚了!你看过材料没有?"

伍成义一怔,软了下来:"看过了,他妈的,真吓出了我一头冷汗啊!"

叶子菁道:"伍局,能吓你一头冷汗就好,我就怕你也和江局一样麻木不仁!江局业务上生疏些,有点麻木可以理解,你这个老公安要是也这么麻木,我可真要骂你了!你看可怕不可怕,明明是失火,却差一点定性成放火,这一字之差就是两条人命啊!真这么草率送上法院了,这错案追究咱们两家都逃不了责任!伍局,不客气地说,我们今天及时地发现了问题,既是救了我们自己,也救了你们啊!"

伍成义不得不承认:"是的,是的,叶检,这我心里有数!"

叶子菁这才又说:"你们也别把我们检察机关想得这么没水平,该我们的责任我们不会推。全案退回,重新侦查,又涉及案子的重新定性,按市委要求的时间起诉是不可能了,我们已经向市委打了个书面报告,汇报情况。这个汇报材料不对你们公安局保密,可以请你老兄先看一下!"说罢,将材料递了过去。

伍成义也不客气,马上接过材料看了起来,看得很认真。

检察院的汇报材料应该说是客观公道的,承认检察机关在办案过程中一直参与意见,谈到定性错误,检察这边主动承担了责任。

伍成义看罢,笑了:"行,行,叶检,你们实事求是,我收回刚才的话!"

叶子菁笑了:"伍局长的小脾气收回了,江局长的大脾气是不是也收回啊?"

伍成义手一摆:"哎,这你得去问他,我只是奉旨训谕!"

叶子菁也没再追究:"算了,你伍局代我把情况和江局说说吧!"

伍成义开玩笑问:"是不是也还他一通大脾气?"

叶子菁道:"我可不敢有这么大的脾气!"挥挥手,又说,"好了,伍局,别开玩笑了,再说个正事,有关情况你都知道了,大富豪附近的那个事实上的红灯区你们打算怎么办啊?就看着它这么存在下去?就看着汤美丽这些人继续卖淫吗?"

伍成义没好气地骂道:"这真他妈的叫没办法!叶检,我向你发誓,我们市局扫黄要是没动真格的,你当面打我的耳光!只要发现黄赌毒窝点,治安部门和下属分局、派出所立即出动,更别说还有大规模的扫黄!可真是抓不完、赶不尽啊!"

叶子菁讯问道:"就这么抓,大富豪还成淫窟了。是不是真有人暗中保护?"

这个问题没法回避,社会上的反映一直很强烈,周培成、刘艳玲这几个涉案人员老在那里说,老书记陈汉杰也在各种场合一再提起,市委书记唐朝阳指示彻查严办,伍成义便在办案的同时彻查了一下,这一查就查出了大问题。苏阿福和他的这个大富豪还真有公安局内部人员暗中保护!每次扫黄都有人通风报信,钟楼分局主管治安的副局长王小峰和分局一个刑警大队长竟然都成了苏阿福的把兄弟!因为王小峰是江正流的连襟,江正流被搞得极其被动,被迫在局党委会上做了检讨。

伍成义便也不怕家丑外扬了,把这阵子公安局内部的整顿情况简单地说了一下,道是钟楼分局涉嫌人员已"规"了三个,包括江正流的连襟王小峰,其他一些线索还在清理,估计还会涉及一些干警。最后表示说:"……叶检,你放心,对这些败坏公安形象的混账东西我们这次是绝不会手软的,有一个处理一个,该移送你们检察院起诉的,将来一个不落,全会移送给你们起诉!市委唐书记有指示的,这回一定要动真格的,给长山人民一个交代,江局长虽说不太乐意,估计也不敢拦的!"

叶子菁赞扬说:"好,好,伍局,这一来,你们也就主动了嘛!"

伍成义又说:"所以,汤美丽说的那个红灯区实际上已经不存在了,上星期彻底扫了一次,男男女女抓了八十多,昨天夜里搞了次反回潮,又抓了三十多!"

叶子菁多多少少有些吃惊:"哦,回潮这么快啊?又抓了三十多?"

伍成义挺苦恼:"所以我说嘛,这叫没办法,它野火烧不尽春风吹又生哩!"摆了摆手,"这也不是咱长山一家,全国都是这个情况,也只能常抓不懈了!"

叶子菁不无痛苦地道:"这也得有个分析,有些小姐干这营生是出于经济利益,裤带松一松胜过一月工嘛!有些人不是这样,像周培成的老婆汤美丽,是被生活逼得没办法,这现象很可怕呀!"

伍成义心里有数:"这还用你说?我会不知道?我是主管副局长嘛!你别说,这阵子我们还真抓了几个像汤美丽这样的中年失业女工,下面一些经办人要按规定罚款,我和他们拍了次桌子,教育后全都放了,不放我都觉得亏心!"

叶子菁看了伍成义一眼:"你伍局还算有良心!这可都是贫穷制造的罪恶啊!"一声长叹,又说,"伍局,你们公安局这回动了真格的,扫黄力度这么大,我倒又有个担心了,你说以后像汤美丽这种人怎么办?换个活法,去偷去抢?"

伍成义连连摆手:"叶检,这你别问我,最好问王长恭、林永强去!"

叶子菁郑重道:"伍局,这我还真得去问问省市领导们,我实在忧心啊!"

伍成义说:"我劝你还是先忧心眼前的事吧!不能按市委的要求时间起诉了,市委看到你们这个汇报能高兴?王长恭能高兴?你就等着看他们的脸色吧!"

叶子菁又回到了案子上:"这我也想到了,他们高兴不高兴我管不了,我只能根据事实说话,我觉得在现有的事实面前,哪个领导也不敢拍板定这个放火案!"

伍成义认真想了想,赞同说:"这倒也是,拍这种板还真得掂量一下哩!"略一停顿,又问,"叶检,怎么听说你还真找到林市长那去了,还在查周秀丽?"

叶子菁没当回事:"怎么?不能查,不该查吗?我不但找了林市长,还找了唐书记。我对唐书记说,不论是周秀丽受了贿,还是受了诬陷,都得查查清楚嘛!"

伍成义注意地看着叶子菁:"哦?唐书记怎么说?"

叶子菁轻描淡写道:"唐书记挺支持,已经通知纪委了,要纪委协助一下!"

伍成义意味深长地提醒说:"周秀丽身后的背景你知道,那可是大人物哩,人家是在职的常务副省长、省委常委,如果查到那位大人物身上怎么办?叶检,你和检察院也敢把他一起送上法庭吗?——当然,我现在只是假设!"

叶子菁淡然一笑:"伍局,如果害怕,你现在最好退出,可以去生场病嘛!"

伍成义被激怒了:"害怕?退出?这么孬种,老子还当什么公安局长!"

叶子菁一怔,难得冲动起来,一把拉住伍成义的手:"好,我要的就是你这句话!那我们就同舟共济,一起铁肩担道义吧,尽管我这肩头可能比你嫩了点!"

伍成义也动了真情,握住叶子菁的手道:"叶检,别看你是女同志,可你的肩头并不比我嫩!从开始追查这封匿名信我就看出来了,你不是江正流,你身上的正气和骨气都让我服气,恐怕只有你敢这么盯着周秀丽不放手!所以我今天也实话告诉你,我也准备豁出去了,宁愿不干这个公安局副局长,也得把这火灾后面的真相都弄弄清楚,给老百姓一个交代,给法律一个交代,也给自己良心一个交代!"

第六章　诡秘的举报者

23

　　市城管委办公室副主任方清明在城管系统许多人眼里是周秀丽的人。两年前方清明从部队转业，是周秀丽将方清明接收下来，安排到钟楼区城管监察大队做了副政委，半年不到，又调到机关做了办公室副主任，方清明对周秀丽一直恭恭敬敬。

　　真实情况却不是这样，别人不知道，方清明自己心里最清楚。他根本不是周秀丽的人，他能安排到城管委端上公务员的铁饭碗，是凭借陈汉杰的力道。当时陈汉杰还是长山市委书记，周秀丽又是陈汉杰点名提起来的干部，他就通过陈小沐的关系找到陈汉杰，陈汉杰只打了一个电话，周秀丽就安排了。因此，方清明心里对陈汉杰多少有点感激之情，却并不怎么感谢周秀丽，对陈小沐就更谈不上什么感谢了——陈小沐不是什么好东西，在部队搞基建时，陈小沐介绍过来的工程队就坑过他，害得他临转业还带上了一个党内警告处分。为那次转业安排，陈小沐又要了他一万，估计收这一万不会是陈汉杰的意思，是陈小沐自己要捞好处。

　　尽管如此，方清明进了城管系统，特别是做了机关办公室副主任以后，还是想做周秀丽的人。只要周秀丽安排的事，没有不努力办的，背后听到什么议论也马上向周秀丽悄悄汇报，为此得罪了不少人。宣传科的刘科长就是一个。刘科长当面夸他小报告文学写得好，要他好好写下去。其实，他就写了一篇小文章，也并不是小型报告文学，是通讯报道，叫《长山市容的美化师》，是吹周秀丽的。方清明先还以为刘科长不懂报告文学和通讯报道的区别，解释过几次，后来才知道，刘科长说的小报告文学是向周秀丽打小报告的报告文学。办公室主任刘茂才也不是玩意儿。见他风头健旺，老给他下绊子，当面一套、背后一套，让他在不知不觉中把领导和群众全得罪光了。今年五月机关民主评议副科级以上干部，他的称职票和优秀票加在一起没超过五张,其中惟一一张优秀票还是他自己投的,其余八十多张票全是不称职和很不称职。这一来,办公室副主任干不下去了。主任刘茂才笑呵呵地出面跟他谈话,说是机关要精简,还是下去干副政委吧!操他妈,他这么讲政治,处处紧跟领导,倒跟出麻烦了,麻烦出来后领导也不放个屁!方清明火了,闯到周秀丽的办公室,问周秀丽这是不是她的意思?周秀丽当时正和省委领导王长恭通电话,很不耐烦,拉着脸说:"方清明,你是党员干部,党员干部就是要服从组织分配,实在不愿下去可以自找出路!"说罢,把他赶了出来,连他的解释和想法都不愿听。

这一来,又打回了原形。两年前一到城管系统就是副政委,现在还是他妈副政委,而且是管政治思想工作的副政委,连过去管过的后勤也不分管了,监察大队上上下下没人把他当回事。真是义愤填膺啊,真是恨从心头起,恶向胆边生啊!这他妈叫什么世道?怎么好心就没个好报?当领导的怎么这么忠奸不分?方清明无所事事,又开始写文章,发泄自己对整个城管系统的不满。这回不是报社约稿了,是自己投稿,也不是吹捧周秀丽了,是请教问题。这些请教还大都发出来了,是发表在各报"为您服务"栏目里的,请教者的署名都是"一个女城管干部"或者"几个城管干部"。请教的问题计有:作为一个城管女干部,狐臭严重影响工作怎么办?作为几个斑秃患者,我们深为自己的形象影响城管干部的集体形象犯愁,请问有何最新科学疗法?"我是一个城管干部,因为工作需要,必须经常面对被查处者,可我过敏性鼻炎很厉害,天天鼻涕拉呼,这么丢人现眼该用什么办法及时处理?"周秀丽和城管委的头头们并不知道如此虚心求教的人都是他,曾在会上说过,要城管系统的同志们不要再这么出洋相了,向各报请教这类龌龊问题时最好署上真姓大名!

"八一三"大火一烧,得知大富豪娱乐城门前的那片门面房严重影响了救火,方清明估计有关部门非查不可,又兴奋了,一夜没睡着,浮想联翩,回忆历史。这一回忆,许多事就想起来了,去年有一次,他跑去向周秀丽汇报刘茂才攻击领导的言行,正碰上苏阿福在周秀丽家。他看得很清楚,苏阿福是送了东西的,起码有烟有酒,烟酒里面是不是藏了钱,藏了多少不清楚。后来,不知是过了十天还是半月,又看到周秀丽在办公室打电话,要钟楼区城管委的同志们灵活一点,收点占道费,让苏阿福把门面房盖起来。方清明还记得,区城管接电话的那位领导同志好像挺为难,说是才拆了又建,只怕不好对上对下交代。周秀丽便说,有什么不好交代的啊?上面是我们市城管,我们不查,谁会查你?真是的,有钱都不知道赚!

嘿,嘿,还真想不到啊,五十岁的人了,他的记忆力竟然还这么好!

方清明激动不已,连夜写了封举报信,是故意写在城管委文件打印纸上的。做办公室副主任时,这种质地很好的文件打印纸他可没少往家里拿,擦屁股虽说硬了点,垫鞋底还是挺好的。原倒不想匿名,反正他不打算再做周秀丽的人了,把周秀丽拉下马,送进去最好。转念一想,却又觉得不妥。倒不是没这个胆量,而是不知道周秀丽是不是真收了苏阿福的钱,如果没收他就是诬陷了,为了留条退路,才署名"一个正派的共产党员"。信往哪里寄?又费了一番踌躇,可以考虑的单位不外乎这么三个:市委、市纪委、检察院反贪污贿赂局。市人大最初并不在方清明的考虑之中。可想来想去,想出了一堆问题,周秀丽不是一般人物,和省委常委、常务副省长王长恭的关系太不一般了,只怕这三个单位没一家敢认真查,搞不好信还会转回来,落到周秀丽手上。真正敢查周秀丽的,应该是王长恭的对头,是个不怕王长恭而又想要王长恭好看的人,这个人只有一个,那就是市人大主任陈汉杰!

这么一来,这封必将引爆政治炸药库、也许会将长山干部队伍炸得四分五裂的匿名信便在八月十四日一早,由方清明亲手投入了市人大门口的信箱。投信时,方清明是个不起眼的中老年晨练者,正在碎步小跑,只在信箱前停了不过几秒钟。可方清明认为,这几秒钟必将改变历史。投下了这颗必将改变历史的政治炸弹后,这位晨练者继续向前一路小跑时,面前已是一片令人兴奋不已的"血肉模糊"了……

然而,期望中的"血肉模糊"却没发生,这么重要的举报信竟没引起有关部门的重视,不知是陈汉杰疏忽了,没将这封信批转给有关部门,还是陈汉杰批转了,有关部门不理睬。如此严重的受贿渎职问题竟然没人认真查处,周秀丽还他妈人模狗样地在那里做她的城管委主任,三天两头下来检查工作。有关部门只抓了钟楼区城管副主任汤温林和一个管片小干部,罪名也不是批建违章门面房,竟还只是疏于监管!周秀丽打过的那个重要电话没一人提起过,不知是不敢提还是上下串通好了,想共同蒙混过关。更蹊跷的是,钟楼区城管委账上还真没有收取占道费的任何记录,检察院办案人员查了几次都是扫兴而归——当然,是不是真查也不知道,周秀丽这女主任的后台可是太硬了,是他妈的省委、省政府领导,谁敢找死啊?!

方清明便也不敢找死了,心里诅咒着世道的可恶,脸上却不敢露出任何兴奋的痕迹,还在自己的副政委办公室里和同志们一起发牢骚,说是这城管真没法干,动咎得辄,是你的事不是你的事都往你头上赖!对周秀丽,方清明更是赞不绝口,不断有意无意地透露说,自己当年是周秀丽调来的,不是周秀丽,没准他现在已经下岗了。这倒也是实情,有几个分到企业的战友就先后下了岗,连吃饭都成了问题。

原以为这事就算过去了,这番反腐倡廉的壮举人不知鬼不觉,不会给自己造成什么致命的损害。这是有经验的,早些年在部队因为提拔问题,他也写过这种匿名信,告他们师长,上面不睬也就过去了,那位师长后来对他印象还挺好,让他升到副团职转了业。因此,方清明冷静下来后,马上想到了改正归邪问题,决定好好总结一下前一阶段的经验教训,继续努力去做周秀丽的人。从历史经验来看,这是完全可能的,他当年能重获那位师长的信任,今天也必能重获周秀丽的信任。

万没想到,周秀丽偏在他准备改正归邪的时候找他算账了,要他去谈谈。

是在周秀丽的办公室,方清明进来后,周秀丽正在看文件,连头都没抬。

方清明心虽虚着,胆气倒还壮,一开口就表现出了坚定的本位主义立场:"周主任,我正要向您汇报呢,都气死我了,他市检察院抓人抓到我们区城管委来了,还查账,四处乱翻,同志们意见大了去了,都说是鬼子进村了……"

周秀丽没理睬,伸手抓起电话,拨通后说了起来:"王省长吗?那件事我安排好了,您放心吧!他们翻不了天,我周秀丽还就不信了,一身正气会被诬陷!"

方清明心里一惊,马上紧张地判断起来,周秀丽是不是真在和王长恭通话?

周秀丽仍在和电话里那个不知是不是王长恭的人说着:"好,好,王省长,我知道,我知道,池子大了什么乌龟王八蛋没有?我不气了,您放心,尽管放心,我一定经得起这场政治风波的考验,不会给您丢人的!唐书记和林市长也都挺关心,都和我说了,不要被一封匿名信吓倒,该怎么干还怎么干!"说罢,放下了电话。

方清明这才又插了上来,谦卑地笑着问:"周主任,您……您找我?"

周秀丽的脸一下子变了,竟于突然之间现出了无比灿烂的笑容,像刚发现方清明进来似的:"哦,哦,方副政委啊,来了?快坐,坐,我找你随便谈谈!"

方清明小心地在沙发上坐下了,越想越觉得不对头,不管刚才和周秀丽通话的人是不是王长恭,有一点很清楚,周秀丽已猜到或者查出匿名信是他写的了,否则不会给他上演这种威胁的武功戏,便益发觉得周秀丽脸上灿烂的笑容极端可怕。

周秀丽在那里极端可怕地笑着,还放下架子要亲自给方清明泡茶。

方清明如大梦初醒,一跃而起:"哦,周主任,我来我来,这是我的事嘛!"

周秀丽便任由方清明去泡茶,口气也变了,仿佛又回到了过去二人的"蜜月"时期:"老方啊,你知道的,好茶叶在上面那个柜子里,还是去年你经手买的呢!"

方清明又发现了攻讦办公室主任刘茂才的好机会,一边泡茶一边说:"周主任,去年的茶叶哪还能喝啊?今年的新茶老刘咋不去买呢?我在这里时和下面交代过,每年新茶都得去买,陈茶只能用来招待一般客人!让领导喝陈茶,真是的!"

周秀丽便接过话茬儿随便谈了起来:"老方啊,你在的时候显不着,你这一走啊,办公室很多事还真就没章法了。我前天还严肃批评了刘茂才,文件打印纸也不管好,扔得四处都是,让谁拾到了在上面给咱来封匿名信啥的,不找麻烦吗?!"

方清明心里一动,很想附和一下,那封匿名信很可能就是谁在拾到的文件纸上写的,因此和他没关系。话到嘴边却又及时收住了,不对,这是不打自招!周秀丽只要反问一句,你怎么知道匿名信是写在文件打印纸上的?他可就无言以对了。

方清明按下了一瞬间的愚蠢冲动,保持着精明的沉默,继续聆听领导的教诲。

周秀丽实是狡诈,比当年部队上那位直率的师长狡诈多了,见他不上套,叹了口气,又诱导说:"老方,我知道你下去后有些情绪,可这能怪我吗?干部评议是按市里规定搞的,'作风建设'的措施嘛!我真没想到对你的评议会这么差,结果出来真吓了我一跳哩!怎么办呢?末位淘汰嘛,也只能让你先下去了,得理解啊!"

方清明连连点头,语气沉重:"我理解,我理解!周主任,说实在的,我……我真对不起您啊,我是您要过来的,是您的人,评议成这个样子,太丢您的人了!我知道,让我下去您也是没办法,但凡有点办法也不会这么做,我是您的人嘛!"

周秀丽摆摆手,挺和气地批评说:"老方啊,不要说什么我的人你的人!你是我的人,我又是谁的人啊?我们都是党的人,国家的人嘛,我们是同志嘛,来自五湖四海,为了一个共同的工作目标走到一起来了。"口气益发和气了,"你对我有些误解,有些意见很正常嘛,可以当面向我提嘛,一个单位的同志有什么话不能当面说透呢?非要让外面人看我们的笑话啊?这不太好嘛,老方,你说是不是?"

方清明再傻也把这话听明白了,忙解释:"周主任,您可别误会,我……"

周秀丽根本不愿听,又无比灿烂地笑了起来:"好了,好了,老方,你啥也别说了,我今天就是给你提个醒!另外,也给你交个底,你老方我还是要用的。过个一年半载,等大家把评议的事忘了,你还是回机关来。那时,刘茂才也该退了!"说罢,站了起来,"就这样吧,林市长还等着我去开会研究市容整顿呢!"

一次意味深长的谈话又意味深长地结束了。周秀丽好像把什么都说透了,可又什么都没明说,摊到桌面上的威胁和利诱也都很隐晦,令人兴奋,也令人生疑。

谈话回去以后,方清明又浮想联翩了,先是往好处想的,觉得周秀丽确有可能重新用他。刘茂才今年五十四,明年肯定要下,他又做过一年多的办公室副主任,再调上来做办公室主任也顺理成章。真做了主任,这油水就大了,再也用不着经一次手占点小便宜,接待一次客人弄点小钱,那就等于老母猪进了萝卜地尽他拱了!账不算不明,细细一算就清楚了,接待这一块保守点一年也能额外弄个一万五六,小车班车辆维修这一块,一年起码落个两万,光这两项就快四万了,还不算其他好处,这等于自己给自己长了百分之二百的工资，算是提前实现高薪养廉了。

然而，方清明毕竟是方清明，丰富的政治斗争经验和挣扎奋斗的人生经验都提醒他警醒。主席当年说过，历史的经验值得注意。历史的经验证明，没根据的事物一旦过于美好必然导致灾难。历史经验还证明，这世上没有无缘无故的恨，也没有无缘无故的爱。他匿名告了周秀丽，告得又那么恶毒透顶，周秀丽非但不恨他，反倒爱上他了，封官许愿让他做办公室主任，这可能吗？办公室主任可都是领导的心腹，周秀丽会把他当心腹吗？除非周秀丽神经有毛病，要不就是此人确有问题！

继续推理下去，事情就比较严重了，周秀丽如果没有问题，那就是存心给他设套，诱敌深入，故意打开菜园园门，把他这头老母猪放进去，等他在萝卜地里大拱特拱，自己给自己大长工资时，"砰"的一枪撂倒：哈哈，亲爱的方清明同志，谁是腐败分子现在比较清楚了吧？走吧，检察院反贪局的大门早就对你开着了，一直等你进来呢！如果周秀丽有问题，那就更不会让他来做这个办公室主任了。他做了办公室主任，更多的秘密让他知道了还得了？不怕他再三天两头来封匿名信吗？结论只有一个：这是可怕的骗局，高薪养廉的美好前景根本不存在，可怕的政治暗杀倒是确凿存在的，周秀丽的枪口已死死瞄准他了！

看来只有干到底了，满腔满肚的正义热血必须沸腾了！估计周秀丽问题不会小，当真清白的话，她今天就不会这么封官许愿了。这个无耻的臭娘们，因为有王长恭做后台，就敢收苏阿福的钱，就制造了这么严重的火灾后果！对这种腐败分子要进行坚决的斗争，绝不能在腐败现象面前闭上眼睛，更不能任由腐败分子宰割！

方清明决定挺身而出，向市人大主任陈汉杰当面汇报周秀丽的问题。

24

从吃晚饭开始，老婆就在为小沐的事叨唠不休，先骂江正流和王长恭不是玩意儿，故意拿小沐做文章，继而又要陈汉杰给叶子菁打电话，让叶子菁给钟楼区检察院打招呼。陈汉杰被吵烦了，剩下半碗饭没吃完就撂下筷子去了书房。老婆又追到书房，还自作主张地拨起了叶子菁家的电话。陈汉杰把拨通的电话硬给挂上了，没好气地说："你添什么乱？叶子菁现在正忙着办放火案哩,根本不在家!"

老婆用征询的目光看着陈汉杰,试探说:"要不,咱……咱就往检察院打?"

陈汉杰直摆手:"算了,算了,哪里也别打了!连你都知道王长恭和江正流要做文章,你说我让叶子菁怎么办?公安局已把案子正式移送给钟楼区检察院了,叶子菁能说不起诉?王长恭、江正流会允许她这么干?该咋处理她心里会有数的!"

老婆央求说:"老陈,还是给叶子菁打个电话吧,他们这是诬陷咱小沐啊!"

陈汉杰脸一沉:"如果真是诬陷,钟楼区检察院会有说法的,用不着你来说!""哼"了一声,不安地道,"我看不像诬陷,他江正流还没这么大的胆!我们的儿子我们知道,确实不是玩意嘛,过去闯的祸少了?我看都是你宠出来的!"

老婆仍在坚持,样子挺可怜:"如果真是诬陷呢?这也不是没有可能嘛……"

陈汉杰说:"如果真是诬陷,叶子菁不会不管的!这个女同志我知道,原则性很强,既不会看王长恭的脸色行事,也不会顾及江正流的面子,你放心好了!"

正说到这里,门铃声响了起来。

陈汉杰心烦意乱,对老婆道:"快去,看看谁来了?"

老婆应声出去了,片刻,又进了书房,悄声通报道:"老陈,是城管的一个男同志,要向你汇报工作哩,还说是咱们小沐的什么好朋友……"

陈汉杰没听完就摆起了手:"让他走,让他走,陈小沐会有什么好朋友?啊?一个个还不全是小浑球?能汇报些什么?真是的!"

老婆说:"老陈,今天来的这个浑球可不小,恐怕得有五十岁了……"

陈汉杰仍是不愿见:"行了,行了,你让我清静点吧,就说我不在家!"

不料,这当儿,客厅里响起了一个沙哑的声音:"老……老书记,我是方清明啊,当年是您……您介绍到市城管委去的,我……我有重要情况要向您反映啊!"

陈汉杰一听是反映市城管委的情况,心有所动,这才从书房走了出来。

见了这位方清明,陈汉杰的第一眼印象就不太好,此人一脸媚笑,弯腰站在客厅门口浑身抖索着像副刚使过的弓。到沙发上对面坐下再看,发现此人是有点面熟。

方清明很拘束,半个屁股搭在沙发上,干笑着说:"老书记,您忘了?两年前我从部队转业,是您亲自安排的,陈小沐带我来的!我在部队时和小沐就是好朋友,小沐介绍工程队给我们盖过房子,我要转业了,小沐说,找我老爸吧!您打了个电话给城管委周秀丽主任,我就到城管系统做了钟楼区监察大队副政委……"

陈汉杰终于想起来了:"哦,哦,你就是那个副团职转业干部吧,好像是个笔杆子,能写点小文章,我记得你那天还带了几篇稿子给我看,是不是?啊?"

方清明高兴了,这才斗胆把整个屁股搭实在沙发上:"老书记,您到底想起来了!您一个电话就改变了我的人生啊!我给您带了两瓶酒您还不收,现在想想还让我感动!我这阵子还和人家说呢,别说没清廉的好干部了,咱老书记就是一个!"

陈汉杰脸上有了些笑意:"对,对,我都想起来了,你这同志带了两瓶五粮液来,很不合适嘛!我答应安排你,是看你有点小才,笔杆子总是需要的嘛!怎么样?在城管系统干得还好吗?是不是替咱们的城市建设写点啥文章了?啊?"

方清明说:"写了,写了,都是些豆腐干,就没敢拿给您老书记看。"

陈汉杰突然想了起来:"哎,你刚才说,你在钟楼区城管委当什么副政委?"

方清明似乎无意地道:"是的,是的,着火的大富豪就在我们钟楼区嘛!"

陈汉杰挺自然地提了起来:"大富豪娱乐城门前的那些门面房到底是怎么盖起来的?你这位同志清楚不清楚啊?还有你们市城管委的那位女主任,就是周秀丽同志,她事先知道不知道啊?这片门面房影响了救火,造成的后果很严重啊!"

方清明表情骤然庄严起来:"老书记,今天我就是要向您汇报这些问题!"

陈汉杰眼睛一亮:"哦,说,那就说说吧,啊!知无不言,言无不尽!"

方清明却没说,郑重地从口袋里掏出一封信,双手捏着,递到了陈汉杰面前:"老书记,请您先看看我的这封举报信,我在火灾发生的第二天写的!写完后就投到市人大门口的信箱里了,是给您的。一封匿名举报信,不知道您看到了没有?"

陈汉杰怔住了:"什么?那封匿名举报信是你写的?举报周秀丽受贿?啊?"

方清明点点头:"是的,这就是那封匿名信的底稿,我故意写在文件打印纸上的,就是希望他们来找我调查,可他们谁也不来,官官相护嘛!另外,我也担心您工作太繁忙,看不到这封信,所以,我今天才挺身而出,来向您老书记当面汇报了。在整个长山市,我只信任您老书记一人!您一身正气,两袖清风……"

陈汉杰摆摆手:"哎,哎,什么一身正气两袖清风?别把我吹得这么邪乎!"

让老婆拿过老花眼镜,陈汉杰认真看起了举报信,看毕,久久地沉默着。

方清明有些紧张了,看着陈汉杰:"老书记,您……您这是怎么了?"

陈汉杰像没听见,把举报信放到茶几上,起身在客厅里踱步,想起了心思。

这可真是做梦也想不到的事!写举报信的人竟是他陈汉杰两年前介绍给周秀丽的人!这个人也太可怕了,先是匿名把举报信寄到市人大来,点名道姓让他收,现在,又在他家公然现身了!外界知道了会怎么想?必然是预谋嘛,是他陈汉杰和这位副政委串通好了要向周秀丽和王长恭发难嘛!一场你死我活的反腐败斗争就变成了两个人和两派势力的政治倾轧,他陈汉杰就是有一百张嘴只怕也说不清了!

偏在这时,方清明走到陈汉杰面前又说话了,昂首挺胸,不再像刚使用过的抖索的弯弓,倒有了点即将开赴战场的军人的样子了,神情也很激动:"老书记,我知道您在想什么。周秀丽不是一般人物,后面有王长恭,没人敢碰她,我还就不信这个邪,就和他们拼到底了!我是您老书记介绍到市城管委去的,周秀丽就认准我是您的人,我也和周秀丽说了,我还就是要做老书记的人,跟老书记走到底了!就算老书记哪天人大主任也不干了,我也得跟老书记,决不跟王长恭……"

陈汉杰听不下去了,手向大门一指:"你,给我出去,现在就出去!"

方清明不知哪里出了差错,站着不动:"老书记,您……您这是……"

陈汉杰这才发现了自己的失态,镇定了一下情绪,言不由衷地批评说:"你这个同志都想到哪里去了?啊?怎么对长恭同志意见这么大呀?我和长恭同志一个书记一个市长,搭了五年班子,大事讲原则,小事讲风格,团结战斗,合作得很好!就算周秀丽有什么问题,你也不能往长恭同志身上扯嘛!"将举报信从茶几上拿起来,递到方清明手上,"这封信请你拿走,该交给哪个部门交给哪个部门吧!"

方清明显然有些意外,气不壮了,一时间又恢复了弯弓状,哈着腰,苦着脸,像只被主人意外遗弃的狗,极力解释说:"老书记,我……我今天说的可都是真心话!他……他们官官相护啊,整个长山市我……我就信任您老书记一人啊……"

陈汉杰脸一拉:"这叫什么话啊?你怎么知道他们官官相护啊?如果事情真像你说的这么严重,我陈汉杰恐怕也不是什么好人了!你快回去吧,不要在我们领导之间搬弄是非了,尤其是在我和王长恭同志之间!我再和你说一遍,我和长恭同志并没什么矛盾,你这个同志揣摩错了!"说罢,连连挥手,再次示意方清明出去。

方清明不敢再赖下去了,只得唯唯诺诺退了出去,退到门口仍没忘记最后表一下忠心:"老……老书记,我……我可真是你的人啊,真的!"

陈汉杰益发厌恶,像没听见方清明这话似的,转身进了书房,关上了门。

一进书房,陈汉杰马上用保密机给叶子菁打了个电话,简短通报情况说:"子菁同志,举报周秀丽的那个匿名者到底现身了,是钟楼区城管委监察大队一位副政委,姓方。你们去找这个姓方的谈谈。不过,请你和检察院的同志们注意一下,我的感觉不太对头,这个人很委琐,他反映的问题和情况你们一定要注意分析!"

叶子菁在电话里惊喜地问:"老书记,你是怎么找到这个匿名者的?我们怎么找都找不到,正和市纪委协商调阅市城管干部档案呢!"

陈汉杰自嘲道:"这个匿名者刚才找到我家来了,口口声声是我的人哩!"

这时,又来客人了,客厅里老婆和一个熟悉女人的寒暄声响了起来。

陈汉杰没再和叶子菁继续说下去——本来倒是想提提儿子小沐的案子,可叶子菁没主动说,陈汉杰话到嘴边还是咽了回去。

放下电话后,陈汉杰一时间有些茫然。

老婆再次进了书房,说是周秀丽到了,问陈汉杰见不见。

真是太有意思了!举报者前脚走,被举报者后脚就来了?这哪能不见?!

走出书房,一见到周秀丽,陈汉杰就笑了,口气和蔼,却又不无讥讽地打趣说:"秀丽同志啊,你这是怎么找到我家的?还认识我家的门啊?啊?"

周秀丽满脸笑意,忙不迭地道:"老书记,老书记,该骂您尽管骂,我今天来就是送上门让您老领导骂的!长恭副省长明确说了,得让您老领导骂个痛快,骂个够,给我定了个'三不许'哩:不许我狡辩,不许我还嘴,还不许我解释!"

陈汉杰大笑道:"秀丽同志啊,这么说,你这是在执行长恭同志的指示喽?"

周秀丽忙摇头:"不是,不是,我也真是想您老领导了,一年多没见了嘛!"

陈汉杰感叹道:"有意思,有意思啊,不来都不来,要来又一起来了!"

没想到,这话一落音,周秀丽马上接了上来:"我知道,我知道,我们钟楼区监察大队的一位副政委刚从您这儿出去!"恳切地解释起来,"老书记,我可真不知道您今晚要找我们这位副政委谈话,要是事先知道的话,就改时间再来了。"

陈汉杰似乎不经意地问:"哦,你在门口撞上那位副政委了?"

周秀丽说:"巧了,我停车时正见到他从您家院里出来,还想躲我哩!"

陈汉杰不得不解释了:"秀丽同志,你误会了。这位同志并不是我约请的,是他主动找上门的,见面我都不认识了,还是他自我介绍,我才有了点印象。"

周秀丽笑道:"嘿,老书记,您就别和我逗了,方清明您会不认识?是您两年前介绍到我们城管来的嘛!当时不好安排哩,可我也不敢向您老书记叫苦啊,您的指示我得照办嘛,我灵机一动就因人设事,在钟楼区监察大队硬设了个副政委。这可是专为方清明设的,迄今为止区一级的监察大队只有他这一个副政委编制!"

陈汉杰实在是有苦说不出,咧了咧嘴:"秀丽同志,安排个转业干部还让你这么为难啊?这我真不知道哩,如果知道就不会向你开口了。怪我,怪我啊!"

周秀丽忙道:"老书记,这不怪您,还是怪我,我这一两年向您汇报得少了,有些情况您不可能了解。可说心里话,只要是您老书记交代的事,我没一件不是亲自安排落实的。就说方清明吧,您打了招呼,我心里就有数了,在钟楼区只待了几个月,马上把他调到机关办公室做了副主任,准备锻炼两年接办公室主任。可我真没想到,方清明这位同志这么不争气……"摇了摇头,"算了,不说这人了!"

陈汉杰倒注意起来:"哎,怎么不说了?说嘛!方清明怎么不争气了?"

周秀丽这才苦笑道:"老书记,这人太贪婪,凡他安排的接待活动,他就没有不拔毛捞油水的!大到千儿八百的接待餐费,小到餐桌上的一瓶酒几盒烟,他全往自己口袋里装!当了一年多办公室副主任竟然在我们市城管委定点的两家接待宾馆私存了一万三千多元接待经费,这一不当副主任,马上变现拿走了,如果认真追究起来可就是贪污犯罪啊,我们纪检组目前正在查。我前天还和纪检组的同志们打了个招呼,内部问题内部处理,尽量不要闹得满城风雨,丢人现眼。"

陈汉杰并不吃惊,冲着方清明这人的奴才相,搞点这样的小腐败不奇怪。

周秀丽仍在说:"方清明还只是个办公室副主任,经费大权还没交给他,他就这么干,搞一次接待贪一次小钱,真让他接了办公室主任,他不要犯大错误吗?肯定是个腐败分子嘛,不但丢我们城管系统的人,连你老书记也得跟着丢人嘛!这么一想,我也就痛下决心了,五月份机关民主评议一结束,就让他重新下去当副政委了。哦,顺便汇报一下,民主评议时方清明的称职得票在机关也是倒数第一。"

陈汉杰不得不承认,周秀丽说得对,就方清明这种素质、这种表现,真做了办公室主任不是腐败分子才见鬼呢!如果方清明真是什么好东西,当初也不会和陈小沐搞到一起。如此看来,方清明的举报可能有问题,甚至有诬陷周秀丽的嫌疑。

周秀丽也说到了这个问题:"老书记,说心里话,让方清明下去我完全是出于公心,从某种意义上说,也是对他本人的一种特殊保护措施。没发现方清明的腐败苗头倒也罢了,发现了不管不问,为了哪个领导的面子继续重用,就是不负责任了,既是对组织不负责,也是对当事人不负责。可这一来,方清明意见就大了,四处骂我,骂我们城管,骂得还很绝呢,尽在报屁股上提些腥臜的问题,出我们的洋相。'八一三'大火一起,又兴奋了,四处造谣生事,扬言要告我受贿渎职。我昨天找他谈了一下,因为考虑到是您老书记介绍过来的,还是给他留了点面子……"

陈汉杰再也无法沉默下去了,再沉默下去,只怕周秀丽和王长恭都要认为他是方清明造谣生事的同伙,他就更说不清了。于是,打断了周秀丽的话头道,"哎,秀丽同志,方清明这事我还得解释一下,这个人我真不了解,两年前他带着几篇文章跑到我家让我看,我还以为他是个小人才呢,所以才介绍给了你,我和方清明之间没有任何私交,也不可能有什么私交!现在看来,我是看错人,犯了错误了!"

周秀丽笑道:"老书记,哪能这么说,您爱才嘛,也是出于好心嘛!"

陈汉杰再次强调:"犯错误就是犯错误,好心犯错误也是犯错误嘛,还是得检讨嘛!"挥了挥手,"好了,秀丽同志,这笔账就记在我头上,我汲取教训吧!"

周秀丽忙说:"哎,老书记,你看你,还当真了?这算什么教训?人生的路都是每个人自己走的,您老书记又没教方清明搞腐败,更没让他这么造谣生事嘛!"

陈汉杰很认真:"秀丽同志,你别说了,对这个同志,你们一定要按规定严肃处理,只准从严不准从宽!如果他再打着我的破旗说三道四,你们给我坚决顶回去!今天,啊,他在我这里乱发长恭同志的牢骚,我就撂下脸来狠训了他一通!"

周秀丽舒了口气:"好,好,老书记,您有这个态度我们就好办了。哦,对了,长恭同志再三要我向您问好,还让我转个偏方给您!"说罢,拿出了一张纸。

陈汉杰接过来一看,是张治疗冠心病的偏方。开偏方的刘大夫在省城很有名,陈汉杰过去就听说过,曾想过要去找他瞧瞧病,没想到王长恭已想到了他前面。

周秀丽又说:"老书记,长恭同志一直很关心您的身体,说是如果你有时间,他可以陪你找这位刘大夫好好瞧瞧!"又想了起来,"哎,老书记,这还有个事哩,长恭同志说你答应给他写字的,让我今天一定要讨到手哩!您看怎么办啊?"

陈汉杰怔了一下,哈哈大笑起来:"长恭同志现在可是省委、省政府领导了,他还看得上我的破字啊?!"话虽这么说,还是站了起来,挺高兴地说,"好,好啊,既然人家领导同志还看得起我,我就写吧,啊,执行领导的指示嘛!"

周秀丽也笑了起来:"老书记,长恭同志在这里可又要骂您了!"

这么说着笑着,便到了书房,周秀丽帮着铺纸磨墨,陈汉杰凝神运气,提笔为王长恭写下了八个遒劲有力的狂草大字:"有容乃大,无欲则刚。"周秀丽在一旁看着,欣赏着,先是拍手叫好,后又趁机讨字。陈汉杰想了想,又为周秀丽写了两句话:"做人民的公仆,为长山城市美容。"周秀丽又是一连声的喝彩,恭恭敬敬地再三保证说,一定会把老书记的教诲牢牢记在心里,落实到将来的工作中去。

这日和周秀丽交谈的气氛还是挺和谐的,和谐得令双方都有些意外。因为和那位举报人方清明解释不清的关系,陈汉杰许多想说的话都按捺在心底没说出来,更不好追究举报信上的指控。那场大火案双方更没提及,似乎都在有意无意地回避。

25

很好,这个诡秘的举报人终于坐在她面前了。她没来得及找他,他倒先主动找上了办案组的门。叶子菁看着方清明想,这个人是有点意思,举报时不但匿名,也没留任何可能的联系方式,现身之后又这么急不可待,夜里十二点来了,还非要见她这个检察长。事情当真急到了这种程度?被他举报的周秀丽会连夜逃跑吗?完全没这个可能。陈汉杰的感觉看来是正确的,此人确有些不对头,她必须有所警惕。

不过,陈汉杰所说的委琐却没看出来。举报人五官端正,大大方方,穿着一件干干净净的白衬衫,衣摆束在裤腰里,口袋上还插着一枝签字笔,多多少少有些文化气。毕竟是做政治思想工作的副政委嘛,也应该有点文化素养,叶子菁想。

那夜,长山市人民检察院检察长叶子菁看到的是一个正义的举报者的形象。

这位举报者的眼里透着焦灼和愤怒。据反贪局长吴仲秋说,举报人打的找到办案组所在西郊宾馆时受到一些阻碍,值班武警战士不知道他要进行重要举报,拦在小楼门口不让他进,他便慷慨激昂骂起了贪官污吏,直到惊动住在一楼的吴仲秋。见了吴仲秋,此人仍是骂不绝口,指名要见检察院一把手。吴仲秋弄不清他的来头,只好敲开了叶子菁的房门,将他带进叶子菁房间后,他的怒火仍余烟缭绕。

把一杯水放到方清明面前,问罢自然情况,叶子菁摆出了开谈的架式。

开谈之前,叶子菁先道了歉:"方清明同志,实在是对不起啊,值班武警同志不了解情况,不知道你举报的重要性,闹了些不愉快,你就多担待吧!"

方清明余火复燃,出言不逊:"什么东西?不就是群看门狗嘛!"

叶子菁笑着阻止道:"哎,别这么说嘛,武警同志也是按规定办事啊!"

方清明毫不理会,继续发泄道:"就是群看门狗,我见得多了!我是副团职转业干部,我穿军装时,这帮看门狗见了我大老远就得敬礼!今天倒好,我来举报贪官周秀丽,他们还这么推三阻四!怎么的?长山不是我们共产党的天下了?"

叶子菁没再接茬儿,担心再接茬儿又会引出举报者什么新的牢骚,便说起了正题:"方清明同志,你今天来得好哇,你如果不来找我们,我们马上也会找你的。不瞒你说,我们对你的匿名举报很重视,已经准备调阅城管委干部档案查笔迹了。"

方清明显然有情绪:"已经过去这么长时间了,你们为什么一直不查呢?"

叶子菁笑道:"哎,方清明同志,你怎么知道我们没查啊?这么重要的举报能不查吗?问题是你没署名嘛!对举报的处理,我们是有严格规定的,只要你是署名举报,我们在调查之后一定做到件件有答复!你不署名,我们查起来难度就比较大了,就得从笔迹查起,先找到你这个举报人啊……"

方清明激动起来:"那好,现在不必查笔迹了,那封匿名举报信是我写的,署名'一个正派的共产党员'就是我!我现在想通了,为了党和人民的利益,为了我们国家的长治久安,我这个正派的共产党员下决心和他们这帮腐败分子血战到底了!主席当年说过:舍得一身剐,敢把皇帝拉下马!我不怕了,今天站出来了!"

叶子菁有些动容:"好,好,方清明同志,这就对了嘛!任何人都不应该在腐败现象面前低头!不要把腐败分子想象得多么强大,他们没有这么强大,他们是见不得阳光的,如果我们每一个同志都能像你今天这样站出来,问题就好解决了!"

方清明热烈应和:"是的,是的,叶检察长!我今天敢主动找你,就是相信你,相信你们检察院!我知道,党和人民的反腐之剑握在你们手上,把周秀丽和她背后的一批贪官污吏送上法庭,接受人民的审判是你们的神圣使命!"

叶子菁承诺道:"方清明同志,只要你举报的是事实,只要周秀丽和她背后的贪官受贿渎职,我和长山市人民检察院的同志们一定会把他们全部送上法庭!"

方清明语重心长教诲起来:"叶检察长,你们不能有辱使命啊,党和人民在看着你们啊,我这个举报人也眼巴巴地在看着你们啊!"口气渐渐大了,像高级领导干部作报告,手不时地挥舞着以加重语气,"反腐倡廉关系到我们党和国家的生死存亡啊!'八一三'大火就是血的教训啊,一个贪官周秀丽就造成了这么大的灾难!我希望你们这次一定要给长山人民一个交代,给一百五十多名死难者一个交代!"

叶子菁尽量保持着耐心:"方清明同志,我们是不是能进入实质性问题啊?"

方清明怔了一下:"当然,不谈实质性问题,我就没必要来了!"说罢,又礼貌地问,"叶检察长,我有些激动,可能说了些废话,让你听烦了吧?"

叶子菁笑了笑:"这倒也不是!"说罢,示意身边反贪局局长吴仲秋做记录,自己开始了关于举报内容的询问,"方清明同志,根据你匿名信上的举报,苏阿福盖的那片门面房,是周秀丽亲自打电话给钟楼区城管委关照的,是不是?"

方清明点点头:"是的,我亲耳听到的,周秀丽打电话时,我在办公室。"

叶子菁问:"这个电话是打给钟楼区城管委哪个领导的?你知道吗?"

方清明摇摇头:"这我不知道,应该是个负责领导同志,不会是一般人。"

叶子菁有些不解:"你当时怎么到周秀丽办公室去的?去汇报工作吗?"

方清明说:"汇报什么?我原是机关办公室副主任,天天和周秀丽在一起。"

这情况叶子菁倒不知道,陈汉杰在电话里没说,方清明自己刚才也没提,叶子菁还以为方清明一直就是钟楼区城管委监察大队的副政委。于是便问:"你是什么时候做的办公室副主任?又是因为什么到区里做了副政委?自己要求下去的?"

方清明说了起来,道是自己如何能干,被周秀丽看中,到了办公室又是如何被办公室主任刘茂才排挤,重又回到了区监察大队,最后说:"叶检察长,和你说实话,就算刘主任不排挤我,我也不能在办公室呆了,周秀丽看着我不顺眼哩!"

叶子菁挺奇怪地问:"周秀丽为什么看你不顺眼呢?你不是她看中的吗?"

方清明说:"我是她看中的不错,可我是个正派的共产党员,她是什么?一个大贪官!我在她面前晃来晃去,她还好贪啊?不怕我给你们写信反映情况啊!"

叶子菁表示赞同:"倒也是,做贼的人总是心虚嘛!"话头一转,似乎很随意地问,"这下去以后,收入是不是受了影响?钱是挣多了,还是挣少了?"

方清明摆摆手:"这事不能提,每月奖金补贴少了五百多!可这五百多算什么?我不能为了每月多拿五百多就和她腐败分子同流合污吧,你说是不是?"

叶子菁再次表示赞同:"那你在做办公室主任期间发现了周秀丽什么腐败?"

方清明一脸的惊异:"哎,这还问我啊?我举报信上没有吗?周秀丽收了苏阿福四万块,这才打电话给钟楼区城管委的头头,让苏阿福盖起了那片门面房！"

叶子菁低头看着举报信，心里已多少有些疑惑了："是的，是的，你信上是这样写了！"抬起头，又不动声色地强调说，"方清明同志，根据你举报的情况，你既亲耳听到周秀丽打了这个允许苏阿福盖门面房的重要电话，同时，又在周秀丽的家里亲眼看到苏阿福把四万元送给了周秀丽？是不是这个情况？你再想想？"

方清明根本不想："是的，是的，就是这个情况，实事求是嘛！"

叶子菁更加疑惑："周秀丽会当着你的面收下苏阿福这四万块钱？啊？"

方清明胸脯一拍："就是当面收的，这我肯定。我那天晚上到周秀丽家汇报工作，我先到的周家，苏阿福后到的周家，我们还在一起听了音乐，是贝多芬！"

叶子菁判断，如果周秀丽真敢当着方清明的面收苏阿福这四万块钱，只怕这位方清明先生本身也不会清白，那么，这场举报很可能是因为内部分赃不均引起的。于是便说："好，好，方清明同志，既然把话说到了这一步，相信你对自己也会实事求是的——我问你，这四万块钱，周秀丽有没有分给你？分给你多少？"

方清明一下子怔住了，大睁着眼睛看着叶子菁，不知说什么才好。

叶子菁非常和气地做起了工作："方清明同志啊，你一定不要怕，你今天能找到我们这里，既是举报，也是自首嘛！就算分个万儿八千，也不必隐瞒，我们可以根据你的立功表现免予追究。当然，赃款要退，可举报奖金肯定超过你的退赔！"

方清明这才带着哭腔叫了起来："叶检察长，你咋这么说？咋怀疑起我了？我是一个正派的共产党员，我对腐败现象恨之入骨，怎么会和周秀丽一起分赃呢？"

叶子菁笑道："如果没有参与分赃，那你也一定是周秀丽信得过的心腹吧？周秀丽如果信不过你，怎么敢当着你的面收苏阿福这四万元呢？这不合情理嘛！"

方清明被逼得没退路了，这才吞吞吐吐说了实话："叶……叶检察长，那四万块钱是……是我猜的！我见苏阿福送了两条烟给周秀丽的老公归律教授，就……就估计两条烟里可……可能有钱，它……它应该有钱！

去……去年我在报上看到一个报道,说的就是把钱卷在烟里送!苏阿福多聪明,肯定也会这样送!你们说呢?"

叶子菁哭笑不得:"那你又怎么敢断定是四万呢?为什么不是三万或五万?"

方清明很认真:"哎,哎,叶检察长,我这可是有根据的!你想啊,一盒烟是二十支,二十张一百元的票子卷好放进去是多少?是两千吧?一条烟是十盒,十乘两千正好两万,苏阿福送了两条烟,肯定是四万,它不可能是三万或者五万,我这可是实事求是的……"

叶子菁听不下去了,拉下脸,严肃批评道:"方清明,你这是实事求是吗?你这是想当然!我真不明白了,就凭这种毫无根据的猜测,你就敢写匿名举报信?今天还敢来见我?说说看,你到底是怎么想的!"

方清明仍是一副面不改色心不跳的样子,也不知是真镇定还是装镇定:"叶检察长,不瞒你说,我的想法其实很简单,只要你们把周秀丽抓来,几天不让她喝水,不让她睡觉,狠狠整整她,她什么都会招!我一个战友转业后到了你们检察系统,就干反贪。他和我说过,这世界上根本没有硬骨头,只要下狠手整,就是死人也得开口!这关键看你们的决心,你们只要下决心办周秀丽,她就不会没问题!"

叶子菁觉得自己和整个检察系统都受了污辱,桌子一拍,难得发了回脾气:"方清明,你说什么?我们检察反贪部门就是这么办案的吗?这么无法无天?你说的战友是谁?在哪个检察院工作?你说出来我就去问问他,在他手上究竟办了多少冤错案!像他这样办案不出冤案就见鬼了!说,你那战友到底在哪个检察院!"

方清明镇定不下去了,苍白着脸,嗫嚅道:"叶检察长,我……我这也不过是随便说说!其……其实,也不光是我那位战友,社会上也都说你们这么办案……"

叶子菁估计方清明交不出那个所谓的战友,就算真有这么一位战友方清明也不会交,便没再追问下去,又冷冷道:"方清明,社会上说些什么我不清楚,我今天只清楚你!你现在已经涉嫌诬陷了!"手向吴仲秋一指,"吴局长,你来告诉一下方清明什么叫诬告陷害罪,根据《中华人民共和国刑法》该判多少年!"

吴仲秋冷冰冰地看着方清明,把诬告陷害罪的犯罪特征和量刑标准报了出来。

方清明这才发现问题严重了,额头上冒出一片细密的汗珠,刚才的神气和怒气瞬时消失得无了踪影。人也迅速变了样,身上好像一下子没一根骨头了,整个人团在沙发上像只大虾。叶子菁注意到,这只团成了球的大虾在抖抖索索直喘粗气。

叶子菁既沮丧又恼火,忍不住又训斥起来:"方清明,我奉劝你不要再这么自作聪明了!既不要把我和检察机关想象得那么无法无天,也不要把我和检察机关想象得这么无能!对你的举报,我们如果连最基本的判断力都没有,我这个检察长也该辞职了,长山市人民检察院也该关门大吉了!你还好意思说你自己是什么正派的共产党员,你正派吗?我看你这是出于个人私心,捕风捉影,干扰我们办案!"

方清明无力地申辩说:"我……我真是想帮你们办案,觉得周秀丽可疑……"

叶子菁又冷静下来:"好吧,好吧,没根据的事别说了,说有根据的。周秀丽是不是真给钟楼区城管打过那个重要电话?你到底听清了没有?想清楚了再说!"

方清明抹着头上的冷汗,想了好一会儿:"我……我真记不清了!"

吴仲秋这时也火了:"记不清你就敢举报了?就敢四处乱寄匿名信了?!"

方清明几乎要哭了:"那天,周秀丽是……是在电话里谈……谈过门面房的事,我耳朵里当时刮进两句,不……不过,是不是她让盖的,我就记不清了……"

吴仲秋忍不住揭开了谜底:"你记不清?那我就告诉你吧!我们反贪局已经根据你匿名举报的线索调查过了,钟楼区城管委主任言子清承认有这么个电话,是他接的。不过内容和你举报的完全相反,周秀丽告诉言子清,苏阿福的门面房不能盖,要钟楼区注意这个问题!后来,言子清退休了,是临时主持工作的副主任汤温林忽略了监管,没有把好这一关!"

方清明马上做出一副恍然大悟的样子:"是的,是的,吴局长,那……那我可能是记错了,反正他们在电话里谈过这个事的,我……我这也不是没有一点事实根据嘛!"苦着脸,继续狡辩,"叶检察长,吴局长,我这也不是存心诬陷谁,我对周秀丽有点小意见不错,可归根还是想反腐败啊,这腐败不反不得了啊……"

情况已清楚了,叶子菁不愿再谈下去了,收起卷宗站了起来:"如果这样,真没有故意诬陷,你就该早来当面举报,而不是写这种匿名信,更不能这么不负责任地捕风捉影!你知道不知道,你现在已经给我们的工作造成了很大的被动!"

方清明点头哈腰,像条恭顺的狗:"我检讨,我接受教训,一定接受教训!"

对这种典型的小人,有些话叶子菁已不想说了,可最后还是忍不住说了:"方清明,你刚才提到去年报上披露的一个案子,只记住了烟里塞钱一个细节,却没记住举报人的悲壮和高尚!那篇报道是我们院里同志协助写的,情况我比较清楚。正是这位举报人不惜押上身家性命,顽强地和一群腐败分子斗争,我们检察院才最终办下了这个大案要案!这个举报人行不更名,坐不改姓,从省城告到北京,女儿被绑架,自己两次差点被杀掉,他没屈服!而你呢,方清明,你能和那位勇敢正直的举报人比吗?我建议你回去以后再把那篇报道找来看看,想想以后该怎么做人吧!"

方清明连连应着,又是一阵恭顺的点头哈腰……

送走了这个令人厌恶的无耻小人,叶子菁再也没法入睡了,想来想去,还是试探着往陈汉杰家里打了个电话。不曾想,电话只响了两声,陈汉杰那边就接了。

叶子菁有些奇怪:"哎,老书记,怎么还没睡啊?"

陈汉杰在电话里一声长叹:"此夜难眠啊!"又问,"子菁,有事吗?"

叶子菁通报情况说:"那位举报者连夜跑到我这里来了,不过,报的两个重要线索都没有事实根据,我和反贪局的同志初步判断是出于个人目的的诬陷。"

陈汉杰郁郁道:"我看也像诬陷,这个举报人啊,整得我今夜吃了三次安眠药都没睡着啊。另外还要和你说个事,周秀丽也跑到我这儿来了,向我反映了这人的一些情况,这个人自己手脚就不干净,目前城管委正在查处他的经济问题。"

叶子菁心里更有数了:"这就对了,恶人先告状嘛!"

陈汉杰情绪显然很不好,又是一声长叹:"子菁啊,你说说看,我这阵子对长恭同志是不是真的有点感情用事了?啊?还有对周秀丽、江正流这些同志?"

叶子菁沉默片刻:"老书记,感情用事的成分多少总是有一点吧。您不主动提,我也不敢说,感情用事肯定会在一定程度上影响我们对事物的正确判断啊!"

陈汉杰连连说:"是啊,是啊,幸亏发现得早啊,还没闹到不可收场的地步!"停了一下,又说,"所以,我让周秀丽带了幅字给长恭同志,'有容乃大,无欲则刚',既是送给长恭同志的,也是送给我自己的,看来还是要有容啊!"

叶子菁充分理解陈汉杰的心情,这封捕风捉影的匿名信,不但给她和办案组带来了被动,也给陈汉杰造成了很大的被动。陈汉杰这么积极热心地查匿名信,甚至找到市委书记唐朝阳那里,现在证明是莫须有,让这位老书记以后还怎么说话啊!

陈汉杰此夜难眠,叶子菁就更睡不着了。

通话结束后,叶子菁几乎是大睁着眼睛到天明。

陈汉杰毕竟是陈汉杰,王长恭对他意见再大,成见再深,也不敢拿这位已退居二线的老同志怎么样。她的麻烦就大多了,案子只怕也没那么好办了。"八一三"那天,她过早地出现在火灾现场,已经给王长恭造成了很大的误会;抓住方清明的举报对周秀丽紧追不舍,肯定又进一步得罪了王长恭;王长恭对她绝不会有什么好脸色。市委书记唐朝阳和市长林永强对她和检察院只怕也不会有好脸色,放火案现在办成了失火案,而且又不能按原定计划起诉了,他们肯定不会高兴的。

叶子菁估计,一场暴风骤雨马上就要来临了……

第七章　挺住，你没有退路

26

虽然有充分的心理准备,叶子菁仍没想到暴风骤雨会来得这么猛烈。

那天上午,叶子菁正在检察院办公室听副检察长陈波汇报后勤方面的工作,市委王秘书长突然来了个电话,要叶子菁马上到市委第二会议室来,说是长恭同志专程从省城赶过来了,正和市委领导一起等她,要听她的案情汇报。叶子菁放下电话后,没敢耽搁一分钟,当即驱车去了市委。去的时候心情还是挺不错的,关于失火定性的汇报材料报送市委五天了,市委一直没个态度,叶子菁心里有些忐忑不安,现在能面对省市领导,把问题当面说说清楚,无疑是件大好事。

紧赶慢赶,赶到市委第二会议室时,会议室里已座无虚席了。叶子菁推开会议室的玻璃门,第一眼就看到了公安局长江正流。江正流坐在王长恭侧对面,正满面笑容和王长恭说着什么。叶子菁这才知道,江正流也接到了会议通知,而且比她接到的早。当时会议室里的气氛很好,没有什么不祥的迹象,市委书记唐朝阳、市长林永强,和那些已在等待的常委、副市长们都坐在各自的位子上谈笑风生。

不祥的变化发生在她走进会议室之后。她走进会议室,说笑声突然消失了,省市领导脸上的笑容凝结了。除了唐朝阳和气地向她点了一下头,再没有任何一个领导和她打过招呼。更难以想象的是,会议桌前后两排竟然没有一张空椅子了,惟有会议桌侧前方空了把醒目的高背椅,像个受审席,也不知是不是故意留给她的。

王长恭也真做得出来,冷冷看了她一眼,竟然要市长林永强宣布开会。

林永强于是宣布开会:"好了,子菁同志到了,我们就开始吧!首先请长恭同志代表省委、省政府做重要指示!请同志们注意,这个会不准记录,不准录音!"

情况显然不太对头,通知说是要她来汇报,怎么一开始就请长恭同志做重要指示了?而且,不准记录,不准录音,什么意思?与会的领导者们又都是这么一副冷漠的态度,恐怕是冲着她和检察院来的吧?!四下看看,又注意到,常委、副市长到了许多,偏偏市人大主任陈汉杰没到,叶子菁的心不由自主地沉了下来。

果然,王长恭一开口火药味就很浓,口气极为严峻:"同志们,'八一三'放火案发生到今天,整整三十五天了!在这三十五天里,省委、省政府、市委、市政府可以说是承担了空前未有的压力!一百五十六人丧生火海,人民的生命财产遭受了不可挽回的巨大损失,其情况之严重为我省、我市建国以来所仅见!惊天大案啊,影响恶劣啊!党中央、国务院领导同志一次次做出重要批示,全中国、全世界的媒体在那里报道,死死盯着我们!死难者家属呢,也三天两头群访,要求我们严惩放火罪犯,省里收到的群众来信就有几十封。可我们呢?工作做得到底怎么样?能让党中央、国务院放心吗?能让广大人民群众满意吗?事情一出,我就说过两句话,一句是正确对待,一句是守土有责。今天,我请同志们都扪心自问一下,你这块阵地守住了吗?你这个指挥员尽到责任了吗?!我看没有,尤其是我们某些很关键的执法部门,工作态度和工作效率都是很难令人满意的!"

说到这里,王长恭把目光打到叶子菁身上,似乎刚发现叶子菁仍站着:"哎,子菁同志,你怎么回事呀?站在那里干什么啊?没人罚你的站,找地方坐下!"

叶子菁四下里看看,仍没发现一个空位子,只得窘迫地坐到了"受审席"上。在"受审席"上坐定后,叶子菁心里一阵酸楚,这种难堪对她来说从没有过。

王长恭继续做重要指示,话越说越明了,就差没点她叶子菁的名:"放火案不好好去办,捕风捉影的事倒干得很起劲!为一封匿名信查了近三十天,找市委,找纪委,找公安部门!结果怎么样?莫须有!严重干扰影响了放火案的起诉审理!这就让我奇怪了,我们这位同志究竟是怎么了?当真是重视反腐倡廉吗?有没有个人目的啊?帮帮派派的因素是不是在起作用啊?我看总有一点吧,总是不太正常吧!今天我对这件事提出批评，并不是要庇护腐败分子，是在讲一种大局，讲一个原则，讲同志们的党性和人格！匿名信应该说是我国政治生活一个比较普遍的现象。经验证明，每逢领导班子调整，干部提拔调动，或者发生某些突发性的大事情，这种匿名信都少不了！举一个例，林永强同志到长山来做市长时，我和省委几个常委就收到过辱骂诬蔑永强同志的匿名信。在省委常委会上，我就明确表示了态度，如果怕这怕那，不敢担责任，不对自己的同志负责，让一两封匿名信影响到我们对一个市长的任用，我们省委也就太软弱无能了，我们也该回家抱孩子了！"

会场上顿时响起了一阵热烈的掌声，叶子菁注意到，这完全是自发的掌声。

林永强在掌声平息后，插话说："王省长今天说得太好了！匿名信问题确实是我国目前政治生活中的一个普遍现象，就连我们检察长背后也有匿名信告嘛！"看着叶子菁，似笑非笑地说，"子菁同志啊，那些匿名信我请你带回去看看，你偏不愿看，其实啊，看看还是有好处的，能使自己保持清醒的头脑嘛！"

江正流也跟着发起了感慨："是啊，是啊，在这方面，我们的教训太深刻了！过去就有这种说法嘛：'别管我说的有没有，八分钱的邮票就让你原地踏步走！'现在不是八分钱了，是五毛钱了，匿名信的成本涨了点，可有些人还是乐此不疲！怎么办呢？我们组织上就要有数，就要有态度，不能对自己的同志不负责任嘛！"

今天这被动太大了！这个该死的小人方清明，竟然把她推入了这么一种无奈的境地，竟然让她激起了如此严重的一场官愤！在目前这种对上负责的体制里，谁不知道官愤的危险大于民愤啊？引起民愤实际上并不可怕，只要上面有人保，还可以换个地方继续升官。而激起官愤，尤其是顶头上司们的官愤，你的日子就难过了！

为了掩饰窘迫和狼狈，叶子菁低头做起了记录，长发掩住了俊美的脸庞。

林永强发现了，冲着叶子菁敲敲桌子，提醒道："哎，哎，子菁同志，你这个，啊，是怎么回事啊？不是讲了不准记录吗？还记什么？记在脑子里就行了！"

王长恭却讥讽道："让她记嘛，子菁同志可以例外，这个同志不惟上嘛!"

叶子菁实在忍不住了,努力镇定着情绪说:"王省长,林市长,你们今天批评的可都是我啊,是我目前领导下的长山市人民检察院啊,你们的重要指示我不记下来恐怕真不行,回去以后不好贯彻落实嘛!"说罢,又埋头记了起来。

与会者们全被叶子菁的顽强和倔强搞呆了,会场上一时间鸦雀无声。

唐朝阳这时开了口,和气而严肃地道:"子菁同志,不要这么意气用事!"

叶子菁冲着唐朝阳凄然一笑,这才迟疑着把用于记录的笔记本收了起来。

王长恭继续说了下去:"所以,就有个保护干部的问题!省委对在座的同志们有个保护的问题,在座的同志们对下面的干部也有个保护的问题!不要在这种时候上推下卸,更不能在这种时候不顾大局,不听招呼,四处出击,有意无意地给省委、市委添乱!我在省委常委会上说了,作为省委常委、常务副省长,省一级的领导责任全由我承担,我向中央做检查,主动请求处分。市里就是你们在座各位的事,不要喊冤叫屈,想想在大火中惨死的那一百五十六人,想想我们党为人民服务的宗旨,再想想自己身上没尽到的那份责任,你就能心平气和了。朝阳同志,小林市长,你们说是不是啊?"

唐朝阳平静地表态说:"王省长,作为市委书记,领导责任应该由我负!"

林永强也抢上来道:"我是市长,是我工作没做好,要处分处分我!"

王长恭看上去很满意,微笑着,冲着唐朝阳和林永强挥挥手:"好,好,你们两位党政一把手有这个态度就好!该堵枪眼就得堵嘛,改革开放时代的负责干部,身家性命都可以押上,还怕背个处分啊?!"话头一转,却又说,"不过,也要实事求是。毕竟是放火嘛,防不胜防。前几天我向省委提了个建议,该保的还是要保,党纪政纪处分免不了,市级干部争取一个不撤。我今天为什么要向大家交这个底呢?就是希望同志们放下思想包袱,振奋精神,把善后工作做得更好!"

叶子菁再一次注意到了王长恭关于放火的提法,明知这时候插上来不妥,会引起王长恭的反感,却还是赔着小心插话了:"王省长,怎……怎么是放火呢……"

王长恭很奇怪地看着叶子菁："哎,子菁同志,你怎么反问起我来了?啊?案情材料不全是你们报上来的吗?你们和公安局报上的材料都说是放火嘛!"

叶子菁站了起来,急切不安地解释说:"王省长,放火的材料是一个月前报的,当时不是特事特办嘛,许多疑点也没查实。现在案情发生了重大变化,我们已经写了个汇报给市委了,也许您还没看到! 现在,我是不是可以汇报一下呢?"

王长恭很不耐烦,阻止道:"子菁同志,请你先坐下,我话还没说完呢!"

叶子菁不好再坚持了,只得忐忑不安地坐下。

王长恭将脸孔转向与会者,又说了起来,语气再次加重了:"安定团结是大局,是压倒一切的大局。同志们都知道,长山市目前不安定的因素比较多,死难者家属情绪激烈,严惩放火凶手的呼声越来越高,不对放火犯罪分子及时严厉惩处,就很难消除这个不安定隐患。据永强同志说,前些日子死难者家属已经吵着要游行了,有关部门费了好大的劲才把事情平息下来! 南部破产煤矿几万失业工人也还在那里闹着,据正流同志汇报,类似卧轨的事情还有可能发生! 所以,在这种时候大家一定要和省委、市委保持一致,在重大原则问题上,要讲党性,听招呼!"

这话仍是在点她,王长恭反复强调"听招呼",正是因为她不听"招呼"。伍成义的推测和她的预感现在都应验了,省市领导们需要的就是一场放火,而不是失火。王长恭已经把话说得很清楚了,'毕竟是放火嘛,市级干部争取一个不撤!'然而,也正因为如此,叶子菁才不相信在开这个会之前,王长恭会没看过他们检察院报送市委的汇报材料。就算王长恭真没看过,唐朝阳和林永强也应该给他口头汇报过。

真是奇怪,唐朝阳、林永强,还有江正流竟然也只字不提,就任凭王长恭一口一个"放火"地在那里说。看来唐朝阳、林永强,还有江正流已经在那里听招呼了。听招呼有好处嘛,他们的乌纱帽保住了,冤了谁也没冤了他们的仕途!

就在这当儿,王长恭点名道姓说到了她,口气很诚挚:"子菁同志,我今天对你提出了一些批评,自认为还是为你好,没什么私心和恶意,请你不要产生什么误会。省委、市委不会以权代法,我们一定会给你们检察机关创造一个良好的办案环境。但是,这不是说就可以放手不管,党的领导还要坚持嘛,大的原则问题党委还是要把关,你这个检察长还是党员嘛,还是院党组书记嘛,一定要讲党性啊!"

叶子菁马上检讨:"是的,是的,王省长,可能有些情况我汇报得不及时,在某些事情上也许没摆正自己的位置,今后我一定注意改正!"就简单地检讨了这么两句,又把实质性问题提了出来,"但是,王省长,关于火灾的定性问题……"

王长恭做了个制止的手势:"子菁同志,你性子怎么这么急啊?过去你不是这个样子嘛,听我把话说完好不好?"又说了起来,"我们领导同志不以权代法——事实上我们也没有以任何形式干涉过你们独立办案嘛!那你叶子菁同志呢,也不能以情代法!这一点,朝阳同志提醒过你,我好像也提醒过你,你做得怎么样呢?办案过程中受没受到过感情因素的影响啊?不能说没一点影响吧?"脸一拉,"子菁同志,这个放火案,你们检察院依法去办,一定要从重从快,不能再拖了!工人同志们的困难是一回事,依法办案是另一回事,你这个检察长头脑要清醒!"

王长恭的重要指示终于做完了,叶子菁以为可以轮到她汇报了,正要发言,却又被林永强阻止了:"下面,我就王省长今天的重要指示谈几点具体意见……"

直到这时,叶子菁才彻底明白了,这个名为听她汇报的会议,实则是打招呼定调子的会议。没有谁想听失火的案情汇报,她被愚弄了。王长恭已经把放火的调子定下来了,他们检察院必须听招呼按放火起诉,法院则会按放火判罪,查铁柱和周培成两颗人头就要落地了!叶子菁怎么也想不通:王长恭和林永强胆子怎么就这么大?口口声声不以权代法,却这么明目张胆地以权势压人,逼着她和检察机关将错就错,去知法犯法,而身为市委书记的唐朝阳竟然一言不发!问题太严重了!

林永强就所谓"放火"问题做具体指示时,叶子菁浑身直冒冷汗,再也坐不住了,悄悄把市委王秘书长叫到门外,焦虑地问:"王秘书长,这都是怎么回事啊?我们的材料五天前就送了,唐书记、林市长难道都没看?怎么还说是放火啊?"

王秘书长的回答让叶子菁吃了一惊:"你们检察院朝三暮四,一下子改口成失火了,可公安局还坚持是放火啊!唐书记、林市长看你们的材料,也要看公安局的材料嘛!领导们肯定要慎重研究,做分析判断,认可公安局的意见也很正常嘛!"

叶子菁失声道:"我们这份失火的上报材料可是和公安局通过气的!伍成义副局长最清楚,伍局一直在第一线和我们协同办案,我们双方意见是完全一致的!"

王秘书长沉下脸,不悦地道:"叶检,这你别和我叫,据我所知长山市公安局局长目前还不是伍成义,是江正流!江正流同志作为公安局长是'八一三'大案的第一责任人,从没同意过你们检察院关于失火的定性!为这事,江正流气得要死,不但找了市里,还和唐书记、林市长一起到省城向王省长进行过专题汇报!"

江正流不愧是王长恭一手提起来的好干部,在这种时候不但狠狠给了她和检察院一枪,还把王长恭和林永强需要的放火意见及时送上来了!这就不能怪省市领导了,以权压法无形中变成了两个办案部门的意见争执,你还有什么好说的?!

王秘书长劝道:"叶检,领导们的意思你该看明白了,我看还是听招呼吧!"

又是听招呼!她叶子菁能听这种招呼吗?她要听的只能是法律和事实的招呼啊,无论如何也不能用查铁柱和周培成这两个失业矿工的血染自己的红顶子啊,如果她听了这种践踏法律和正义的错误招呼,就会成为国家和人民的罪人……

一股热血涌上头顶,叶子菁揣着一颗忐忑不安的心,再次走进了会议室。

27

江正流看着叶子菁重进会议室时激动不已的样子,就知道摊牌的时候到了。

摊牌是预料中的事,江正流想,这不是他要和叶子菁摊牌,而是叶子菁要和他摊牌,他不得不奉陪。你叶子菁感情用事,只因放火的犯罪分子是你老公黄国秀麾下的破产煤矿原矿工,竟然就把一场故意放火搞成大意失火,就敢把我堂堂长山市公安局搞得这么被动!你和你领导下的检察院是咎由自取,自作自受!你不要以为笼络住了一个别有用心的副局长伍成义,就算抓住了公安局,大错特错了,叶子菁同志!长山市公安局局长现在还是我江正流,公安局这个天一下子还翻不了!

情况很好,王长恭、林永强都不糊涂,失火的结论根本没被接受,在省城汇报时,唐朝阳虽然不同意定调子,抹角拐弯和王长恭争执了好久,现在还是和王长恭保持了一致。事情很清楚:放火的调子今天已经确定了,检察院必须照此起诉!

叶子菁也真是太不讲政治了,竟然打断了市长林永强的讲话,又嚷着要汇报!也不想想,领导们要你汇报什么?该汇报的你不早在材料上汇报过了吗?现在是要听领导们的指示,按省市领导们的要求把这个放火案的起诉工作做好!

果然,林永强很不高兴:"叶子菁同志,请你坐下,我没说要听你的汇报!"

叶子菁真做得出来,硬挺着站在那里:"那么,林市长,我就请您改一下口:在'八一三'火灾正式进行司法定性之前,先不要再说是放火好不好?这一字之差,却有天壤之别啊,我们检察院送上来的报告说得很清楚,案情发生了重大变化……"

林永强火了,也从座位上站了起来,口气很严厉:"叶子菁同志,你今天到底想干什么?啊?请你注意摆正自己的位置,我和在座的领导还用不着你来提醒!"

叶子菁实在够顽强的:"林市长,本案涉及到准确定性,涉及到两个公民的生命,我必须在这个会上进行认真慎重的汇报!情况我刚才才搞清楚,公安机关认为是故意放火,我们检察机关不能认同!今天,江正流同志也在场,我想,我和江正流同志正可以当着各位省市领导同志的面,把问题摆到桌面上,谈个透彻明白!否则,不管是谁的指示,长恭同志也好,您林市长也好,我们恐怕都很难执行!"

王长恭盯着叶子菁,极力压抑着,嘴角微微抽颤,脸色难看极了。

唐朝阳似乎想说什么,却又没说,砰然一声,折断了手上的铅笔。

林永强大概从未碰到过这种情况,桌子一拍:"叶检察长,既然王省长和市委的指示你难以执行,那么,我就没必要再讲下去了,现在,请你来给我们做指示好了！我和唐书记,还有长恭省长,包括在座的这些常委、市长们都洗耳恭听！"

王长恭忽地站了起来："算了,子菁同志这个指示我就不听了,我马上还要赶到南坪,南坪市还有个会！"说罢,让秘书小段收拾起桌上的文件夹,起身就走。

唐朝阳、林永强和与会者们都很意外,纷纷站起来,出门为王长恭送行。

王长恭将大家全拦住了："请同志们留步,继续开会,一定要开出个结果！"

王长恭走后,大家重新坐下,叶子菁又倔强地站了起来,声音里带上了一丝哭腔："唐书记,林市长,同志们,首先声明,我这不是什么指示,我哪有资格给在座领导做指示呢？可作为一个检察长,我必须把职责范围内的事汇报清楚啊……"

林永强再次拍起了桌子,几乎在吼："知道没资格在这里做指示就不要说了！"

唐朝阳敲敲桌子提醒道："哎,哎,林市长,火气不要这么大嘛！"这话说罢,才又温和地批评起了叶子菁,"子菁同志,不能太以自我为中心啊,更不要这样自以为是嘛！你检察院说是失火,他公安局说是放火,我们暂时接受了公安局的说法,用了一下放火这个词,你就一而再,再而三跳起来,不太像话吧？如果我们暂时使用你的说法,用了失火这个词,江正流同志是不是也要像你这样跳起来呢？如果这样的话,我们还能讲话吗？不就是一种暂时的说法吗？着什么急啊！"

什么？放火只是一种说法？江正流注意地看着唐朝阳,心里不由一惊。

叶子菁似乎也听出了话中的意味："唐书记,那……那你的意思是说……"

唐朝阳巧妙地阻止了叶子菁的追问："子菁同志,我的意思很清楚,从王省长,到我和在座的同志们,包括你这个检察长,大家都要对法律和事实负责嘛！"

林永强意识到了什么,婉转地提醒说："唐书记,咱可要开出个结果来啊！"

唐朝阳根本不接茬儿,看着林永强,又说:"永强同志,我看子菁同志也有正确的地方,我们在用词上是应该注意,也希望同志们注意,不要再提放火失火了,到底是失火还是放火,请检察和公安两家坐下来进一步分析研究,在他们得出一致意见之前,先用个中性词'火灾','八一三'火灾!"略一停顿,又明确指示说,"散会后,政法委田书记和王秘书长留下,你和子菁同志、正流同志继续好好研究,就不在这里讨论了!说到底,我们这些省市领导都不是法律专家,火灾的性质不能由我们哪个人来定,党的领导绝不意味着包办具体案子,这是个原则问题!"

会议的风向一下子变了,变得极突然,包括林永强在内的与会者都怔住了。

江正流注意到,叶子菁眼中的泪水一时间夺眶而出,冲着唐朝阳点了点头。

沉寂了好一会儿,江正流才问:"如果我们公安和检察最终无法统一呢?"

唐朝阳说:"这也好办嘛,就请省公安厅、省检察院一起来定,再不行,还有最高人民检察院和公安部嘛,长山市委既不能以权代法,也没有义务做你们的裁判员嘛!"

直到这时,江正流才明白,放火的结论并没被唐朝阳接受,这个市委书记实际上是和省委领导王长恭打了一场迂回战,他和叶子菁的进一步交锋是不可避免了。

然而,唐朝阳毕竟是唐朝阳,明明否定了王长恭在省城给大家定下的调子,却又在总结讲话中口口声声要落实王省长的"重要指示精神",对失业工人的不稳定状况和死难者家属的动向发表了一些意见,指示有关部门特别是公安机关和检察机关随时掌握并及时向市委、市政府反馈情况,尽可能把一切不安定因素消除在萌芽状态,维护社会安定。唐朝阳要求对"八一三"火灾案尽快起诉,具体时间却没定。

散会之后,政法委田书记,市委王秘书长,还有他和叶子菁都留了下来。

叶子菁没等领导们全走完,便攻了上来:"江局,我说你是怎么回事啊?怎么又是放火了呢?情况你们伍局最清楚,失火的定性也是你们伍局同意的,你们怎么又向王省长汇报起放火来了呢?江局,我受点委屈没什么,可事实就是事实啊!"

江正流见叶子菁提到伍成义,心头的火不由地蹿了上来,故意装糊涂道:"哎,叶检,怎么这么说啊?老伍和你们合作得这么好,就没和你们通过气吗?我和徐政委从来就没认可过失火这种说法,看到你们的报告我让老伍找过你的嘛!这是不是事实啊?向王省长汇报,也不是个人汇报,是我们公安局的汇报,老伍事先应该知道嘛,怎么会没和你,没和你们检察院打声招呼呢?回去我问问老伍吧!"

叶子菁"哼"了一声:"别问了,江局,我们还是面对现在的现实吧!"

现在的现实是:同一场大火,却由两个执法部门得出了两种完全不同的定性意见。省市大部分领导的态度很清楚,已经明确接受了放火定性,就连唐朝阳也没认可叶子菁的失火意见。这个死板的市委书记没气魄,说来说去只是不愿定调子罢了。叶子菁如果聪明的话,应该就坡下驴,就此打住。江正流相信,只要叶子菁和检察院放弃这种带情绪化的定性意见,不再坚持失火的说法,王长恭、林永强也许都会原谅她,毕竟是工作争执嘛,他也就没必要进一步和叶子菁撕破脸皮了。

然而,叶子菁不知是哪根神经出了问题,竟然摊开卷宗,慷慨激昂地向政法委田书记和王秘书长汇报起了放火定性的"严重错误",什么查铁柱因为老婆自杀,绝望自诬;什么周培成说不清那半小时的疑点是因为接自己卖淫的老婆。其实这些细节早先送给市委的汇报材料里都有,田书记和王秘书长听着就很不耐烦了。

最后,叶子菁愤愤不平地道:"放火可就是死刑啊,如果我们将错就错,杀了这两个罪不当死的工人,不说将来错案追究了,我们自己的良心能安吗?"

江正流不得不撂下脸了:"叶检,面对放火造成的严重后果,面对一百五十六个死难者家庭,面对那些失去了儿子、丈夫、父亲、女儿、妻子、母亲的人们,你们手下留情,不让放火的犯罪分子得到法律的严惩,良心就可以安宁了吗?!"

叶子菁又往回缩了:"江局,我们还是回到事实上来,请你举证放火事实!"

江正流平静地道:"事实你面前的卷宗里都有,我不必再罗列了。查铁柱自己承认放火也好,在你们检察人员的诱导下翻供也好,这都不重要,重要的是:一、查铁柱主观上有报复大富豪娱乐城和苏阿福的犯罪故意;二、客观上大富豪的起火又确凿是查铁柱烧电焊引发的;三、查铁柱对大富豪的内部情况十分熟悉,对三楼仓库堆满易燃物品是清楚的,如果没有犯罪故意,就应该料到这一严重后果!"

叶子菁态度也很平静:"那么,周培成呢?在你们看来又是如何放火的?"

江正流胸有成竹:"叶检,关于周培成的问题我正要说,我们同意你们检察机关的意见,既然已有确凿的证人证词证明周培成的清白,放火的嫌疑应该排除。这一点,我向市委汇报时也说得很清楚了。而且我和同志们都认为,周培成只怕连伪证罪也够不上。构成伪证罪的犯罪特征是嫌疑人的主观故意,周培成显然没有这种主观故意,他没有对我们执法机关陈述事实真相,是出于对自己隐私的保护,他去接自己卖淫的老婆,不好和我们说嘛!因此你们不予立案的意见是完全正确的,如果你们检察院同意的话,我们这边准备马上放人!"

叶子菁叹息道:"江局,对周培成,你们还是实事求是的,这要谢谢你了!"

江正流笑了笑:"叶检,应该谢谢你,谢谢你们检察机关啊,周培成的问题还是你们的同志搞清楚的嘛。这一来,我们将来也就不承担错案追究责任了嘛!"

政法委田书记有了些乐观:"看看,心平气和地沟通交流一下还是很好的嘛,啊?!大家都是为了工作嘛,有什么争执不好解决呢?在对周培成的认识上,你们就达成一致了嘛!"还和叶子菁开了句玩笑,"子菁同志啊,你已赢了50%。"

其实,田书记乐观得还是太早了,案子的定性问题仍然没有解决。

叶子菁又把问题提了出来:"这就是说,查铁柱一人作案,独立放火?"

江正流点点头:"是的,放火仍然是放火,我们这个定性肯定是正确的!"

王秘书长也说:"叶检,我看江局分析得很有道理嘛,放火犯罪有隐蔽性,可以明火执仗去放火,也可能采取别的手段嘛!像江局说的这种放火形式就不能排除嘛!你们最早的汇报材料里也说是放火嘛,好像也有这种分析吧?!"

叶子菁道:"现在看来,这个分析不准确,查铁柱自诬的倾向很明显:一、从不承认放火,到承认放火,当中经历了一个他老婆自杀的重要事实,这一点已在深入调查后搞清楚了。二、查铁柱编造的放火细节,荒唐离奇,已被我们用事实证据全部推翻,查铁柱本人也否定了此前放火的供述。三、不论是从火灾事实来看,还是从查铁柱本人的历史表现来看,都不存在故意放火的可能。"想了想,又加重语气强调指出,"这种在绝望情绪引导下进行自诬的案例过去不是没有,别的地方出现过,我们长山市也出现过。查铁柱的情况你们可能不太清楚,他父亲长年瘫痪在床,生活不能自理,夫妻双方全破产失业,两个孩子在上中学,生活早已陷入绝对贫困的境地,闯了这么大的祸,又听说老婆自杀,产生绝望情绪是很自然的……"

江正流听不下去了,打断了叶子菁的话头:"叶检,你怎么对查铁柱的家庭情况了解得这么清楚呢?如果不忌讳的话,你能不能进一步说说清楚,这个查铁柱和你,和你们家到底是什么关系?这里面是不是有什么影响你判断力的感情因素?"

叶子菁倒也坦荡:"查铁柱和我本人没什么关系,和我家黄国秀倒是有些关系,查铁柱在黄国秀领导下工作过,所以,对查铁柱的情况我自然就有所了解。但是,这种了解并没有影响到我的判断力,这一点请你和同志们相信好了!"

江正流忍不住叫道:"叶检,这我没法相信!不客气地说,在对待查铁柱的问题上,我对你这个检察长已经有些怀疑了,而且不是从今天开始的!"

没想到,叶子菁竟拍案而起,也把对他的怀疑撂到了桌面上:"江局,既然你这么说,那么,我也就没必要隐瞒自己的观点了,我对你这位同志也很怀疑!我怀疑你太听招呼了,把失火误定为放火,已经要用查铁柱的血去染自己的红顶子了!"

江正流"呼"地站了起来,气得手直抖:"叶子菁,请你把话说清楚!"

叶子菁当着田书记和王秘书长的面,竟然把话全说透了:"江局,我对你的怀疑不是没有根据的。你很清楚,我们某些领导需要的是放火,坏人放火防不胜防嘛,省市领导身上的责任就轻多了!你的判断就产生了偏差,就不顾法律事实,跑去听招呼了!正流同志,你不要以为杀掉的只是一个查铁柱,那是良知和正义,是法律的尊严!请别忘了,在结案报告上你这个公安局长是要签字的!"

彻底撕破了脸,江正流反倒冷静下来:"这么说,不但是我,省市领导们也全错了?全要用查铁柱的血去染自己的红顶子了?叶子菁同志,我能这么理解吗?"

叶子菁倒也不傻,只盯着他一人穷追猛打:"江正流同志,错的不是省市领导,而是我们,请注意我的用词:我们。是我们错了。最初的放火判断是我们共同做出的,错误有我一份。可我们发现这一定性错误后,进行了纠正。而你江正流同志呢?不但不去纠正,还在继续误导省市领导同志们,你这个公安局长称职吗?"

江正流实在不愿和这个疯狂的女人纠缠下去了,桌子一拍,吼道:"我这个公安局长既然这么不称职,请你向市委建议把我换下来!"话头一转,被迫把一个铁的事实摆了出来,"但是,在我被市委撤职之前,有一个情况我不得不说了,放火犯罪分子查铁柱曾经在一次煤矿掉水事故中救过叶子菁丈夫黄国秀的命,叶子菁有偏袒罪犯,以情代法的嫌疑,她这位检察长已经不宜再办这个放火案了!"

田书记和王秘书长全怔住了,事情闹到这一步,完全出乎他们的预料。

过了好半天,田书记才说话了:"都不要这么激动嘛,这么吵下去解决什么问题啊?伤感情的话都不要说了。我个人认为你们还都是出以公心嘛,还是业务之争嘛!你们看是不是这样,到底是失火还是放火,我们今天不做定论。定性问题,你们两家回去以后再慎重研究一下,公安局这边研究一下,检察院也去好好讨论一下,看看其他同志还有没有什么不同意见?尽快报给市委和我们市政法委。"

王秘书长可不像田书记那么中庸公允,显然对叶子菁很不满意,冷冷看了叶子菁一眼,率先收拾起桌上的材料:"好吧,就这样吧,我马上还有个会!"

江正流便也及时地把桌上的包夹到腋下:"田书记,那我也回去了!"

叶子菁却又道起了歉:"江局,对不起,我今天有点激动,可能言重了!"

江正流头都没回,冷冷道:"没什么对不起的,叶检,你多多保重吧!"

28

　　如今就没有啥事能保得了密,市里的汇报会这边一结束,那边各种说法就出来了。所有说法对叶子菁都不利。有的说叶子菁和检察院胆大,公然和市委作对,要把放火办成失火,搞得领导们下不了台;有的说不是领导们下不了台,是叶子菁下不了台了,被王长恭、林永强轮番骂了一遍,骂得狗血喷头;还有的说叶子菁是挨了场变相批斗,被领导们罚了站;最严重的说法是,长山检察长要换人了。

　　当天晚上,副检察长陈波在警校建校四十周年庆祝冷餐会上见到了江正流,悄悄问了一下。一问才知道,传说的情况还就八九不离十,叶子菁还真把从王长恭到林永强这些省市领导全得罪了,已经引起了一场自下而上的官愤。因为是警校老同学,江正流也不隐瞒,透露说,省市领导们对叶子菁的印象坏透了,估计她这个检察长干不下去了。这是很自然的事,领导们的印象看法坏了,你这官肯定当不长了。谁不知道领导印象的重要性?谁不知道领导的看法大于这个法那个法?领导可就是组织啊,省委也好,市委也好,都是由一个个具体领导组成的,领导们对你印象坏透了,就意味着组织对你的印象坏透了,组织就要对你采取措施了。

　　天理良心,就是在这种情况下,陈波仍没有什么非分的念头,更没想过取叶子菁而代之。端着餐盘和饮料,与江正流一起交谈时,陈波还替叶子菁说了不少好话,道是叶子菁为人公道正派,要江正流别这么仗着领导的势力欺负人家女同志。

　　倒是江正流,捅了捅他,悄声道:"哎,哎,我说老同学,你可来机会了!"

　　陈波仍没想到自己的机会在哪里:"怎么?正流,请我去你们公安局?"

　　江正流这才明说了,俯在陈波的耳旁怂恿道:"老学长,你得争取动动了!叶子菁下了,这检察长没准就轮上了你!你在检察院资格最老,王省长、林市长对你的印象也不错,你只要在这种关键时候听招呼,有所表现,我看希望很大哩!"

　　陈波一怔,还真是这么一回事哩!在市检察院他的确资格最老,从警校毕业后,只在公安部门呆了三年,嗣后一直在检察系统任职,从区县基层干到市里,直到八年前当上市院副检察长。若不是当年陈汉杰对叶子菁印象好,自己学历低一些,也许长山市人民检察院检察长早就是他了。现在他的学历可不低了,法学硕士的学历都拿到了,大好机会又如此这般地送到了面前,他好像真应该动一动了。

当着江正流的面没说什么,还可着劲谦虚,回去之后,陈波夜不能寐了。

叶子菁这个人总的来说还是不错的,检察院这个班子也没什么太大的矛盾。然而,没有太大的矛盾,并不是说就没有矛盾,更何况外部矛盾一直不断。叶子菁人很好,作风正派,业务能力强,可就是太不了解中国国情。上任这些年来得罪人太多,闹得检察院成了至清无鱼的冷衙门,至今连个办公楼都没盖上,干警福利也是整个政法口最差的。为此,陈波向叶子菁提过多次意见,要叶子菁别事事处处都那么认真,别把有关部门都得罪光了。叶子菁非但不听,还在院党组成员民主生活会上批评过他。在分工问题上也有明显偏见,他已拿到了法学硕士的学历,叶子菁仍不让他抓业务,把主要业务全交给了张国靖他们,骨子里是认为他业务能力差。他这次如果真当上了检察长,也是组织上对他业务能力的一个充分肯定。就是冲着这一点,他也不该轻易放弃这个机会。毕竟机会难得啊,兢兢业业,老实本分地干了一辈子,已经五十三岁了,如果放弃了这个难得的机会,这一辈子就算到头了。

当然,也从另一个方面想过:这是不是有点乘人之危?是不是有点对不起叶子菁?答案是否定的。叶子菁已经得罪了省市领导,是她自己跑去得罪的,与他陈波无关。因此,不论"八一三"火灾案怎么办,最后办成什么结果,叶子菁都要下。既然叶子菁要下,就必然有人要上,他不上,张国靖或者其他同志也要上,那么与其让张国靖和其他同志上,倒不如他自己上了,就是论资排辈也该是他了。

于是,在次日上午召开的院检察委员会会议上,陈波准备有所表现了。

会议由叶子菁主持。叶子菁的脸上看不出啥,仍是那么镇定自若,先传达了市委、市政府关于消除一切不安定因素,依法尽职全力办好"八一三"大案要案的指示精神,包括对她本人和检察院的一些批评。接下来,心平气和主动做起了检查,说是前一阶段请示汇报不够,对上级领导情况信息反馈不够及时,也没有很好地领会市委的精神,给办案工作造成了一定的被动,责任应该由她这个检察长负。

陈波听着,记着,便产生了误会,以为叶子菁痛定思痛,也准备有所表现了,心里竟是一阵莫名的紧张。情况很清楚,如果叶子菁这时改变立场,有所表现,他再做什么表现就没有实际意义了,闹不好反会给同志们造成错误印象,好像他要趁叶子菁之危落井下石似的。其实,他真不是这种人,平生也最恨这种落井下石的小人,他希望的是抓住这次机会顺手捡个检察长,而不是和叶子菁拼抢这个检察长。

叶子菁很有意思,似乎想有所表现,却又不明说,把公安局关于放火的意见说了说,要求大家重新讨论一下:江正流和公安局的意见是不是也有一定的道理?根据目前掌握的事实证据,是不是可以考虑定放火?检察院这边是不是当真只有失火这一种定性意见?有没有其他不同意见?叶子菁要求大家实事求是,畅所欲言。

与会的检委们马上畅所欲言了,七嘴八舌,情绪都挺激烈,竟然没一个赞同放火的定性意见,仍都坚持是失火。主持办案的副检察长张国靖根本不给叶子菁转弯的余地,引经据典侃侃而谈,极力坚持检察院原上报意见,口口声声要叶子菁顶住。张国靖很不客气地说,江正流和公安局怎么说是他们的事,我们检察机关必须尊重法律事实,不能看着哪个领导的脸色行事,否则法律就没有尊严了,我们就是渎职!张国靖说完,女起诉处长高文辉又做了重点发言,就失火和放火两种不同的犯罪特征做了法律意义上的比较说明,明确指出,如果我们接受公安机关的结论,以放火罪起诉查铁柱,案子就没法办下去了,她这个公诉人决不出庭支持公诉!

陈波这才插上来说:"小高,讨论问题就是讨论问题,不要这么情绪化嘛!你是起诉处长,又是这个大案子,叶检把任务交给你,不是你说不干就不干的!"

高文辉平时真是被叶子菁宠坏了,在这种要命的时刻,竟冲着叶子菁来了:"那好,叶检,不行我就辞职,不但不做这个公诉人,也不做这个起诉处长了!"

叶子菁不高兴了,批评说:"小高,怎么又扯到辞职了?当真想做律师发大财去啊?现在是研究案子的定性,你辞职的问题今天不研究,少在这里胡说八道！"

高文辉一点不怕："叶检，那你也把话说清楚，你今天到底是什么意思？我们失火的定性汇报已经报给市委了，现在又来研究什么？你是不是顶不住了？"

这时，反贪局年轻局长吴仲秋也开腔了，一脸的忧郁："叶检，你可真得顶住啊，不能说变就变嘛！失火的定性是大家慎重研究，取得了一致的认识以后报上去的，是件很严肃的事啊，现在法律和事实没有变，我们该坚持的就要坚持啊！"

吴仲秋也是叶子菁倚重的年轻干部，陈波知道，叶子菁做了检察长后，用了一对金童玉女，金童就是反贪局局长吴仲秋，玉女便是起诉处处长高文辉。检察系统的同志们都说，这对金童玉女简直就是叶子菁的化身，现在"化身"向"真身"发难了。

然而，接下来叶子菁说的一番话，倒完全出乎陈波意料之外。

叶子菁在高文辉和吴仲秋的紧逼之下，沉默了好半天，才缓缓开了口："小吴，小高，同志们，有一点必须说清楚，我的观点和看法并没有任何改变，我仍然认为是失火，仍然坚持原有的定性意见。但市委和市政法委要求我们慎重，我们就不能不慎重，毕竟是众所瞩目的大案要案啊，慎重一点没有坏处。再说我也一直有个担心，这个担心曾私下和高文辉说过，我会不会受感情因素的影响？会不会在这种下意识的影响下出现判断上的偏差？江正流昨天也把问题提出来了，提得很尖锐，甚至建议我回避。所以，我恳请同志们今天一定不要顾及我和任何一个同志的面子，有什么说什么，不要给市委造成一种印象，好像检察院因为有了我，就只有一种声音了，这不好，我自认为自己还不是个一言堂的大家长。"

陈波这才弄明白了，叶子菁根本没想有所表现，开这个会的目的只是想糊弄市委，走走民主形式。也许吴仲秋和高文辉这对金童玉女早就知道这个底了，才在会上这么紧逼叶子菁，这种紧逼实则是一种支持。那么他还犹豫什么呢？应该有所表现了，上次检委会讨论案子定性时，他根本没往心里去，糊里糊涂跟着大家举了一回手，失火就失火了。现在想想，放火也不是不可能嘛，查铁柱有放火动机嘛！

叶子菁还在那里动员："就没有别的意见了吗？当真这么铁板一块啊？"

机不可失,时不再来,该表现就必须表现了!陈波清了清嗓门,准备发言。

叶子菁马上注意到了,把目光转向他:"哦,陈检,你有话要说?"

陈波笑了笑:"叶检,你这么动员,我就简单说几句吧,不一定对,供你和同志参考吧!先声明一下,我这可不是看谁的脸色啊,就是实事求是说点想法。"

叶子菁笑道:"别解释这么多了,陈检,你畅所欲言好了!"

陈波尽量平静地说了起来,口气很随意,不像是处心积虑的结果:"还是得检讨哩!上次检委会讨论案子定性时,我满脑子都是盖咱们检察大楼的事,心想,有叶检和同志们把着关,也用不着我多考虑了,所以你们都说是失火,我也跟着失了一回火。今天听叶检这么一讲,尤其是把公安机关的意见这么一介绍,哎,我觉得这失火定的还真有点问题哩!查铁柱烧电焊引起了'八一三'大火,表面看起来是失火,可过细分析一下,事情就不那么对头了。公安机关分析得有道理啊,查铁柱和大富豪有经济纠纷,主观上是有报复的犯罪动机;查铁柱对大富豪的内部情况又十分熟悉,对三楼仓库堆满易燃物品应该是清楚的,如果没有犯罪故意,就应该料到这一后果嘛!另外我还有个新观点,就是对查铁柱所谓主动救火一事的判断,查铁柱在大火烧起来以后装模作样救了一下,我认为不是救火,实际上是延误了宝贵的救火时间,也有让火情增大的故意!所以我个人的意见可以考虑定放火。"

叶子菁竟然很高兴:"好,好,陈检带了个好头,终于有不同意见了!"

张国靖立即反驳:"陈检,对你这个不同意见,我不敢苟同!你重复公安机关的那些话,我就不反驳了,刚才我已经分析反驳过了。我只谈谈你的新观点,怎么主动救火反倒有让火情增大的故意了?事实很清楚,参加救火的不是查铁柱一人,还有周培成和三陪人员刘艳玲,他们救火的情节和不愿让火势增大的主观愿望是不容置疑的,事实是他们在没法控制火势的情况下才撤了出来,而且及时报了警。"

高文辉也插上来说:"陈检,咱们现在是讨论问题,你千万别生气。照你这逻辑,火烧起来之后,查铁柱不该去救,倒是该转身溜走吗?如果当时查铁柱不去救火,岂不是更有放火的故意了吗?陈检,你再冷静想想,这说得通吗?"

吴仲秋和其他同志,也相继跟着发了言,全是反驳意见。

陈波心平气和地听着,并不着急,等大家都说完了,才苦笑道:"同志们,叶检一再要我们畅所欲言,要我们发表不同意见,所以,我才说了点不同看法。我再强调一遍,我所说的就是我个人的看法,并不代表大家,更不代表咱们检察机关。如果同志们都不赞同,我这个个人意见就算没说,还是按失火意见报嘛!"

叶子菁当即笑呵呵地表态道:"陈检,你这个个人意见我一定报上去,就是要有不同的声音嘛!让市委和政法委的领导同志去分析判断嘛!我估计公安机关那边也不会是一种声音,肯定也会出现不同的声音,比如他们的副局长伍成义,就不会赞同放火的定性,工作上的争执,观点认识上的分歧,这都很正常嘛!"

这就好,应该说是很好,他既根据省市领导的希望做出了表现,给领导们提供了另一种他们需要的意见,又没得罪叶子菁。退一万步说,就算叶子菁这次意外挺住了,继续做一把手,他也没和叶子菁撕破脸皮,合作共事的基础照样存在。尤其令人欣慰的是,报上去的这个不同意见是他个人的意见,就是说,在整个长山市人民检察院,在检察委员会十一个成员中,真正能听市委招呼的只有他陈波一人!

散会后,陈波心中压抑已久的一句感叹喷薄而出:天将降大任于斯人也!

29

果然不出叶子菁所料,公安局那边也因定性问题产生了严重分歧。副局长伍成义在会上和局长江正流发生了公开冲突。伍成义说,具体主持办案的是他,在未经他同意,背着他的情况下,以公安局的名义将放火结论再一次报给市委是很不妥当,也是很不严肃的。公然宣称,除非拿掉他这个副局长,否则谁也别想用查铁柱的脑袋保一批贪官。江正流气坏了,一再追问这些贪官是指谁,伍成义不说,只道,法网恢恢疏而不漏,咱们往下瞧好了!在伍成义的坚持下,失火的定性意见作为伍成义的个人意见写到了这次会议记录上,伍成义要求江正流如实上报。

会后,伍成义给叶子菁打了个电话,通报了一下情况,而后,发牢骚说:"叶检,你做得对,这种不顾法律事实的招呼就是不能听!了不起咱们全滚蛋,让他们来造好了!我还就不相信他们敢把你这个检察长和我这个副局长都一起拿下来!"

叶子菁提醒说:"伍局,这你可别不相信,人家把我们全拿下来不是不可能的!干部任免权在他们手上嘛,什么借口不要,一个工作需要就把你我拿开了!"

伍成义在电话里骂了起来:"那还谈他妈的什么法制,谈什么依法治国?!"

叶子菁开玩笑道:"所以说,依法治国目前还是我们追求的一种理想嘛!"

伍成义没心思开玩笑:"叶检,我不和你瞎侃,说正经的。你前阵子说过,要铁肩担道义,咱们就铁肩担道义吧,谁也别往后缩,该干啥干啥,该怎么干怎么干!抓紧时间垂死挣扎吧,我想好了,就算咱们滚蛋了,也得赶在滚蛋之前把该弄清的事全给它弄清了!面对法律事实,看他们怎么办,看他们谁敢公然枉法!"

叶子菁真感动,觉得自己并不孤立,检察院的同志不去说了,伍成义也够硬的。

和伍成义通话结束后,叶子菁拿起房间的保密电话,要通了省检察院丁检察长家,想就目前案子定性的争执以及有关困难情况,约时间向省院做个汇报。"八一三"火灾发生后,丁检带着省院有关部门负责同志到长山来过几次,还多次在电话里了解过情况,曾就案件的起诉审理做过很具体的指示。在火灾的定性问题上,丁检反复强调要慎重,说得很清楚,吃不准的问题一定不要擅做决定,必须上报省院。

不料,丁检却不在家,丁检夫人说,省政法委晚上临时有个会,丁检去开会了,刚走十分钟。丁检夫人和叶子菁比较熟,又在省高法做办公室副主任,消息灵通,似乎已听到了什么风声,关切地询问道:"子菁,怎么听说你碰到麻烦了?"

叶子菁不便说,只含糊道:"钟大姐,这种大案子麻烦本来就少不了嘛!"

丁检夫人也没多问,叹了口气说:"子菁,不行就别在长山呆下去了,干脆调到省院来算了。我给你透个底,我家老丁一年前就有调你的想法哩!"

叶子菁心里怦然一动,却又止住了,这种时候她若真调到省院去了,那就是背叛同志的逃兵,不说对不起检察院的同志们,也对不起正和她一起"垂死挣扎"的伍成义。于是,笑道:"钟大姐,这事以后再说吧!哪天真被长山市委撤了,没地方吃饭,我再到省院混口饭吃吧!你到时候吹个枕边风,让丁检给我留个饭碗!"

正说着,房间的门突然开了,叶子菁扭头一看,门口竟站着人大主任陈汉杰。

叶子菁不敢和丁检夫人聊下去了,说了声"来客人了",马上放下电话,快步迎到了门口:"嘿,老书记,咋半夜找到我这里来了?突然袭击查岗啊?"

陈汉杰自嘲道:"查什么岗啊?现在谁还把我们老家伙当回事啊?!"

叶子菁赔着笑脸道:"看你老书记说的,谁敢啊?现在人大也不是二线了!"

陈汉杰四下里打量着,走进屋来,情绪不是太好,自己刚发完牢骚,却又批评起叶子菁来:"子菁,你在电话里发啥牢骚啊?什么留个饭碗啊?你这个检察长是吃饭的饭桶啊?你只想着自己吃平安饭,我们的老百姓恐怕就吃不上饭喽!查铁柱还吃得上饭啊?定个放火罪,啊,死刑,人头都落地了,还用什么吃饭啊!"

叶子菁明白了,忙道:"老书记,这我正想说呢,我们这不是还硬挺着嘛!"

陈汉杰在沙发上坐下了:"挺得好,所以,我得来表示一下支持啊!"

再也没想到,在这最困难的时候,老领导陈汉杰竟主动来表示支持了。本来叶子菁倒是想过,到省院汇报回来后,根据情况也向陈汉杰和人大做个适时的汇报。

陈汉杰显然啥都清楚,呷着自带的一杯茶水,不紧不忙地说:"昨天市里的那个会没通知我,也没通知政协金主席。据朝阳同志说,长恭同志怕我打横炮哩!朝阳同志倒还不错,会后马上和我通了气,把情况说了说,真吓了我一大跳啊!"

叶子菁便问:"哦?老书记,唐书记都和你说了些什么?没批评我吧?"

陈汉杰瞪了叶子菁一眼："怎么能不批评啊？朝阳说，你这个检察长沉不住气嘛，在会上跳起来，和王长恭、林永强这么公开顶撞，很不策略，把他搞得挺被动，害得他会后挨了王长恭好一顿训，这位省委领导连饭都没在长山吃！"

叶子菁苦笑道："老书记，你不了解当时的情况，王省长一口一个放火……"

陈汉杰说："我怎么不了解啊？朝阳同志从没同意过定调子，还说了，只要他在市委书记岗位上呆一天，就会尽量给你们创造一个依法办案的环境，不管谁打了招呼，他这儿首先顶住！但也要讲策略嘛，不要把火药味搞得这么浓嘛！"

叶子菁说了实话："我不了解情况，以为唐书记也同意了王省长的意见呢！"

陈汉杰道："子菁啊，朝阳同志能表这个态不容易啊，他现在可是待罪之身啊，他这个市委书记还不知能干多久哩！王长恭和唐朝阳说了，要唐朝阳不要迷信民主，说民主的结果未必就是好结果，当年苏格拉底是被民主杀死的，希特勒和法西斯也是民主送上台的，'八一三'火灾真讨论出个失火来，他就等着下台吧！"

叶子菁争辩说："老书记，这不是民主的问题，是尊重法律事实的问题嘛！"

陈汉杰点头道："这话朝阳同志也和王长恭说了，人家听不进去，搞得朝阳同志灰头土脸的！"继而，又说，"你也不要太担心，要沉得住气！王长恭爱做什么指示做什么指示，案子你该怎么办就怎么办嘛！将来上法庭起诉的是你叶子菁，是你们检察院，我还就不信王长恭敢来兼这个检察长，亲自上法庭以放火起诉！"

叶子菁自责道："是的，是的，老书记，当时我是有些冲动了，不太策略！"

陈汉杰笑了，指了指叶子菁："不过，你叶子菁毕竟是叶子菁嘛，后来还不错，回去后还是落实会议精神了，这就对了嘛！位置摆正，不给任何人借口，该坚持的原则还得继续坚持，是失火就定失火，该谁的责任谁去承担，别推三阻四！"

叶子菁苦笑道："可这一来，我和检察机关的同志们就激起官愤喽……"

陈汉杰点点头:"这我也听说了!江正流还要把你这个检察长撤下来?"

叶子菁"哼"了一声:"是的,江正流明说了,对我这个检察长很怀疑!"

陈汉杰冷冷道:"怀疑?他这个公安局长是不是更令人怀疑啊?江正流口气怎么变得这么大了?他以为他是谁?不就是个公安局长吗?目前还不是市委书记嘛!子菁,我可以明确地告诉你,即使哪一天唐朝阳被赶下台,市委班子改组,谁要撤换你这个检察长也没这么容易,我们人大不会通过!我和市人大将行使自己的监督职责,予以干预,必要时甚至可以把官司打到省人大去,打到全国人大去!"

叶子菁心里一震,一把握住陈汉杰的手:"老书记,那我就请你做后台了!"

陈汉杰拍打着叶子菁的手背:"子菁啊,你的后台不是我,我陈汉杰算老几?一个马上就要退出历史舞台的老同志。你的后台是人民,是法律,大得很,也硬得很哩!他们这个后台那个后台,都大不过你叶子菁身后人民和法律这个根本后台!"

叶子菁摇了摇头:"老书记,道理是这道理,可实际情况又是一回事了!现在是谁的官大谁的嘴就大,说话的口气也就大,人家也口口声声代表人民哩,你有什么办法!刚才伍成义还给我来了个电话来,要我和他一起垂死挣扎哩!"

陈汉杰脸一撂:"这个伍成义,又胡说八道了!这个同志,原则性强,业务素质高,要不是老这么胡说八道,让人家对手抓小辫子,当公安局长的应该是他,不会是现在这个江正流!"摆摆手,提醒说,"子菁啊,你可不要跟在伍成义后面乱发牢骚,现在有些人就等着抓你们的小辫子呢,你们一定要注意,要警惕!"

叶子菁会心地一笑:"老书记,我也就是和你随便说说罢了!"

陈汉杰又说起了正题:"失火定性是一个问题,根据法律事实,该坚持的要坚持,该顶住的要顶住,你们已经这样做了,我就不多说什么了。另外,还有个渎职问题,渎职是客观存在嘛,涉及了这么多部门,要彻底查清楚!这两天我还在想周秀丽的事,就算周秀丽没有受贿,在经济上是清白的,直接的领导责任仍然推不掉。王长恭同志一来,这个会一开,我倒又看清楚了,人家是乘胜追击嘛。知道你在查周秀丽的问题上被动了,就反手压过来了,雷霆万钧,泰山压顶,逼你就范。火灾定性和渎职查处看起来是两回事,实际上是一回事,定性为放火,上上下下的注意力就转移了,省市领导的责任就轻了,一帮受贿渎职的贪官污吏也就逃脱了。"越说越激动,不由自主地站了起来,在沙发前踱着步,"苏阿福敢这么无照经营,还盖了这么一大片违章门面房,身后没大人物支持就办得到?你们目前抓的那些小萝卜头当真有这么大的胆量和能量啊?我看没有多少说服力嘛!"

叶子菁不得不承认,陈汉杰说得有道理:"老书记,您说的这些,我和检察院办案同志也都想到了,伍成义也想到了,可目前就是没证据啊!周秀丽的情况你清楚,追了这么久,反倒让我们陷入了被动,让王省长发了好大一通火。"

陈汉杰叹息说:"是啊,是啊,我们某些领导同志很会利用在职干部的心态情绪啊,就想定个放火,判一批小萝卜头结案!我看这不行啊,该抓的大鱼一定要抓嘛,必须认真追下去,做到除恶务尽,否则就是你们检察机关的失职!"注视着叶子菁,又说,"子菁,作为长山人民检察院检察长,你必须挺住,你没有退路!"

叶子菁沉默了好一会儿,婉转地道:"老书记,有个问题不知你想过没有?这么认真追下去,很可能会追到你们那届班子头上,你可是前任市委书记啊!"

陈汉杰点了点头:"子菁,这我早就想到了。今天我也把话说清楚,我准备认领我的历史责任,只要是我的责任,我都不会推,你们依法办事好了!"

叶子菁情不自禁地感慨说:"要是王省长也有你这个态度就好了!"

陈汉杰不无轻蔑地道:"他不可能有这个态度,人家还要升官嘛!"

叶子菁一怔,想问:是不是因为你升不上去了,就要拉着王长恭一起沉下来?话到嘴边却没敢问,又说起了陈小沭的事:"老书记,还有个事得向你汇报一下。小沭的案子,前阵子钟楼区公安分局已经正式移送我们区检察院了。江正流不知是什么意思,说是为这事让长恭同志狠狠批评了一顿,可还是把案子送了过来……"

陈汉杰马上问:"哎,子菁,案情你清楚不清楚?是不是有人诬陷小沭?"

叶子菁摇了摇头:"我找钟楼区检察院的同志了解了一下,不存在这种情况,证据都很过硬。而且,小沭本人参与了捅人,凶器上有他的指纹,也有旁证。"

陈汉杰怔住了,喃喃道:"怎么会这样？不……不是说小沭没动手么?"

叶子菁继续说,语气挺沉重:"如果起诉,可能要判十年左右有期徒刑。"

陈汉杰愣愣地看着天花板,一言不发,显然在考虑这一严峻的事实。

叶子菁又说:"这几天我也在想,江正流这么做到底是为什么？如果想送人情,案子可以不移送过来,他既然移送过来了,这里面就有文章。我违法放纵小沭,依法办案什么的就谈不上了,渎职的大鱼小鱼也别去抓了;我依法办案,让区院正常起诉小沭,肯定要得罪你老书记,你老书记也就不会支持我办渎职案了。"

陈汉杰想了好半天,长长叹了口气:"子菁,你难啊,真难啊！"

叶子菁悬着心问:"老书记,您……您看我该怎么办呢？您发个话吧！"

陈汉杰心里啥都明白,想了想,不无痛苦地道:"没什么好说的,小沭现在成了人家手上的一个砝码了,打你也打我啊,我就敢放纵了?！我看这事你就不要管了,就让区检察院依法去起诉,我陈汉杰这次认了,他小浑球也是自作自受！"

叶子菁一颗悬着的心放下了:"老书记,那……那就太谢谢您了！"

陈汉杰叹息说:"谢什么？啊？你是依法办事嘛！"摇摇头,却又说,"子菁,想想我也后悔,小沭走到今天这一步也怪我呀,过去有我这面破旗遮着,不少人就宠着小沭,现在到底把他宠到监狱去了。教训,深刻的教训啊！"

不论陈汉杰心里到底是怎么想的,是出于自己的私心要把王长恭拉下马,还是出于公心,要维护法律的尊严,一个难题总算解决了,而且解决的契机很好。

送走陈汉杰后,叶子菁忧郁的心里多少有了些宽慰……

第八章　生存还是死亡？

30

　　为火灾定性问题和江正流闹翻后，伍成义很少再去公安局自己的办公室，而是日夜泡在公安宾馆忙案子，当真进入了一种"垂死挣扎"的状态。考虑到办案环境有可能进一步恶化，江正流随时有可能调整自己的分工，甚至想到市委也许会很快将自己从公安岗位上调离，伍成义便抓紧时间把该办的事全办了，首先从内部开刀，将钟楼区公安分局三位涉嫌黑社会性质组织犯罪的干警主动移送检察院起诉。

　　这三位干警都不是一般人物，分管治安的副局长王小峰是江正流的连襟，刑警大队副队长田明贵是市政府田秘书长的二弟弟，还有个办公室副主任也是某市领导批条调进来的。调查结果证明，陈汉杰的批评和社会上的反映全没错，这三个家伙的确多次收受大富豪娱乐城的钱财礼物，长年在娱乐城白吃白拿，成了苏阿福和大富豪暗中的保护伞。市局一次次严打，一次次扫黄，非但没扫到苏阿福头上，大富豪娱乐城反倒成了区里的治安标兵单位和精神文明先进单位，简直是莫大的讽刺。

　　移送这三位涉案干警时，伍成义位置摆得挺正，正式向江正流汇报了一次。江正流对这三位干警的违法犯罪情况全有数，心里虽然有气，却又不好发作，便冷嘲热讽说，老伍，你这人原则性真强，和检察院配合得很好啊！不过，也得多注意身体，别太累了！伍成义毫不客气，回敬道，没办法，该累就得累，垂死挣扎嘛！

　　这阵子和检察院配合得确实不错，可以说是前所未有地好。检察院这边一批准，那边周培成就无罪释放了。几个被拘留的大富豪工作人员也在查清疑点后一一放掉了。对"八一三"火灾案目击者三陪人员刘艳玲，伍成义原来也准备放，市局治安处王科长提醒说，刘艳玲属于屡教不改的卖淫妓女，最好还是别放，建议送劳教所劳教。伍成义想想也是，又考虑到"八一三"大案还没有起诉,刘艳玲作为证人还要出庭作证,便交代王科长说,劳教的事也缓一步办,待检察院起诉后再说吧。

没想到,那天晚上,刘艳玲却找到伍成义房间来了,一副油腔滑调的样子。

"八一三"大火案发生后,伍成义带着手下公安机关的一帮办案人员集中在公安宾馆办案。三陪人员刘艳玲和一些有疑点却又不便拘留的人员就被临时安排在公安宾馆八层顶楼,以便随时传讯。顶楼的楼梯口是设了岗的,一般情况下,刘艳玲不可能跑到六楼、七楼办案区来乱窜,更不可能跑到主管副局长伍成义所在的701房间来。可那天值班的小刘拉肚子,老往厕所跑,刘艳玲就瞅着空子从八楼窜了下来。

刘艳玲走进门时,伍成义正在房间里琢磨着叶子菁派人送过来的一份问讯记录,以一个老刑警的眼光和思路对举报人方清明的举报内容和讯问细节进行着分析判断。听到开门声和脚步声,伍成义还以为是手下的哪个办案人员进来了,看着面前的问讯记录头都没抬,信口问了一句:"又有什么进展了?啊?"

刘艳玲往伍成义面前一坐:"伍局长,没什么进展,我的事早问完了!"

伍成义发现声音陌生,抬头一看,吓了一跳:"歌唱家,怎么是你?!"

刘艳玲可怜巴巴地看着伍成义:"就是我,这鬼地方我……我住够了!"

伍成义说:"哦,住够了?那就换个地方,到劳教所去好不好?"

刘艳玲显然已知道了送劳教的事,苦着脸,冲着伍成义直拱手:"伍局长,还真要送我去劳教啊?咱这次是办大火案,不是扫黄。再说,又不在严打期间,你就饶了我这一回吧!严打时,你们真抓住了我,那……那我没话说!"

伍成义漫不经心道:"大火案要办,扫黄也得扫,常抓不懈嘛,光靠严打不行啊!你呢,别胡思乱想了,就老实在这里待着吧,先配合我们办好大火案!"

刘艳玲忙道:"是,是,伍局长,情况你都知道的,我从八月十四号住进来,都一直积极配合你们办案啊,该说的全说了,再留下去也没大意思!再说,你……你们办案经费也挺紧张的,我……我觉得也……也不能再给你们造成浪费了!"

伍成义一听这话,乐了,和刘艳玲逗了起来:"嚯,嚯,歌唱家啊,你还挺能替我们着想的嘛,啊?也知道给我们造成浪费了?好,好,这阵子看来也没白在我们八楼住啊,思想觉悟提高很快嘛,我们在你身上浪费点伙食费住宿费也值了!"

刘艳玲嘴一咧,却提起了意见:"不过,伍局长,这里的伙食真不咋的!"

伍成义说:"我看还不错嘛,我们公安干警和你是一样的标准!"

刘艳玲立即吹捧:"那你们太伟大了,吃着猪狗食,干着危险活……"

伍成义火了,脸一绷,训斥道:"什么猪狗食?刘艳玲,我看你的思想意识很成问题!一天十五块的伙食标准还不满足,还猪狗食,你想吃什么啊?生猛海鲜?龙蛋凤爪?就想不劳而获!你看看你,啊,年纪轻轻,怎么就不走正道啊?"

刘艳玲咕噜着:"局长,也……也不能说我是不劳而获吧?"

伍成义桌子一拍:"你在床上劳动是吧?卖淫,是不是?"

刘艳玲低声狡辩着:"那……那也是一种劳动嘛!我们姐妹们私底下都说呢,我们一不偷二不抢,三不反对共产党,无公害无污染,就靠身体混口饭……"

伍成义不愿和刘艳玲啰唆了,抓起桌上的电话,发起了脾气:"八楼吗?你们干什么吃的?怎么让刘艳玲跑到办公区来了?给我来俩还喘气的,把人带上去!"

刘艳玲急了,这才想起来说正事:"哎,哎,伍局长,你别忙着弄我走啊,我想起了一桩大事,是……是来向你大领导汇报的,这……这可是重要情况哩!"

伍成义根本不相信面前这位三陪人员会有什么重要情况,挥挥手:"行了,行了,歌唱家,你就和具体管你的王科长汇报去吧!我明白告诉你,你这次进来就别打算出去了,这里完事后,下一站是劳教所,好好去脱胎换骨重新做人吧,你!"

刘艳玲大叫起来:"所以我得立大功,苏阿福还活着,你们知道吗?"

伍成义一开始没当回事,迄今为止,苏阿福的死还处于严格保密状态,社会上知道的情况全是此人活着,正在医院治疗,于是便道:"这种事还用你说?我能不知道啊?苏阿福不一直在医院救治着嘛!好了,好了,走吧,你快走吧!"

刘艳玲不走,又叫:"不对,苏阿福没受伤,也没烧死,我亲眼看见的……"

正这么嚷着,王科长和另一个值班人员下来了,吆喝着,要带刘艳玲走。

伍成义却悟了过来:"哎,等等!歌唱家,你刚才说什么?说下去!"

刘艳玲看着王科长和另一个值班人员,迟疑着,又不愿说了:"伍……伍局长,这么大的事,我……我只能对你一人说!"

伍成义略一沉思,努了努嘴,示意王科长和另一个值班人员退出去。

王科长和值班人员走后,刘艳玲仍是不说,先谈起了条件:"伍局长,我把情况和你一人说,让你破案立个大功,你也放我一马,别送我去劳教了好不好?"

伍成义不置可否:"你先说,你先说,别和我讨价还价!"

刘艳玲又现出了可怜相:"伍局长,就是不送劳教,我……我也能自己改邪归正,争……争取重新做人啊,我……我向你保证,真的……"

伍成义眼一瞪,威胁道:"歌唱家,你不想说是不是?我可告诉你,劳教有年限之分,一年也是劳教,三年也是劳教,我看你是想争取三年了,是不是啊?"

刘艳玲这才怕了:"好,好,我说!我在八月十三号晚上十点见过苏阿福!"

伍成义心里一惊:八月十三号晚上十点?大富豪娱乐城大火是八月十三日九点五分前后烧起来的,这就是说苏阿福逃脱了那场大火?遂不动声色地看着刘艳玲:"这事你记清楚了吗?是八月十三日晚上十点?大富豪娱乐城烧起来以后?"

刘艳玲很认真地点了点头:"是的,十点,就是大火烧得最凶的时候……"

"你是在什么地方见到的苏阿福?"

"夜巴黎泳浴中心,就是你们方所长抓我的地方!"

"苏阿福怎么在那时候跑到夜巴黎去了?"

"这我不清楚,反正我是看到他了,在一楼洗手间门口!"

"你仔细回忆一下,会不会认错人?"

"不会认错,我这几个月一直在大富豪做生意,还和苏老板上过床。"

"那你为什么不说,一直隐瞒到现在?"

"苏老板不让我说,我不敢。而且我知道,你们公安局里有苏老板的人!"

"公安局有苏老板什么人?"

"还问我?起码烧死的片警王立朋算一个,还有许多当官的哩!"

"刘艳玲,这你可不能胡说八道啊,提供情况一定要有事实根据!公安局哪些当官的是苏老板的人?这些情况你又是怎么知道的?苏老板告诉你的?"

"当然是苏老板告诉我的!苏老板不说我怎么知道?苏老板和我睡觉时吹过,说公安局有他不少人,让我放心在这里做,说是连你们局长都被他买通了!"

伍成义马上想到已移送检察院的钟楼区公安分局副局长王小峰,分局刑警大队副大队长田明贵和那个办公室副主任,便道:"刘艳玲,你说清楚点,哪个局长被买通了?是市局局长,还是分局局长,正局长还是副局长?姓什么叫什么?"

刘艳玲想了想:"你知道吗?钟楼分局王小峰局长是苏老板的把兄弟!"

伍成义点头道:"这我知道,我也可以告诉你,王小峰还有分局另两个家伙已经被我们抓起来了,检察院也立案了,所以你不要害怕,有什么说什么。"

刘艳玲似乎还是有些怕,迟疑着:"苏老板还和我说起过你……你们江局长,不过,我……我不太相信……"终于没说,"算了,肯定是苏老板瞎吹牛!"

江局长?伍成义眼睛一亮,既鼓励又威胁:"哎,刘艳玲,不管苏老板瞎吹了什么,你都实事求是说出来嘛,是劳教一年还是劳教三年,可就看你的表现了!"

刘艳玲这才吞吞吐吐说了:"苏老板说,你们江局长也……也是他的哥们弟兄,江局长的房子,还……还是他给花钱装修的,光……光材料费就是十一万!"

伍成义着实吓了一大跳。如果苏阿福说的是事实的话,问题就太严重了,江正流这个公安局长也就太可疑了!怪不得王小峰三人被抓后气焰仍这么嚣张,后台老板很可能就是江正流!这次江正流不惜和他、和叶子菁撕破脸,硬把失火变成放火,恐怕不仅仅是听上面的招呼,很可能有自己的利害关系在里面!

过了好半天,伍成义才问:"刘艳玲,这些情况你和别人说过没有?"

刘艳玲摇摇头:"没,伍局长,我哪敢啊?我现在只敢和你一人说……"

伍成义已是一身冷汗,表面上仍不动声色:"好,好,你这就做对了!"

刘艳玲眼巴巴地看着伍成义:"伍局长,你看看,我对你这么配合,你能放我走了吧?就算劳教半年一年的,你们也得先让我回家过几天舒心日子吧?"

伍成义勉强笑着,以一副商量的口气说:"刘艳玲,你觉得你现在回家好吗?安全吗?如果有人知道你在大火之后见到过苏阿福,杀人灭口怎么办啊?"

刘艳玲疑惑地看着伍成义:"不会吧?苏阿福逃都逃了!"

伍成义摇着头,思索着:"我不能这样想嘛,我要替你的人身安全负责嘛!所以,刘艳玲啊,我看你还是不能走,恐怕还要在这里住上一段时间。而且,关于苏阿福和江局长的情况还不能和任何人说,不论他是谁,听清楚了没有?"略一沉思,又加重语气说,"你刚才说得不错,江局长的事,苏阿福肯定是瞎吹牛嘛!"

刘艳玲点着头,再次提起了伙食问题:"可……可这里的伙食……"

伍成义也做了些让步,苦笑道:"好吧,好吧,刘艳玲,伙食问题我过问一下,你想吃什么,我让食堂单独给你做点,不过你也别过分了,好不好?"

刘艳玲显然很失望:"那……那我还说啥?也只能这样了!伍局长,要不,你先让他们给我来份肯德基吧,不要炸鸡腿,要炸鸡翅,外带薯条……"

伍成义没等刘艳玲说完就摆起了手:"看看?过分了吧?还肯德基!买点鸡腿鸡翅回来炸嘛,我们食堂师傅的手艺也不算太差,你姑奶奶就凑合点吧!啊!"

这番话谈完,王科长和那个值班人员再次进门,要把刘艳玲带回顶层八楼。

刘艳玲赖着不走,提醒道:"哎,哎,伍局长,那事你还没跟他们说呢!"

伍成义没办法,明知不合理,也只得绷着脸交代了:"王科长,这个,这个,啊,刘艳玲身体不太好,要照顾一下!你们明天找一下食堂,请他们到超市买点鸡腿、鸡翅,像肯德基的那种做法,油炸,另外,再炸点薯条,给她改善改善!"

王科长和那个值班人员都有些疑惑,可当着刘艳玲的面又不敢问。

把刘艳玲送到八楼她自己的房间,伍成义正要出门,王科长又急匆匆下来了,困惑不解地追着伍成义问:"伍局长,咱们还……还真给刘艳玲改善啊?"

伍成义边走边说:"怎么?想不通啊?要讲政策嘛!刘艳玲不是犯罪嫌疑人,是我们的客人,我们还是要讲点待客之道嘛!再说,同志们这阵子日夜办案,都很辛苦,也一起改善一下嘛!王科长,这件事就到此为止,别再给我四处说了!"

王科长试探着问:"刚才我怎么听她说起苏阿福?这她过去没提过!"

伍成义知道这位王科长在办公室呆过一阵子,很会拍江正流的马屁,怕江正流得到风声会增加接下来的办案难度,便在楼道口停住了脚步,淡然一笑道:"哦,这我问过她了,一派胡言,就是闹着出去嘛,你们少和她纠缠!"说罢,下了楼。

下楼钻到自己的车内,一踩油门将车开出公安宾馆大门,伍成义马上变了样子,先打了个电话给刑警支队支队长老孙,说是有紧急任务,要老孙立即赶到他家待命,是什么紧急任务只字未提,并再三交代老孙要保密。作为刑警出身的办案专家,伍成义太清楚苏阿福对这个案子的重要性了:抓住苏阿福,势必要牵出周秀丽、江正流和王长恭手下的许多干部,甚至包括王长恭本人。也正因为关系太重大了,今夜即将开始的搜捕行动才必须严格保密,以防有人对苏阿福搞杀人灭口。

第二个电话理所当然地打给了叶子菁,主观上考虑是想让这位正和他一起"垂死挣扎"的女检察长在思想上有所准备,进一步坚定办案信心。不过,细节却不便多讲,江正流的事更没提,只含蓄地说归律教授也许没认错人,苏阿福可能真逃过了八月十三日晚上的那场大火,也确实有可能在川口镇上出现过,最后,不无兴奋地说:"……叶检,现在不是我们垂死挣扎了,他妈的,是他们要垂死挣扎了!"

叶子菁那边也兴奋起来:"这可太好了!快说,苏阿福是不是有确凿线索了?你们打算怎么办?伍局,大气些,看在咱一起垂死挣扎的分上,给我多透露点!"

伍成义不为所动:"该怎么办是我的事,姐姐你就别烦了,具体行动计划我不能说,不但对你,对江正流和其他任何领导我都不打算说,我将要求办案同志对我这个主管副局长负责,能告诉你时我会及时告诉你,反正你就等着看好戏吧!"

叶子菁明白,在这种错综复杂的情况下,保密是绝对必要的,便没再问下去,只道:"伍局,那就预祝你们行动顺利吧!需要我们配合,只管开口!"

驱车赶到家,刑警支队支队长老孙恰巧同时赶到,二人在屋内客厅一坐定,伍成义二话不说,立即发布指示,要求老孙和他一起亲自指挥,在严格保密的前提下,以迅雷不及掩耳之势,连夜分头行动,拘留夜巴黎泳浴中心王老板、苏阿福的弟弟苏阿强,以及以往和苏阿福来往密切的所有重要关系人,一个不许漏掉……

31

在这个巨大的案情转折之夜,江正流正被自己的妻妹哭哭啼啼纠缠着。

妻妹在市中级人民法院做民事审判员,和在钟楼区分局当副局长的丈夫王小峰关系一直不太和睦,婚姻早已濒临破裂,这些年几次说离婚又没离。这次王小峰一出事,妻妹出于面子上的考虑,反倒四处替王小峰做起了工作。得知案子已让伍成义积极主动地移送到了检察机关,又跑来向他哭骂了,责问他这个局长怎么连个手下的副局长都管不住。老婆也跟在妻妹后面帮腔,要江正流为王小峰想想办法。

有什么办法好想?王小峰成了苏阿福的把兄弟,收受贿赂证据确凿,并不是苏阿福和大富豪一家的贿赂,还有其他一些娱乐单位的贿赂,涉案金额已查实的就有三十多万,局党委为王小峰的问题讨论过两次,移送检察机关是迟早的事,就算伍成义不故意捣乱,主动积极地移送,他这个局长也得消极地移送。送过去就得公事公办了,尤其是现在这种时候,叶子菁和检察院绝不可能网开一面。

妻妹却不管不顾:"姐夫,反正你……你得给我想办法,孩子不能没有爹!"

江正流真火了:"怎么这么说话呢,二妹?你本身也在法院工作啊!涉案金额三十万,分管分局的治安工作,却弄出了一片红灯区,该咋判就得咋判,谁也救不了他!你要是真不死心,就去找你们法院洪院长,看看他敢不敢违法吧!"

妻妹又哭了起来:"我……我是个普通审判员,要找也得你帮我去找……"

江正流不接这话茬儿:"二妹,我看你还是离婚吧,这是最好的出路!"

正这么说着,门铃响了起来,一阵紧似一阵。

江正流正巴不得来客,一边慢吞吞地站起来,准备过去开门,一边又好声好气地劝道:"二妹,来客人了,别哭了,快把眼泪擦擦回去吧!不是我打官腔,你在法院工作,必须有法制观念,千万别为王小峰的事四处找人了,这影响太坏了!"

妻妹这才擦拭着眼泪,很不情愿地站了起来。

就在妻妹出门时,局治安处王科长进来了,说有大事要汇报。

江正流认定这位王科长不会有什么大事,可仍做出一副有大事的样子,很郑重地应着,把王科长让进了门。待得门一关,把妻妹关到了门外后,脸上郑重的神情才消失了,往沙发上一倒,漫不经心地问:"小王,这么晚了,有什么事啊?"

王科长神神秘秘地说:"江局长,我……我得向你汇报个重要情况哩!"

江正流被妻妹哭哭啼啼闹了一晚上,心里挺烦,只想自己安静一会儿,并不想听什么汇报,便推脱说:"小王啊,你这阵子不是抽到公安宾馆办案组去了吗?伍副局长不是还在那里管办案吗?有啥事就去找伍副局长汇报吧,啊!"

王科长加重了语气:"江局长,这事和伍局长有关,不能向伍局长汇报啊!"

江正流这才警觉起来,坐正了:"哦?小王,怎么个情况啊?你长话短说!"

王科长忙汇报起来,从刘艳玲奇怪的伙食改善,到伍成义和刘艳玲的谈话,最终归结到一点:苏阿福还活着,刘艳玲就是知情者,而伍成义却在故意掩盖情况!

江正流听罢,脊梁一阵阵发冷,脸面上却是一副轻松自然的样子:"嘿,我以为是什么大事呢!这我知道,老伍刚在电话里和我通过气,他不和你说是对的,办案策略嘛!你小伙子既然看出来了,就不要四处乱说了,一定要注意保密啊!"

王科长松了口气:"那就好,江局长,我担心伍局故意瞒着你,所以……"

江正流亲切地拍了拍王科长的肩头:"所以,你有这种警惕性很好,要表扬啊!"想了想,又和气地交代说,"伍局长现在担子比较重,有时候可能顾不过来,一些情况反映得也许不那么及时,你也可以直接向我反映嘛!"

王科长却把话说白了:"江局长,你不说我也知道,伍局长这阵子有点摆不正位置,正和你闹着呢,所以我就多了个心眼,我以后就对你江局长一人负责!"

江正流微笑道:"哎,小王啊,伍局长和我在工作上发生点意见分歧也很正常嘛,你们下面的同志千万不要瞎议论啊,这不太好!"说罢,再次提醒道,"直接向我汇报也可以,不过,一定要注意保密,不要再给伍局长造成什么误会啊!"

王科长是个聪明人,全听明白了,连连应道:"好,好,江局长……"

王科长走后,江正流脸上的笑容迅即消失了,越想越觉得不对头,遂摸起红色保密电话要通了老领导王长恭家。不料,王长恭不在家。王长恭夫人说,王长恭到江城湖苇乡检查工作去了,今天住在江城乡下没回来。再联系王长恭的秘书小段,小段的手机关机。情急之下,想起了周秀丽,试着打了一下周秀丽的手机。

周秀丽的手机通了。江正流问周秀丽,有没有办法立即和王长恭联系上?周秀丽显然有数,不是碰到了什么紧急的事,他这找王长恭的电话是不会打到她的手机上的,马上告诉了江正流一个江城的电话号码,江正流这才和王长恭通上了话。

在电话里听到王长恭的声音后,江正流立即汇报说:"王省长,得向你汇报个重要情况。苏阿福真就没死,有人在八月十三日大火烧起来之后亲眼见到他了!归律教授那次估计也没看错人!副局长伍成义得知这个重要情况后故意瞒着我……"

王长恭却没容江正流继续说下去:"正流,你现在是用的什么电话?"

江正流看了看面前的红色电话机:"王省长,是保密机!"

王长恭道:"好,好!正流同志,你先不要急,我换个电话打给你!"

片刻,电话又响了,不是红色保密机,却是保密机旁边的另一部白色普通电话机,不过,江正流因为心急火燎等着和王长恭通话,也没注意。

普通电话里,王长恭的声音又响了起来:"正流,你慢慢说吧!"

江正流便又说了起来:"王省长,伍成义的情况你是知道的,他一直对我当局长不太服气,长期摆不正自己的位置。这次因为放火案的定性问题,对我意见就更大了,口口声声垂死挣扎,和叶子菁他们搞到了一起。今天又背着我来了这么一手,我估计不是要把我当坏人对付了,就是要搞我们一个措手不及!根据伍成义的作风,今天夜里他很可能就会把长山市翻个底朝天,让我们陷入被动。"

王长恭镇定自若道:"正流,幸亏你警惕性高,消息来得及时啊!"

江正流试探着问:"王省长,你看怎么办?是不是把伍成义撤换下来?"

王长恭那边沉吟片刻:"现在撤换恐怕不好吧?没有多少令人信服的理由啊。再说,唐朝阳滑头得很,也未必就听我的招呼!"又是一阵沉默过后才说,"我看要加强领导,你这个局长要把指挥所前移,移到第一线去,不能让局面失控啊!"

江正流明白了:"好吧,那我就让伍成义把情况向我汇报清楚,我亲自指挥对苏阿福的抓捕行动!王省长,你心里也有个数,真保不住的干部就不要再保了!"

王长恭却道:"正流,不要这么悲观嘛,情况还不像你想象的那么坏!该保的干部我们还是要保,必须挽狂澜于既倒嘛!我上次在省城和你说过,苏阿福活着,长山就要出大乱子了,包括你们公安局可能也要陷进去,你不记得了?!"

江正流忙道:"别提了,王省长,我们已经陷进去了。您说得一点不错,大富豪能开到这种规模,公安局内部是有人被苏阿福买通了,对涉黄卖淫暗中保护,其中包括我一个在分局当副局长的连襟王小峰。我妻妹今天在我家闹了一晚上……"

王长恭打断了江正流的话头:"仅仅是分局几个家伙吗?正流,你们市局这一级就这么干净吗?你就不怕苏阿福狠狠咬你一口?这个苏阿福罪大恶极,就是活捉也是死刑!此人有可能逃跑,有可能拒捕,你们必要时可以考虑予以击毙嘛!"

击毙?这该不是要杀人灭口吧?江正流呆住了,握电话的手不禁抖了起来。

王长恭的声音不无严厉:"正流啊,我的话你听明白了吗?"

江正流这才极力镇定着情绪道:"听明白了,都听明白了,王……王省长!"

王长恭的声音缓和下来:"正流,你心里一定要有数,这是一场政治斗争,从某种意义上说是你死我活的!所以你就要讲策略了,既要把工作做好,又不能授人以柄,长山一批干部的生死存亡要看你的行动,这批干部中也包括你江正流啊!"

江正流连连应着放下了电话,放电话时才注意到,王长恭的这个至关重要的电话并没有打到红色保密机上,而是打到了白色普通电话机上。江正流当即明白了,王长恭已经防了一手。作为公安局长,江正流太清楚保密电话和普通电话的区别了。保密电话对外虽然保密,对有关部门并不保密。普通电话虽说没有特殊保密措施,但只要电话机主不是犯罪嫌疑人,未经有关部门依法批准,就不会有人监听。

在做出这个杀人灭口指令时,王长恭显然已经考虑到了监听问题。

那么,他该怎么办呢?当真利用公安局长的职权,去搞这种杀人灭口吗?这个苏阿福究竟掌握了长山多少干部的秘密?王长恭这么做,当真是在保一批长山干部吗?是不是在保周秀丽和他自己?否则,怎么就敢下这种危险的指令呢?

作为老部下,他今天本意是想提醒王长恭注意目前的被动局面,调整策略,有所放弃,甚至放弃周秀丽。不曾想,倒伸手接了个烫山芋。王长恭敢把这个烫山芋扔过来,心里是有底的,他们过去的历史关系是一方面,另一方面,就是他的问题。王长恭已在电话里强调了。那么,他到底有什么问题?记忆中他和苏阿福只一起吃过两次饭,还是连襟王小峰硬拉去的。如果他有问题,只有两种可能:其一,王小峰打着他的旗号向苏阿福伸过手;其二,老婆背着他,收受了苏阿福的钱财。

看着装潢豪华的客厅,江正流突然想了起来:这套房子可是去年底王小峰请人来帮他装潢的,据说很便宜。便宜到了什么程度?和苏阿福是不是有什么关系?

不敢再想下去了,江正流抹着一头冷汗,从客厅冲进了卧室,近乎狂暴地把已上床躺下的妻子拉了起来:"老王,快起来,起来!我得问你点事!"

妻子很不耐烦,一把甩开他的手:"干吗干吗?半夜三更你发什么神经?!"

江正流怒道:"发神经?天都要塌了!"

妻子这才认真了:"怎么回事?啊?"

江正流只问:"这些年你收没收过大富豪娱乐城苏阿福礼品钱财什么的?"

妻子摇摇头:"没有,绝对没有。这人我根本不熟,也从没到我们家来过!"

江正流仍不放心,指点着卧室内的豪华装修,又问:"我们这套房子不是王小峰带人来装潢的吗?你不是和我说很便宜吗?咱们到底花了多少钱?"

妻子想了想:"装修前,我给了王小峰五万。搞好后,王小峰说是没花完,又退给我三万。"这才记了起来,"哦,对了,对了,这事和苏阿福可能有点关系。小峰和我说起过,装潢材料都没怎么花钱,当时大富豪娱乐城正在搞装潢,材料全是小峰和他们分局的人从大富豪拖来的,这花掉的两万主要是工人的工资……"

江正流头一下子大了:天哪,这价值十几万的装潢材料竟然全来自大富豪!竟然是连襟王小峰从大富豪装潢现场无偿拖来的!这还有什么话说?王小峰现在可以死不交代,苏阿福只要一被捕必然会马上把他这个公安局长交代出来!

一种从未有过的巨大恐惧潮水般扑上了心头。

妻子竟还挺轻松,安慰说:"老江,这事我想过,没啥了不起的!王小峰是你调到公安口来的,又是我们的亲戚,绝不会把这事说出来,苏阿福又死了……"

江正流再也听不下去了,抓起警服往身上一披,慌忙要车出了门……

32

那夜,伍成义和刑警支队老孙的搜捕行动是及时而有效的,六个小组同时扑向川口、长山和省城,把所有可能藏匿苏阿福的地方全搜查了一遍,尽管没有抓获苏阿福,但已把基本事实搞清楚了:苏阿福的确逃过了"八一三"那场大火,现在仍活在人间,而且目前的藏身之地仍在省内,甚至很有可能就在长山境内。

据夜巴黎泳浴中心王老板交代,八月十三日,一位和苏阿福合作开过地下赌场的长山籍的香港老板来到了长山,和苏阿福谈什么买卖。晚上八点多钟,苏阿福突然打了个电话给王老板,说是自己娱乐城的小姐们香港老板都不太满意,要在泳浴中心为香港老板找位漂亮小姐,让王老板先给瞅着点。过了不到一小时,也就是九点多钟的样子,苏阿福跑过来为那位香港老板挑小姐,奇迹般地躲过了那场致命的大火。豪华包间里那具被误认为苏阿福的尸体,实则是香港老板的尸体,尸体口袋里苏阿福的那串钥匙,很可能是苏阿福遗忘在包间里,被香港老板临时收到了自己口袋里。海关那边的调查结果也证明,这位香港老板的确是八月十三日入的境,入境后被苏阿福接到了大富豪娱乐城,根本就没在长山市任何宾馆登过记。

大富豪的火烧起来后,苏阿福吓坏了,也慌了神,一时间并没想到逃,到了快十点钟,得知一百多人已烧死了,这才逃了。逃走时要借泳浴中心王老板的车用,王老板没敢借,苏阿福最后是打的走的。

据苏阿福的弟弟苏阿强交代:苏阿福当夜打的逃到川口镇上他家来,在他家躲了八天。苏阿强以为装潢工人造成的失火,哥哥最多就是个赔偿问题,劝苏阿福去自首。苏阿福死活不干,说是一下子烧死了一百五十多人,说不清道不明的事太多,他的责任太大了,落到政府手上就是死路一条。八月二十一日,苏阿福担心苏阿强向有关部门告发,开着苏阿强儿子借来学车的一台白色桑塔纳逃离了川口。

归律教授那日在川口镇上见到的应该是苏阿福,而不是苏阿强。

据省城苏阿福的小情人宁娟交代，苏阿福是八月二十五日夜里开着一部白色桑塔纳赶到她家来的，把她吓了一跳。在此之前，她以为苏阿福已烧死在大火中了。苏阿福让宁娟办了两件事：一、尽快从股票账户上取二十万现金给他；二、把他这辆白色桑塔纳开到川口还给苏阿强。苏阿福过去很大方，包养了宁娟三四年，前前后后给过宁娟六十多万，现在苏阿福落了难，不给二十万，也得多少给一些。宁娟次日便取了十万现金给了苏阿福，苏阿福嫌钱少，不太高兴，又把宁娟的富康车开走了。八月二十九日，苏阿福来了个电话，要宁娟再给他准备五万，换那台富康车。九月十日，苏阿福把富康车送了过来，拿走了五万。让宁娟惊讶的是，富康车挡风玻璃被撞裂，左前门被撕坏了，好像出过车祸，她怎么问苏阿福也不说。宁娟注意到，苏阿福脸上缠着绷带，只把两只眼睛露在外面。嗣后，苏阿福没了音讯。

宁娟提供的情况表明，苏阿福有可能真的出了车祸，也有可能制造车祸的假象，在八月二十六日至九月十日之间做过面部整容手术。公安人员查验了宁娟的那台富康车，找到省城富康定点维修厂的修车师傅了解了情况，最后，根据车辆受损的状况判断，挡风玻璃没有破碎，苏阿福的面部不可能受到如此严重的伤害。

公安机关立即对省城内所有设有整容业务的大小医院进行了一次全面调查了解。预料中的结果次日就出来了，果不其然，省医大附属民营合伙性质的"俊丽美容整容院"为苏阿福做过面部整容手术，收取了苏阿福十二万手术费。

现在，苏阿福整容后的效果图已和苏阿福的原照片一起，全印到了通缉令上。

向叶子菁通报这一切时，伍成义兴奋不已，却也不无懊恼，骂骂咧咧说："他妈的，这个苏阿福，到底让我揪住了！我真没想到会是灯下黑，不是那位三陪歌唱家站出来举报，苏阿福差一点儿就把我们全骗过去了，这可真是个大教训啊！"

叶子菁也很兴奋，笑着夸奖道："伍局，你就别检讨了！要我说，你和你们公安干警这回是立了大功，功不可没啊！这么果断及时，抓住了战机，五天之内就把这么复杂的情况全搞清楚了！结案后，我们检察院一定替你和同志们请功！"

伍成义手直摆:"别,别,叶检,只要王长恭、林永强他们让我把这副局长继续干下去我就谢天谢地了。我心里有数,有些人就是怕我抓到这个苏阿福啊!"

叶子菁心里清楚,伍成义这话说得不是没有根据的,起码王长恭、周秀丽就不愿看到一个活着的苏阿福出现在将来的法庭上,于是便说:"所以,伍局,你现在也不要太乐观了,事情真相虽说已经搞清楚了,线索虽然有了,可苏阿福毕竟还没抓到手啊。你们既要防止苏阿福自杀,也要防止有人杀人灭口,这都有可能啊!"

伍成义笑了笑:"叶检,这用不着你提醒,我都想过了。我认为苏阿福绝不可能自杀,想自杀他还整什么容?杀人灭口我也防到了前头!我向所有参加行动的同志都明确交代了,苏阿福只能活捉,在任何情况下都不得使用致命武力!"

叶子菁又问:"现在这么公开通缉,苏阿福会不会闻风而逃啊?"

伍成义胸有成竹道:"他逃不掉!我们已经层层布控了。再者,整容大夫和我们说得也很清楚,苏阿福的整容恢复期还没过去,马上逃往境外的可能性不大!"

叶子菁这才放心了:"这么说,抓住苏阿福只是时间问题了?"

伍成义直乐:"那是,那是!叶检,咱们这么说吧,不把一个活蹦乱跳的苏阿福交到你手上,是我和公安机关的失职;苏阿福交给你了,涉嫌受贿渎职的线索有了,你不把一帮乌龟王八蛋全送上法庭,那可就是你和检察机关的失职了!"

叶子菁笑道:"伍局,你放心,只管放心。我想,我们都不会失职的!"

伍成义挺热情地建议道:"那你们检察机关现在就要有所准备啊,该抓的人要准备抓了,别让他们先溜了,比如城管委的那个周秀丽,我估计问题不会小!"

叶子菁一怔,摇头道:"凭你这估计我们检察机关就能抓人了?伍局,你是不是太天真了?你不是不知道,为查周秀丽的事,我和检察院已经很被动了!"

伍成义仍一意孤行:"姐姐你别给我说这个,那是过去了。现在不是这个情况了,抓到苏阿福,就不是我们被动,而是他们被动了!这个周秀丽,你们就是一时不能抓,也得死死盯住了,千万别让她逃了,这可是有教训的!"略一停顿,又说,"区城管委汤温林那边,你们也得好好审,我还就不信会和周秀丽没关系!"

叶子菁道:"这你放心,我们检察机关不是吃干饭的,你现在别这么瞎唬!"

让叶子菁没想到的是,周秀丽的事还真就让伍成义唬准了。

就在伍成义来向她通报苏阿福情况的这日夜里,案情有了重大突破。

快夜里十二点时,叶子菁洗了澡,正要上床睡觉,反贪局局长吴仲秋突然跑来了,兴奋地汇报说,钟楼区城管委副主任汤温林终于顶不住了,开始交代自己的受贿问题,承认为那片违章门面房的事,苏阿福请他吃过饭,还送了五千元红包。据汤温林交代,参加吃饭拿钱的还有已退休的前任主任言子清。据言子清说,周秀丽就门面房的事亲自给他打电话关照过。因此,汤温林和言子清私下商量后,根据规定收了苏阿福两万元占道费,批准苏阿福盖了这么一片违章门面房。

大鱼又一次露出了水面,周秀丽竟然真给前任主任言子清打过关照电话!

叶子菁大为振奋,指示道:"吴局长,快,立即行动,连夜传讯言子清!"

吴仲秋会心地笑道:"叶检,这还用你交代?我已经安排下去了!"

第九章 零点拘捕

33

那日从办案组驻地回去后,方清明便开始深刻反省,这是哪里出了问题?自己反腐倡廉的勇敢举报怎么稀里糊涂弄成了诬陷?他诬陷周秀丽了吗?好像没有嘛!他说烟里有四万块钱是推测,叶子菁说没这四万块钱不也是推测吗?他被这个不怀好意的女检察长唬了,他当时本该反击一下:你们说我是诬陷,我看你们还是包庇哩!包庇不是没有可能嘛,现在是什么世道啊,官官相护,都没正派人活路了!

电话的事就更构不成诬陷了,被叶子菁他们拿着诬陷的罪名一唬,他就发蒙了,连自己的记忆力都不敢相信了。现在仔细想想,这事还就很确凿哩!那天,办公室主任刘茂才闲着没事干,跑到宣传科攻击领导,说周秀丽妆上得太浓,嘴像刚吃过死孩子,他就赶紧过去向周秀丽紧急汇报,这种事得抓现行!一进门,就见着周秀丽站在窗前打电话,还做了个手势让他关门。周秀丽说的根本不是不让盖那片门面房,说是让盖,可以收点占道费,还指责钟楼区有钱都不知道赚!对了,对了,接电话的家伙也想起来了,就是言子清嘛,四个月前办手续退下来了。

看来问题严重了,从市人大主任陈汉杰到检察院和反贪局估计都烂掉了!

陈汉杰算什么东西?都到人大干举举手的轻巧活了,还这么大的臭架子,还这么护着周秀丽和王长恭!什么大事讲原则,小事讲风格,团结战斗,狗屁吧!谁不知道你们俩不往一个壶里尿?你现在护着王长恭是什么意思?本身恐怕就不干净吧!无官不贪嘛。你要不贪,我转业安置时能让你儿子陈小沐收我一万块好处费?别说不知道,你老家伙肯定知道,肯定是你们爷俩分赃了!对了,还有,周秀丽那天也到你老家伙家去了,带着个鼓鼓的小皮包哩,里面有没有票子?有多少票子?是周秀丽送的,还是王长恭送的?不是不报,时候没到,你就等着好了!

检察长叶子菁和反贪局长吴仲秋就不用说了。叶子菁是陈汉杰一手提起来的,吴仲秋又是叶子菁一手提起来的,陈汉杰是这个混账态度,叶子菁会认真查?当然要反咬一口,给他扣上一顶诬陷的大帽子嘛!看来长山这腐败已形成了大气候,上上下下,前前后后连成了一片,有点像主席当年说的,针插不进水泼不进了!解决长山干部队伍的严重腐败问题,看来得找中央,省里都不行,王长恭是常务副省长、省委常委,省委书记、省长还不都得铁桶似的护着?非找中央不可!

然而,没等方清明写匿名信找中央,办公室主任刘茂才却找方清明谈话了。

那天上午上班没多久,大奸臣刘茂才突然打了个电话来,说是方副政委啊,请你把手头的重要工作都先放一放,马上过来一下,我们要和你谈谈心哩。方清明心想,谈什么谈?你们这帮贪官污吏,该不是做贼心虚了吧?便想去探探虚实。

万没想到,这帮贪官污吏竟整到他头上来了,竟然明火执仗对他下手报复了!

一进门就发现,刘茂才的主任办公室里坐着市城管委纪检组两个同志。当然,还有居心叵测的大奸臣刘茂才,三个人脸上都没有一丝笑意,全火石似的绷着。

在椅子上坐下后,方清明及时想了起来,大奸臣刘茂才还兼着市城管委纪检组组长哩!看来事情有些不妙了,可却硬挺着,努力微笑着问:"哎,哎,刘主任,还有你们二位,你们这是怎么了?啊?怎么摆开了这个阵势,像审犯人似的?"

刘茂才脸一挂:"方副政委,这让你说对了,你现在随时有可能变成犯人!"

方清明直到这时还没想起自己屁股上那些臭烘烘的屎,也火了:"刘茂才,你今天到底想干什么?还有你们!我怎么可能变成犯人?你们他妈的给我说清楚!"

刘茂才拿起桌上的一叠材料"砰"地往方清明面前一放:"你自己看吧!"

方清明一看才发现,竟然全是他搞接待时悄悄给自己"长工资"的真实记录。

刘茂才得意至极,在他面前踱着步:"方清明,你本事可真大啊,当了一年多办公室副主任,竟然在两家宾馆偷偷弄走了一万三千元现金的接待费!那些烟啊,酒啊,小来小去的不说,就这一万三千块已经不是双规的问题了,你这位同志得向检察院自首,去争取宽大处理了。说吧,说吧,是你自己去,还是我们送你去?"

方清明知道这麻烦太大了,心里还想挺着,来个虎死不倒架。不料,身体率先倒架了,尤其是不争气的腿,先索索发抖,继而便想往下跪——还真的跪下了。既已倒了架,也只好倒个彻底了,便又主动及时地搂住了刘茂才的腿:"刘……刘主任,刘主任,我……我错了,错大发了,我……我坦白交代,坦白交代……"

刘茂才任他在脚下抖着,开始用浓重的鼻音说话,一嘴庄严的报纸腔:"方清明同志啊,你是个党员干部,又是个老同志,对反腐倡廉的重要性应该有清醒的认识啊!反腐倡廉问题是关系到党和国家生死存亡的大问题,周秀丽主任大会小会反复讲,语重心长啊,你听进去一句没有?怎么就敢把自己的黑手一次次往党和人民的口袋里伸呢?陈毅同志当年说过嘛:'手莫伸,伸手必被捉。'看看,在你身上又应验了吧?!令人痛心啊,一个副团职转业干部,就这么堕落成了腐败分子!"

人在屋檐下,不得不低头哩!情况很清楚,他已被周秀丽盯死了,被正规报复上了,一万三千块的事又是事实,证据全让刘茂才拿到手上了。真送到检察院,肯定立案,职务犯罪的立案标准他可太清楚了,五千元就立案。现在关键看单位态度,单位不保,他今天就得进去。于是,又抹着眼泪鼻涕,一连声地认错:"刘主任,我混蛋,我……我对不起咱周主任,也……也对不起陈汉杰老书记啊,老书记和……和周主任对我这么信任,把我安……安排到机关办公室,培……培养教育我,我……我这都是干了些啥呀,竟然放松了思想改造,犯了这么大的错误……"

刘茂才立即予以批驳:"方清明,你的问题不是犯错误,而是犯罪,性质严重的职务犯罪!你犯罪的原因也不是放松了思想改造,你根本上就是个卑鄙小人,心理阴暗龌龊,总觉得全世界都对不起你!你看看你干的这些好事,啊,自己这么腐败堕落,都成为犯罪分子了,还四处攻击谩骂领导,还在报上出我们城管干部的洋相,什么狐臭啊,什么斑秃啊,方清明,你他妈怎么就想得起来？啊?!"

天哪，连这些小杂耍也让大奸臣刘茂才查清楚了，这说明人家工作做得多细致啊，肯定是要痛打落水狗了！方清明这才真诚地后悔起来，自己真不该这么意气用事。谁腐败就让谁腐败好了，关你老方什么事？不能因为你腐败机会比较少，就堵别人的财路，不让人家腐败嘛！再说，周秀丽对他也不错，自己是有点忘恩负义了。

刘茂才也说到了这个问题："方清明，不客气地说，你这人就是贱！谁对你好你倒咬谁！就说我吧，我对你多好啊，手把手地教你为领导服务，你呢，贴上领导以后就搞我的小动作！但是，我今天对你绝不搞打击报复，还是要继续挽救你！"

方清明心里清楚，大奸臣刘茂才不太可能挽救他，只会一棍子把他打死，嘴上却表示相信，而且又把周秀丽和陈汉杰抬了出来："刘……刘主任，我就知道您是好人，您，周……周主任，还有咱老书记陈……陈汉杰，你们会给我个机会……"

刘茂才却不无夸张地摆起了手："哎，哎，方清明，别再和我说什么老书记了。老书记明确和周主任交代了，不准你再扯着他的虎皮做大旗，还说了，对方清明这种极其恶劣的腐败分子必须按照党纪国法严肃处理，只准从严不准从宽！"

这应该在预料之中，陈汉杰这老家伙和周秀丽他们本来就是一路货嘛！

最后，刘茂才才交了底："方清明，实话告诉你，是我和周主任要挽救你！我和周主任商量了，你不要脸，我们还要脸，真把你送到检察院去立案起诉，市城管脸上好看啊？你们钟楼区汤温林和小赵已经被检察院抓了，加上你就是三个，影响太恶劣了！你的严重腐败问题，组织上争取内部解决。当然，这也得看你的认罪态度。你认罪态度好，退赃积极彻底，就是内部处分的问题；你认罪态度不好，继续和整个城管系统捣乱，不顾及我们城管形象，我们也就不怕丢脸了，那就依法办事，向检察院报案！方清明，你是聪明人，何去何从，你就看着办吧！"

这还有什么可说的？当然是认罪服法，积极退赃，争取内部处理了！

跪在刘茂才面前赌咒发誓表了态，刘茂才才代表组织让方清明站了起来。

大奸臣刘茂才就是这么整治忠良的,从他自觉跪下后,竟没发话让他起来!

然而,对大奸臣刘茂才恨归恨,和城管系统组织作对的念头却再也不敢有了。回去以后,方清明让老婆把一笔没到期的存款取了出来,准备积极退赃。同时,挑灯夜战苦心炮制交代材料,向组织描述自己怎么一不小心堕落成腐败分子的。真是痛心啊,不是为自己堕落成了腐败分子痛心,而是为退出去的一万三千块痛心。这一万三千块来得太不容易了,每次接待费里扣一点,扣了二十多次啊。另外,为了把支票变成现金取出来,还给两家宾馆的经办人送了八百多块钱的好处。

这便想到了堤内损失堤外补,他拿公家的这一万三得退给公家,陈小沐当初收他的一万块的好处费难道不该退给他吗?陈小沐打架捅人进去了,陈汉杰没进去嘛,子债父还很正常嘛,这老家伙又是这么无情无义,也该和老家伙结结账了!

可最终还是没敢公开找陈汉杰要账。老家伙虽说只在人大举举手了,可在长山市的势力还不小,自己又一不小心堕落成腐败分子了,公开要账肯定没好果子吃。却又意气难平,便再次干起了写匿名信的拿手好戏,就这一万块钱的问题给省委七个常委,包括和陈汉杰团结战斗的王长恭,一人来了一封,信写得也挺智慧,只说陈汉杰做市委书记期间大肆受贿,在转业干部安排时,通过其子陈小沐收受过城管某副团职转业干部方某某人民币一万元,署名是长山市人大一批正派的党员干部。

这封匿名信照例是在早上晨练时寄走的,为寄这封信,还改变了晨练路线,花了一块钱坐了八站路的公共汽车,赶到了城乡结合部一个小邮局。这么一折腾,晨练时间额外延长了四十分钟,一头大汗回到家,没顾得上吃饭,就赶去上班了。

八点十分走进钟楼区城管委大门时,却吓了一跳,一辆有检察标志的警车赫然停在院里!正忐忑不安地琢磨着这辆警车是不是和他有关,顶头上司赵主任陪着反贪局局长吴仲秋迎面过来了,见了他,手一指:"哦,这不,方副政委来了!"

方清明眼前一黑,差点没晕了过去!

局长吴仲秋态度倒好,笑着说:"方政委,我们还得和你谈谈哩!"

方清明仍是惊魂不定:"吴局长,你……你们找我谈什么啊?!"

吴仲秋益发和气："就是了解一些情况嘛。走吧,到我们检察院谈去!"

到了检察院才知道,吴仲秋和反贪局要了解的竟是周秀丽的情况。事实又一次雄辩地证明:他根本没有诬陷周秀丽。周秀丽和前任区城管委主任言子清打的那个电话是客观存在的,言子清一进去就承认了。现在只要他证实一下,周秀丽的麻烦就大了!就算周秀丽没收苏阿福的钱,可后果严重啊,不进去也得撤职!

然而,短暂的冲动过后,方清明却又冷静下来,真把周秀丽弄进去了,或者弄得撤职了,他这麻烦也不会小了。周秀丽必定会在进去或者被撤职之前,先办了他这个已经暴露了的腐败分子,这是毫无疑问的,大奸臣刘茂才一直磨刀霍霍呢!

于是,方清明断然否定了言子清的证词,诚恳地对吴仲秋说:"吴局长,我真不能一错再错了!上次你和叶检察长给我上了一堂生动的法制课啊,让我这个法盲知道了啥叫诬告陷害罪!我对周秀丽同志意见再大,也不能再捕风捉影,胡说八道了,这可要负法律责任的……"

34

欢迎法国友好城市市长古雷格瓦女士一行的晚宴,唐朝阳突然缺席,陈汉杰不免有些意外,问了一下林永强才知道,唐朝阳下午被王长恭叫到了南坪市。晚宴结束后,唐朝阳来了个电话,要陈汉杰完事后在宾馆留一下,说有事要谈。陈汉杰估计,打这个电话时,唐朝阳已见过王长恭,正在赶回长山的路上,要谈的事肯定很重要,于是便答应了。礼仪周全地送走了法国贵宾,陈汉杰让酒店经理开了一套可以鸟瞰全城的大套房,让服务生煮了壶咖啡,一边喝着咖啡,一边等着唐朝阳。

政治警觉伴着意大利咖啡的香气在套房的空气中弥漫,陈汉杰很自然地想到了检察长叶子菁的去留问题:随着苏阿福的死而复生和案情真相的一步步明了,深层次的矛盾逐渐暴露了,这时候,王长恭很有可能逼着唐朝阳和市委向叶子菁下手。

果不其然,唐朝阳一进门,没顾得上寒暄,便说起了这事,脸上表情复杂,既有苦恼,又有愤懑:"老班长啊,这市委书记我真是不想干了!长山出了问题,我该承担什么责任承担什么责任,可作为前任市长,现任省委领导,长恭同志老这么压我,也太让我和市委为难了!前些日子检察院和公安局因为火灾定性发生了分歧,本来是很正常的工作分歧,长恭同志非说叶子菁是别有用心,会后还教训了我一通。今天更好,明说了,要我把叶子菁的检察长坚决拿下来,换个听招呼的检察长来办案!连检察长人选都帮我敲定了,就是现任副检察长陈波!"

陈汉杰心里有数得很:"哦?那个按王长恭意思定放火的副检察长?"

唐朝阳点了点头:"是的,长恭同志说,陈波比较合适,讲政治,顾大局。而且,学历、资历和办案经验都不在叶子菁之下,早就应该上这一步了!"

陈汉杰"哼"了一声:"如果陈波当上了检察长,估计就要以放火起诉了,渎职犯罪也别查了,我们长恭同志就可以放心了!"想了想,不动声色地问,"那么,朝阳,你和市委是什么态度啊?是不是准备研究长恭同志这个建议呢?"

唐朝阳长长叹了口气:"研究什么?我这不是来和你老班长通气了么?!看看怎么办吧。"迟疑了一下,又说,"我和王长恭明说了,没有你陈主任和市人大的同意,这个常委会我不能开,换检察长的建议如果人大不通过笑话不闹大了?!"

陈汉杰陷入了深思,喃喃道:"该来的还真来了,竟然在紧张抓捕苏阿福的时候来了!王长恭这个省委领导想干什么啊?是不是还想把伍成义也拿下来啊?"

唐朝阳郁郁说了起来:"哎,老班长,你还真说对了。这长恭同志也和我说了,伍成义不顾大局,身为副局长在这种时候和局长江正流闹别扭,要我们最好也一起拿下来。这事长恭同志前天在电话里也和林永强谈过。林永强不愿得罪长恭同志啊,私下向我建议过,是不是考虑把伍成义调到市扫黄打非办做主任呢。"

陈汉杰思索着问:"你说王长恭是不是心虚啊?伍成义不就是说了些实话吗?不就是盯准了苏阿福吗?就这么害怕?他是不是预感到了危机,要不顾一切了?"

唐朝阳默默看着陈汉杰,别有意味地咂着嘴,一言不发。

陈汉杰不高兴了:"哎,朝阳,你倒说话呀,你觉得这正常吗?"

唐朝阳一副欲言又止的样子，苦笑着："让我怎么说？说什么啊?!"

陈汉杰若有所思地叹息着："是啊，是啊，你现在脚跟软啊，要留后路啊！"

唐朝阳却道："老书记，这话可不对啊，该顶的我不都顶了吗！定调子的会不是没开出啥结果吗？这次我也和长恭同志说了，如果谁发表了不同意见就撤谁，以后谁还敢讲话？依法办案又从何谈起？搞不好会出大问题！长恭同志很不高兴，明确告诉我，如果长山市委坚持不换检察长，他可以考虑建议省委换个市委书记！"

陈汉杰冷冷一笑："我们这位省委领导口气好大啊，还是那么有气魄嘛！"

唐朝阳叹气说："是啊！长恭同志现在不但是省委领导，还是省"八一三"火灾事故处理领导小组组长，代表省委省政府领导、指导我们工作。在这种不得已的情况下，我只好把您推到了第一线，才说要和你们人大通气商量！"

陈汉杰全明白了："这么说，你是打鬼借助钟馗了？好吧，朝阳，那我就表个态：就算你唐朝阳倒下了，还有我老家伙呢！叶子菁这个检察长不能换，我们人大不会通过的！你告诉王长恭，有什么换检察长的理由，请他找我理论好了！"

唐朝阳有点冲动了，一把握住陈汉杰的手："老书记，那可就太谢谢你了！"

陈汉杰动容地说："朝阳，该我谢你啊，谢谢你这个有原则的好书记啊！"

唐朝阳也说了实话："老书记啊，我不是不明白，我知道坚持这个原则是要付代价的。从南坪一路过来见您时，我就想好了，小林市长我管不了，事到如今我个人倒不存什么幻想了，就准备为这场大火承担主要领导责任，等着撤职下台了！"

陈汉杰想了想："要有这种最坏的思想准备。不过，朝阳，你也别太灰心，必要时我会向省委赵培钧书记直接汇报！我不认为王长恭就代表了省委、省政府！"

唐朝阳摇了摇头："算了吧，老书记，别去碰这个钉子了！培钧书记和刘省长对"八一三"大火有几次严厉批示。据省委的同志说，培钧书记最近在北京还挨了中央领导的批评!"突然掉转了话题,"不说了,老书记,你最近带团出国转转吧!"

陈汉杰手一摆,没好气地说:"转?转什么?谁有那个闲情逸致?这么一个大案要案不处理好,我老家伙敢走啊!我们人大这边原定的出访活动都推迟了!"

唐朝阳恳切地劝道:"老书记,我倒觉得在这种时候你多在外面转转比较好!必须做最坏的打算啊。退一步说,万一我下台滚蛋,市委新班子真做出了撤换检察长的决定,你人大主任不在家,市人大常委会也没法开会表决嘛,是不是?"

陈汉杰明白唐朝阳一片苦心,可略一沉思,还是坚定地摇起了头:"朝阳,谢谢你的好意提醒!可这种耍滑头的事我不干,这次我是准备一顶到底了!"

唐朝阳仍是劝:"老书记,你是工作经验丰富的老同志啊,该知道事情的复杂性嘛!原则当然要坚持,可也没必要这么硬拼啊,讲策略也不能说是耍滑头嘛!"

陈汉杰知道唐朝阳这么劝他是出自真诚的好意,便道:"朝阳,你不必再劝我了。我理解你的处境,你是市委书记,站在第一线,对王长恭不能不讲点策略。可我在二线嘛,用不着这样做嘛,咱们一个唱红脸一个唱白脸好不好啊?"

唐朝阳没办法了,无奈地笑了笑,也没再说什么。

陈汉杰却又问:"朝阳,这场火灾准备怎么定性啊?当真定放火吗?"

唐朝阳不无忧虑地道:"不瞒你说,这事麻烦还比较大,长恭同志仍然坚持定放火,我揣摩他建议撤掉叶子菁,起用陈波,是要为放火起诉做铺垫。不过,反复研究了案情之后,我和政法委田书记,还有其他同志倒倾向于定失火,可又不能和长恭同志硬顶啊,就送到省检察院去研究了,起诉时间恐怕又要推迟了……"

说到这里,唐朝阳的秘书敲门进来了,向唐朝阳举了举手上的手机。

唐朝阳看着秘书,不在意地问:"哦,谁的电话啊?"

秘书看了陈汉杰一眼,吞吞吐吐道:"叶子菁,说是有……有急事……"

唐朝阳一怔,从秘书手上接过手机:"对,是我。子菁同志,你说吧!"

陈汉杰一听来电话的是叶子菁，脑子里的敏感神经又本能地绷了起来。

叶子菁不知在电话里向唐朝阳汇报了些什么，汇报了好半天。

唐朝阳不停地"哼哼嗯嗯"地应着，最后说："子菁，具体案情你不要过细汇报了，反正是你们检察机关的事，你们依法去办好了！谁犯了什么事，就让他们按法律条文去对号入座！对周秀丽如果你们认为应该拘捕，就自己决定吧！"

这事来得太突然，陈汉杰多少有些吃惊："怎么？检察院要抓周秀丽了？"

唐朝阳点头道："是的，挺突然的，有可能刑事拘留。子菁在电话里说，案情有了新突破。据钟楼区城管委被捕人员交代，原办公室副主任方清明证实，周秀丽为苏阿福违章建门面房向区城管委打过招呼，涉嫌滥用职权和渎职，还有受贿嫌疑。子菁还说，省检察院那边也盯上了，要求长山市检察院厉查严办！"

陈汉杰会心地笑道："朝阳啊，周秀丽一抓，恐怕较量要升级喽！"

唐朝阳这才含蓄地说了句："看来，长恭同志是嗅到什么气息了！"

35

叶子菁向唐朝阳打电话汇报时，检察院对周秀丽的传讯已进行了近九个小时。按照《中华人民共和国刑事诉讼法》的规定，周秀丽接受传讯的法定时间为十二小时。十二小时之后，如果检察机关不能根据讯问情况对被传讯人做出刑事拘留的决定，就必须立即放人。周秀丽有重大犯罪嫌疑，显然不能放，可正式拘留证据又显得不太足，传讯就演变成了一种僵持。

正是在这种情况下，叶子菁才打了这个电话。拘留一位处级干部，而且又是这么一位有特殊背景的处级干部，必须向市委请示。打电话时，叶子菁做好了思想准备，准备解释一番，甚至准备根据唐朝阳和市委的指示放人。没想到，唐朝阳竟明确让她和检察院依法办事，看来这位市委书记和林永强是不一样，还真有点肩胛。

周秀丽是中午十二点踏进检察院大门的，不像大多数被传讯者那样紧张虚怯,神情一直比较坦然,言谈举止中还透着矜持和傲慢。反贪局局长吴仲秋和渎职侵权检察处刘处长两人轮番和周秀丽谈,谈得极为艰难,晚饭前五六个小时,几乎全是周秀丽一人唱独角戏。周秀丽不是交代自己的受贿渎职问题,却是评功摆好。从她上任做市城管委主任谈起,谈她管理城市、美化城市的思路和战略,谈长山市创建全国文明卫生城市的先进经验,谈王长恭市长对城管工作的重视和支持,谈她以往的改革措施和今后的改革思路,似乎她这个城管委主任还要长久地当下去。吃过晚饭后,吴仲秋和刘处长不愿再听周秀丽做城管工作报告了,把钟楼区城管委前任主任言子清的交代和方清明的证词都摊了出来。周秀丽多少有些意外,这才沉默下来。

　　沉默下来以后,周秀丽仍不交代问题,提出要和检察长叶子菁直接谈。

　　叶子菁这才出面了,进来后看着周秀丽半天没说话,想制造一种无形的威慑。

　　周秀丽却没有多少怯意,和叶子菁对视了片刻,先提出了一个很敏感的问题:"叶检,你们该不是要对长恭同志下手吧?是不是陈汉杰同志授意你这么干的?"

　　叶子菁平淡地一笑:"周主任,怎么这么想问题啊?你涉嫌犯罪,和王长恭同志,和陈汉杰同志有什么关系?可以明确告诉你,这不存在谁授意的问题!"

　　周秀丽嘴角挂着一丝明显的讥讽:"叶检,我看多少还是有点关系的吧?长恭和陈汉杰的矛盾人所共知,你这位女检察长是陈汉杰一手提起来的;我呢,又是长恭同志倚重过的干部,长山的干部群众不能不产生丰富的联想吧?!"

　　叶子菁不愿谈这个话题:"这些联想和本案有关吗?好像无关吧!"

　　周秀丽嘴一撇:"怎么会无关呢?大家不是一直在传吗?说我和长恭省长有什么说不清的关系,你叶子菁是长山市的老同志,应该知道嘛!哦,顺便说一下,长山干部群众对你的说法也不少,说你和陈汉杰的关系也一直是不清不楚的!"

　　叶子菁心头立时腾起一团怒火,周秀丽这种说法,她真还是头一次听说。

周秀丽似乎从她的脸色上看到了什么变化:"叶检,看看,你也生气了吧?我劝你最好不要气!你我都是女同志,能凭自己的努力和奋斗走到这一步都不容易,背后的闲话谣言都少不了。所以,我们女同志之间也应该多一点理解嘛!"

叶子菁手一摆:"周主任,我的事不要你操心,人正不怕影子歪嘛,谁愿说就让他去说好了!至于你,你和长恭同志到底是什么关系,也不必再在这里说,那是你和长恭同志个人的事。长山市人民检察院和我这个检察长都管不着,我要管的就是案子!从现在开始,与本案无关的话请你都不要说了,我们言归正传谈问题!"

周秀丽耸了耸肩,一副很无奈的样子:"好吧,好吧,叶检,那就谈问题吧!你觉得凭你们目前掌握的这些道听途说,就能拘留我了吗?那个言子清我先不去说,就说说你们倚重的那位重要证人方清明吧。方清明是个什么东西啊?你们清楚不清楚?按方清明诬陷的说法,我还收了苏阿福四万呢!"

这个周秀丽实在够厉害的,一开口就拿住了叶子菁和检察机关的软肋。

方清明本质上是个什么东西,叶子菁和检察机关的办案人员不是不清楚,这个反复无常的政治小人已经把她和检察院的同志们害苦了。先是匿名举报,继而现身举报,言之凿凿说周秀丽收受了苏阿福四万元贿赂,结果证明是毫无事实根据的猜测。对此,她和吴仲秋不能不予以严厉指责和批评,结果倒好,搞得方清明连有事实根据的问题也收了回去。到了后来言子清把周秀丽打关照电话的问题交代出来了,让方清明证实,方清明竟一反常态,咬死口再也不承认了,还替周秀丽说起了好话。僵持了整整两天一夜,直到反贪局的同志查清了方清明贪污一万多元接待费的事实之后,方清明才又老实配合了。不过,叶子菁心里仍不踏实,方清明这种人毫无道德感,更谈不上有什么信义,今天他自己的问题被发现了,处于被动能配合一下,风头一变也可能不配合,甚至可能在法庭上翻供,这都是不能不考虑的。

叶子菁便也把话明说了:"周主任,方清明的确不是什么好东西,人品也不怎么样,可这都和本案无关。和本案有关的是一个基本事实,据言子清交代,方清明证实,你这个城管委主任为苏阿福那片违章门面房打过招呼,有没有这回事?"

周秀丽仍抓住软肋不放:"叶检,你说有这事,我说没这事,这都没意义!我看,我们还是应该心平气和地分析一下事情的起源和背景。先说方清明。关于方清明的情况,我曾当面向陈汉杰同志汇报过,此人本身就是一个腐败分子,因为是陈汉杰介绍过来的,我原准备给方清明留点面子,内部处分。但是,陈汉杰原则性很强,坚决不同意,要求我们彻底查一下,查清楚以后该报案就报案,按党纪国法从严处理。这么一来,方清明必然要疯狂报复我,诬陷我,不是吗?"

叶子菁不动声色:"事情还有另一种说法吧?你得知方清明匿名举报后,诱之以利,甚至提出安排他做办公室主任,让一个腐败分子做办公室主任合适吗?"

周秀丽坦然地笑道:"叶检,你这说法来自方清明吧?那么,请你们再去讯问一下方清明,我在什么时候,在什么地方许过这种愿?说一个起码的事实,方清明的问题我一直在认真查处,已经让城管委纪检组的同志和他正式谈过话了,如果我要对他搞什么利诱的话,何必要按陈汉杰同志的指示查处呢?这合乎情理吗?"

叶子菁不得不承认,周秀丽这话说得有道理,这也正是她的困惑之处,然而,嘴上却道:"周主任,其实,这也很好理解嘛,利诱是一方面,威胁是另一方面。据我所知,你已表了态,只要方清明不再和你们捣乱,你们就争取内部处理!"

周秀丽愣都没打,马上承认了:"对,这话我是说过,和纪检组几个同志说的。原话是这样的,方清明不要脸,我们还要脸,真把此人送到检察院去立案起诉,城管委脸上好看吗?钟楼区已经进去两个了,加上方清明就是三个,影响太恶劣了!方清明如果认罪态度好,退赃积极彻底,就内部处分;认罪态度不好,继续和整个城管系统捣乱,不顾及城管形象,就依法办事,向检察院报案!"叹了口气,又诉苦说,"你都想不到方清明有多龌龊,常以城管干部的名义给报社投稿,什么斑秃啊,狐臭啊,要多恶心有多恶心。大锅饭体制嘛,我又不能开除他!"

叶子菁想想也是,方清明这种人放在哪个单位都是祸害,大火案一出,钟楼区城管委又抓了两个,周秀丽不愿在这种时候将方清明移送检察机关,也是很正常的,最多是犯了本位主义的错误。这种保护部下的本位主义情况过去发生得不少。

周秀丽又说到了言子清,神态益发坦然:"再说言子清。言子清本质上是个好同志。不过,这个同志有个毛病,就是心胸狭隘。四个月前到了退休年龄,我们按规定给他办了退休手续,就引起他的不满了。他找到我说,和平区城管委田主任到年龄后退二线做了巡视员,问我为什么不安排他做巡视员。我就和老言明说了,田主任是市里有关领导专门打过招呼的,工作上也需要,不好这么攀比的。这就得罪他了,他就人前背后胡说八道,前一阵子甚至扬言要和我同归于尽……"

叶子菁越听心里越虚,觉得这事难办了。如果言子清也像周秀丽说的那样,是因为泄私愤报复周秀丽,那么,像查匿名信的那种被动又要重演一次了。这一次可不是上一次了,王长恭绝不会发一通火就罢手的,不把她整得吐血只怕不会完。

好在苏阿福没死,伍成义和公安局的同志们在紧张地抓,事情也许不会这么糟。

叶子菁决定单刀直入,待周秀丽说完言子清的问题后,冷冷道:"你就不要再分析了吧,分析我看进行得差不多了,我们还是谈实质性的问题。周秀丽同志,请你正面回答我,同意苏阿福违章盖门面房的这个电话你到底给言子清打过没有?"

周秀丽这下子火了:"叶检,你怎么还这样问?告诉你,没有,这是对我的陷害!如果你和你们检察院相信这种陷害,那就请你们对我进行刑事拘留好了!"

叶子菁努力微笑着:"哎,周主任,别发火嘛,现在我们还没说拘留你嘛!"

周秀丽马上收拾起了桌上的手袋:"那好,既然如此,我可要走了!"

叶子菁立即把脸拉了下来:"周主任,提醒你一下,传讯还没结束呢!"

周秀丽很不耐烦:"那就请你们抓紧时间!"指了指墙上的电子钟,"你看看,都夜里十一点多了!据我所知,你们检察机关的传讯时间不应超过十二小时!你们现在决定拘留,我就通知我家归律教授给我送洗漱用品!叶子菁,你定吧!"

真没想到,周秀丽竟然会这么强硬,反倒主动逼上来了!

屋子里的气氛现出了些许紧张。

这种时候绝不能感情用事,必须慎重!

叶子菁想了想,将周秀丽独自一人晾在屋内,出门和副检察长张国靖、陈波紧急商量起来。张国靖一直主管办案,情况比较清楚,认为周秀丽不仅仅只是这个电话问题,既有不少受贿的匿名举报,又有渎职嫌疑,主张担点风险,在零点之前果断拘留周秀丽。陈波却不同意,反复强调依法办事,又提起了王长恭,说是在这种情况下,还是慎重一点,以不拘为好。陈波强调说,暂时不拘,并不是说以后不拘,也不是放任不管,可以采取措施,二十四小时密切监视,不怕周秀丽会逃掉。

叶子菁当即把问题提了出来:"陈检,周秀丽不会逃掉,可会不会自杀啊?"

这保票陈波不敢打,陈波摇头道:"叶检,这……这我可就不敢说了!"

叶子菁又问:"放她回去后,她会不会串供,转移赃款赃物啊?"

陈波说:"这怕不会吧?想串供,转移什么赃款,她还不早就干了?"

张国靖不耐烦了:"叶检,我看就别再商量了,就一个字:拘!不但要拘,还要连夜突击搜查,给她来个措手不及!另外,苏阿福随时有可能落入法网,过硬的证据到时也会有的!现在不拘,万一让周秀丽自杀了,我们这麻烦就大了!"

陈波再次提醒:"叶检,你可别忘了,周秀丽后面可……可有王长恭同志!"

叶子菁反倒下定了决心:"陈检,这话你别说了。我打定主意了,拘!"

重回讯问周秀丽的那间接待室,电子钟的时针已快指到12上了,准确地说,是差八分不到夜里零点。就在这短短的八分钟里,叶子菁安排渎职侵权处刘处长办妥了法定的拘留手续。零点整,两个在场的女警官准时给周秀丽戴上了手铐。

戴手铐时,周秀丽脸色骤变,骄傲和矜持全不见了,泼妇似的又骂又叫:"叶子菁,你……你这个臭婊子,你……你想干什么?你有……有什么理由拘我?!"

叶子菁厉声道:"周秀丽,我的理由很充分,作为长山市城管委主任,你涉嫌渎职犯罪!我不管你打没打过那个电话,不管苏阿福那片门面房是不是在你同意下盖起来的,也不管你是不是从中获得过个人利益,事实摆在那里,那片违章门面房严重影响了八月十三日的火灾救援,给人民的生命财产造成了极其严重的损失!"

周秀丽叫道:"领导责任我没推,我向市委写了检查,正等……等候处分!"

叶子菁"哼"了一声:"领导责任?处分?太轻松了吧?给我押下去!"

带走周秀丽后,对周秀丽家和办公室的搜查也果断安排下去了。张国靖和陈波各带一组人,分头行动。叶子菁自己则坐镇办公室电话指挥,随时等着听汇报。

这夜是紧张迫人的。张国靖、陈波他们走后,叶子菁一颗心几乎悬到了喉咙口上,虽说料定搜查不会有多大的收获,心里还是暗暗企盼着可能会出现奇迹。奇迹并没出现,一个多小时后,张国靖和陈波的电话全到了,周秀丽的家和办公室均没发现任何赃款赃物。更令叶子菁不悦的是,陈波竟然在前往周秀丽办公室搜查的路上,用手机给王长恭打了个电话,口口声声说自己是在执行命令,拘留周秀丽和突然搜查他都不赞成。这事是为陈波开车的司机悄悄向叶子菁汇报的。

快凌晨三点时,张国靖和陈波阴着脸,疲惫不堪地回来了。

陈波进门就说:"叶检,你看看,都让我说准了吧?一无所获!"话一落音,马上又声明,"命令我执行,不过,我坚持原来的意见,对周秀丽一定要慎重!"

叶子菁明白陈波的意思,本想责问陈波,为什么要给王长恭打电话?转念一想,又觉得可以理解,这么一个老同志,又在这么个年龄坎上,想找个靠山进上一步也能理解,便把已到嘴边的责备咽了回去,只淡然道:"陈检,哦,对了,还有张检,今天我把话说清楚,拘留周秀丽和今天的搜查,与你们两人都没关系,是我决定的,你们就是执行命令!以后真要向周秀丽或什么人赔礼道歉全由我来!"

张国靖不知道陈波给王长恭打电话的事,没听出她话中的意味,满不在乎地说:"什么你定的我定的?按我的意思,这个周秀丽早该拘了!好了,不说了。叶检,没什么事的话,我得回去睡觉了,明天还有一大摊子事呢!"

陈波便也告辞了:"反正是这么个情况了,我也得回去了!"走之前,又挺热情地对叶子菁道,"叶检,这么晚了,你又是个女同志,我们送你回去吧!"

叶子菁苦笑着挥了挥手:"算了,你们回吧,有些事我还得再想想!"

是得好好再想想了。如果周秀丽真没有受贿和滥用职权问题,她和长山市人民检察院当真能以今晚向周秀丽宣布过的渎职罪将周秀丽送上法庭吗?王长恭能不出面干预吗?"八一三"大火发生后,随着案情的发展,张国靖和渎职侵权处的同志不止一次提出以涉嫌渎职拘留周秀丽,她都没同意,就怕一着不慎陷入被动。没想到,今天到底还是陷入了又一次被动之中。这几天已经有风声了,说是王长恭建议市委把她这个检察长拿下来,让陈波接任,如果真是这样的话,事情可就糟透了……

再也想不到,就在这最灰暗的时刻,手机骤然响了起来,响得惊心动魄。

叶子菁的心一下子狂跳起来,凌晨三点多钟来电话,肯定是大事急事!

果然,打开手机一听,竟是公安局副局长伍成义,竟是谈苏阿福!

伍成义在电话里开口就说:"叶检,好消息,苏阿福这回跑不了了!"

叶子菁一怔,眼泪突然夺眶而出:"太好了,抓到了没有?啊?"

伍成义话语急促:"在一辆出租车上,有枪,还有炸药,被我们包围了!"

叶子菁失声道:"千万注意,不能击毙。一定要活的,一定!"

伍成义简洁地道:"所以,还有个坏消息,苏阿福点名要见你检察长!"

叶子菁想都没想:"伍局,答应他。我立即赶过去见他,立即!"

伍成义道:"那好,你准备一下,我已经派了一部警车去接你了!"

叶子菁忙说:"不必了,我们检察院有值班司机,你说位置吧!"

伍成义道:"中山西路中心加油站,我在加油站对面指挥车前等你!"

中山西路中心加油站?天哪,苏阿福会不会用携带的炸药引爆加油站的油库?

这可真是个坏消息,值班警车呼啸着,一路往中山西路赶时,叶子菁忐忑不安地想,苏阿福怎么突然提出来要见她啊?不外乎两种可能,或者苏阿福有重大事情要向她这个检察长举报;或者苏阿福出于对她和检察机关的仇恨,临死还想拉个垫背的。这不是没可能,正是她紧追不放,才使"八一三"大案办到了这个地步……

第十章　惊心动魄三小时

36

中山西路中心加油站已被荷枪实弹的公安人员和武警战士团团围住,一支支微型冲锋枪的枪口从周围建筑物的隐蔽处伸出来,冷冰冰地瞄着加油站内的一台桑塔纳2000型出租车。出租车是银灰色的,八成新,大灯开着,前后车窗紧闭,车内是什么情况不得而知。几支水银灯亮着,把加油站映照得如同白昼。

叶子菁一赶到现场就注意到,情况相当糟糕:这个加油站正处于市中心商业区,东侧是进出口公司商场,西侧是大香港海鲜城,正对面是十六层的市交通银行大楼,斜对面是十五层的华联商厦。如果苏阿福狗急跳墙,真的引爆随身携带的炸药,在加油站搞一次大爆炸,后果将不堪设想,很可能是又一个"八一三"。

交通银行大楼和华联商厦之间有条宽不过五米的小街,伍成义的指挥车和十几辆追捕警车全停在小街内。也许是出于隐蔽的考虑,小街上的路灯全关闭了。叶子菁在一个警官的引导下,绕过对峙的中山路,穿过一条小巷,找到了指挥车前。

伍成义、江正流和政法委田书记在指挥车前站着,都是很焦虑的样子。

见叶子菁到了,伍成义眼睛一亮,像见了救星似的,第一个迎了上来:"叶检,你可到了! 先说明一下,不是到了这一步,我们不会考虑苏阿福的要求,半夜三更叫你来! 我知道,你去见苏阿福危险很大,可我们真没啥更好的办法了……"

叶子菁忙打断伍成义的话头:"别解释了,说情况吧,都是怎么回事? 啊!"

伍成义点了点头,介绍起了情况:"是这么回事,我们不是对苏阿福布控了吗？有个点就在苏阿福家。我们以为苏阿福不太可能冒险回家里，没想到，这个苏阿福还就大胆跑回家了！没进家门，在富豪花园小区门口就被我们布控的同志发现了。这家伙一看情况不对，劫了一辆出租车，搏斗中开枪打死了司机，开着出租车和我们满城打起了游击。在中山西路几乎就要追上了，他偏又逃进了加油站！"

政法委田书记阴着脸，很恼火地批评说："还说呢！老伍，我看今天全怪你！你傻追啥呀？明明发现苏阿福有枪，有炸药，又杀了人，怎么还下令不准使用枪械？在富豪花园倒罢了，看着他冲加油站了，为啥还不予以击毙？你玩游戏啊！"

江正流赔着小心解释说："田书记，这也不能怪伍成义同志。你知道的，苏阿福可是'八一三'大火案的重要犯罪嫌疑人啊，许多渎职受贿线索可能都和苏阿福有关，真击毙了，许多线索就断了，我们公安方面只怕也说不清哩……"

叶子菁没想到江正流会替伍成义做这种解释。伍成义不愿击毙苏阿福，要留个活口把受贿渎职案办到底是很自然的，江正流怎么也突然变了？这位最听招呼的公安局长怎么也不听招呼了？按情理推断，江正流应该最希望看到苏阿福被击毙，苏阿福被击毙了，周秀丽和他的后台王长恭就安全了，江正流这该不是在演戏吧？

江正流却不像演戏的样子，态度口气都很诚恳，还挺难得的为伍成义担起了责任："田书记，这个责任该由我负。我在电话里和伍成义打过招呼的，苏阿福一定要活捉，即便今天让他意外逃掉了，也不能打死，逃掉总可以再抓嘛……"

田书记听不下去了，手一挥，没好气地训斥道："正流，你不要说了！你再说也是失职。你，伍成义，还有你们公安局！你们说的这些理由都对，可在这种极其严重、极其危险的情况下就都不是理由了！你们看看这事闹的，啊？加油站油料满库，四十吨汽油，加上三十吨柴油，一旦爆炸，周围华联商厦、交行大楼、进出口公司商场，还有大香港海鲜城全完了，我们长山市又要来一回震惊全国了！"

叶子菁完全理解田书记的焦虑心情，作为主管政法工作的市委副书记兼政法委书记，真要出了这种大爆炸，他是难逃其咎的。这位政法书记为此发火，要求击毙苏阿福也都在情理之中。可又觉得公安局有些冤，便也赔着笑脸解释说:"田书记,这我也得说点情况,不使用致命武力,也是我们检察机关一再要求的……"

田书记根本不愿听:"好了,好了。子菁,你就不要再替他们开脱了,这是他们的事,和你检察院无关!你和你们检察院提什么要求都可以,具体怎么做他们两个局长应该知道!今天这件事处理得好,不造成爆炸后果算他们幸运,如果造成严重后果,市委、市政法委一定严厉追究公安局的责任,就这话!还有,我再强调一下,对苏阿福这种不顾一切的亡命之徒,必要时坚决予以击毙!"

叶子菁忙道:"田书记,您先别急,苏阿福不是要见我吗?我去谈谈看吧!"

田书记看着叶子菁,迟疑起来:"这事我一直在嘀咕呢!犯得上再搭上你一个女检察长吗?子菁,你想想,苏阿福已经杀了一个司机了,又是炸药又是枪的,看来是有准备的!是不是就不要见了?让我们的狙击手伺机击毙呢?"

伍成义看了看叶子菁:"田书记,我……我估计苏阿福是有什么大事要说!"

田书记想了想:"我看,如果一定要见的话,最好还是你们两个公安局长去一个,子菁毕竟是女同志,自卫和防范能力都比较差,也没有和歹徒周旋的经验。"

伍成义苦着脸,搓手叹气道:"田书记,我……我们也不想让叶检上啊。你赶来之前,我和江局长就在电话里和苏阿福说了,我或者江局长去和他谈,他说啥也不干啊,把话说绝了,就要见叶子菁检察长,张检、陈检这两个副的都不行!"

叶子菁便也说:"看来苏阿福是有什么大事情要举报,我还是见一见吧!"

田书记头脑很清醒:"这只是一种可能性,我看另一个可能也是存在的,苏阿福完全有可能在子菁接近后引爆炸药!我们必须想到苏阿福对我们检察机关和子菁同志的仇恨情绪!"

这也是不可否认的事实,伍成义和江正流看着田书记,都不好说话了。

叶子菁这才说了心里话:"田书记,你说的这种后果我也想到了,一路向这里赶时,我就在想,苏阿福是不是临死还想拉个垫背的?可不去也不行,不去就是我的失职!不要强调什么男同志、女同志,我就是个检察长,检察长的职责要求我在这种时候必须站出来!"略一沉思,又说,"田书记,在这种情况下,女同志去倒也有个好处,能缓解紧张情绪。我觉得只要去了,主要就不是防范和自卫,而是要想法缓解紧张情绪,让苏阿福的精神松懈下来,把出租车开离加油站……"

就在这时,伍成义的手机响了。

伍成义看了看手机号码,通报道:"又是苏阿福!"

叶子菁伸手要夺手机:"给我,我和苏阿福亲自说!"

田书记一把拦住了:"等等,先让老伍应付着!"

伍成义打开了手机,又和苏阿福周旋起来:"是我,伍成义!苏老板,你别这么着急嘛,叶检已经上路了,正往这儿赶呢!不是我们故意拖延,你想想,半夜三更把叶检从床上叫起来,人家又是个女同志,哪会这么快?苏老板,我还是那个话,如果你等不及,我或者江局长先去和你谈好不好?我们都是老熟人了嘛!"

苏阿福在手机里高声叫道:"伍局长,那我再给你们十分钟,十分钟后叶检还不过来和我见面,我就引爆炸药,再给你们来个'八一三'!别指望开枪解决我,只要你们枪声一响,这个加油站就完了。你们知道的,我反正是不想活了!"

伍成义还想说什么,苏阿福那边已关了机。

叶子菁觉得不能再拖延下去了,苏阿福在加油站多呆一分钟,危险就多存在一分钟。于是,对伍成义道:"伍局,通知苏阿福吧,就说我到了,现在过去!"

田书记仍不同意:"别急,我先打个电话向唐朝阳书记和林市长汇报一下!"

叶子菁声音带上了哭腔:"田书记,到这种时候了,咱们还汇报什么啊?等我们汇报清楚,唐书记和林市长赶过来,只怕苏阿福已经把加油站炸掉了!"

田书记这才认可了面前可怕的事实,长长叹了口气:"好。去,那就去吧!"指示伍成义道,"通知苏阿福,就说我这个政法委书记到了,我来和他谈!"

叶子菁既意外,又感动:"田书记,这可不行,苏阿福要见的是我检察长!"

田书记不睬叶子菁,粗声粗气道:"老伍,就这么和苏阿福说!"

然而,苏阿福断然否决了和田书记对话的可能性,得知叶子菁到现场后,坚持要和叶子菁谈,要求叶子菁不得携带武器,双手举在头上,一个人慢慢走过来。

这就没什么好说的了,即便是死亡之路,叶子菁也必须挺身而出⋯⋯

37

死亡的阴影无法摆脱,危险和意外分分秒秒都可能发生。叶子菁知道,现在她身后是一支支微型冲锋枪的枪口,狙击手全处于高度紧张的待命状态,不论是苏阿福的惊慌妄动,还是任何一个狙击手的敏感反应,都可能给她带来致命的危险。从黑暗的小巷慢慢走向加油站时,叶子菁又注意到,进出口公司商场巨大的石狮子后面,大香港海鲜城二楼窗口,也猫着伏击人员,一个立体交叉的火力网已经形成。

水银灯将加油站映照得一片白亮,桑塔纳出租车雪亮的大灯像巨兽的眼睛,直愣愣地迎面扫视过来。叶子菁在头上地下两处光源的强烈照射下,一时间精神有些恍惚,觉得面前这一切都不太真实,自己仿佛置身于一个睡梦中,正在睡梦中飘游。

现在是凌晨三时二十分,长山这座城市在睡梦中,千万个和平家庭在睡梦中,如果她不做这个检察长,不承担一种法律和良知赋予的职责和使命,也应该在一个不无温馨的睡梦中。睡梦中不会有一支支子弹上膛的枪口,不会有随时可能发生的大爆炸,也许会有女儿小静。十几天前她还梦见过小静幼时呀呀学语的情形,小静幼时想像力挺丰富,有一次吵着让黄国秀去买一头熟奶牛,说是养在阳台上,既能每天早上挤热牛奶给她喝,又能随时割下熟肉让她吃牛肉干。黄国秀一听乐了,抱起小家伙高声宣布说,子菁,我们女儿提出了本世纪最伟大的一项科学构想⋯⋯

真该给女儿,也给黄国秀打个电话,如果发生意外,也算留下遗言了!

哦,怎么想起了这些?叶子菁,集中思想,打起精神,镇定一些!你不仅仅是个母亲,一个妻子,更是一个检察长!是的,你正一步步走向凶险,走向死亡,可你不也正走向"八一三"大火案的核心事实吗?一个长久困扰着你,折磨着你,让你和检察机关的同志们殚精竭虑的事实!从八月十三日到今天整整五十八天了,你渴望的,等待的,不就是这个重要时刻吗?你一心想见的不就是这个苏阿福吗?

纷乱的思绪收拢回来,叶子菁镇定自如地走进了加油站大门。

距离越来越近,出租车内苏阿福的身影已清晰可辨了。

这时,出租车前车窗的玻璃摇下了半截,苏阿福的声音响了起来:"站住!"

叶子菁在离出租车只有五米左右的90号汽油加油机前站住了,语气平静地说:"苏老板,你不要这么紧张,请放心好了,我说话算数,任何武器都没带!"

苏阿福的两只眼睛出现在摇下的前车窗玻璃上方:"请你转过身!"

叶子菁转过了身,转身时,动作缓慢,她估计苏阿福是在检查武器。

检查了她的身后,苏阿福还不放心,又要她撩开身上的西装套裙。

叶子菁不干了:"这不合适吧?如果对我这么不放心,你何必要见我呢?"

苏阿福迟疑了一下,让步了:"好,叶检,你过来吧,到车前门来!"

叶子菁走到前车门旁,马上透过半开着的车窗看到了一幅在电影电视里见过的画面:苏阿福腰间束着一圈矿用炸药和电雷管,握着一支土制仿六四式手枪瞄着车窗外的她。苏阿福此刻显然处于高度紧张中,一头一脸的汗水,半个上身趴在方向盘上,把握方向盘的那只手在索索发抖。目光和她相撞的一瞬间,苏阿福本能地把枪口抬高了,叶子菁真担心枪会走火,如果走火,这粒子弹将击中她的脑门。

叶子菁镇定地和苏阿福商量:"苏老板,你看这车是你开还是我开啊?"

苏阿福有些意外,怔了一下,问:"你开?叶检,你也会开车吗?"

叶子菁笑了笑:"当然会开,还不是C照哩,我三年前就拿了B照!"

苏阿福迟疑着:"叶检,你想玩花招的话,这个加油站就是咱们的坟场了!"

叶子菁点点头:"你放心好了,我来给你开车,你说到哪里就到哪里嘛!"

苏阿福又是一阵迟疑之后,才让叶子菁坐到了驾驶位置上。

坐到驾驶位置上后,苏阿福手上的枪口及时抵了过来:"叶检,委屈你了!可我这也是没办法!你马上用手机给伍局长打个电话,把你看到的情况再和他说一下,告诉他,我可没说假话,我腰间这两根火线一搭,咱们和加油站一起完蛋!"

叶子菁笑道:"苏老板,没这个必要了吧?伍局长如果不相信你的话,可能早就下令让手下人动手了!"说罢,故作轻松地问,"苏老板,我们现在去哪里?"

苏阿福并不糊涂:"去哪?我哪里也不想去!还有哪里比这里更好?叶检,你少给我来这一套,快给我打电话,就给伍成义打,你说话比我说的顶用!"

叶子菁想想,觉得这个电话打了也好,便把电话打了。说是苏阿福的确有枪,有炸药,随时有可能引爆加油站。最后,话头一转,故意说:"……伍局,苏老板情绪还好,可能想出去转转,建议你们不要阻拦,我在替苏老板开车哩……"

苏阿福没等叶子菁说完就夺过手机关了机:"我说要出去转了吗?我刚才说过了,哪里也不去,就在这里呆着了,呆在这里,他们谁也不敢对我贸然动手!"

叶子菁似乎大感不解:"哎,苏老板,那你还问我会不会开车?"略一停顿,和气地劝说道,"我看,我们最好还是尽快离开这里吧!他们不对你动手,你也不会当真引爆炸药。但是危险还是随时有可能发生啊!你应该知道,加油站是高危场所,不能使用手机的,这么频繁地用手机通话,就不敢说不发生意外啊!"

苏阿福根本不听,突然狂暴起来:"少废话,真发生意外就是命该如此!"

叶子菁不好再说下去了,于沉默中紧张地盘算起来:如果自己不顾生命危险,把车强行发动起来,冲出加油站,是不是有可能最大限度地降低爆炸的后果?检察院目前的工作用车主要是桑塔纳,她时常自己开,对桑塔纳的性能比较清楚,这种车提速比较快。叶子菁根据经验估计,在发动机成功发动起来的情况下,她就是中了弹,只要死死踩住油门,也有可能将车开到三十米外的中山西路上。这么一来,炸毁的将只是这辆车,加油站应该能保住,周围建筑物也不会遭受太大的破坏。

当然,这是在万不得已情况下的最后努力,目前还没到这一步。

心里有了这个底,叶子菁益发沉着了。沉默片刻后,问苏阿福:"苏老板,你今天半夜三更叫我来,肯定是有什么重要的事想和我说吧?那就说吧!啊?"

苏阿福情绪很不稳定,仍在狂暴之中:"我他妈的又后悔了,不想说了!"

叶子菁也不勉强,笑了笑:"那么,总得说点什么吧?"

苏阿福态度多少好了一些:"这个,就说说你吧,你叶检怎么就敢来?"

叶子菁一声轻叹:"职责使然,不能不来嘛,不存在什么敢不敢的问题!"

苏阿福道:"这我服你,你这个女检察长胆子不小!哎,来时你想了些啥?"

叶子菁说:"想了些啥?很简单,就是尽可能地减少损失。苏老板,你很清楚,'八一三'这把大火一烧,一百五十六人送了命,长山不能再来一回'八一三'了!"

苏阿福问:"就没想到点别的?当真这么公而忘私,奋不顾身?我不信!"

叶子菁挺动感情地说:"都是人嘛,何况我又是个中年女人,想得当然不少。不瞒你说,一路向你走过来时,我就想到了我女儿,总觉得亏欠女儿的太多。这些年,我一直忙工作,没个白日黑夜,对女儿关心照顾得都很不够。小时候,她老吵着要妈妈抱抱,我却没有多少时间抱她。现在想抱也抱不了了,女儿转眼间就长成大姑娘了,个子比我还高哩!哎,苏老板,你是儿子还是女儿啊?"

苏阿福紧张的神情松弛下来,回答说:"是儿子,淘着呢!"

叶子菁发现了对话的可能,语气平和地继续说了下去:"我女儿叫黄小静,正上高中。高二,也够我烦的!这孩子对目前应试教育有明显抵触,偏科问题严重。数学竟然不及格,还自我感觉良好,瞒着我和她爸,这账我还没和她算呢!"

苏阿福得意了:"我儿子叫苏东堤,正上高三。别的不行,就是数学好!"

叶子菁很有兴趣地问:"哎,怎么叫苏东堤?听起来像苏东坡的弟弟!"

苏阿福说:"对,就是比着苏东坡起的名。我起的,他东坡,咱就东堤!可这小子白占了个东堤的名,语文就是不行,尤其是作文。有一次,老师让他们写作文《我的爸爸》,他倒好,开头说,我的爸爸是个大头,一脑子的坏水……"

叶子菁格格笑了起来:"我看很生动嘛,苏老板,你这脑袋还就是不小嘛!哎,你家那位苏东堤小先生在哪个中学上学啊?"

苏阿福道:"学校还不错,省重点,市三中。不是考上的,花了我六万哩!"

叶子菁说:"我家小静前年考一中时也差了三分,花了我三万。一年的工资奖金全搭上还没够,把我和她老爸都气坏了。这孩子说得倒好,算是借我们的,还说她是支绩优股票,日后将给我们丰厚的回报哩……"

这时,手机突然响了起来,是叶子菁的手机。

本已松弛下来的气氛又骤然紧张起来。

苏阿福神情突变,手上的枪握紧了,用枪口指点着,要叶子菁接手机。

叶子菁打开手机一听,是伍成义来问情况,心里不无懊恼,觉得伍成义这个电话来得真不是时候,便对伍成义说:"现在情况很好,我正和苏阿福谈心呢!"

然而,合上手机后,情况就不好了,谈心进行不下去了。

苏阿福说:"叶检,也许咱们都活不到明天了,你和女儿打个电话告别吧!"

叶子菁坦荡地笑笑:"如果真是这样,我倒建议你再去看看你家苏东堤。"

苏阿福两眼时不时地扫着窗外:"算了吧,我就不存这个幻想了!"

叶子菁想了想,打起了电话。

这时,已是凌晨三时四十五分了。

电话铃声响了好半天,黄国秀才接了。一听是她的声音,就没好气地说:"子菁,你发什么神经啊?也不看看是几点?这时候找小静!"又过了好半天,女儿小静才在电话那头迷迷糊糊叫起了妈:"妈,你是不是在和我说梦话呀?!"

叶子菁心想,如果她不顾一切发动汽车,将车开出加油站,被苏阿福开枪打死,或者被炸药炸死,她现在在电话里说的一切就是遗言了!嘴上却道:"小静,你最好清醒一点,妈不是和你说梦话,妈睡不着,就想起你数学不及格的事了!"

和小静说了几句,黄国秀那边意识到了什么:"哎,子菁,你现在在哪里?"

叶子菁看了看身边的苏阿福:"我正和苏阿福老板在出租车上聊天呢!"

黄国秀立即明白了:"子菁,是不是发生了什么事?要……要报警吗?啊?"

叶子菁十分平静地道:"不必了,国秀,替我带好静静吧!"说罢,果断地合上了手机,将手机递到苏阿福面前,"你也该给你儿子苏东堤说点什么了吧?!"

苏阿福一下子怔住了:"叶检,你……你还真准备和我一起下地狱吗?"

叶子菁这时已打定了主意,如果不能说服苏阿福,她就要强行发动汽车,进行最后努力了。于是,收起了笑脸,厉言正色道:"苏阿福,我今天敢到这儿来见你,就是做好了下地狱的准备,身为检察长,我不下地狱谁下地狱?!不过,我希望咱们都能死个明白。现在,你要告诉我,长山市究竟有多少贪官污吏收受过你和大富豪的贿赂?其中有没有市城管委主任周秀丽?那片违章门面房到底是怎么盖起来的?敢于这么违法无照经营,是谁在给你撑腰?这里面有多少内幕?我们必须对法律事实负责,让那些该承担责任的家伙们把罪责承担起来!"

苏阿福被叶子菁的威严责问震慑住了,好半天没做声,握枪的手也抖了起来。

叶子菁缓和了一下口气,又好言好语说:"苏阿福,据说你是个很讲哥们义气的人,我今天应该说够义气的吧?明知道你带着炸药,可你要见我,我还是半夜爬起来见你了,希望你也能对我这个女检察长讲点义气,把该说的都说出来,不要带到地狱里去!政法委田书记就在对面小巷里,你可以在电话里对田书记直接说!"

苏阿福这才道:"叶检,我服你!真心话,我他妈服你!今天我让你来,并不是想害你,就是想举报,举报一帮乌龟王八蛋!我信不过公安局那帮人,包括他们局长江正流!举报材料我已经写好了,就在后座的提包里,你现在就可以拿走!"

叶子菁揣摩着苏阿福的心态,试探道:"我拿走这些材料后,你怎么办?"

苏阿福道:"你走吧,别管我了。我是死定了,就准备死在这里了!"

叶子菁劝说道:"苏阿福,为什么一定要死在这里?难道说你的罪孽还不够深重吗?不说良心了,连点人性都没有了吗?这么多家庭已经妻离子散了……"

苏阿福不愿听:"叶检,你走不走?我一旦后悔,你就走不掉了!"

叶子菁仍不愿放弃努力:"苏阿福,你现在真不能死!你的责任还没尽到啊,你的举报材料我们要一一核实,许多情况我们还要问你,你今天死了,你说的这帮乌龟王八蛋就会赖账,就有可能得不到应有的法律惩罚。你既然举报了,愿意看着出现这种情况吗?再说,你也该去看看你儿子,你今天还没看到苏东堤吧?"

苏阿福显然被打动了,沉默着,良久,良久。

叶子菁益发诚恳:"苏阿福,如果你愿意的话,我现在就给伍局长打电话,让他们不要阻拦,我们现在就开车去看你儿子苏东堤,你看好不好?"

又是长时间的沉默过后,苏阿福终于点了头:"好吧,叶检,你打电话吧!"

38

凌晨四时零八分,中山西路中心加油站的危险对峙结束了。叶子菁开着加满了油的出租车,平安离开了加油站,一路驰往苏阿福家所在的城东区富豪花园。

危机却并没有就此过去,又一轮紧张迫人的围追堵截开始了。

叶子菁把车一开上中山路就注意到,她这辆车的前面是警车,后面是警车,各主要路口也停着警车,还有荷枪实弹的武警。据事后伍成义说,政法委田书记到底还是向市委书记唐朝阳汇报了。唐朝阳赶到现场时,她的车刚从加油站开出来。唐朝阳惊出了一头冷汗,连声说,要给叶子菁记功,记大功!而后,唐朝阳代表市委下了死命令,决不能让这台车再进入任何一个加油站,决不能让车在市内人口稠密区和重要建筑物近前爆炸。因此,伍成义和江正流商量了一下,拟定的方案是,将这台车逼到空旷无人的环城路上去,万一爆炸,也把破坏和影响减少到最小程度。

然而,他们要去的目的地是城东富豪花园,那是苏阿福三年前参与开发的一个房地产项目,楼高十六层,住着二百多户人家,是典型的人口稠密区,况且到那里见儿子又是她答应了苏阿福的。叶子菁不能不信守自己的承诺,便在电话里极力争取,要求伍成义命令沿途武警和警车不要阻止,为她的这台危险的出租车让道。

伍成义很为难,在电话里说:"……叶检,这恐怕不行,唐书记已经下了死命令,这台车决不允许接近人口稠密区,万一车在富豪花园爆炸,伤亡就太大了!"

叶子菁火了:"我现在还在车上,苏阿福一家也住在富豪花园,再说,苏阿福没疯狂到那一步,你们所说的万一是不存在的,请你们让路,给我一个机会!"

伍成义坚决不允:"叶检,我现在真没办法,市委的命令必须执行!"

放下手机后,叶子菁心里一阵发冷,一时间,泪水几乎夺眶而出。

苏阿福立即发起了感慨:"看到了吧?这种时候他们连你的命都不顾了!"

叶子菁却很冷静,看着道路前方,小心地开着车:"这也可以理解嘛,我的命不过是一条命,这台车真在人口稠密的地方爆炸了,那就不知是多少人的命了!"

苏阿福摇了摇头:"叶检,可我们每个人都只有一条命啊!"

叶子菁叹着气:"是啊,是啊。所以,一个人就要活得有意义,死得有价值!苏阿福,我不相信你今天真就会和我同归于尽,可就算你这么干了,我也不会后悔,我觉得我死得还算有些价值,起码没让你把中山西路加油站炸掉,没再来一回'八一三'嘛!我死后,人家会说,这个女检察长尽心尽职了,把该做的都做了!"

苏阿福受了感动,挺真诚地说:"叶检,如今这世道,像你这种人不多了!"

叶子菁苦苦一笑:"总还有一些吧?!"见前面的道路又被武警和警车

拦住了,扭头问苏阿福,"怎么办？前面又过不去了,我们看来只能上环城路了！"

苏阿福已注意到了这个情况,想了想:"叶检,你是好人,我不为难你了,你再打个电话给伍成义,让他们把我儿子接到环城路上来,我们爷俩在那儿见吧！"

叶子菁有些愧疚了:"苏阿福,对不起,我真没想到今天会失信于你！"

苏阿福动容地道:"这不怪你,今天是他们失信,不是你失信,我能理解！"略一沉思,又郁郁道,"叶检,不是我这个人心眼坏,不知你想过没有,也许有些家伙巴不得你我同归于尽,今天一起死在这台车上！"

叶子菁心里一震:"苏阿福,你说的这种可能性不是不存在,有些涉案的贪官污吏肯定不希望看到你我活着,给他们造成致命的威胁。但我认为今天他们下手的机会倒并不是太大,众目睽睽之下,他们谁有这个胆量？哦,我打电话吧！"

这回电话一打,伍成义同意了,说是立即接苏阿福的儿子过去,请他们指明详细地点。叶子菁征求苏阿福的意见,苏阿福说,就在环城东路收费站附近吧。

嗣后,出租车开始围绕全长八十八公里的环城路兜圈子。

第一圈兜下来,苏阿福的儿子苏东堤还没赶到环城东路收费站。

苏阿福不敢让车停下来,要叶子菁继续开,叶子菁便开始兜第二圈。

这时,天色已蒙蒙发亮,路面上的过往车辆渐渐多了起来,叶子菁看了一下手表,是凌晨五时十五分,心里估计,这一圈下来起码又是四十分钟,那就是早上六时左右了,路上的车辆肯定会更多,因此,这场危险的游戏必须尽快结束。

好在她已以自己的人格力量感召了苏阿福,情况明显开始向好的方向转化了,苏阿福和她同归于尽的可能性不是太大,最多是见过儿子之后自杀。叶子菁估计,如果她因势利导,工作做到家,说服苏阿福向警方投降不是没可能的。

于是,叶子菁一边开车,一边继续做工作,和苏阿福谈他儿子:"苏老板,你怎么和你儿子有这么深的感情啊？明明知道有被捕的危险,还是大胆跑回家了！"

苏阿福说:"这不是可怜天下父母心么？叶检,不瞒你说,我正在给东堤办澳洲留学的手续,二十万美元也准备好了,就是想见面和他交代交代!"

叶子菁似乎站到了苏阿福的立场上:"其实你可以把儿子约出来见嘛!"

苏阿福道:"这我想过,觉得不行,我家里的电话肯定被监听了,电话一打,正好自投罗网,只能冒险闯一下了!"略一停顿,又说,"我这次回家也不全是为了见儿子,还想从我老婆那里拿些钱,整容花了十二万,我手上没多少钱了!有钱时不觉着,真没钱了才知道难了,真是一文钱难死英雄汉啊!"

叶子菁故意问:"你有钱时朋友那么多,这会儿就没人向你伸把手吗?"

苏阿福"哼"了一声:"伸把手?不落井下石就是好的了!叶检,你知道吗,一个多月前就有人要干掉我了!妈的,想制造车祸撞死我哩,把我女朋友宁娟的富康车都撞坏了,我的鼻梁骨也磕在方向盘上磕断了!要不我还不做整容手术呢!"

叶子菁判断道:"这么说,早就有人知道你活着?"

苏阿福说:"那是,夜巴黎泳浴中心的王老板他们都知道嘛!"

叶子菁问:"那么,你估计是谁想干掉你?"

苏阿福摇摇头:"这我估计不出来,你回去看看我的举报材料就知道了,想干掉我的人肯定不少,十个八个总有吧!叶检,和你这么说吧,我从经商到今天,就没碰到过几个清廉干部,十三年来送出去的钱物不下一千万!我材料上有名有姓的大小王八蛋共计四十八个,都在五千元以上,全够上你检察院立案标准了!都是用权势压我,卡我,主动伸手向我要的。我主动献的,愿意给人家的,还有那些五千元以下的主都不算在内!"

叶子菁极为震惊:"苏阿福,你举报的这四十八个都有证据吗?"

苏阿福说:"当然有!十三年前刚做生意时,我老婆管钱,她是会计出身,有记账的习惯,公账私账记了五大本子。六年前,宁娟给我管公司的大账,我老婆只管记私账了,又记了两大本子。我回家还有个目的,就想把这些账本全拿走。"

叶子菁想到了周秀丽:"这四十八个人中,有没有城管委主任周秀丽?"

苏阿福想都没想便说："当然有她了，为那片门面房她勒了我三十万哩！"

叶子菁一怔，加重语气问："勒了你三十万？就是说，是周秀丽主动要的？"

苏阿福说："可不是吗？！开头我送了十万，周秀丽嫌少拖着不办，后来又对我说，她要买房子还缺二十万，我只好咬咬牙又送了二十万过去！"说罢，恶狠狠骂了起来，"这个婊子养的女主任，真他妈的坑死我了！如果她当初不勒索我三十万，不让我盖那片门面房，哪会烧死这么多人？哪能让我走到今天这一步！"

叶子菁叹了口气："苏阿福，你知道就好！根据事后消防部门的分析，如果不是那片门面房阻碍了消防车，死亡人数最多不会超过五十人，你违章盖的这片门面房生生夺走了一百多条人命！苏阿福，你自己说是不是罪孽深重啊？！"

苏阿福承认道："是的，叶检。我他妈的该死，枪毙我一百次也不冤！可周秀丽也该毙了，这娘们不毙我不服！"又愤愤不平地说，"其实，我盖的门面房还真不能算违章！我根本没违章嘛，周秀丽收了我的钱，给钟楼区城管委主任言子清打了招呼，主管副主任汤温林经手给我办了临时占道手续，我还按规定给区城管委交了两万元的占道费！"越说越激动，"报纸上的消息我都看了，说我娱乐城无照经营，任何手续没有，简直是胡说八道！工商、税务、消防、文化市场管理，所有手续我都办了，一项不少！这帮人又是吃又是喝，谁少得我的好处了？事情一出，全溜了，拿老子一人顶罪！去他妈的吧，老子就是死了，也得让他们陪着上刑场！"

叶子菁一颗心几乎要跳出胸腔，本能地停了车："苏阿福，这都是真的？"

苏阿福并没注意到车已停下："当然是真的，除了消防合格证暂时没拿到手，其他证照全拿到手了，娱乐场所经营许可证是着火前一天拿到的！"

叶子菁追问道："那么，我们怎么没在失火现场发现这些证照啊？"

苏阿福说："不是还没来得及挂出来嘛！证照是娱乐城主管经理老赵去办的，办完后就放在老赵办公室了。大火一起，老赵烧死了，证照估计全烧毁了！不过，我不怕他们不承认，证照我都复印了，原想和烧死的那位香港老板谈合资的……"

就在这时,身后的警车逼了上来,警车上,一支支枪口瞄上了停下的出租车。

叶子菁猛然警醒,将头伸出车窗,冲着警车厉声叫道:"不许开枪!"

警车上,伍成义的声音响了起来:"叶检,你们怎么回事?"

叶子菁启动着汽车,答了句:"没什么,伍局,我们环城东路收费站见!"

重新上路后,江正流的警告声通过扩音机响了起来:"苏阿福,我们希望你冷静一些,保证叶检察长的安全,如果叶检察长受到伤害,你就是罪上加罪……"

苏阿福冷冷一笑:"江正流他们巴不得一枪把我打死,杀人灭口哩!"

叶子菁又适时地做工作道:"所以,苏阿福,你还就不要死!你的举报太重要了,在此之前我们认定大富豪娱乐城无照经营,是因为没有你持照的相关证据。请你相信,我这个检察长和长山市人民检察院没有包庇任何犯罪分子的主观故意!"

苏阿福盯着叶子菁,探问道:"叶检,就是说,对我举报的这四十八个乌龟王八蛋,包括周秀丽,你和检察院都会公事公办,把他们送上法庭?是不是?"

叶子菁语气坚定:"是的,一个也不放过。否则,我今天不会冒险来见你!"

苏阿福仍不放心,语气咄咄逼人:"叶检,你现在可还没看我的举报材料啊,你知道涉及了多少大官吗?在职和不在职的副市级就有四个,包括市纪委退下来的一位副书记和一位离休副市长,在职的两位,一位副市长,一位市人大副主任!另外,还有八个处以上干部,十几个科以上干部,可以说是天崩地裂啊!"

叶子菁心里有数,如果苏阿福举报的都是事实的话,那将是一场巨大的政治灾难,说它天崩地裂也不为过,可嘴上却道:"我看没这么严重!说到底长山是人民的天下,不是那帮贪官污吏的天下!所以,苏阿福,我希望你讲点义气,也讲点良知,配合我们把这个反腐工作做到底,见过苏东堤就向警方投降,好不好?"

苏阿福思虑着,迟迟疑疑问:"叶检,我这举报名单上也有公安局长江正流啊,落到公安局手上,他们会不会干掉我?我现在倒不是怕死,而是怕白忙活!"

叶子菁道:"这你放心,我是检察长,我会做出万无一失的周密安排!"

完全是出于对叶子菁和检察院的信任,苏阿福终于吐口同意向警方投降。

六时十分,出租车再次开到环城东路收费站附近,苏阿福的儿子苏东堤走了过来,钻进了车内。苏阿福对叶子菁说,要和苏东堤单独谈十分钟,请叶子菁离开。叶子菁担心苏东堤出意外,更担心哪个别有用心的人趁机击毙苏阿福,坚持要留在车中陪同。苏阿福明白叶子菁的意思,带着哭腔向叶子菁承诺,自己绝不会乱来。

叶子菁提出:"如果这样,请你把枪交给我,把炸药取下来,好不好?不要给任何别有用心的家伙制造开枪的借口!"

苏阿福不太情愿:"这一来,伍局长不让我谈完,马上动手怎么办?"

叶子菁庄重地道:"我以人格向你担保,让你们父子俩谈十五分钟。而且,日后苏东堤还可以来看你,我会在法律许可的范围内给你们父子提供方便!"

苏阿福这才把手上的仿六四式手枪和身上的炸药取下来,一起交给了叶子菁。

失去了全部威胁手段,苏阿福最后叫了一嗓子:"叶检,你是条汉子!"

叶子菁含泪笑了:"苏老板,你把我的性别搞错喽!"拍了拍苏阿福的儿子苏东堤的脑袋,"东堤,好好和你爸谈谈,不管有多大的问题,你爸还是你爸!"

苏东堤已被面前这番情形吓呆了,满眼泪水,冲着叶子菁点了点头。

嗣后的十五分钟是平静祥和的,在十几辆警车和几十支枪口的重重包围下,苏阿福和儿子苏东堤在出租车内谈了十四分零五十秒。谈的是些什么,不得而知,叶子菁只知道,父子二人拉开车门走出来时,全泪水满面。

伍成义在一帮干警的簇拥下走到苏阿福面前,亲自给苏阿福戴上了手铐。

苏阿福在戴手铐时说了句:"伍局长,我今天是向叶检察长投降的!"

第十一章　黑名单

39

因为一个女检察长的英勇机智,一场有可能造成重大损失的严重危机化解了。从凌晨二时四十五分苏阿福劫持出租车冲进中山西路中心加油站,到六时二十五分苏阿福在环城东路收费站走出出租车,惊心动魄的三个多小时过去了。当新一天的太阳升起时,这座城市曾有过的噩梦已在阳光下悄然散去,一切好像都没发生过。

苏阿福被押上警车带走了,叶子菁拿着一个黑提包上了伍成义的专用警车。

伍成义估计叶子菁有什么事要谈,让司机下了车,自己亲自开起了车。

车一启动,伍成义便兴奋不已地说:"叶检,你太了不起了!我看苏阿福说得一点不错,他就是向你女检察长投降的!今天没有你,没准又是一个震惊全国的'八一三'啊!我这现场指挥的副局长就得挨板子了,屁股没准被打得稀巴烂!"

叶子菁气道:"还说呢,伍局,你这同志怎么不管我的死活了?说好让苏阿福去富豪花园看他儿子的,怎么一出加油站就变卦了,也太没信用了吧?!"

伍成义没当回事:"和苏阿福这种亡命之徒讲什么信用?再说,市委唐书记下了死命令,田书记和江正流又在一旁站着,让我怎么办?姐姐你就理解万岁吧!"

叶子菁手一摆:"我不理解。伍局,事情虽然过去了,可话我还是要说清楚。我的死活可以忽略不计,但信用就是信用。如果我们执法机关不讲信用,还能指望苏阿福进一步和我们合作吗?情况很清楚,苏阿福同意把车开出加油站,事情已经向好的方向转化了,在自己家门口搞爆炸的可能性很小,你们这谨慎过了头!"

伍成义直笑:"叶检,这不是我谨慎过了头,是市委的命令啊!"

叶子菁不依不饶:"现场你指挥,你可以做出正确判断,向唐书记建议嘛!"

伍成义不辩了:"好,子菁。怪我,全怪我。我改日请客给你压惊吧!现在唐书记、林市长他们都在国际酒店等你哩!哦,对了,对了,还有你家黄国秀和你女儿,接了你的那个电话后就睡不着了,全来了,也在国际酒店等着你了……"

叶子菁一怔:"这爷俩,这种时候跑来凑什么热闹啊!"就咕噜了这么一句,又说起了正题,"伍局,意见归意见,我和检察院还是得深深感谢你!不是你敏感地发现苏阿福的线索,你们公安机关及时撒下了天罗地网,这个苏阿福今天也不可能抓到,'八一三'大火案没准就要夹生了,甚至办不下去!昨夜零点决定拘捕周秀丽,我可真是担了些风险的,如果渎职罪不能被法庭认定,我就被动了。"

伍成义忙问:"哎,叶检,苏阿福在车上向你交代问题了吧?收获大吗?"

叶子菁兴奋起来,也不隐瞒:"收获太大了!咱们的基本判断没错,'八一三'大火案中的贪污腐败、受贿渎职、滥用职权情况相当严重。为那片门面房,周秀丽就敲诈了苏阿福三十万!"将身边的黑提包举了举,"这只包是苏阿福交给我的,里面是举报材料,涉嫌受贿者四十八人,包括江正流,都收受过苏阿福的贿赂!"

伍成义并不意外:"他妈的,我早就估计这位江局长不是什么好东西!他连襟王小峰干的那些坏事没准和江正流都有关。叶检,你们再好好审审王小峰!"

叶子菁没接这话茬儿,继续说:"涉案人员这么多,情节这么严重,多少还是出乎我的意料之外,我准备尽快向市委和省院做汇报,采取紧急措施。对重要证人苏阿福的安全,我们要十分小心。据苏阿福说,一个月前就有人要暗杀他。"

伍成义明白了:"叶检,苏阿福的安全我亲自负责,不行就秘密易地看押!"

叶子菁摇了摇头:"江正流现在还是局长,这个秘密恐怕很难保住。

伍局,我是这样想的,你看行不行,苏阿福就按规定关在你们市局看守所,你亲自盯着点,我们驻看守所检察室的同志也帮你们盯着点,最好是我们两家同时看守,二十四小时双方都不离人,未经你我一致同意,任何人不得接近苏阿福!"

伍成义苦苦一笑:"这么一来,江正流和公安局的某些同志又要骂我里通外国了!"想了想,还是同意了,"好吧,叶检,就按你说的办吧!还有什么要求?"

叶子菁递过手机:"你马上打电话,通知几个绝对可靠的同志带着搜查证去富豪花园待命,我们马上赶过去,查抄一些账册,苏阿福说账册在他老婆手上!"

伍成义犹豫着:"唐书记、林市长他们可是在国际酒店等着呢!"

叶子菁没当回事:"让他们等着好了,我们得先把这个重要的事办掉!"

伍成义这才打了电话,打电话时,将车开到了通往富豪花园的经五路。

搜查是顺利的,从某种程度上说也是秘密的,除了他们两个执法机关领导和几个公安局的具体执行人员,再没别人知道。苏阿福的老婆很配合,叶子菁只提了个头,苏阿福的老婆便把苏阿福所说的那七个大本子都老实交了出来。

从富豪花园出来,一路赶往国际酒店时,江正流的催促电话到了,问伍成义和叶子菁在什么位置,怎么还没过来。伍成义张口就是一个谎,说叶子菁被折腾了一夜,身心交瘁,脸色很不好,要虚脱了,顺路到医院拿了点药,现在已经过来了。

合上手机,伍成义狐疑地说:"叶检,有个事不知你想过没有?既然江正流也受过苏阿福的贿,那么,一个月前暗杀苏阿福会不会是江正流指使的呢?"

叶子菁沉思着:"这不好说,我觉得这事有点怪,苏阿福被捕对江正流显然不利,可江正流怎么反替你说起话来了?在这种危机情况下,田书记怕造成重大灾难要击毙苏阿福不奇怪,倒是江正流太奇怪了,竟然没就着田书记的这话头下令击毙苏阿福!伍局,你想想,如果江正流脸一拉,执行田书记的命令,谁挡得了?!"

伍成义也困惑起来:"倒也是啊,他完全可以在加油站合法干掉苏阿福啊!"

这时,长山国际酒店渐渐近了,二人便没就这个话题再说下去。

市委书记唐朝阳、市长林永强、政法委田书记和江正流一帮领导果然在国际酒店三楼国际会议厅等着,会议厅里一片欢声笑语,离老远就听得到。

伍成义陪着叶子菁一进门,唐朝阳就面带笑容,率先迎了上来,紧紧握住叶子菁的手,很动感情地连连说:"子菁,受惊了,受惊了!情况我都知道了,你这个女检察长不辱使命啊!为我们长山市的安全,为长山人民的安全,立了大功啊!市委感谢你,我这个市委书记感谢你,长山人民也要感谢你啊!"

叶子菁的女儿黄小静跑了过来,激动不已:"叶检,这回我得好好采访你!"

林永强笑呵呵地道:"对,小静,好好采访一下你妈,你妈是英雄!"

黄小静不懂什么官场规矩,更不怯场,马上把手上的一个小录音机伸到叶子菁面前:"叶检,快说说,你怎么想起来给我打那个电话的?当时是不是准备给我留遗言了?除了我数学不及格的问题,你最想说的是什么?"

黄国秀微笑着,插了上来:"叶检最想说的可能是你那些幻觉!"

叶子菁白了黄国秀一眼:"老黄,你们来添什么乱?快把小静带走!"

唐朝阳笑道:"哎,子菁同志,国秀和小静今天可是我和小林市长请来的,准备请你们一家吃早茶,据说国际酒店的早茶还不错!"又亲切地对小静说,"黄小静同学,对你妈的采访,我看还是另找时间吧,最好在家里,家里时间充裕嘛!"

黄小静嘴一噘:"在家里叶检就更不睬我了,就一句话,无可奉告!"

这话一落音,在场的领导们全都笑了起来。

到餐厅吃早茶时,欢快的气氛仍在继续。唐朝阳、林永强和市委领导们高度评价叶子菁的机智勇敢,称赞叶子菁在紧要关头经受住了生与死的严峻考验,唐朝阳还要求在座的市委宣传部秦部长组织报社、电视台好好宣传一下叶子菁的事迹。

伍成义注意到,在一片赞扬声中,叶子菁并没有多少高兴的样子,脸上的笑容很勉强,心里便想,叶子菁心里肯定有数,现在根本不是庆功的时候,离庆功还早着呢!又想,苏阿福一下子交代了四十八个,够唐朝阳和市委喝一壶的,只怕听了叶子菁的汇报后,唐朝阳和林永强就笑不出来了!席间,唐朝阳也挺自然地问起过苏阿福举报的情况,叶子菁挺能沉得住气,笑笑说,改天专门向市委汇报吧。

伍成义后来才知道,叶子菁在严格保密的情况下,和苏阿福一一核实了举报内容后,才向市委书记唐朝阳正式做了汇报。汇报时,叶子菁亲手把苏阿福提供的那份四十八人受贿名单交给了唐朝阳。这份四十八人名单后来被长山干部群众称作黑名单。江正流的名字赫然列在黑名单上,排在第二页第五位,涉及受贿金额十一万左右,括号里注明为江正流家的房屋装潢材料款。得知这一情况,伍成义以为江正流要被双规,没想到,江正流偏偏没事,仍坐在办公室履行着自己局长的职责。

伍成义百思不得其解,觉得这里面有文章,找到叶子菁打探。叶子菁对他这个一起铁肩担道义的同志很坦诚,透露说,江正流在苏阿福举报他之前,已从老婆嘴里知道了受贿情况,当即做出了正确的选择,连夜跑到唐朝阳那里说明了自己此前不知情的事实,并且在次日上午就把十一万装修材料款交到了市纪委廉政办公室。

这一事实让伍成义多多少少有些失望……

40

在叶子菁汇报之前,唐朝阳和林永强没想到问题会这么严重,省委书记赵培钧在听取长山市委的汇报之前,也没想到问题会这么严重。唐朝阳在电话里预约汇报时间时,省委办公厅没太当回事,只给了长山市委一个小时的汇报时间。不料,唐朝阳和林永强把四十八人的黑名单一拿出来,赵培钧书记震惊了,当即让秘书打了个电话给省纪委钱书记,请钱书记和省纪委的同志一起来听汇报。结果,这场原定一小时的汇报就进行了三个多小时,从下午四点一直搞到晚上七点多钟,赵培钧把原定的外事活动也取消了。汇报结束后,赵培钧、钱书记和省纪委的同志们没散去,刘省长又接到通知匆匆赶到了,研究向长山市派调查组的事。赵培钧说,看来长山这把大火没那么简单,长山市前任班子和干部队伍的腐败问题比较严重,情况也比较复杂,必须搞搞清楚。赵培钧代表省委和省纪委要求长山市委坚定不移地支持检察机关依法办案,对名单上的涉嫌受贿干部一查到底,决不姑息。

长山前任班子的问题是省委书记赵培钧提及的,唐朝阳和林永强汇报时都没提。可赵培钧虽提到了长山市前任班子,却没提到前任班子的两个党政一把手陈汉杰和王长恭。尤其耐人寻味的是,赵培钧还指出,前任班子不太团结,查处过程中一定要注意把握政策,不要把一场严肃的反腐败斗争变成一场无原则的窝里斗。

这就给林永强带来了一定的想象空间:赵培钧和省委是什么意思?当真要一查到底吗?周秀丽的芳名在黑名单上,涉嫌受贿三十万,如果连带着把王长恭查进去,再弄出两个职位更高的干部,赵培钧和省委将如何面对呢?再说,王长恭本人并不在黑名单上,赵培钧和省委有可能雷声大雨点小,为了对上对下有个交代,虚张声势做一下表面文章。如果这种推测不错,那么王长恭十有八九倒不了,他和唐朝阳今天的这个汇报就埋下了一个危险的政治地雷,日后总有一天要爆炸。

车出了省委大门,行进在灯火通明的中山大道上,林永强向同车的唐朝阳提了个建议:"哎,我说唐书记,我们这个,是不是也去看一看长恭同志啊?"

唐朝阳正皱眉看着车窗外流逝的灯火,不知在想什么,一时间没反应。

林永强轻轻捅了唐朝阳一把:"哎,哎,唐书记,我和你说话呢!"

唐朝阳一怔,把目光从车窗外收了回来:"哦,说,林市长,你说!"

林永强便又重复说:"唐书记,我们是不是去看看长恭省长啊?"

唐朝阳看了林永强一眼,淡然道:"林市长,你觉得这合适吗?"

林永强分明意识到了什么,可仍含蓄地坚持说:"我们既来了省城,不去看看长恭同志总是不太好吧?长恭同志是长山市的老领导,现在又是这么个情况……"

唐朝阳又把目光转向了车窗外:"怎么?再向长恭同志做个汇报啊?"

林永强笑道:"哪能啊,就是看望一下老领导嘛,我这车里还有箱酒哩!"迟疑了一下,又小心地说,"唐书记,你想啊,现在啥事能保得了密?咱们这次到省委汇报,长恭同志以后会不知道吗?没准明天就知道了。

知道后怎么想？还以为我们要做他的文章呢！其实,不是叶子菁弄到了这份黑名单,咱们汇报个啥?!"

唐朝阳仍在看车窗外流逝的灯火:"别想这么多,我们这是公事公办!"

林永强叹了口气:"唐书记,不想不行啊！就是为了我们班子以后的工作考虑也得多想想嘛！昨天下午听过叶子菁的汇报,我不知你最直接的感受是什么?"

唐朝阳把视线收回到车内:"这感受就两个字:震惊,震惊啊！我再也没想到这场大火背后会有这么多文章,我们某些党员干部会腐败到这种程度！比如城管委主任周秀丽,竟然为了苏阿福三十万贿赂,就批准盖那片门面房！"

林永强似乎不太相信:"就这些？唐书记,你我之间说点心里话嘛!"

唐朝阳注意地看着林永强:"怎么？这不是心里话吗？对了,还有就是,叶子菁太不容易了,顶着这么大的压力,到底把盖子揭开了!"略一停顿,"哦,你也说说感受吧,难道不震惊吗？啊?"

林永强身子往后背上一倒,说:"当然震惊。真的,吓出了我一身冷汗啊！但是,唐书记,我还有个感受更强烈,叶子菁和检察院这么一搞,我们麻烦就太大了！尤其是涉及到周秀丽,让我们怎么向长恭同志交代啊？办还是不办啊?"

唐朝阳拉下了脸:"哎,林市长,把话说清楚点,周秀丽为什么不办啊?!"

林永强没把话说明,婉转地反问道:"赵培钧和省委会让长恭同志倒台吗?"

唐朝阳哼了一声:"这我怎么知道啊？这种问题你最好去问赵书记!"

林永强说:"唐书记,我揣摩赵书记和省委都不会让长恭同志倒台,就像我不愿接叶子菁的热火炭一样,省委和赵书记心里肯定也不想接咱扔过来的热火炭!"

唐朝阳严肃提醒道:"林市长啊,这话太没原则了,这揣摩也出格了!"

林永强笑了笑,颇有些自以为是:"也许出了格,也许没出格。反正现在长恭同志还是省委常委,还在常务副省长的位置上坐着,咱们眼头活泛点总没错,将来讨论对我们的处分时,人家长恭同志还有重要一票嘛……"

让林永强没想到的是,唐朝阳公然翻了脸,一声断喝:"停车!"

司机有些不知所措,将车骤然刹住,问:"唐书记,怎……怎么了?"

唐朝阳看着林永强,意味深长地说——是对司机说的:"我们林市长要去向王省长做个汇报啊。请林市长下车吧,我和林市长就在这里分道扬镳了!"

林永强呆住了,坐在车上一动没动,脸色白一阵红一阵,强笑着极力化解这场突如其来的难堪:"唐书记,你……你看看你,还同志加兄弟呢,咋这么翻脸不认人啊?不去看长恭同志就不去呗,还……还什么分道扬镳!"又对司机交代,"哦,小王,开车,开车,赶快回长山,我是紧跟唐书记不动摇……"

随着车轮的飞速转动,省城中山大道两旁的万家灯火渐渐被抛到了身后。

车上了高速公路,唐朝阳才于一片沉静中,叹息着对林永强道:"林市长啊,我们在一个班子里合作共事,是同志加兄弟的关系,这没错。可你这个同志一定要弄清楚,同志是摆在第一位的,是同志就要讲原则,你今天讲原则了没有?"

林永强辩解道:"唐书记,有些话我……我不过是在你面前随便说说嘛!"

唐朝阳摇摇头:"不是随便说说啊。林市长,你很听长恭同志的招呼嘛!在那次定调子的会议上,你明知以权代法不对,明知我有保留意见,可你比长恭同志表现还积极嘛!如果今天我想讨好长恭同志,想向长恭同志通风报信,你肯定不会阻止。你说了嘛,讨论处分时,你还指望长恭同志一票呢,这就丧失原则了!"

林永强心里不服气,脸上却挂着笑:"唐书记,我看没这么严重,就算汇报了,也不能说是通风报信吧?长恭同志是省委常委,从某种意义上说也代表省委嘛。而且,他现在还是'八一三'火灾案领导小组组长,汇报一下也没出大原则嘛!"

唐朝阳冷笑道:"那我们今天就完全没必要向赵培钧和省委汇报,干脆直接向长恭同志汇报好了,让长恭同志把情况全了解清楚,回过头再好好收拾叶子菁!"

林永强怔了一下,似乎想说什么,见唐朝阳的脸色很难看,到底没敢作声。

唐朝阳长长吁了口气:"林市长,今天不能全怪你,我也有责任。说实话,有时我也会揣摩领导意图,在某种程度上可能影响了你,我今天对你的批评,实际上也是对自己的批评。'八一三'大案发生,我才渐渐明白了,这样下去很危险啊!"

林永强心里多少好受了些:"是的,是的。唐书记,你批评得对!不过,要说你怎么影响了我倒也未必,现在的干部谁不知道揣摩上级领导的意图呢?就说我对长恭同志的揣摩吧,人家在台上啊,是省委常委啊,口口声声代表省委,代表人民。我们都是待罪之身,乌纱帽拎在人家手上,不这么揣摩又怎么办呢?"

唐朝阳郁郁道:"这就是事情的可怕之处啊!我们的乌纱帽拎在王长恭、赵培钧这些上级领导手上,没有拎在老百姓手上,所以我们说话做事就看上级领导的脸色,不去看老百姓的脸色!永强,'八一三'之后,你的表现就比较典型嘛!"

林永强略一沉思,赔着小心说:"可认真回顾下来,我也没做错什么嘛!"

唐朝阳摇摇头:"永强,让我怎么说呢?你真没做错什么吗?啊?"

林永强只得认了点账:"那次开会,我不让叶子菁说话有些过分了!"话头一转,"不过,叶子菁是叶子菁,陈汉杰是陈汉杰,我看陈汉杰还是有私心的!"

唐朝阳不同意林永强的看法:"对陈汉杰,过去我也这么认为,可现在不这么看了。陈汉杰有感情用事的地方,可大事讲原则,没有因为自己是上届班子的班长就明哲保身捂盖子,连儿子陈小沐不也让叶子菁送到检察院起诉了嘛!"

林永强这时已在心里做出了新的判断:种种迹像表明,唐朝阳已认定王长恭完了,周秀丽的落网,四十八人黑名单的出现,已使王长恭陷入了被动,就算赵培钧想保王长恭,只怕保起来也有很大难度。一来不知道这四十八人中有多少是王长恭提起来的干部,和王长恭有多少说不清道不明的关系;二来陈汉杰和叶子菁又在那里不依不饶地死盯着。于是,便又试探说:"不去看长恭同志也好,坚持原则是一方面,另外,也还真有个影响问题哩,长恭同志真要倒了台,我们也说不清嘛!"

唐朝阳倒也不隐瞒,发泄道:"我看他这种人不倒,我们这个党就危险了!"

林永强自以为揣摩准了,不知不觉又回到了过去同志加兄弟的气氛中去了,对唐朝阳说:"王长恭真倒了也好,也是坏事变好事了!王长恭倒了,他手下的干部估计也要倒掉一批,正可以安排一批我们的干部上台,进行一次大换血……"

唐朝阳不愿再听下去了,合上眼皮佯作打盹,任凭林永强在那里唠叨。

林永强唠叨了一阵子,见唐朝阳死活不接茬儿,也就识趣地不再说了。

车内变得一片死寂,这在林永强和唐朝阳同志加兄弟的经历中是从未有过的。

林永强看着佯作打盹的唐朝阳,心里暗道这位同志加兄弟今天是怎么了?他们这对公认的黄金搭档难道真要分道扬镳了?这可能吗?真让人难以理解……

41

陈汉杰对这份涉及了四十八人的受贿名单也大为意外,尤其意外的是,自己儿子陈小沐和现任人大副主任李大伟的名字也赫然出现在名单上。陈小沐涉及的数额是六万元,收钱的时间是一九九八年,当时他正在市委书记岗位上。陈汉杰的心便提了起来,不得不想,陈小沐名下的这六万元赃款是不是和自己有关系?他做市委书记时给苏阿福或与苏阿福相关的公司批过什么项目,打过什么招呼没有?苏阿福不会白给陈小沐送这六万元,必然是要找他这个市委书记办事,利用他手中的权力。然而,反复回忆和认真自查的结果证明,一九九八年苏阿福和苏阿福的公司没上过什么项目,他也就不可能批条子打招呼。已做了市教育局长的前任秘书怪陈汉杰想得太多,说是你老书记的谨慎谁不知道?别说陈小沐,这么多年来,你给哪个企业批过条子,打过招呼啊?就算小沐要为苏阿福的事批条子也不敢找你嘛!

这就奇怪了,陈小沐收了苏阿福六万,又没找他批过条子,那陈小沐会去找谁呢?找当时的市长王长恭?如果王长恭当真为陈小沐批过这种条子,能在这几年中不露一丝口风?能不把这件事当张政治牌打?王长恭可是打政治牌的高手啊!

还有在职的人大副主任李大伟,看起来正正派派,不抽烟,不喝酒,甚至连茶都不怎么喝,竟然也收受了苏阿福三万元的贿赂。李大伟这三万元贿赂是在哪里收的?是做了市人大副主任之后,还是在此之前?甚或是早年做市委办公厅副主任的时候?应该说李大伟是他一手提起来的,从市委办公厅副主任到主任兼市委副秘书长,后来又下去做和平区区委书记,做副市长,直到今天做市人大副主任。

儿子陈小沐的事让他说不清,李大伟的事也让他说不清。陈汉杰想不到,"八一三"火灾渎职案的查处还真就查到他这个前任市委书记头上来了。怪不得叶子菁此前不断地提醒,看来是想让他心理上有个准备。其实,他也是有心理准备的,可却没想到事情最终会出在陈小沐和李大伟身上。这么一来,王长恭可要得意了。

这日,正在办公室里想着王长恭,王长恭的电话就到了,这也在意料之中。

王长恭这次没打哈哈,开口就问:"老陈,黑名单的事,你听说了吧?"

陈汉杰也不隐瞒,尽量平静地说:"听说了,如今啥事也保不了密嘛!"

王长恭意味深长说:"就算对我保密,对你也不保密,子菁在办案嘛!"

陈汉杰本能地警觉起来:"看看,长恭,你这又误会了吧?有关情况是唐朝阳代表市委向我通报的!"预感到王长恭要拿陈小沐和李大伟做文章,便主动说到了头里,"真让我意外啊,小沐这混账东西和那个李大伟也榜上有名呢!"

王长恭郁郁道:"老陈,既然你知道了,我也就不多说了!岂止是你家小沐和李大伟呀,人家也举报了你哩,说你任市委书记期间也受了贿!有封匿名信已经寄到我和赵培钧书记面前来了,其他省委常委好像也收到了,说得有根有据啊,好像有个姓方的团职干部吧?转业到我们长山市城管委,你通过小沐收了人家一万?"

陈汉杰怔了一下,马上想到了到他家来过的政治小人方清明,又估计陈小沐有可能收方清明这一万元,于是便说:"我家陈小沐是个什么东西我心里有数。长恭,你说的这一万,陈小沐是有可能收,可我以党性和人格保证,我不知情!"

王长恭在电话里叫了起来:"哎,哎,老陈,这话你别和我说嘛,将来和省纪委钱书记或者培钧书记说,我今天不过是和你老班长通通气!另外,你老班长也别误会,对你有举报,对我也有举报嘛!这份黑名单一出现,洪洞县里就没好人了!周秀丽的事又扯到了我身上,说啥的都有!小沐的事你不知道,周秀丽的事我就知道吗?这位女同志还是你老班长建议提起来的,谁能想到她会腐败掉呢?!"

陈汉杰默然了,一时间不知道该说什么才好,人家这政治牌打得得心应手啊!

沉默片刻,王长恭又说:"老陈,还有个事你知道吗?就在昨天下午,唐朝阳和林永强一起跑到省委来了,向赵培钧、钱书记他们汇报了五六个小时!据说谈得很激烈啊,全面否定我们前任班子的工作,把干部腐败责任全推到我们头上来了!这不,省委要往长山派调查组了,培钧同志和我通了下气,要我正确对待哩!"

陈汉杰立即判断到,这位前市长又要搞统一战线了,拉着他这个前市委书记,整合老班子的力量,对唐朝阳和林永强这个新班子进行反击,同时也让这场严峻的反腐败斗争带上浓烈的宗派斗争色彩!于是便道:"长恭同志,朝阳和永强向省委汇报了什么我不清楚,是不是真的全面否定了我们的工作啊?是不是把责任全推到了我们头上?我看还都是道听途说吧?倒是我们要想想了,我们有没有给他们新班子留下隐患啊?长山干部队伍的确出了问题啊!我看,我们真要正确对待哩,让省委查查清楚,也免得有人背后瞎嘀咕嘛。长恭同志,你说是不是?"

王长恭掉转了话头:"所以,老陈啊,我才给你打了这个电话嘛!是我们的责任我们不能推,应该让朝阳和永强同志轻装上阵嘛!我这里有个想法,你看我们是不是抽个时间也向培钧同志和省委做个汇报,检讨一下我们班子的失误呢?"

陈汉杰心里冷笑:检讨?失误?太轻松了吧?嘴上却道:"长恭同志,这不太合适吧?你现在是省委常委,本身就是省委领导,我老陈凑上去算什么呢?再说了,渎职和受贿问题子菁和检察院都还在查呢,我们俩人也都有些说不清道不明的地方,我看还是缓一步再说吧!这么着急汇报,人家还以为我们心虚哩！"

王长恭应道："是的，是的，为人不做亏心事，不怕半夜鬼叫门嘛！"

陈汉杰脱口道："人家可还有一句话啊，叫做法网恢恢疏而不漏！"这话一说完，马上后悔了，又补充道，"哦，长恭同志，我这话可不是冲着你说的啊！"

王长恭在电话里笑了起来："老陈啊，就是冲着我说的也没关系嘛！我们现在都在网中嘛！你说你不在网中就不在网中了？细想想，谁又不是网中人呢？党规政纪是网，法律条文是网，社会道德也是网嘛！哦，对了，有位青年诗人写过一首诗，诗的题目叫《生活》，内容只有一个字：网！看看，生活本身就是网嘛！"

陈汉杰呵呵大笑："好，好。长恭，你说得好啊，又让我长学问了！"

放下电话后，陈汉杰的脸马上沉了下来，心里道：不错，不错，大家都是网中人，不过网和网却大有不同。周秀丽已经进去了，你王长恭的好日子只怕也不会太长了，法网罩下来是迟早的事。由王长恭和周秀丽，想到陈小沐和李大伟，心里又没底了。王长恭敢在这时候打这种电话，只怕是握有什么底牌，除了方清明说的那一万，还会有什么呢？陈小沐收的那六万究竟是怎么回事？谁替苏阿福办了事？

没想到，当晚谜底便揭开了，让陈汉杰难以置信的是，此人竟是李大伟！

李大伟显然听到了什么风声，跑来向陈汉杰坦白，说是一九九九年三月他做副市长时，陈小沐跑来找他，为苏阿福批地盖富豪花园，他批了，并收了苏阿福三万贿赂。陈汉杰这才知道，陈小沐和李大伟竟是一回事，竟都套死在富豪花园上了！

陈汉杰气坏了，指着李大伟的额头，破口大骂："李大伟，你简直是该死！我是不是给你打过招呼？啊？不准和小沐啰唆，不准给小沐办任何事，你怎么还敢背着我这么干？别人不知道倒也罢了，你是知道的啊，小沐给我闯了多少祸啊！"

李大伟抹着一头的冷汗，嗫嚅道："老书记，我……我知道，都知道！可小沐毕竟是你儿子啊。再说，富豪花园是危房改造，批给谁都是批，我……我就……"

陈汉杰益发恼火，桌子一拍："别说了，我儿子怎么了？就该有这种特权吗？到这种时候了，你还拿小沐做挡箭牌！小沐不是东西，你李大伟呢？是好东西吗？你是见钱眼开，被苏阿福三万块钱打倒了！好啊，干得真好啊，市委书记的儿子和市委书记一手提起来的老部下，串通一气，受贿收赃，我还说得清吗？啊?!"

李大伟膝头一软，在陈汉杰面前跪下了："老书记，我……我对不起您，对不起党和人民的培养教育！我……我真是一时糊涂啊！"抹着泪，又吭吭哧哧说，"老书记，您……您别担心，这……这事我去说，去……去向检察院说！我今天来找您时，就……就想好了，马上去检察院自首，您……您给叶子菁打个电话吧！"

陈汉杰怒道："打电话？李大伟，你以为你去干啥呀？视察工作？还要不要叶子菁组织检察院的干警欢迎你?!"一把将李大伟拉了起来，"你自己去！不准带车，骑自行车去！替我带个话给检察院，就说我没有陈小沐这个儿子了！"

李大伟喏喏退去后，陈汉杰浑身绵软地倒在沙发上，好半天没缓过气来……

42

"腐败不是一个法律概念，而是一个政治术语，现在比较通行的定义是国际货币基金组织提出来的，即腐败是为了私人利益而滥用公共权力。"叶子菁在客厅里踱着步，对躺在沙发上的破产丈夫黄国秀说，"腐败一般包括三个要素：一、腐败的主体只能是享有和使用公共权力的人；二、这些人滥用了公共权力；三、他们是为了谋取个人私利。由此可见，腐败的本质就是公共权力的异化和滥用，其基本表现形式就是贪污受贿和侵权渎职，这个特点在'八一三'大案中表现得十分突出。"

黄国秀带着欣赏，不无夸张地鼓着掌："好。好。叶检，说得好，请继续！"

叶子菁说了下去："从苏阿福提供的这份黑名单看，这些享有和使用公共权力的领导干部，已把为公众服务的权力，异化和滥用成了为个人谋私利的过程和结果。于是，苏阿福才有可能把他的大富豪搞到今天这一步；于是，才会发生'八一三'特大火灾。最突出的例子是周秀丽，如果周秀丽不勒索苏阿福三十万贿款,不滥用手上的公共权力,不批准苏阿福盖门面房,伤亡本不会这么严重。"

黄国秀做了个手势:"打住!叶检,请教一下,对陈小沐你又怎么解释?陈小沐并不是公共权力的享有者和使用人,苏阿福为什么也要给他送钱呢?"

叶子菁挥了挥手:"很简单,这是权力的递延现象。陈小沐手上没有公共权力,可陈汉杰手上有公共权力,而且是很大的公共权力,这一点不是很清楚吗?"

黄国秀提醒道:"可陈汉杰并没有出面为苏阿福办过任何事啊!"

叶子菁点了点头:"是的!但是,事实证明,当时的副市长李大伟替苏阿福办事了!我不认为李大伟仅仅是看上了苏阿福三万块钱,这里面有递延权力的因素,就是说,陈汉杰手上的权力经过陈小沐和李大伟,完成了和苏阿福的利益交换。这种交换过程陈汉杰不知道,可不等于说这种交换就不存在,或者不成立……"

正说到这里,沙发旁的电话响了,叶子菁怔了一下,示意黄国秀接电话。

黄国秀不想接:"叶检,肯定是找你打探消息的,还是你接吧!"

叶子菁手直摆:"别,别。黄书记,没准是破产工人找你解决困难的哩!"

黄国秀想想也是,拿起了电话,粗声粗气地"喂"了一声。

电话里马上传出了一段电脑合成的录音:"叶子菁,给你一点忠告,不要把事情做得这么绝,给别人留条出路,也给自己留条退路!有人给你算过命了,你和你的家庭都将面临着一场血光之灾,请好自为之吧,别辜负了我们这番好心提醒!"

放下电话,黄国秀不动声色地笑了笑:"看看,子菁,我说是找你的吧!"

叶子菁有些疑惑:"找我?什么事?"

黄国秀本不愿说,想了想,还是说了,口气很平淡:"一个录音威胁电话,要你给人家留条出路,免得闹上什么血光之灾!我估计是黑名单上的哪个主干的!"

叶子菁略一沉思:"未必,也可能是哪个涉嫌渎职单位的家伙干的。

黑名单出现之前,我已经接到过这种电话了。两次,一次在办公室,一次在回家的路上!"

黄国秀提醒道:"那你别太大意了,案子办到这一步,要警惕疯狗咬人啊!"

叶子菁没当回事,淡然一笑:"苏阿福又是枪又是炸药,我都没怕过,还怕他们这种威胁电话呀?!"又说起了正题,"老黄,腐败问题的确很严重,但这绝不是改革开放的必然结果,二十二年改革开放成就很大,可以说是完成了一场伟大的民族复兴,前无古人啊!当然,出现的问题也不少,从一统天下的计划经济向市场经济转轨,产业结构全面调整,几千万工人下岗失业,矛盾比较突出,许多腐败现象就容易在这一特定时期滋生,应该说,是一种比较复杂的历史现象,对不对?"

黄国秀思索着:"子菁,你说得对,但是,你要记住,我们老百姓看到的是腐败现象比较严重的现实,而且,贫富两极分化也是客观存在的,比如我们的几万破产失业工人,至今没列入低保范围,我这个管破产的书记于心能安吗?!"激动起来,在叶子菁面前焦虑不安地走动着,"就在这种情况下,苏阿福黑名单上的这四十八个家伙,多则几十万,少则几万,还在大肆受贿,加重着社会的改革成本,陷我们党和政府于不义,简直是他妈没心没肺!"

这一回,叶子菁鼓起了掌:"好,好,黄书记,难得你还有这份激情!"

黄国秀苦苦一笑:"不是激情,是良知,做人的良知!"怔了一下,扶住了叶子菁的肩头,"子菁,对这些腐败分子一个都不能饶恕,真不能饶恕啊!"

叶子菁笑道:"黄书记,这你就不必操心了,谁想饶恕也饶恕不了,法律不会放过他们!可以向你透露一下,这一次,我准备作为第一公诉人出庭支持公诉!"

正说到这里,电话又响了。

叶子菁以为又是什么威胁电话,想都没想,伸手拿起了话筒。

不料,这个电话却是找黄国秀的,叶子菁便把电话递给了黄国秀。

黄国秀接过话筒一听,来电话的竟是方舟装潢公司老总李大川。

李大川在电话里急促地说:"黄书记,向你汇报个情况,据我所知,南二矿上千号失业工人明天要去省城群访,是周培成煽动起来的,现在正在矿上串呢！周培成被公安局关了一阵子，倒长胆量了，说是反正闲着没事，要做专业上访户了！"

黄国秀大吃一惊："大川，消息可靠吗？两千人去省城，哪来那么多车啊？"

李大川道："黄书记，消息绝对可靠！他们说了，这回不找汽车了，全坐火车去，就是咱长山发省城的那列普快，1125次，据说已凑钱买了八百张车票了！"

黄国秀失声道："我的天哪，这么说，明天……明天的1125次列车要成为上访专列了？大川，具体情况你知道吗？大家这……这次又是为啥事呢？啊？"

李大川道："好像是为最低社会保障的事吧。我们南二矿不是去年先试行破产的么，他们和他们的家庭不是一直没列入低保范围么，都一年了，意见很大呀！上次几个矿卧轨，南二矿就有不少人参加了。这回据说是接受了上次的教训，要合法闹哩！黄书记，这可不是一个南二矿啊，社会保障问题也涉及到今年破产的几个矿，这麻烦可不小啊。再说了，这事政府也该解决，国家可是有规定的！"

黄国秀说："好，我知道了！"放下电话，立即拨起了市委书记唐朝阳和市长林永强的电话。唐朝阳的电话不在服务区，林永强的电话拨通了。黄国秀在电话里向林永强汇报了情况，建议林永强马上和铁路局联系，停发明天的1125次列车。

林永强听罢，十分恼火，没好气地教训道："老黄，你们矿务集团是怎么回事？工作是怎么做的？还有完没完？竟然搞起上访专列了！你别找我，找公安局，找江正流和伍成义，就说是我说的，让他们去抓人，先把那个周培成抓起来！"

黄国秀忍着气道："林市长，这恐怕不妥吧？咱凭什么抓人啊？周培成和南二矿工人有向上级领导部门反映困难的权利啊，他们这次没犯法呀！再说，困难职工的低保问题中央和国务院都有规定，就是工人们不闹也得解决啊……"

林永强没等黄国秀把话说完，就叫了起来："老黄，你少给我说这个！解决？怎么解决？省里不给钱，让我们长山怎么办？我再重申一下，长山矿务集团是省属企业，从没向长山地方财政交过一分钱，这个包袱我们长

第十一章○黑名单

山背不起,也不能背!"

这倒也是事实,黄国秀说不下去了,叹着气道:"可事情出了总得处理啊!"

林永强蛮不讲理,一副以上压下的口气:"当然要处理,你去处理!我不管手段,只要结果!明天省委、省政府门前出现了群访,省委肯定要找我和唐书记算账;所以,我也把话撂在这里,明天只要失业工人们跑进了长山火车站,我就找你黄国秀算账!不愿意抓人也行,那你现在就给我下去做工作!去给工人作揖磕头,求他们行行好,别再闹了!你也不要这么上推下卸,呆在长山城里当官做老爷!"

黄国秀再也忍不住了,怒道:"小林市长,这个官我不当了,老爷不做了,行不行?我先求你行行好,马上向省委建议,把我矿务集团党委副书记给免了!"

电话那边没声音了,沉默了好一会儿,林永强才又说,口气缓和了许多:"我说老黄啊,你怎么回事啊?啊?当真将我和唐朝阳书记的军啊?请你原谅,今天事发突然,我情绪也不太好,可能说了些过头话,你千万别往心里去啊!"

黄国秀余怒难消:"林市长,我可以不往心里去,可我们心里一定要有老百姓啊!破产煤矿困难群体的低保问题必须解决,再拖下去可能真会拖出大问题啊!"

林永强打起了哈哈:"就是,就是。这事也是我和唐书记的心病啊!所以,老黄,你和你们矿务集团还得进一步加大对省里的汇报力度啊,让省政府尽快掏钱安排!好了,先这么说吧。我马上还有个会,你赶快下去吧,现在就下去,还是先做做工人们的工作吧,啊?!明天真让上访专列进了省城,咱们的麻烦就大了!"

黄国秀勉强应着,放下了电话,脸色难看极了。

叶子菁在一旁已把事情听明白了,插上来提醒说:"老黄,南二矿的工人不但有向省委、省政府反映困难的权利,也有花钱买票,凭票坐车的权利啊!林永强要动用公安局抓人不合法,你让铁路局停开明天的1125次列车也没法律依据啊!"

黄国秀长长叹了口气,承认了:"所以,真正做到依法办事太不容易了!"

叶子菁推了黄国秀一把："还愣着干什么，工作总还要做，我们走吧！"

黄国秀很意外："走？你也跟我连夜下矿啊？就不怕检察院同志找你？"

叶子菁挥了挥手："案子办到现在这一步，已经用不着我多操心了，就让吴仲秋和高文辉他们各尽其职吧，我就等着他们法院开庭了！"想了想，又开玩笑说，"黄书记，我跟你去还有个好处哩，看起来更像一次访贫问苦嘛！"

黄国秀却没有开玩笑的心思，挺认真地说："子菁，你去一下也好，我看能使你对这个案子的社会背景进一步加深了解，将来出庭公诉时心里更有底气啊！"

第十二章　沉重的职责

43

南二矿区一点点近了，路况越来越差，车子逐渐颠簸起来。尤其是进入五号井老煤场后，煤矸石铺就的黑乎乎的路面大坑连小坑，坐在车里就像坐在船上。

是一次故地重游，车窗外的景状在叶子菁眼里是那么熟悉。那夜色掩映中的高高井架，那凝固在半空中停止了转动的天轮，那依然高耸的灰暗的矸石山，那一片片建于上个世纪五十年代的低矮平房，那昏暗路灯下呈现出的一片令人心酸的破败之相。历史在这个危机骤起之夜，在叶子菁眼里和心里，显出了异常的沉重，压得她几乎透不过气来。关井破产意味着什么，已不需要任何注释和说明了。

一切好像就发生在昨天，高中毕业后的工作分配开始了，矿工子弟兴高采烈地穿上工作服，走进了这座滋养了他们父兄，也吞噬了他们父兄生命和精血的大型煤矿。她因为不是矿工子弟，又因为是女同志，便和班上少有的几个同学被分配到南二镇镇政府做了机关办事员。当时真觉得难过哩，没当上国营大矿的工人，却成了小市民——在计划经济年代里，南二人的观念就是这样，哪怕镇政府的机关干部也在小市民范畴。叶子菁记得，她为此还哭过一场，因而二十五岁那年嫁给在南二矿当采煤区长的黄国秀，她非但没有委屈感，反倒不无自豪。

那时的南二矿真是欣欣向荣啊，年产煤炭 150 万吨，又是县团级单位，科级的南二镇政府根本不在它眼里，和它打交道总是低声下气。那时的煤矿工人不但政治地位高，经济地位也高。叶子菁记得，在相当长的一段时间里，黄国秀的工资都高她许多，一九八三年她考上了政法大学带职去上学，经济上全靠黄国秀支撑。就是到了改革开放初期，她到矿区检察院做了基层检察官，工资奖金也没有黄国秀多。

巨大的变化是近十年发生的,煤炭资源的枯竭,加上产业结构调整和市场化进程,历史一个急转弯,将南二矿和南二矿的工人们无情地抛出了常轨,光荣和梦想成了过去,他们成了弱势群体。

一个特殊的困难时期开始了,一次次改革,一场场突围也开始了。应该说,南二矿绝大多数党员干部没放弃自己的职责,据叶子菁所知,黄国秀就为此付出了极大的心血。有一段时间,黄国秀做分管"三产"的副矿长,曾率领手下近三千号下岗工人北上南下,搞建筑,修铁路,甚至为一座座霓虹灯闪烁的城市淘下水道。后来做了集团党委副书记,黄国秀也仍在为李大川的方舟装潢公司和一些类似的生产自救项目东奔西跑。可结果是惨痛的,失败在努力之前已经被注定了。市场化的进程不可逆转,知识经济的步伐无可阻挡,过时的大锅饭体制和简单的低级劳动已无法创造昔日的辉煌,产业工人必须为时代的进步、共和国的抉择做出历史性的牺牲。

时代的进步和共和国的抉择是历史的必然,在世界经济一体化的大背景下,重走闭关锁国的道路,把历史包袱背在身上是没法前进的,也是不可想象的。但是,改革成本应该由整个社会来承担,国家必须建立健全可靠的社会保障机制。长山南部煤田破产后问题不少,黄国秀和矿务集团一直在积极争取将失业工人和他们的贫困家庭列入低保范围,从去年南二矿试行破产争取到今天,却没有明确结果。按规定,低保费用国家出一部分,省市地方也要出一部分,省市这部分资金不安排到位,国家那一部分也就不会配套拨发。长山经济并不发达,财政捉襟见肘,长山矿务集团过去作为部属和省属企业,又从未为长山地方财政做过任何贡献,长山市拿不出这笔资金。而省里已为南部煤田的破产一次性拿出了六个亿,一时也掏不出钱了。就这样,问题被束之高阁了,搞得黄国秀白日黑夜忙于"救火",气得背地里四处骂官僚。

正想到这里,黄国秀闷闷不乐地说话了:"子菁,说心里话,今天我还真巴不得工人们把群访搞成呢!让王长恭和省里的那帮官僚好好听听困难群众的声音!"

叶子菁觉得不妥:"哎,老黄,说省里就说省里,别这么点名道姓嘛!"

黄国秀"哼"了一声:"点名道姓怎么了?王长恭我看就是冷血动物,低保问题我代表矿务集团正式向他汇报了三次,他一直在那里哼啊哈的没个态度!"

叶子菁心里有数,叹着气说:"这也可以理解,又不是什么能创造政绩的事,人家还不能推就推了?再说,他现在又不是长山市长了,火炭没在他脚下嘛!"

黄国秀便又说起了市长林永强:"林永强可是市长吧?这种事他得管吧?他倒好,脚一抬,又把火炭踹到我脚背上来了,就我这个破产书记他妈该死!"

叶子菁知道黄国秀的难处,本想附和两句,话到嘴边却又忍住了。今天毕竟是来处理问题的,自己这么火上浇油,只怕这个破产书记真要做一回工人领袖了。

这时,车已快到矿部了,叶子菁转移了话题,手向车窗外指了指:"哎,老黄,你瞧,我们过去住过的老洋房,还亮着灯呢,刘矿长可能还没睡吧?!"

黄国秀没精打采地向车窗外看了一眼:"什么刘矿长?咱们搬走后,这里又换了两茬人了,现在住着一个井总支书记,叫田昌斗。哦,这位同志也失业了!"

叶子菁试探道:"我们下车去看看好不好?也顺便了解一下情况嘛!"

黄国秀同意了,让司机停了车。也是巧,车刚停下,田昌斗家的门就开了。田昌斗,一个胖胖的中年人端着一个塑料盆出来倒水,一盆水差点泼到黄国秀身上。

黄国秀呵呵笑道:"哎,我说田书记啊,你就这么欢迎我啊?啊?"

让叶子菁没想到的是,那位田昌斗书记对黄国秀表示友好的态度没有予以友好的回报,冷冷看了黄国秀一眼:"哪还来的什么田书记啊?井总支早解散了!"

黄国秀倒也真能忍辱负重,一点不气,脸上仍挂着真诚的微笑:"昌斗啊,田书记虽然不在了,我这个昌斗老弟总还在吧?就不请我和你嫂子到家坐坐呀?"

田昌斗仍不给面子,阴着脸道:"昌斗老弟倒还在,只是国秀大哥不在了,还说啥呀?"似乎意犹未尽,又讥讽了两句,"黄大书记,您和叶检察长就是想搞一次忆苦思甜活动啥的,也别到我这里搞,最好到矿里去看看,今天矿里好像挺热闹!"说罢,再没多看黄国秀一眼,一脚跨进门里,"砰"

的一声关上了门。

叶子菁注意到,田家大门关上的那一瞬间,黄国秀的脸色难堪极了。

没想到,正尴尬时,门却又开了,田昌斗的老婆只穿着个短汗衫就从屋里冲了出来:"黄大哥,黄大嫂,你们可别和昌斗一般见识!这犟驴,打从破产下来后和谁都急!快,你们快屋里坐!有些情况我们正想向上级反映哩!昨天前道房的吴二嫂还说呢,得找咱老黄大哥好好唠唠,这样下去可不得了啊,真要出大乱子了!"

田昌斗的老婆粗喉咙大嗓门一吆喝,左邻右舍都被惊动了,男男女女不少人围了过来,这个叫"黄大哥",那个叫"黄大嫂",硬把黄国秀和叶子菁往自己家里扯。田昌斗的老婆却死活不干,说是人家黄大哥和黄大嫂是想来看看自己住过的老地方,硬是不由分说,把他们夫妇二人拉进了自己破旧不堪的三间小屋内。

这三间小屋叶子菁熟悉得不能再熟悉了,一直号称"洋房",是日本人盖的,五十年代和七十年代翻修过两次,后来就再没翻修过。据田昌斗的老婆说,现在已成了危房。他们一家在这里住了整整十年,女儿小静就是在这里出生的。当时,她和黄国秀忙工作,小静从矿托儿所接出后经常寄放在左邻右舍的婶子、大娘家里,可以说小静是在这些婶子、大娘手上长大的。现在,这些白发苍苍的婶子、大娘又围在她身边了,一口一个"菁子"地叫着,向她和黄国秀诉说起了自己的困境。

据这些婶子、大娘说,南二矿破产这一年多来,社会治安急剧恶化,偷的抢的卖淫的全出现了。仅仅"老洋房"这一片四十二户人家,就有三个被判刑,四个被劳教,还有两例自杀,一个抢救过来了,一个没抢救过来,死在镇医院里了……

正和婶子大娘们说着,一个戴眼镜的文文静静的小伙子闻讯赶来了。叶子菁一眼便认了出来,这小伙子是后栋房王大娘家的老二,小时候抱过他们家小静的。王家老二硬挤到他们面前,拉着黄国秀的手直喊"大哥",说是自己去年从矿业大学毕业分配到南三矿,两个月后南三矿就破产了,问黄国秀自己该怎么办。

黄国秀叫着王家老二的小名,开导说:"二子啊,你是大学生,和一般只会挖煤的工人同志可不一样啊,又年纪轻轻的,一定要有志气,应该自谋出路嘛!"

第十二章 ○ 沉重的职责

王家老二想不通，镜片后面的眼中含着泪光，一连声地责问黄国秀："黄大哥，你让我怎么自谋出路呢？南部煤矿全破产了，我又上哪去自谋出路？我的出路到底在哪里？我上的可是矿业大学，学的是采矿专业啊，没有矿让我采什么？！"

黄国秀被问住了，看着王家老二，一时不知该怎么回答才好。

王家老二益发激动："黄大哥，你们这些当领导也是的，早知南部煤田都要破产，为啥还接收我？为啥还热情鼓励我回家乡煤矿来？这不是不负责任吗？！"

黄国秀这才说话了："二子，这倒不是谁不负责任。南二矿去年破产只是试点，南部煤田全部破产的事当时还没决定，主要是破产经费落实不了。所以，一切就按部就班，就根据技术力量的配备，把你分到南三矿去了。今年省里突然给了六个亿，要全部破产清算，人事冻结了，像你这情况又不是一个，也就没办法了。"

王家老二叹着气说："是啊，是啊，我们分到南部煤田的三个大学生现在全失业了，结账的钱也最少，我才拿了二百二十五块钱，都不够我一学期的书本费！上了四年大学，现在还回家啃自己老爹老娘的那点退休金，算什么事啊！"摘下眼镜，抹了抹泪汪汪的眼睛，又说，"最惨的还是那些中年同志，上有老，下有小啊，真不知道以后的日子该怎么过！南三矿宣布破产那天，我们矿工程师室的陈工还换了工作服准备下井哩，走到井口听到消息，当场就晕倒在大井口了！"

叶子菁心里酸楚难忍，忍不住插上来道："二子，你改个行好不好？"

王家老二乐了："那好啊！大嫂，哪怕到你们市检察院看大门也行！"

叶子菁郑重承诺道："好，二子，你的再就业问题，就包在大嫂身上了！"

也直到这时候，叶子菁和黄国秀才知道，查铁柱的老婆到底还是死了，死于服毒后的多种并发症，是田昌斗的老婆无意中说起的。

黄国秀十分意外，惊问道："这……这又是什么时候的事？我怎么不知道？"

田昌斗的老婆说："就是大前天的事，一口气没上来就过去了！两个孩子哭得没个人腔，查铁柱又因着失火的事关在牢里，我们这些邻居就帮着把丧事办了！"

黄国秀眼中的泪水夺眶而出："你们也是的,怎么不和我打个招呼呢?!"

一直没说话的田昌斗插了上来："和你打招呼有什么用?送个花圈,落几滴眼泪,解决什么问题?现在不是哪一家哪一户有困难,所以,最好的办法是群访!"

黄国秀脸一拉："昌斗,就算不是总支书记了,你可还是共产党员啊,在这种时候说话一定要注意影响,大家的困难要解决,安定团结的大局也还要顾!"

田昌斗自嘲地一笑："所以,我这个党员并没参加群访嘛!黄书记,你关于安定团结的大话,最好现在到矿礼堂去和准备群访的工人说,只要你还有这个胆!"

黄国秀被激怒了,"呼"地站了起来："田昌斗同志,我今天到这里来,还就是要见见那些群访工人!我还就不信南二矿的工人会把我黄国秀从这里轰走!"

赶往矿礼堂时,许多工人陪着一起去了,曾跟查铁柱做过矿山救护队员的吴家小三子还带了根铁撬棍,声言只要谁敢对黄书记动手,他绝不客气。黄国秀硬让几个工友把吴小三子手上的铁撬棍夺了,还指着叶子菁,半开玩笑半认真地说："小三子,今天,你当检察长的大嫂可在这里啊,小心她把你送上法庭去起诉了!"

吴小三满不在乎说："我才不怕哩,起诉才好呢,进了大牢就有饭吃了!"

叶子菁心里一惊,突然觉得脚下这块黑土地已在不安地晃动了……

44

这夜的动静闹得真不小,南二矿破产后用砖石堵起来的东大门被重新扒开了,矿内早已废弃不用的大礼堂再次灯火通明。礼堂大门口设了个领票处,周培成和一些工人同志正在那里忙活着给大家发放明天上午去省城的1125次列车的火车票。

看到黄国秀,周培成一点不怵,不无挑衅地问："黄书记,你来干什么?"

黄国秀说:"来看看你啊,听李大川说,你胆量见长,成群访组织者了?"

周培成嘴一咧:"黄书记,你太抬举我了,组织者还真不是我哩!"

叶子菁走过去,挺和气地问:"周培成,组织者不是你又是谁啊?"

周培成这才注意到了叶子菁,不无情绪地说:"怎么怎么? 叶检,你还想抓人是怎么的? 组织者是谁我不能告诉你们! 反正这回我们不准备犯法,花钱买票,合法坐车,到省城也是反映困难情况! 叶检,有能耐你们检察院下逮捕令好了!"

叶子菁发现了明显的敌意,理智地退却了:"哎,周培成,你情绪怎么这么大啊? 今天你别和我说,和你们黄书记说,我现在不是检察长,只是矿工家属!"

周培成情绪不减:"矿工家属? 黄书记的老婆,是不是? 怎么现在才想起来啊? 赖我和查铁柱纵火,把我关在大牢里怎么没想到是矿工家属啊!"突然激愤起来,"没被你们整死在牢里,我还就不怕了,还就不信没个说理的地方!"

叶子菁不得不正视了:"周培成,既然你说到了'八一三'大火,那我就不能回避了。谁赖你纵火了? 又是谁要整你啊? 是你自己没能说清疑点嘛! 这里面不存在司法腐败问题,更没谁对你搞过刑讯逼供! 你不承认? 而且,现在的事实是,你很自由地在这里组织群访活动嘛,如果我和检察院真想整你,你说你做得到吗? 啊?"

周培成无法对应了:"叶检,我不和你说,和我们黄书记说!"把目光投向黄国秀,当着在场工人的面,故意大声问,"黄书记,大家都说你很关心我们的困难,那我代表大家问一下,你今天来是领火车票呢,还是准备上台做报告呢?"

黄国秀摆着手说:"我呀,今天既不领票,也不做报告,就是来看看大家,和大家谈谈心!"将脸孔转向众人,大声说了起来,"同志们,我是这样想的,我是南二矿老党委书记,现在又在矿务集团分管破产工作,你们有什么意见和建议,可以和我谈嘛,先到我这里上访嘛! 这起码有一个好处,八百多张火车票钱就省下来了! 现在大家都很困难,不该花的钱我看还是不要花,你们说是不是这个理?"

周培成针锋相对道:"黄书记,我看不是这个理! 找你上访有什么用?

我们的情况你又不是不知道！你当得了省里的家吗？敢把我们的困难反映到省里去吗？"

黄国秀诚恳地说："如果你们担心我不敢把你们的困难反映上去，那么，我还有个建议，你们可以推选几个代表和我一起去，你周培成同志就可以算一个代表嘛！车由我来派，我看没必要把1125次列车弄成个群访专列，这不解决问题！"

人丛中有人叫："黄书记，你就不怕省委撤了你这个管破产的党委书记？"

黄国秀说："省委为什么要撤我？未必撤我嘛！退一万步说，就算撤了我也没啥了不得的，就做下岗干部嘛，同志们能过的日子，我黄国秀也能过！"

周培成讥讽道："那是，你老婆当着检察长，一月几千块，你愁什么！"

叶子菁忙道："哎，这我倒要声明一下，我这个检察长一月可没有几千块啊！我的工资加奖金每月不超过一千五百元，不信可以去看我的工资单！"

这时，又有人叫："大家别难为人家黄书记了，黄书记的为人谁不知道？真弄得黄书记撤职下台，对咱又有啥好处啊？还不知换个什么乌龟王八蛋管破产呢！咱就按计划去省里群访，不是王长恭省长管这事吗，就让王省长来和咱对话！"

黄国秀道："哎，哎，同志们，这就是为难我了，成千号人跑到省城，还是对话吗？是向省委和省政府施加压力嘛，影响安定团结嘛，是我的工作没做好嘛！"

看得出，在这个骚动之夜黄国秀仍在凭自己的人格力量做工作。叶子菁也知道，从去年南二矿试行破产，到今年整个南部煤田的破产，黄国秀一直是这么做的。叶子菁不无悲凉地想，这实际上很危险，工人的实际困难长期得不到解决，再伟大的人格力量也会贬值，脚下的大地就要崩溃，到那时再来解决问题就太晚了。

然而，让叶子菁没想到的是，这种贬值和崩溃竟然当场在她眼前发生了！

就在黄国秀这番话说完没多久，周培成又眼泪汪汪开口了："黄书记，叶检，我知道你们是好人，大好人！我今天的情绪不是对你们的！我的情况你们知道,我也不在这里说了,说了丢人啊! 起码的社会保障都没有,让我们今后怎么办啊!"

叶子菁马上想到了周培成卖淫的老婆,心一下子收紧了,真不知该如何接茬儿。

周培成眼中的泪滚落下来:"黄书记,叶检,你们啥都别说了,就当不知道今天这事,就让我们明天去省城! 我们不难为你们,你们也别难为我们! 黄书记,你赶快走吧,算我们大家求你了!"说罢,竟"扑通"一声跪到了黄国秀面前。

黄国秀死命去拉周培成:"培成,你这是干什么,啊? 起来,快站起来!"

不料,周培成没站起来,许多在场的工人同志又跪下了!

黄国秀惊呆了,眼里含着泪水,很冲动地嘶声道:"同志们,你们这是干什么? 啊? 起来,都站起来! 如果你们还相信我这个主管破产的集团党委书记,就再给我一次机会,让我去向省委书记赵培钧同志做一次当面汇报! 如果省委仍然没有一个明确态度,省政府仍然不把长山矿务集团南部煤田困难职工家庭列入低保范围,我就当场向省委和省政府递交辞职报告,主动去做下岗干部,也结账回家!"

一片鸦雀无声,工人们仍在那里跪着,无数双仰起的眼睛紧盯着黄国秀。

黄国秀眼眶中的泪水溢出眼眶,口气惨痛,近乎于哀求:"同志们,你们还能让我怎么样啊? 啊? 如果你们认为这样跪着就能解决问题,那好,我也给你们跪下了! 求求你们体谅一下我的难处,给我一点理解,也给我们党和政府一点理解!"

叶子菁觉得不太对头,一把拉住要跪下的黄国秀:"同志们,据我所知,低保问题省里一直在研究,因为一些客观情况,解决起来可能要有个过程。我相信,也希望同志们相信,这个问题最终总会解决的,中央和国务院有规定嘛! 请大家站起来好不好? 咱们是工人阶级,在任何时候任何情况下膝盖骨都不能这么软啊!"

又是一阵令人心悸的沉默过后,面前的工人同志才陆陆续续站了起来。

黄国秀这时已从短促的冲动中恢复了理智,语气也镇静多了:"这就对了嘛,不能这么感情用事嘛!同志们不是不知道,为我们长山市南部煤田的破产清算,省里已经拿出了六个亿!我们孜江省是欠发达省份,全省财政收入不如人家南方省份一个市,甚至一个县,省里又有那么多大事要办,总有个轻重缓急,是不是?"

周培成流着泪问:"黄书记,像我这个情况还不急吗?还能缓下去吗?"

黄国秀心里很有数,缓缓点着头道:"所以,我才要向省委赵书记做一次当面汇报,争取在最快的时间内解决这个问题!"沉默了片刻,又说,"因此,我又想了,我去向省委和赵书记汇报,你们最好就不要去代表了,这不太合适!该做的工作我都会尽力去做,该说的话我都会说,这是我的职责所在,请同志们相信我!"

工人们又七嘴八舌说了起来:"我们不是不相信你,是不相信现实!"

"黄书记,我们一家老小要吃饭啊,破产都一年了,万把块钱早吃完了!"

"就是嘛,不能光在逢年过节搞一次送温暖啊,一年三百六十多天呢!"

让叶子菁和黄国秀都没想到的是,正说着送温暖,市里就来送温暖了。带队的竟然是市委书记唐朝阳和市长林永强,还带来了四卡车袋装米面和十万元现金。

嗣后才知道,那夜,唐朝阳从林永强那里得知了上访专列的事,惊出了一头冷汗,从外事活动现场直接去了南二矿。林永强见唐朝阳是这么个态度,也不敢怠慢了,一边急急慌慌地从住处往南二矿赶,一边让市政府办公厅紧急调来了米面和现金,追着他的专车送到了南二矿。在这种事情上,林永强的工作效率高得惊人。

因为黄国秀在此之前已做了大量工作,加上市委书记、市长亲自来到工人中间,一场严重危机又暂时化解了。在场的工人每人领了一袋米面,拿了一百元送温暖的困难补助费走了,1125次列车的车票也由市政府办公厅的同志收了上来。

工人们散去后,唐朝阳对黄国秀感慨地说:"我们的工人同志通情达理啊!"

黄国秀带着情绪道:"唐书记,我们的工人同志通情达理,可我们这些当领导的呢？到底尽职尽心了没有？靠这些小恩小惠能从根本上解决问题吗？您和林市长今天能连夜赶来，不但让工人们感动，也让我感动。但是，你们市委、市政府能这么天天给南二矿的工人同志们发米发钱吗？其他矿的工人们再叫起来又怎么办？"

唐朝阳似乎也想到了这个问题，长长叹了口气说："所以啊，老黄，我这里倒有个想法，先征求一下你本人的意见，你这同志愿不愿意协助市里做点工作啊？"

黄国秀有些意外："我？协助市里做工作？唐书记，您什么意思？"

唐朝阳仰望着星空，缓缓道："根据我们长山的特殊情况，市里准备成立一个社会保障救援工作领导小组，组长由我兼任，我想请你做主持工作的副组长，专门负责协调弱势群体的保障问题。不但长山矿务集团的失业工人家庭，还有市属五百六十二家企业的八万多困难群体，都交给你；当然喽，长山的家底也会交给你！"

叶子菁听了这话，心里不由得一惊：这个市委书记想干什么？打什么算盘啊？

林永强插了上来："老黄，这事唐书记今天和我说了，我第一个表示赞成！你老兄别看人挑担不吃力，也别老在背地里骂我冷血动物，你做了这个副组长以后看看咱市的家底就知道了！长恭同志和陈汉杰那届班子给我们拉下多少亏空啊？只怕我和唐书记这一任都还不清！我倒想为弱势群体多办好事，可钱在哪里呀？！"

唐朝阳不高兴了，狠狠瞪了林永强一眼："林市长，你怎么就是管不住自己的嘴啊？长恭和汉杰同志给我们拉下了亏空，谁又给他们拉下了亏空？这样推卸责任，我看可以推卸到国民党头上去！国民党被轰下台时给我们共产党人留下的亏空多不多？是什么烂摊子啊？我们不也挺过来了吗，今天还创造了震惊世界的改革奇迹！所以，我们现在什么都不要说了，在其位就要谋其政，就要把责任担起来！"

叶子菁这才明白了，唐朝阳今天看来是要用人，用黄国秀抓这长山第一难。

果然，唐朝阳又抚着黄国秀的肩头动情地说："国秀，实话告诉你，我对你已经观察了好长时间了，你这个同志心里有老百姓，和老百姓有割不断的血肉联系，难得啊！坦率地说，像你这种好干部已经不多见了！现在我们有些同志太会当官了,整天在看上面的脸色,就是看不到人民的疾苦,这样下去怎么得了啊!"

黄国秀激动了:"唐书记,你说得太好了!人民是我们各级领导干部的衣食父母,是我们党和国家赖以扎根的大地,大地动摇了,我们党和国家就危险了!"

唐朝阳也激动了:"这么说,国秀同志,你同意来帮我堵这个枪眼了?"

黄国秀一把拉住唐朝阳的手:"不是帮谁堵枪眼,是为弱势群体承担责任!"

唐朝阳道:"那好,这个领导小组我们就尽快成立起来,市里再困难,也先挤出一部分资金来启动。但是,矿务集团那部分的大头还要争取由省里出,你去找长恭同志谈,找省委书记赵培钧同志谈,就像你答应工人同志的那样,尽快去谈!"

黄国秀自嘲道:"唐书记,您不知道,咱长恭省长已经骂我是讨债鬼了!"

唐朝阳口气很严肃:"怎么这么说呢?对煤矿工人的历史欠账不还怎么行啊?低保问题中央和国务院都有文件的,必须贯彻执行嘛!国秀同志,我看这个讨债鬼你就做下去吧,为老百姓讨债,功德无量嘛!"

这夜,市委书记唐朝阳对失业矿工的积极态度给叶子菁留下了深刻印象。

还有一件事印象也挺深刻,临上车时,唐朝阳还说:"子菁,你今天做得不错,陪国秀同志赶到南二矿现场来了,很好啊!看看矿工同志的困难情况,再看看那些腐败分子的犯罪卷宗,我相信你叶检察长将来的起诉会更有说服力!"

45

从南二矿回到长山家里,天已朦胧放亮了。叶子菁又累又困,拉上卧室的窗帘,想好好睡一觉,黄国秀又在一旁嘀咕开了:"子菁,这事好像不对头啊!"

叶子菁应付说:"有什么不对头?人家唐书记的态度从来没这么积极过!"

黄国秀没一丝倦意，坐在床边，频频摇着大脑袋说："不对，不对，也许我这倒霉蛋又上当了！唐书记说得很明白嘛，这几万工人的低保费还得我去向省里要，明摆着是把我当枪使嘛！他自己一不小心就露馅了，说是让我堵枪眼嘛！"

叶子菁讥笑道："黄书记，你是不是被谁坑怕了？这么疑神疑鬼的！"

黄国秀自嘲道："当然是被坑怕了，教训不少啊！当初和省里谈破产方案时，矿务集团没谁来征求过我的意见，方案一宣布，全成了我的事了！我们集团董事长、总经理没一个和工人照面的，就把我一人架在火上烤，差点烤糊了！我不是和你说过吗，如果当时征求我的意见，我不会同意在保障机制没建立前就搞破产！"

叶子菁叹气道："过去的事就别说了，我看唐书记这回倒真有决心解决问题，你就打起精神好好干吧！就算给唐书记当枪，也当一回好枪，别瞎了火！"

黄国秀认可了："倒也是。反正我这讨债鬼已经当上了，虱多不痒，债多不愁，随它去吧！真做这个社会保障领导小组副组长倒也有个好处，我就不仅仅是矿务集团的破产书记了，可以打唐书记和市里的旗号嘛，说话肯定会更有分量！"

叶子菁以为黄国秀不过是随便说说，没想到，黄国秀还真就这么做了。

三天后，长山市社会保障救援工作领导小组成立。次日，黄国秀就以副组长的身份跑到省政府找王长恭"汇报"去了，口口声声代表长山市和唐朝阳。王长恭过去不给矿务集团面子，现在也不给长山市面子，明确回答说，省里年内拿不出这笔低保资金。黄国秀也不客气，说是要向省委赵培钧书记直接汇报。王长恭根本不气，要黄国秀自己去联系赵培钧，还笑眯眯地说："也许赵书记会有办法。"送黄国秀出门时，王长恭才感叹说："朝阳同志聪明啊，推出了你这把好枪，新式武器哩！"

约见赵培钧书记真不容易，省委的一把手照例很忙，黄国秀在省城等了半天加一夜，次日上午总算见上了。赵培钧书记听了汇报，沉着脸好半天没做声，后来才说他有两个没想到：第一个没想到是，长山失业矿工竟困难到了这种地步！第二个没想到是，困难工人家庭的低保问题竟然没得到落实！赵培钧答应黄国秀，等他了解一下情况后，尽快给他和长山市一个答复。黄国秀也真做得出来,说是他就在省城等,这一等就是三天。三天之后,省委办公厅通知黄国秀去听答复时,赵培钧书记的办公室里多了几个人:刘省长、王长恭,还有省财政厅厅长、民政厅厅长。

赵培钧那天的情绪挺激动,当场拍板说:"长山矿务集团矿工家庭的最低社会保障问题必须解决,这个问题是不能含糊的!破产清算拿出了六个亿,停了两个基建项目,不行这次再停一两个项目。省委和省政府宿舍区的二期工程,还有某些形象工程、政绩工程,我看都可以考虑缓建!把长山失业工人、困难工人的社会保障工作做好,就是我们最好的形象工程。我们的干部晚几天住上新房死不了人,工人没饭吃却是要死人的,这是个十分简单的道理!可就像这种简单的道理,我们有些同志就是不明白!是不是麻木不仁啊?心里到底有没有老百姓啊?恐怕没有吧!同志们一定要记住,老百姓要吃饭,要填饱肚子,这是天大的事情!现在改革又到了一个关键的历史路口,我们不能不管人民的死活!"

黄国秀真是激动极了,泪水当着赵培钧和许多省委领导的面就落了下来。

听黄国秀回来一说,叶子菁也感动了,以为矿工的低保问题就算解决了。

没想到,省委一把手下了这么大的决心,具体办起来仍是困难重重。嗣后没几天,刘省长又把黄国秀和林永强召到省城谈了一次,说是任何在建项目停下来都会造成很大的损失,资金的筹措要有个过程。又说类似的情况不止长山市一家,全省十二个地级市应列入低保范围而没列入的各行业困难群体还有七十二万之多,比如军工企业失业职工家庭,省里争取在年内统筹解决,可以考虑在统筹的前提下,对长山矿务集团的困难职工家庭优先考虑。因此刘省长和省政府希望长山市政府顾全大局,先拿出部分资金进行临时社会救济。林永强当着刘省长的面不敢说别的,连连称是。一出门就变了脸,骂骂咧咧要黄国秀现在就把他宰了去卖骨头卖肉!

把情况向唐朝阳汇报后,唐朝阳沉默良久才说,也真不能怪省里,都难啊!咱们就顾全大局吧,先搞一下调查,把那些真吃不上饭的困难职工人数统计出来,予以临时救济吧。黄国秀不知道这笔临时救济的费用该从哪里出,又知道林永强的情绪,担心落实不了,便把忧虑说了出来。唐朝阳郁郁说,我和永强同志商量吧。

嗣后的几天,黄国秀的情绪低落极了,从省里到市里搞得一肚子气,却又不知道该去向谁发,就躲在家里喝起了闷酒。偏在这时候,方舟装潢公司老总李大川又找到了门上,说他这个生产自救的装潢公司搞不下去了。火灾发生后,公司所有账号全被检察机关冻结。查铁柱的那个第三施工队已经散了伙。现在,又有几个施工队吵着要散伙分钱,问黄国秀该怎么办。黄国秀不想让方舟散伙,便找叶子菁商量,希望叶子菁做做工作,把方舟公司的账号解冻,别让这条方舟就这样沉没了。

叶子菁很为难,好言好语地对黄国秀说:"老黄,情况你又不是不知道,'八一三'大火是因方舟公司第三施工队烧电焊引发的,损失又这么大,在法院作出判决之前,他们的账号谁也没权力解封啊,我检察长也得依法办事啊,你说是不是?"

黄国秀一肚子气便发到了叶子菁头上,冲着叶子菁又吼又叫:"叶子菁,你别和我说这个!依法办不了的事多着哩,国家也有社会保障方面的法律,可低保问题不是还没解决吗?!方舟的事你给我想想办法,你知道的,他们是集资合伙的公司,各施工队在经济上都是独立核算的,你们只能封第三施工队一家的账号!"

叶子菁知道黄国秀情绪不好,耐着性子解释说:"可方舟公司是法人单位,对查铁柱的第三施工队负有法人责任,认真说起来,连你都要负一定的责任啊!"

黄国秀并不糊涂,故意转移话题:"那是,我当然要负责任。我一直说嘛,在其位就要谋其政,我这个破产书记就要为困难工人着想,为他们想办法……"

叶子菁没让黄国秀搅下去,继续按自己的思路说:"查铁柱没有电焊作业许可证怎么就去焊电焊?李大川是怎么管理的?你这个抓点的书记是不是也失了职?"

黄国秀火透了:"叶子菁,你还玩真的了?追到我头上来了?我抓错了吗?连唐书记都充分肯定!不是出了这场严重火灾,方舟公司就是生产自救的好典型!"

叶子菁也不高兴了:"老黄,你不要叫,也不要觉得委屈!生产自救不是违章肇事的理由和借口,失职就是失职!'八一三'大火案搞到今天已经很清楚了,事实证明在'八一三'大火中,从上到下,几乎每个关系人都负有一定的责任,法律责任、领导责任,或者是道义上的责任!正是因为包括你和李大川在内的许多关系人没有尽到,或者放弃了自己的那份责任,才有了'八一三'让人震惊的特大火灾!"

黄国秀手一摊:"照你叶检这么说,我就该什么都不管,那就不失职了!"

叶子菁无奈地摇了摇头:"老黄,别这么顶牛嘛,我这是在总结经验教训!起诉马上要开始了,负有法律责任的法律会追究;负有领导责任的党纪政纪会追究;像你这种负有道义责任的同志虽然没人追究,可心里也要有数!"沉默片刻,才又说,"方舟的事你别急,如果法院裁定没有赔偿责任,一切就好办了。"

黄国秀根本听不进去,摇着头直叫:"叶子菁,我看你也是冷血动物!"

叶子菁忙道:"哎,哎,黄国秀,你别狗急跳墙啊!有件事我正想和你商量呢,查铁柱这次肯定要判五年以上,他老婆又死了,对他们那两个孩子,我们得负点责任!如果你不反对的话,我想从我们的工资中每月拿出三百元资助他们!"

黄国秀呆呆看着叶子菁怔住了,过了好半天,才仰着泪水欲滴的黑脸膛,从牙缝里迸出几个字:"好,好,子菁,我……我不反对,咱就……就这么办吧!"

第十三章 法庭上的较量

46

在纪检部门的配合下,反贪局对苏阿福揭发的四十八个受贿者的侦查进行得比较顺利,在确凿的证据面前,包括周秀丽在内的十二名受贿干部,对其在"八一三"大火案中的受贿渎职事实供认不讳。但由于苏阿福举报面广,涉及的人比较多,许多受贿者的受贿行为又发生在多年之前,和大火案无直接关系,叶子菁和院党组、院检察委员会慎重研究,并向市委、市政法委汇报后,决定将这部分和大火无关的案件另案处理,其中包括市人大副主任李大伟和另外两个副市级领导干部的受贿案。

二○○一年十一月十五日,"八一三"特大火灾案正式开庭审理。鉴于此案案情重大,影响广泛,庭审时可能会出现许多难以预测的复杂情况,叶子菁亲临起诉一线,和起诉处长高文辉等九人以国家公诉人的身份集体出庭支持公诉。应该说,这一起诉阵容是比较强大的,在长山市检察院的起诉历史上还从没有过。但被告的阵容更强大,除查铁柱和苏阿福之外,涉嫌渎职、滥用职权、受贿的犯罪嫌疑人多达三十五人,每个被告又根据法律规定聘请了一到两名辩护律师,辩护群体高达六七十人。市中级人民法院的审判庭无法容纳这么多人,何况许多人还要来旁听,只好另选合适的庭审场所,选来选去,就选中了市政府经常用来开会的人民舞台。

审判地点一定下来,高文辉就找叶子菁嘀咕了,说是人民舞台能容纳一千二百人开会,不知多少人会来旁听此案的审理,此案涉及的渎职干部和渎职单位又这么多,免不了有人会在审理过程中捣乱,建议叶子菁出面和法院沟通一下,控制旁听人数。叶子菁没接受这一建议,反倒把检察院余下的二十张旁听票也让给了市城管委——城管委办公室主任刘茂才说要让城管委多去些同志旁听受教育。

后来才知道,城管委来"受教育"的同志真不少,有八十多人,在旁听席上形成了一个喝倒彩的方阵,明白无误地支持被告席上的前领导周秀丽。

十一月十五日开庭那天,到场旁听的有九百人,基本上是按单位划定的座位。叶子菁率领起诉处长高文辉和其他七位国家公诉人走上公诉席时,就感到了一种无形的压力。她没想到,城管、工商、城建、公安、消防、税务、文化市场管理等部门的三百多名干部竟然全部着装来旁听庭审,也不知他们是不是事前串通好的。事后回忆起来,叶子菁还说,她当时的直觉就是,她面对的不仅仅是被告席上的被告和人数众多的律师团,还有一种势力——一种对她和检察机关的抵触势力。

好在那天受害者家属代表来了不少,也有五百多人。尽管这些代表没人组织,但他们的到来,他们目光中流露出的渴望和期待,给了她信心和力量。在公诉席第一公诉人的位置上坐下后,叶子菁注意到,她此前看望过的祁老太也来了,痴呆呆地坐在旁听席第一排居中的座位上。叶子菁眼前便又及时浮现出了0211号物证——祁老太那烧得焦黑一团的十岁的小孙子,心里便想,如果今天谁敢冒天下之大不韪,要在这里和法律事实进行一番较量,那就请他站出来试试吧!

公然跳出来的人没几个,但明显的敌意却充斥着整个审理过程,在这种敌意情绪掩饰下的法庭辩论充满了前所未有的火药味,又让叶子菁大开了一回眼界。

开庭第一天,公诉方为了形象地说清楚火灾发生的过程和违章门面房的有关情况,要求播放一部事先制作好的三维动画说明片。被告席上,周秀丽聘请的两位律师立即提出反对,说这有诱导庭审法官做出错误判断的可能。高文辉代表公诉方据理驳斥说,庭审不可能在大富豪火灾现场进行,大富豪娱乐城内部结构复杂,门前的违章建筑又已拆除,如果不在三维动画上进行复原,很难准确陈述事实。

周秀丽聘请的两个律师中,有一位来自省城,姓刘,名气很大。这位名气很大的刘律师指出了虚拟电子制作物的虚拟性质,争辩说:"如果这种虚拟的电子制作物也能作为陈述案情的手段,那以虚构为特征的电视剧也能做证据了!"刘律师带着嘲讽讥问高文辉,"你们为什么不精心搞一部电视剧来说明案情呢?"

刘律师话一落音,旁听席上立即响起一片热烈呼应的掌声。

叶子菁注意到,这片掌声主要来自城管制服构成的"受教育"方阵。

高文辉久经沙场,没被刘大律师搞糊涂,也没受那片掌声的影响,提请审判长注意:电子制作物的虚拟性和火灾过程的真实性是完全不同的两回事,公诉方提出播放三维画面只是为了说明真实的案情经过,并没有作为证据使用的意图。作为证据使用的将是现场录像和相关人证、物证,公诉方将在以后的庭审中提交法庭。

审判长心里有数,和身边的几个审判员交换了一下眼色,判定律师反对无效。

不料,审判长话一落音,城管方阵上马上发出了一片讥讽的嘘声。

审判长被这一公然的蔑视激怒了,在一片嘘声中,指着旁听席上的城管方阵警告说:"请你们安静一些,遵守法庭规定。否则,就请你们马上退场!"

也许是仗着人多,法不治众吧,城管方阵的嘘声并没有因此停止,城管委办公室主任刘茂才倒从座位上站了起来,时不时地看着被告席上的周秀丽,指着审判长公然叫道:"审判长,你们被告席上是不是少了一个被告啊?方清明在哪啊?"

方清明的贪污犯罪问题因和"八一三"大火案无关,已决定交由钟楼区另案处理,不过审判长没义务解释,站起来指示法警说:"把旁听席上的这个人驱逐出去!"

两个法警马上走到刘茂才面前说:"请吧,你的旁听资格被取消了!"

刘茂才非但不走,反而大大咧咧在自己的座位上坐下了:"怎么?怎么?光许州官放火,不许百姓点灯啊?被告席上就是少了个被告嘛,也是腐败分子嘛!"

两个法警根本不睬,架起刘茂才就往外面走,也不管刘茂才如何挣扎。

几个城管干部围了上来,扮着笑脸阻止法警执法,旁听席上的秩序大乱。

法院显然在事先预料到了这种情况,那天配备的法警不少。这时又有十几个法警及时地跑了过来,七手八脚将围在刘茂才身边的四个城管干部一起赶了出去。

刘茂才被拖出去之前,仍在不管不顾地大喊大叫:"我要替周秀丽主任作证,我们周主任是受了腐败分子方清明的陷害!我们周主任是好人,是大好人……"

被告席上的周秀丽受到了鼓舞,竟然冲着刘茂才和城管方阵招手致意。

尽管法庭采取了强制措施,驱逐了刘茂才和其他四个旁听者,可来自城管方阵的敌意仍没消除。只是敌意换了一种形式,不再用嘘声表现,而是用目光表现了。叶子菁和高文辉注意到,城管方阵投射到她们公诉席上的目光是那么阴沉可怕。其他一些制服方阵上的目光也大都不太友善,消防支队一些官兵脸上明显挂着讥讽。

叶子菁在出庭之前,她和起诉处的同志们想到过来自渎职单位的压力和反弹,却怎么也没想到压力和反弹会这么大。刘茂才竟会公然跳出来大闹法庭!法律的尊严何在?这些渎职单位干部的法制观念何在?这也太过分了!

在一片令人压抑的静寂中,叶子菁征得审判长的同意,缓缓开口了,先是对着审判长席,后又对着旁听席说:"审判长,同志们,作为国家公诉人,今天我们长山市人民检察院根据《中华人民共和国刑事诉讼法》的规定,在这里,在这个庄严的法庭上依法起诉'八一三'大火案的三十七名犯罪嫌疑人,履行法律赋予我和长山市人民检察院的神圣职责。可我在这里看到了什么呢?我看到了一些同志的抵制和敌视,看到了有人蔑视法庭,蔑视法律,公然为被告席上的犯罪分子鸣冤叫屈!"

刘律师马上举手,再次提出反对:"审判长,根据我国法律无罪推定原则,公诉方对我的委托人使用了犯罪分子这一称谓,这是我的委托人无法接受的!"

审判长肯定了反对意见,提醒道:"公诉人,请使用犯罪嫌疑人的称谓!"

叶子菁这才发现,自己冲动中出现了技术上的错误,对审判长做出承诺后,又平静地说了起来,却把话题引向了别处:"刚才,在某些单位、某些同志大发嘘声时,我突然想起了一个事件,一个发生在文革动乱之中的血腥事件。一九六六年八月,在一片红色恐怖的口号声中,法制崩溃,天下大乱,我们国家的公民权利已得不到保障。就在那个八月,就在我们共和国首都，在北京大兴县，一些丧心病狂的家伙在光天化日之下公然活埋一批所谓出身不好的公民。一位抱着孩子的老奶奶被推到坑里，这些杀人犯们用铁锹一锹锹往老奶奶和孩子身上填土。不懂事的孩子说，奶奶，土迷眼！老奶奶说，孩子，闭上眼，一会就不迷眼了……"

法庭上一下子静极了，无数双眼睛投向叶子菁，显然都被这血腥的历史一幕震惊了，连一直对公诉方紧追不放的刘律师也没因为这番话与案子无关提出反对。

叶子菁没细说下去，把话头引到了今天："这件事好像和今天的庭审无关，可细想想，还是有些关系的！法律必须受到应有的尊重，任何单位、任何个人都有维护法律尊严的责任和义务！不要认为这种历史悲剧不会重演了。如果法制崩溃，天下大乱，我们在座各位都有可能成为那个被活埋的老奶奶和孩子，这种无法无天的事就会落到我们每个人头上！"看看旁听席上的城管方阵，叶子菁又说，"你们某些同志不要搞错了，不要以为我这个检察长和长山市人民检察院要和谁作对，就算把我换下来，换一个检察院，这些被告人仍然要被送上被告席！我们的法律必须承担起惩罚犯罪，保护公民合法权利的责任！我请问一下你们某些同志，当你们为你们涉嫌渎职犯罪的领导喊冤时，有没有想过在大火中死去的一百五十六名受害者？如果这些受害者是你们的父母妻儿，你还会对公诉席大发嘘声吗？良知何在啊！"

一片热烈而正义的掌声终于响了起来，掌声大都来自死难家属代表的席位。

嗣后，庭审得以正常进行。高文辉和起诉处同志们精心制作的三维动画按公诉方的要求当场播放了，一场惊心动魄的大灾难和整个肇事起火过程形象地再现在审判长和众人面前。三维动画上复原的违章门面房阻碍消防车救援的情形，和"八一三"现场的录像几乎没有什么误差，让能言善辩的刘律师也无话可说。尽管来自各渎职单位的敌意没有彻底消除，叶子菁和公诉方还是牢牢掌握了庭审主动权……

47

不知是巧合还是故意为之，就在"八一三"大火案紧张审理期间，王长恭赶到长山搞调研了。一住就是五天,由林永强和黄国秀陪同,分别去了南部几个破产煤矿,还发表了公开讲话。省报在头版显要位置发了消息,市里的媒体做了重点报道。

江正流事先不知道王长恭要来,是无意中看了报道才知道的,知道后就觉得不太对头,过去王长恭来长山总要先和他打招呼,这次是怎么了?想来想去,心里就忐忑起来,犹豫再三,最终还是赶在王长恭准备离去的那个晚上去看望了一下。

王长恭住在长山大酒店。江正流赶到时,穿着睡衣的王长恭正在酒店套间的会客室里和林永强、黄国秀说着什么。这位已陷入被动的省委常委、常务副省长,像似根本不知道自己的情人周秀丽正站在被告席上接受审判,依然乐呵呵地在和林永强、黄国秀谈笑风生。见他到了,王长恭也挺热情,拉着他的手说:"正流啊,你怎么也跑来了?现在社会上谣言这么多,你这个公安局长还敢跑来看我啊?啊?"

江正流赔着一副笑脸,答非所问道:"老领导,您批评得对,我来晚了!"又解释说,"王省长,您看这事闹的,我还是看了报纸才知道您来长山了……"

王长恭像是没听见,让他坐下后,继续和林永强、黄国秀谈工作:"……你们市里难,我们省里难,可破产矿的工人真是更难啊!不看不知道,看了吓一跳啊,触目惊心啊!国秀同志,我今天才知道,你这个主管破产的书记当得不容易啊!"

黄国秀说:"王省长,您知道就好,得下大决心啊,得想办法呀!"

王长恭按自己的思路,自顾自地说:"当然要想办法!省里要想办法,市里也要想办法!有没有从根本上解决问题的好办法呢?倒也不是没有,我看还是要在发展中解决嘛,发展才是硬道理嘛!"话题就此转向,"长山这些年发展了没有?我看还是发展了嘛!欠了些债是事实,发展也是事实嘛!是不是啊,永强同志?"

林永强忙道:"是的,是的。王省长,长山改革开放的成就有目共睹嘛!"

王长恭笑了笑:"永强,你不要奉承我,什么有目共睹?'八一三'火灾一出,对我和上届班子的议论就多了起来,好像我王长恭当了五年市长,就搞了个骚哄哄的狐狸,搞了个不赚钱的飞机场!这么一个美丽的新长山有人就是看不到!"

林永强满脸真诚,感慨地说:"这些同志呀,唉,片面嘛,太片面了……"

王长恭摆了摆手,又说了下去:"说到今天的新长山,有一个同志不能忘,就是周秀丽!尽管周秀丽一时糊涂,拿了苏阿福三十万块,受了贿、渎了职,现在站在了法庭的被告席上,可我还是要公道地说,这个女同志就是不简单,陈汉杰同志用这个女同志用得不错!这个女同志是为今天的新长山做过重要贡献的!"

江正流听了这话,心里一惊:都这种时候了,黄国秀又在面前,王长恭怎么还这么说?叶子菁可是黄国秀的老婆啊,就不怕黄国秀把这话传到叶子菁耳朵里去?

果然,王长恭话一落音,黄国秀就接了上来,挺不客气地说:"王省长,周秀丽过去贡献是不小,可这回祸也闯得够大的啊,造成的后果太严重了……"

王长恭语重心长:"所以,要认真总结教训,在金钱的诱惑面前要有定力!"

江正流适时地插了上来:"在这一点上,我们都得向王省长学习!去年王省长女儿结婚,许多同志跑去送礼,王省长硬是一分没留,全捐给川口希望小学了!"

王长恭似乎有些不悦,看了江正流一眼:"这种事情光彩啊,四处说什么?正流同志,那些钱中可也有你几千块啊!"又对林永强和黄国秀说了起来,"到川口检查希望小学时,我就对川口县委书记王永成他们说了,在市场经济条件下,你手上的权力完全有可能变成商品,周秀丽的事又一次证明了这一点嘛!所以,我介绍了三条经验:一拒绝,二回赠,三捐献。实践结果证明,还是有些作用的……"

黄国秀很会见缝插针:"王省长,那些钱要捐给我们困难职工家庭多好啊!"

王长恭指点着黄国秀,呵呵笑道:"国秀,你可真是个讨债鬼啊!什么时候都忘不了找我讨债!好了,那就言归正传,我这个常务副省长既到长山来了,总得留下点买路钱嘛,多了不可能,先给你们一百万做临时救助资金吧!"

黄国秀并不满足:"王省长,一百万是不是少了点?人均才多少啊?!"

林永强也说:"是的,王省长,如果能先给五百万左右的话,那就……"

王长恭没等林永强说完就摆起了手:"永强、国秀啊,你们不要不知足!这可是我最大的审批权限了!省财政紧张情况你们清楚,可以给你们交个底,我这次来长山,刘省长还说了,要我不要轻易开口子,我省应该列入低保范围的群体可有二十多万户,七十多万人啊……"

正说到这里,王长恭的秘书小段进来了,迟迟疑疑汇报说:"王省长,市城管委一个叫……叫刘茂才的办公室主任来了,说是……说是要向您反映点情况哩!"

王长恭没好气地道:"他一个部门办公室主任找我反映什么情况?让他走!"

黄国秀心里好像有数,随口说了句:"王省长,人家可能是找您表功的哩!"

江正流也知道刘茂才和城管委部分同志闹法庭的事,心想,没准刘茂才就是来表功的。刘茂才是周秀丽的老办公室主任,不会不知道周秀丽和王长恭的历史关系,这番闹腾十有八九是做给王长恭看的,可以理解为一种押宝式的政治赌博。

王长恭像是很糊涂,问黄国秀:"什么意思啊?这个主任找我表什么功啊?"

黄国秀明说了:"王省长,为周秀丽的事,这个主任在法庭上闹得挺凶哩!"

王长恭脸拉了下来:"国秀,你的意思是不是说,我支持这位办公室主任到法庭上去胡闹啊?我的水平当真会低到这种程度吗?!"看了看黄国秀,又看了看林永强,冷冷道,"今天幸亏小林市长也在这里,否则,我还真说不清了!"

林永强忙站出来打圆场:"王省长,您……您误会了,我看国秀不是这个意思,也……也就是个玩笑话吧!真是的,刘茂才闹法庭,您怎么会支持呢?不可能的事嘛!再说,这事我们前几天也按朝阳同志和市委的要求认真查了,还真没什么人组织,完全是自发的!王省长,咱……咱们还是说那一百万吧……"

黄国秀似乎也发现了自己的唐突:"对,对,还……还是说钱的事!"

王长恭余怒未消:"国秀,请你和永强放心,这一百万我答应了就少不了。但是,该说的话我还是要说,周秀丽既然收了苏阿福三十万,受贿证据确凿,该怎么判怎么判,这没什么好说的,谁闹也没用! 不过,我也奉劝某些同志少在我和陈汉杰同志身上做文章,更不要趁机搞些帮帮派派的内讧,这不好!"

处于被动中的王长恭仍是那么大气磅礴,黄国秀和林永强都不敢做声了。

王长恭语气这才平和了一些,阴着脸对林永强说:"永强,没人组织,没人操纵,却有这么多人在法庭上为周秀丽说话,什么问题啊? 不值得好好思索吗? 起码说明周秀丽是做了不少好事的嘛,你和朝阳同志心里一定要有数啊!"

黄国秀似乎又想争辩什么,却被林永强一个稍纵即逝的眼色制止了。

林永强赔着笑脸应和着:"是的,是的,王省长,我们心里有数,有数!"

不料,王长恭却又说:"永强,你和朝阳也不要误会我的意思啊。这个周秀丽必须依法惩处,该判几年判几年,你们对这个案例要好好总结,教育干部!"

林永强又是一连声地应着,硬拉着黄国秀告辞了。

黄国秀走了两步,还是在客厅门口回过了头,对王长恭道:"王省长,您别误会,我知道您不会支持刘茂才闹法庭,可事实上刘茂才这些人是在看您的脸色!"

王长恭苦苦一笑:"这我心里有数,所以,像刘茂才这样的同志,我现在一个不见,不管是在省城还是在长山!"略一停顿,又说,"对了,国秀,代我向子菁问好,就说我要找机会向她道歉哩,以前啊,情况不明,我批错她了!"

黄国秀和林永强走后,王长恭的脸沉了下来,愣愣地好半天没说话。

江正流走近了一些,悄无声息地坐到了王长恭对面的沙发上,赔着小心道:"老领导,周秀丽的案子正……正审着,您……您真不该这时候来长山啊!"

王长恭抬头看了江正流一眼:"正流,你以为我是为周秀丽来的吗?"

江正流勉强笑道:"不是我以为,黄国秀和林永强都会这样想嘛!"

王长恭把手上的茶杯往茶几上用力一顿,震得茶几上的烟灰缸都跳了起来:"如果这样想,他们就错了,大错特错了!我这次来长山,不是为周秀丽,是为长山矿务集团几万困难职工来的!是代表省委、省政府来的!培钧同志说了,弱势群体的社会保障问题必须尽快解决,这是不能含糊的!老百姓要吃饭,要填饱肚子,这是天大的事情,一个代表最广大人民群众根本利益的党不能不管人民的死活!"

江正流对王长恭不得不服,明明知道周秀丽的案子正在审着,明明知道省委调查组在查他们上届班子的问题,王长恭这位老领导不但来了,还来得理直气壮,竟把场面上的官话说得那么合情合理,那么富有感情!

更让江正流想不到的是,王长恭又批起了他,用指节敲着茶几,口气极为严厉:"而你呢,正流同志?你又是怎么做的呢?省委、省政府的困难,市委、市政府的困难,长山矿务集团南部煤田几万失业矿工的困难,你不是不知道!可你做了些什么?你和你那位连襟王小峰贪婪得很嘛,和苏阿福搅到一起去了嘛!一分钱没付,就把大富豪价值十几万的高档装潢材料全拖回家了,把自己家装潢得像宾馆!你这个同志的党性在哪里啊?良知在哪里?人性又在哪里啊?你到底还有没有良知和人性啊?心里还有没有老百姓啊?当真朱门酒肉臭,路有冻死骨了?啊?!"

江正流禁不住浑身燥热,额上渗出了一层汗珠:"老领导,这……这我得解释一下,这都是我连襟王小峰背着我办的,我……我知道后就找了唐朝阳……"

王长恭摆了摆手:"不要解释了,我知道,都知道!你主动向朝阳同志和市委坦白交赃了。所以,苏阿福把黑名单交出来后,你也就不怕了,你很聪明嘛!"

江正流心里明白,王长恭的耿耿于怀肯定是在击毙苏阿福的事上。于是,又急忙解释:"老领导,您关于……关于处理苏阿福的指示,我……我执行不力……"

王长恭挥手打断了江正流的话头:"等等,等等,正流同志,我请问一下,我对处理苏阿福有过什么指示啊?我什么时候对你具体办案发过指示啊?我不过把握个大原则!在我的印象中,对苏阿福我自始至终强调了一点,这是个关键人物,这个人一定要抓住,绝不能让他逃了或者自杀,一句话:要活的,是不是啊?!"

江正流没想到王长恭会翻脸不认账,一下子呆住了。幸亏当时他没下令击毙苏阿福。如果真这么干了,再不主动找唐朝阳说清自己的问题,现在麻烦可就大了。王长恭不在这四十八人的黑名单上,他和王小峰却榜上有名,他就是有一百张嘴只怕也说不清了,谁都会认为他是为了掩饰自己的经济问题,才搞了杀人灭口!

王长恭也说到了这个问题,口气却和气多了,竟有了些亲切的意思:"正流同志,苏阿福那四十八人的名单上有我王长恭吗?好像没有吧?倒是有你!周秀丽不是个东西,你就是好东西吗?下面对你和公安局的反映一直不少,我不是没提醒过你!还说过要到你家去看看,看看你家那座宫殿,你躲我嘛,就是不安排嘛!"

江正流抹着头上的冷汗:"王省长,这……这我得解释一下……"

王长恭阻止了:"正流同志,不要解释了。你能在关键时刻坦白交赃还是比较好的!可你不要产生错觉啊,不要以为周秀丽是犯罪分子,你倒是什么清白的人。刘茂才闹法庭时说,被告席上少了个人,少了谁啊?我看少的是你江正流嘛!"

正说到这里,秘书小段敲门进来了,说是省委书记赵培钧来了电话。

王长恭立即起身送客:"正流同志,就这样吧,要总结经验,接受教训啊!"

江正流连连应着,几乎是下意识地站了起来,后来也不知是怎么走出的长山大酒店,又是怎么上的车。当时头脑恍惚得很,像是做了一场很不真实的梦。

开着车一路回家时才想到,他和王长恭这回是完了,彻底完了。因为留下了苏阿福这个活口,周秀丽被押上了被告席,不管这次周秀丽被判多少年,王长恭对他的仇恨都将是永世不得消解的,心里便冒出了向市委和省委告发王长恭的念头。

细想想,却又觉得不妥。你说王长恭曾下令对苏阿福杀人灭口,谁会信呢?王长恭不在苏阿福的受贿名单上,从情理上推断用不着这么做,说他是想保护周秀丽和包括他江正流在内的一批长山干部吧,这告发就更不像话了。你的老领导要保护的是你,你却把老领导卖了,你算个什么东西?更重要的是,拿不出任何证据,既无旁证,又无物证。王长恭今天也把话说明了,人家从来就没下过这样的指令!

越想心里越害怕,不由得对叶子菁生出了深深的敬意,这个女检察长真了不起,明知周秀丽的后台是王长恭,硬是顶着压力把案子搞到了今天。叶子菁怎么就不想想,"八一三"大案办完后,她还过不过日子了?对这位老领导他可太了解了,此人向来是有恩必报,有仇必复的。他不是王长恭的对手,只怕叶子菁也不是对手。

惟一能搞倒王长恭的,是王长恭本人的经济问题。可王长恭经济上会有问题吗?受贿问题涉及了长山这么多干部,都没涉及到王长恭身上。也许正因为如此,王长恭才敢这么理直气壮,不但敢在这种时候到长山来,而且敢公开替周秀丽讲话。另外,还有个信号值得注意,在这种情况下,省委书记赵培钧仍和王长恭保持着很密切的联系,刚才还把电话主动打到了长山大酒店来了。赵培钧书记要和王长恭谈什么啊?是谈困难职工的解困问题,还是"八一三"大案?不好揣摩哩!

真想好好和叶子菁谈谈,交交心,也交交底,让叶子菁对王长恭这位省委领导多一份提防。像叶子菁这样的同志真栽在了王长恭手上,简直天理难容!转而一想,却又不知道该去对叶子菁说什么,更不知道叶子菁会怎么看他。叶子菁会不会把他也看成方清明这样的政治小人呢?方清明的故事现在已传得满城风雨了……

48

长达三十三天的庭审没有一天是轻松的,以叶子菁为首的九人公诉群体,面对辩护席上众多被告和强大辩护阵营,精神压力一直很大。虽说各旁听单位按市委要求做了工作,闹法庭的事没再发生过,但部分单位旁听者的抵触情绪仍然很大,喝倒彩的事还时有发生。被告律师中不乏高手,法庭辩论一直十分激烈,尤其在渎职和滥用职权的事实认定和法律适用上,纠缠得很厉害。起诉消防支队一位玩忽职守的副支队长时,连经验丰富的高文辉也陷入了被动。这位副支队长在安全检查上负有不可推脱的责任,可却在"八一三"救火时严重烧伤,脖子上的绷带至今还没取下来,旁听者对其产生同情完全可以理解,加上辩护人的辩护极富感情色彩,高文辉陈述的法律事实就在无形之中打了折扣,甚至被认为是"把英雄送上了法庭"。可也正因为有了这些激烈辩论,"八一三"大案中的每一个关键细节,每一个被告人的法律责任才进一步明晰起来,最终给判决提供了充分根据。

长山市中级人民法院以失火罪判处查铁柱有期徒刑七年；以受贿罪、滥用职权罪，两罪并罚，判处周秀丽有期徒刑十五年；以消防责任事故罪、行贿罪、组织具有黑社会性质团伙罪、绑架杀人罪，判处苏阿福死刑；以受贿和滥用职权罪判处了汤温林、言子清有期徒刑各十二年；以受贿罪、滥用职权罪、包庇黑社会性质组织罪，判处王小峰十五年有期徒刑；其他三十二名涉案被告也被判处了刑期不等的有期徒刑。其中十二名犯有玩忽职守和滥用职权罪的被告几乎全部适用刑法的最高刑期，一律七年。消防支队那位受伤的玩忽职守的副支队长也没能逃脱法律的惩罚，虽然考虑了他本人救火时的表现，仍处有期徒刑两年，缓刑三年。

应该说，整个"八一三"大案的判决是有充分的法律根据的，既公正，又严厉。法庭判决宣布后，查铁柱和言子清等十九名被告均表示认罪服法，不再上诉。

但是，在对周秀丽的量刑问题上，公诉方和法院方面产生了重大分歧。周秀丽受贿三十万，适用刑期为九年，滥用职权罪适用刑期为七年，合并执行十五年，在法律上没什么大问题。周秀丽和她的辩护律师进行最后陈述时，也一反往日庭审时的表现，表示认判服法。叶子菁却代表检察机关提起了抗诉，指出尽管周秀丽受贿额没达到死刑标准，但受贿后果极为严重，要求对周秀丽加重刑事处罚。这下子炸了锅，周秀丽在法庭上叫了起来，说叶子菁是公报私仇，和自己的两个辩护律师商量后，当场改变了认判服法的态度，以量刑过重的理由，提出上诉。

周秀丽的反应在叶子菁的意料之中，向法院提交了抗诉书后，叶子菁没再多瞧周秀丽一眼，率领起诉处长高文辉等八个同志，集体行动，一起离开了公诉席。

接下来发生的事却出乎叶子菁的意料，叶子菁怎么想不到，就在周秀丽做出激烈反应的同时，火灾受害者家属竟也做出了激烈的反应，而且把对判决的不满发泄到她和检察机关头上去了，判决结束之后就把她和高文辉等人团团围住了。

事情发生得很突然，在此之前毫无征兆。在三十三天的庭审过程中，叶子菁和起诉处的同志都是集体行动的，坐同一辆面包车来，又坐同一部面包车走，这部三菱面包车一直停在人民舞台后院里。这日却走不了了。

叶子菁和高文辉等人走出人民舞台后门就注意到，面包车前不知啥时聚起了上百号人，面包车的车身也挂上了一条血红的大幅标语："血债要用血来还，强烈要求严惩杀人犯查铁柱！"

高文辉挺机灵，一看情况不对，和身边几个男同志要保护着叶子菁退回去。

叶子菁却大意了，没当回事，推开高文辉说："怕什么？我们做点解释嘛！"

高文辉说："叶检，你解释什么？判决是法院做的，要解释也是法院解释！"

就在这当儿，那些男男女女涌到了面前台阶上，团团围着叶子菁，七嘴八舌叫了起来："检察长，这事你得解释！查铁柱怎么判得这么轻？你们怎么起诉的！"

"死了一百五十六人，只判了七年，这你们检察院为什么不抗诉?！"

"叶子菁，你说你和检察院到底收了查铁柱和长山矿务集团多少好处?！"

"这个查铁柱得判死刑，不杀不足以平民愤！"

"对，我们要让查铁柱为那一百五十六人抵命！"

……

就在这片刻的混乱之中，叶子菁、高文辉和起诉处的同志被分割包围了。叶子菁当时还勉强站在台阶上，处在一个居高临下的位置，亲眼看到高文辉被围在三步开外的台阶下，被那些处于激动中的男男女女们推来搡去。

叶子菁这时还没想到会出事，更没想到会有人在法庭门口，在这种众目睽睽的公共场所向她下手。她还是想做些解释的，便挥着手叫了起来："静一静，大家都静一静，不要这么吵嘛！真要听我解释，就请你们先让开一些，都往后退退！"

面前的人群让开了些，也安静了些，高文辉趁机脱身，挤到叶子菁面前，用自己的身体隔开近在咫尺的群众，抵了抵身后的叶子菁，再次示意叶子菁退回去。

叶子菁仍没退，拉开高文辉，面对着台阶下的男男女女，大声说了起来："大家要搞清楚，查铁柱到底犯了什么罪？是放火罪吗？是杀人罪吗？

都不是！法庭的审理过程大家都看到了，人证、物证也都看到了，就是失火嘛！失火罪的最高量刑标准是七年徒刑。正因为"八一三"大火的后果极其严重，造成了一百五十六人死亡，法院判决时才从重处罚！我们的起诉没有错，法院的判决也没有错！"

人群中，有个小伙子叫了起来："原来不说是放火吗？怎么变成失火了？"

叶子菁道："谁说是放火啊？如果你认为是放火，就请你拿出证据来！"

小伙子硬挤到叶子菁面前："这个证据得你检察长拿，只要你别包庇！"

叶子菁警告道："这位年轻先生，我请你说话注意点，不要信口开河！"

小伙子一下子哭了："我信口开河？我老婆不明不白地烧死了，烧成了一截木炭，她……她还怀着孕，两条人命啊！查铁柱只判了七年，说……说得过去吗？"

叶子菁眼前马上出现了0334号物证照片，那是个烧得惨不忍睹的孕妇照片，也不知是不是这位年轻人的老婆？心便软了下来，和气地劝慰道："小伙子，不要这么激动好不好？你和受害者家属们的心情我能理解！但是，法律就是法律啊，我们执法必须不枉不纵是不是？我们都要尊重法律是不是？"

小伙子根本听不进去，抹着泪，不管不顾地叫了起来："叶检察长，你别和我说这么多！这个查铁柱就得判死刑，就得千刀万剐！别管他失火还是放火！"

许多人也跟着吼了起来："对，判死刑，判死刑！"

"你们对查铁柱也得抗诉，这事不算完！"

"周秀丽该死，查铁柱也该死！"

"查铁柱是直接责任人，比周秀丽罪还大！"

"一命抵一命，得枪毙查铁柱一百五十六次！"

……

面对这种场面，叶子菁真不知该说什么才好，心里禁不住一阵阵悲哀。这就是中国法制必须面对的另一种现实，人们的感情常常在自觉不自觉中代替了法律。她绝不相信旁听了三十三天庭审之后，涌在面前的这些人们还弄不清什么叫失火罪,惟一的解释只能是,当人们的感情和法律产生矛盾时,法律意识就淡薄了,甚至就不存在了!这实际上是对法律的另一种挑战,很普遍的挑战。也正因为这种挑战的长期存在,共和国的历史上才出现了类似那位老奶奶和孩子被活埋的人间惨剧!

叶子菁无心再做什么解释了,在一片拥挤吵闹声中,和高文辉一起东奔西突。

受害者家属们不干了,吵着闹着,四处堵着,既不让叶子菁和高文辉退回人民舞台,也不让叶子菁和高文辉接近十几步开外的面包车。对叶子菁的行刺事件就在这时发生了,有人趁混乱之机,用三角刮刀在叶子菁臀部狠狠捅了一刀。叶子菁挨了一刀后,一时竟没反应过来,竟仍在那些受害者家属的推推搡搡中走了几步。

倒是叶子菁身后的一个妇女先惊叫了起来:"血!有……有人捅了检察长!"

几乎与此同时,剧烈的疼痛席卷而来,叶子菁这才发现自己被暗算了,扭头一看,左腿制服的裤子已被鲜血浸透了,身后的水泥地上印下了两个清晰的湿脚印。

像是听到了什么号令,围在叶子菁面前的男男女女们一下子惊恐地退开了。

这时,又有人叫:"凶手就在我们这些人中,快关门,别让凶手逃了!"

许多人这才如梦初醒,配合起诉处的同志和几个法院的法警把后院的大门和通往人民舞台的两个边门全关上了。也在这时候,叶子菁软软倒在了高文辉怀里。

高文辉不敢相信面前的现实,搂着浑身是血的叶子菁,不知该说什么才好。

身边,许多受害者家属又七嘴八舌说了起来:"叶检,这可不是我们干的!"

"叶检,我们对判决有意见,可也不会对您下手,大火又不是您引起的!"

"就是,就是,叶检,我们意见再大也不会这么干嘛!"

……

高文辉听不下去了,捂着叶子菁还在流血的伤口,含泪叫了起来:"好了,好了!你们都住嘴吧!不是你们这么围着闹,能出这种事吗?都滚!"

叶子菁觉得高文辉太粗暴了,要高文辉不要说了,自己又有气无力地对着面前的受害者家属说了几句:"大家都……都不要怕!我心里有数,这……这种事不是你们干的!可你们心里也……也要有数啊,绝不能用感情代替法律啊……"

说到这里,叶子菁因失血过多,加上庭审期间连日疲劳,昏了过去。

第十四章 水涨船高

49

得知叶子菁在"八一三"大案判决之日,大庭广众之下被人捅了一刀,林永强大为吃惊。尽管他不喜欢这个多事的女检察长,更不赞成对周秀丽判决的抗诉,但对这种暴力事件的发生仍无法容忍。这不是对叶子菁个人的挑衅,是对政府和法律权威的挑衅,如果容忍了这种挑衅,没准哪一天他这个市长也会吃上谁一刀!

和唐朝阳在电话里简单地通了通气,林永强便驱车赶往市公安局。

这是当晚七点多钟的事,距行刺事件发生不到两小时。

赶到公安局值班室时,唐朝阳已先一步到了,正沉着脸听江正流、伍成义和办案人员做汇报。一位刑侦大队队长汇报说,尽管当时在场同志反应比较及时,凶手还是趁乱逃了。现场群众中没谁携带凶器,现场也仔细找了,没发现任何凶器。唐朝阳很恼火,说是竟然在我们的法庭门前行刺检察长,性质极其恶劣,影响太坏了,指示江正流和公安局本着从重从快的原则,精心组织,争取在最短的时间内破案。林永强也发了一通市长的大脾气,明确要求江正流和伍成义,这个案子要定为大案要案,要限期破案,短则十天半月,最多一个月!

从公安局出来,原说要和唐朝阳一起去医院看望叶子菁的,不料,刚上车就接到了王长恭秘书小段的一个电话。前不久,林永强把小段的哥哥安排进了川口县政府班子,由农业局长提为副县长,小段心里挺感激的,关键时候总给他通风报信。

今天这个电话又很关键,小段透露说:"林市长,事情麻烦了!'八一三'大火案判了这么多渎职干部,判得又这么重,长恭同志说,包括你和唐书记在内的干部处理估计就得水涨船高了,长恭同志知道了这个判决结果后,愁得直叹气啊!"

林永强马上警觉了,渎职者的法律责任要追究,领导责任也是要追究的。据说中央有关部门一直紧追不放,几次来人来电催促,要求省里把负有领导责任的干部处理方案报上去。中央追省里,省里便追市里。前几天,市委、市政府经慎重研究后,将拟处分的十二个处级干部的处分方案报给了省委。现在案子判了下来,省里研究处理干部也是情理之中的事,包括对他和唐朝阳等市级领导干部的处理。

无名怒火一下子蹿上心头,对叶子菁仅有的一点同情全被愤恨取代了。简直他妈混蛋,已经判了这么多人,判得又这么重,检察院竟然还对周秀丽的判决提出了抗诉,还要把周秀丽处以极刑!如果周秀丽该杀头,祸水继续往上涨,他这个市长岂不要被追究渎职罪了?他的仕途岂不全玩完了?!

小段也说到了这一点:"就说周秀丽吧,受贿三十万就判了十五年,检察院还提起了抗诉!如果叶子菁抗诉成功,真把周秀丽判了死刑,林市长,你想想吧,你这市长还能干下去吗?撤职都是轻的吧?让长恭同志怎么在省里为你们说话啊!也不知你和唐书记是咋掌握的,就眼看着叶子菁和检察院这么乱来啊?!"

林永强心情益发郁闷,连连应着:"是啊,是啊。有些情况我和你说过,这个叶子菁谁掌握得了啊?再说,唐朝阳又是这么个不阴不阳的态度……"

小段安慰说:"林市长,你也别紧张。据我所知,长恭同志对你和唐书记在态度上还是有区别的,我看是把账全记到唐书记头上了。有个事你知道吗?就是今天下午的事,长恭同志得知判决情况后,打了个电话给你们唐书记,想请市委出面做做叶子菁的工作,让检察院撤回抗诉,唐书记又给顶回去了,说不好办哩……"

林永强心里怦然一动,突然做出了个决定,"段处长,您看我能不能向……向长恭省长做个汇报啊?最好安排在今天晚上,我……我马上就赶过去,马上!"

小段有些为难:"林市长,这合适么?现在都八点多钟了,你赶过来最快也要三个小时,都半夜了。再说,我也不知道长恭同志有没有安排?其实,林市长,你汇报不汇报都无所谓,关键是让叶子菁和长山检察院把对周秀丽的抗诉撤回来,别再这么胡闹了,事情到此为止算了!"

车快到人民医院门口时,小段的电话又打了过来,说是和王长恭联系过了,同意他过来,还特意交代,这次就不一定拖上唐朝阳了。林永强本来也没想过要和唐朝阳一起去,听到这话心里更有数了。在医院门口,匆匆和唐朝阳告了别,信口开河说,有些火灾受害者家属找到他门上去了,他得赶回去紧急处理一下。

唐朝阳也没怀疑什么,只交代说:"林市长,你可千万不要轻易表态啊,要尽量做做受害者家属的工作,咱们检察院的起诉和法院的判决,我看都没错嘛!"

林永强笑道:"唐书记,这还用你说?我知道,都知道!代我向子菁先问好吧,就说我抽空再来看她,让她安心养伤!"说罢,急急忙忙再次上了车。

车从长山一路开往省城时,林永强有一阵子又怀疑起自己的决定来,他这么急着往王长恭家跑是不是合适?省委调查组毕竟还呆在长山没走啊。再说,这次又是背着唐朝阳去的,万一被唐朝阳知道,唐朝阳会怎么想?该不会骂他卖身投靠吧?

却也顾不得了。就算王长恭有问题,就算王长恭日后会倒台,可今天王长恭还在台上,他就得识时务,就得去汇报。事情很清楚,这么一把大火,伤亡和损失又这么严重,省委在市长和市委书记两个主要领导干部中撤下一个做替罪羊是有可能的。他身为市长,责任当然不小,可火灾发生时,他毕竟只上任五个月嘛!唐朝阳来了一年多,又是一把手,责任应该比他大。更何况唐朝阳对王长恭的指示一直阳奉阴违,这阵子又不断硬顶,王长恭能饶了唐朝阳?看来长山注定要出个政坛烈士了,他们这对老搭档也到了分道扬镳的时候了,天下没有不散的宴席啊……

然而,到了省城枫叶路7号王长恭家,见到王长恭以后,王长恭却绝口不谈唐朝阳的事,也没提到干部处理问题,甚至没谈案子的判决,淡然地看了林永强好半天才说:"小林市长啊,你这么急着跑到我这里来干什么?想打探什么消息啊?"

林永强做出一副生动的笑脸说:"哪里,王省长,我……我是来汇报哩!"

王长恭身子往沙发上一倒,说:"好啊,要汇报什么啊?说吧说吧!"

林永强却不知道该说什么,怔了一下,吞吞吐吐道:"王省长,听段处长说,您对"八一三"火灾案的判决,有……有些看法?担心干部处理时会水涨船高?"

王长恭很意外:"这个小段,胡说些什么,啊?干部处理的事还没研究呢!"

林永强揪着心问:"王省长,估计也快了吧?现在外面传言不少哩!"

王长恭不接茬儿,冷冰冰地打官腔道:"小林市长啊,你不要想得这么多嘛!当一天市长就要负一天责任,就要站好最后一班岗嘛!共产党人嘛,不能这么患得患失啊!对了,以前你也向我和省委表过态嘛,表态的话我还记得呢!这个,啊,随时准备接受省委的处分,包括撤职下台,你这个同志态度还是比较端正的嘛!"

林永强眼前一黑,差点没晕过去,怔了好半天才说:"王……王省长,我的情况您……您是知道的,火灾发生时,我调到长山不过五……五个月啊……"

王长恭看着林永强,不高兴了:"林市长,你什么意思啊?要推卸责任了?"

林永强连忙摆手,话语中带上了哭腔:"不……不是。王省长,该我的责任我不……不会推,可……可我和唐朝阳的情况还……还是有区别的,朝阳同志来长山的时间毕竟比我长得多。再说,他……他又是一把手!"停顿了一下,怯怯地看着王长恭,"王省长,您不也……也反复强调要……要保护干部嘛……"

王长恭冷笑道:"保护干部?也不想想你们长山的干部值得保护吗?保护的结果是什么?脏水全泼到我头上来了!好像我和周秀丽真做了什么见不得人的事!我忍辱负重,一次次去长山,一次次和你们谈,包括陈汉杰,要你们顾全大局,维护长山干部队伍的稳定,不要把事情闹到不可收拾的地步!你们呢,谁把我的话当回事了?你们非要闹嘛,讲原则,讲法制啊,现在还让我说什么!啊?"

林永强急于把自己从"你们"里脱出来,拼命解释道:"王省长,有些情况您是知道的,陈汉杰不去说了,唐朝阳也不听您的招呼啊!关于周秀丽,我就在会上提出过,要考虑她在城管方面的历史贡献,唐朝阳理都不理!判决前,我提议市委和政法委先讨论一下,慎重一点,又让唐朝阳否定了。唐朝阳说,不能以权代法,就让检察机关去依法起诉,让法院依法去判！叶子菁有唐朝阳和陈汉杰做后台，哪还把我的话当回事？再说，我也不敢把话说得这么明！我更没想到，法院已经从严从重判了周秀丽十五年刑，叶子菁竟还提起了抗诉，还要求判死刑！"

王长恭"哼"了一声，极力压抑着内心的愤懑："好，好啊！我们这位叶检察长干得太好了！唐朝阳同志领导下的长山市委太有法制观念了！"突然间还是失了态，手往茶几上狠狠一拍，震得茶几上的茶杯和烟灰缸都跳了起来，"把周秀丽毙了，用这个女同志的血，用我们改革者的血去染他们自己的红顶子吧！"

林永强明知王长恭这话不对，却违心地奉和道："就是，就是嘛！王省长，您说说看，在这种情况下，我……我有什么办法呢？我……我真是欲哭无泪啊！"

王长恭沉默片刻，拍了拍林永强的肩头，表示了某种理解，又说了下去："不过，我看啊，我们这位唐朝阳同志的红顶子也未必戴得牢！周秀丽拿了苏阿福三十万就该枪毙了，他唐朝阳就不是简单的领导责任了吧？就算不办他的渎职罪，也该撤职下台了吧？"脸不由得又拉了下来，"永强，我知道现在的事情很难保密，我也不打算在你面前保密，可以告诉你，我这回也要按原则办事了！"

林永强讨好说："王省长，就算处理了朝阳同志，也不能让叶子菁再这么胡闹了！我准备亲自和叶子菁谈谈，建议她和检察院撤回抗诉，党的领导必须坚持！"

王长恭摇头苦笑道："还谈什么党的领导啊？叶子菁和长山检察院你我领导得了吗？我看不如让他们独立算了！不说了，反正你林市长看着办，按原则办吧！"

送林永强出门时，王长恭才又意味深长地说："永强，你不要想得太多，你的情况我心里有数，在讲原则的前提下，该为你说的话我还会说。你呢，也好自为之吧，起码不要像唐朝阳和叶子菁同志那样，用别人的血去染自己的红顶子！"

林永强听明白了，也揣摩准了，王长恭在干部处理问题上倾向性很明显，唐朝阳估计是在劫难逃了，闹不好真要被撤职。他的问题好像不是太大，王长恭十有八九还会继续保下去。当然，人家也要看他的具体表现，看他是不是好自为之！

那还有什么可说的？他当然要好自为之了……

50

捅在左臀部的那一刀深达四厘米，伤及了大腿股骨，从下刀的位置看，行刺的凶手好像并不想置她于死地，叶子菁因此认为，这可能是报复，更有可能是威胁。

黄国秀说："别管是报复还是威胁，反正这一刀你已经挨上了，就好好接受教训吧！恐吓电话又不是没有过，我再三提醒你小心，你呀，就是不往心里去！"

叶子菁道："这种事防不胜防啊，让我怎么小心？'八一三'大案判了这么多受贿渎职、滥用职权的犯罪分子，恨我的人能少了？别说我了，你和小静多加小心就是了。尤其是小静，让她以后放学就回家，这阵子小记者团的活动尽量少参加！"

黄国秀摆摆手道："这话你和小静去说吧，人家小静崇敬的是你！"说着，将一个作文本递到叶子菁手上，"看看这个吧，你女儿写你的，《护法英雄》！"

叶子菁随口问道："哎，小静呢？今天怎么没来看我啊？"

黄国秀说："来过了，当时你还在睡觉，就回家给你烧饭去了！"

叶子菁看起了女儿的文章，只看了两页就笑了："这小静，真能吹！"

黄国秀也笑了起来："别说了，子菁。我已经批评过她了，我说你这写的是你妈吗？分明是大侠！也可以理解，这阵子咱宝贝女儿正在看武侠小说，迷得很！"

叶子菁不看了，把作文本往床头柜上一放，正经作色道："这可不行啊，将来大学她还想不想上了？你当爹的别一天到晚和她嬉皮笑脸，得和她认真谈谈了！"

黄国秀忙道："叶检，汇报一下，刚谈过，就是今天的事！我很严肃地对黄小静说了，现在我们已经进入了信息时代，估计社会上已经没有大侠这种职业了！"

叶子菁哭笑不得："老黄，你这还叫严肃啊？小静能当回事吗？！"

黄国秀像是没听见，自顾自地道："小静说，她真是大侠就好了，就能为你当保镖了！比如这回,那个凶手不可能得逞,她一发功就把凶手的凶器给收了……"

叶子菁苦笑不已:"等她黄小静成大侠时,只怕我也成白发魔女了!"摆了摆手,"算了,不说这宝贝女儿了,还是说正经事吧!老黄,对周秀丽的判决,我们检察院提起了抗诉,这事你可能也听说了吧？听到外面什么反应没有？"

黄国秀说起了起来:"这事我正想说呢！这么抗诉有没有法律根据啊？王长恭来长山的事我和你说过,人家一再强调周秀丽的贡献,就算不考虑贡献,也不至于判死刑啊！外面议论不少,甚至说你们两个女同志争风吃醋,公报私仇！"

叶子菁平静地听着:"老黄,你觉得我是在公报私仇吗？"

黄国秀道:"哎,子菁,这你别问我,我只是向你转达社会反应嘛！"

叶子菁问:"老黄,说心里话,你认为这个周秀丽该不该判死刑？"

黄国秀想了想,很认真地说:"子菁,说心里话,我也觉得判死刑重了些,周秀丽受贿渎职,造成的后果是很严重,就算十五年轻了,最多也就是个死缓吧！"

叶子菁长长叹了口气:"连你都这么看,这抗诉只怕能理解的人就不多喽！"

果不其然,当天下午市长林永强便来了,抹角拐弯要求叶子菁撤回抗诉。

客观地说,林永强刚进门时态度很好,对叶子菁进行了亲切慰问,还把医院女院长叫来交代了一通,搞得叶子菁挺感动。林永强主动提到了抓凶手的事,对叶子菁发狠说,如果江正流抓不到这个行刺的凶手,他公安局长就别干了！叶子菁反倒有些替江正流不安了,要林永强别这么武断。林永强说,这不是武断,是要给公安局施加一点压力,这种案子不破还得了？我这个市长还敢当下去啊？！

谈到抗诉问题,林永强口气变了,忧心忡忡说:"叶检啊,对周秀丽的这个判决,非抗诉不可吗？我看不一定吧？是不是能撤回来啊？'八一三'大火案搞到今天,连你这个女检察长都挨了坏人的刀子,矛盾激化到这种程度,让我忧心啊！"

叶子菁没当回事,笑道:"林市长,你别忧心,有胆量让他们再来一次嘛!"

林永强不接叶子菁的话茬儿,按自己的思路说着:"叶检,我专门到司法局找法律专家们咨询过,法院判周秀丽十五年,判得并不轻,量刑还是适当的,你和检察院怎么还是揪住不放呢?对周秀丽,你们是不是有些情绪用事了?啊?"

叶子菁这才认真了:"林市长,抗诉是我们检察机关的事,最终怎么判是法院的事。是不是就判死刑,我们检察机关说了不算嘛,得以法院的判决为准!"

林永强心里啥都有数:"是的,是的。叶检,那你们能不能把抗诉撤回呢?"

叶子菁不想和林永强当面争执,敷衍说:"抗诉材料已经正式呈送上去了,再由我们出面撤回来肯定不行。林市长,你还是等着让省高法驳回吧!"

林永强故作轻松地笑了起来:"看你这话说的!你叶子菁现在是什么人?你提起的抗诉案谁敢驳回?不怕你女包公手上的鬼头铡铡到人家脑袋上去啊?"

叶子菁也笑了起来,口气挺温和:"林市长,我得纠正一下,我们检察机关可不是什么包公啊。我上次汇报时和您说过嘛,我们就是济公,虽然穷,还得主持正义。我们手上也没有什么鬼头铡啊,只有法律赋予我们的责任和使命。"

林永强做了个手势:"哎,打住,打住!叶检,你这话我又听出意味来了,你是不是又在为你们检察大楼的事,这个,啊,变相批评我和市政府啊?"

叶子菁倒真没想到那座停工的检察大楼,可听林永强这么一说,便也将错就错了:"林市长,批评您和市政府我不敢,可我们检察大楼总还得建啊,是不是?"

林永强点头应道:"是的,迟早总要建,老停在那里我心里也犯堵!可长山的财政情况你知道,你家老黄也知道,我和政府也难啊!这阵子,为社会保障资金的事又弄得焦头烂额,好不容易请王长恭来了趟长山,也只求到一百万!"摆了摆手,"不说了,不说了。就冲着你受伤躺在这里还挂记着检察大楼,这事我也得想点办法了。可以考虑找个资金雄厚的建筑公司先带资金干着,再次启动起来,市政府做担保!我这市长再困难,也得先给你们这群穷济公弄套新袈裟嘛!"

叶子菁高兴了:"林市长,那我和长山检察院就先谢谢您了!"

林永强笑道:"谢什么?这又不是谁的私事,你们检察院吃的是财政饭嘛,长山政府和市财政有责任,有义务为你们分忧解难!"话题一转,"不过,子菁,既然吃着市政府的财政饭,你们也要多少听听政府和我这市长的招呼啊!不能用钱找我和市政府,办起案子来眼里就没有市政府嘛,比如对周秀丽的抗诉!"

叶子菁这才后悔起来,觉得自己真不该在这种时候将错就错,便轻描淡写说:"林市长,抗诉是我们的职责,如果抗诉理由不成立,省里驳回也很正常嘛!"

林永强眼睛骤然一亮:"叶检,如果抗诉驳回,你们是不是就此罢手啊?"

叶子菁却笑着摇起了头:"不,不。林市长,如果证据事实没有改变,如果驳回的理由站不住脚,我和长山市人民检察院就不能放弃自己的责任和使命啊。我们也许会去省城,请求省人民检察院向最高人民检察院提请抗诉!"

林永强怔了一下:"叶检,我听明白了!这就是说,你一定要把周秀丽送上刑场才罢休,是不是?"长长叹了口气,"你知道现在外面是怎么议论你的吗?"

叶子菁平淡地说:"这我不太清楚。林市长,你说吧,说给我听听!"

林永强给叶子菁掖了掖被角:"算了,不说了,你已经受伤躺在病床上了!"

叶子菁说:"林市长,你不说我也知道,有人说我公报私仇,是不是?"

林永强这才郁郁道:"不止这些啊,话多着呢!你过去不是说过吗,不能用无辜者的血染自己的红顶子。现在有人说,那也不能用改革者的血,自己同志的血去染红顶子啊!还有人明说了,你是要用周秀丽的血去染自己的红顶子了!"

叶子菁火了:"谁这么胡说八道啊?周秀丽是谁的同志?什么时候又成改革者了?林市长,我不否认周秀丽任城管委主任期间做过好事,当年的张子善、刘青山在战场上立过大功,不是照样判了死刑吗?'杀了张子善、刘青山,挽救了两万,甚至二十万干部!'这是毛泽东的评价!所以,林市长,我不隐瞒,我们长山检察院抗诉的量刑建议就是要判周秀丽死刑,就是要警示那些敢于渎职、滥用职权的犯罪分子!周秀丽受贿情节非常恶劣,受贿造成的后果也极其严重,大家都知道的,致使'八一三'大火的死亡人数急剧增加,这是血淋淋的事实啊!"

说到最后,叶子菁已有些气短声弱了,眼里浮出了闪亮的泪光。

林永强劝道:"叶检,不要这么冲动,这对你养伤不利!有些话我今天本来不想说,可我真不愿看着你进一步激化矛盾,也怕伤了一些干部的心!子菁,不能太理想化啊。我们不是生活在真空中。你的原则性,高尚情操和道德勇气,都让我敬佩,但我也不能不提醒你,必须面对现实啊。你冷静地想一想,如果你们检察院抗诉成功了,周秀丽真被判了死刑,我们长山的干部们会怎么想啊?啊?"

叶子菁说:"林市长,谁怎么想并不重要,重要的是我不敢渎职。您别把我想得多高尚,也别说敬佩,我承受不起,真的!我所做的一切,只不过在履行职责罢了!"叹了口气,又说,"林市长,我不知道您今天说的是您个人的意思,还是哪位领导的意思,但我知道王长恭同志的态度。自从案子涉及到周秀丽,王长恭同志就一直在干涉,可我硬着头皮挺过来了,也因此得罪长恭同志了!"

林永强苦笑道:"子菁,既然你这么说了,那我也坦率地告诉你,你得罪的不是一个王省长啊,还有一大批干部,甚至可以说是长山的一个官员阶层啊!"

叶子菁不由得激动起来:"是的,林市长。这是事实,我已经躺在这里了嘛!昨天伍成义找我了解情况时,我还向伍成义说,凶手线索不要在受害者家属中找,受害者家属就是对判决有些不理解也下不了这种毒手!凶手要在那些渎职单位或个人身上找,就是你说的那个腐败官员的阶层!我很清楚,我得罪了他们了,可我不敢得罪法律,不敢得罪我们广大老百姓,不敢得罪一个法律工作者的良心!"

毕竟是来看望一个躺在病床上的因公负伤的女检察长,林永强虽说心里极为不满,却也不好像打招呼会议那样发市长的脾气,谈话就这么不冷不热地结束了。

当晚,陈汉杰赶来看望叶子菁。叶子菁将情况和陈汉杰说了,觉得很奇怪,已到这种时候了,这位市长大人怎么还敢这么公开为周秀丽说话,为她做工作?

陈汉杰经验丰富,深思熟虑说:"子菁啊,其实这并不奇怪!案子已经判完了嘛,干部处理也要开始了,也许就是这几天的事,省里传过来的消息不少。微妙的是,王长恭还是省委常委、常务副省长,仍然做着事故处理领导小组组长。在长山干部的处理上既有建议权,又有很重要的一票,林永强当然要看王长恭的脸色,继续讨好王长恭嘛!我看林永强今天说的这些话,很可能都是王长恭的意思哟!"

叶子菁不解地问:"这个滑头市长就不怕王长恭以后倒台连累他吗?"

陈汉杰笑道:"连累什么?就许你们检察机关抗诉,不许人家发表不同意见啊?法院不就判了周秀丽十五年嘛,这就是法院的看法嘛,很正常嘛!"略一沉思,又说,"我看,得提醒朝阳同志小心了,搞不好朝阳同志要吃大亏啊!"

叶子菁警觉起来:"朝阳同志要吃大亏?老书记,你这又是什么意思?"

陈汉杰判断说:"林永强这么卖身投靠,人家长恭同志心里能没数?拿处理意见时能亏了他吗?朝阳坚持原则,一直不愿把你叶检撤下来,支持你们独立办案,王长恭能不趁机报复?甚至有可能找借口撤了朝阳同志的市委书记职务!"

叶子菁心里一惊,如果事情真是这样,唐朝阳坚持这个原则就太不容易了!可心里仍不太相信:"王长恭当真有这么大的能耐?省委和赵培钧就会听他的?当真没有公道和正义了?老书记,你估计唐书记被撤职的可能性到底有多大?"

陈汉杰说:"我看八九不离十吧。王长恭只要向省委这么建议,就会有充分的理由,省委和培钧同志想保也保不住,挥泪斩马谡也得斩!就像你们对周秀丽提起抗诉一样!"叹了口气,"如果想避免这种结果,恐怕也只有搞次政治妥协了!"

叶子菁盯着陈汉杰问:"老书记,你的意思是不是说,我们主动撤回抗诉?"

陈汉杰点了点头。"王长恭擅长打政治牌,做政治交易,这笔交易他要做啊。据朝阳说,王长恭为此又在电话里和他打招呼了,朝阳还是顶住了!"微微一笑,和气地看着叶子菁,"你们长山检察院能把抗诉撤回吗?啊?"

叶子菁略一沉思,缓缓摇起了头:"老书记,说心里话,我非常敬佩,也非常理解唐朝阳同志,真心希望这位领导同志能留在长山市委书记的岗位上,继续为长山五百万人民做些大事实事。可我真不敢拿原则,拿法律和谁做交易啊!"

陈汉杰频频点着头:"是啊,是啊,看来唐朝阳要付出代价了!"

51

唐朝阳怎么也没想到,林永强会这么没原则,为周秀丽做工作竟然做到了叶子菁的病床前!是不是那位长恭同志又给林永强许什么愿了?这位昔日的同志加兄弟是不是还在指望干部处理时王长恭重要的一票?这阵子他和林永强说了多少啊,明敲暗打,一再让林永强多想想党和人民,多想想自己身上的责任。看来林永强根本没想,心里仍然只有一己私利!这个年轻人身上已经没有多少共产党人的气味了!

陈汉杰的判断和他完全一致。当陈汉杰说到干部处理,要他多加小心时,唐朝阳马上心领神会,明确表示说:"这一次我准备付出代价,哪怕是沉重的代价!"

然而,让唐朝阳没想到的是,这代价来得快了些。仅仅一周之后,省委、省政府对长山市领导干部的组织处理工作就开始了。王长恭以"八一三"火灾善后工作处理领导小组组长的身份,带着领导小组其他成员和组织部、省纪委有关干部,到长山来主持召开经验教训总结会了,要求市委和市政府两套班子参加。更没想到的是,不是别人,而是王长恭在会上对长山市委坚持法制原则的精神予以了充分肯定。

会议一开始,王长恭就谈笑风生说:"同志们啊,先说明一下,这个会主要是总结经验教训,组织处理免不了,可重点要摆在总结经验教训上,同志们在思想上不要背包袱!为了把这个会开好,我特意和小林市长提前打了个招呼,伙食一定要安排好,就算明天拉出去枪毙,今天也得让同志们吃几顿饱饭嘛!是不是啊?"

唐朝阳听到王长恭这话就想,要拉出去"枪毙"的这个人恐怕就是他了!

　　是一次政治上的枪毙,枪毙的理由估计会很充分。作为长山班子的一把手,面对这么一场灾难性的大火,组织上从严处理,就算把你一撸到底,你也无话可说。唐朝阳太清楚组织处理和法院审判的区别了。法院审判有法律细化出的刚性标准。组织处理则就大可玩味了。组织对你印象好,想保你,给你个党内警告,行政处分,也算处理过了,不想保你你就死定了。王长恭是不会再保他了,人家已经明言"枪毙"了。这听上去是句玩笑话,实则透着政治杀机。

　　王长恭话说得滴水不漏:"枪毙不至于,开个玩笑罢了!可教训要汲取,领导责任要追究! 在这里,我要纠正一下最近听到的错误言论。有些同志说啊,长山这把大火烧死这么多人,只判了一些小鱼小虾,级别最高的不过是市城管委主任。我现在就代表省委、省政府郑重告诉同志们,这些小鱼小虾没逃掉,大鱼大虾肯定也逃不了! 还有的同志又是一种意见了,说是渎职干部判了那么多,又判得那么重,比如说城管委那个姓周的主任,判了十五年还要抗诉,怕水涨船高。我也可以告诉同志们,没这么回事! 水还是那些水,船还是那些船。法院对渎职犯罪分子的依法判决,和省委、省政府对在座某些同志领导责任的追究,是性质不同的两回事,是出于爱护的目的! 当然,爱护也要讲原则。在这一点上,朝阳同志和长山市委做得就很好。有原则,讲法制,在省委常委会上,培钧书记给予了高度评价! 有关情况我也向培钧书记和省委常委们介绍了,我说朝阳、永强同志和长山市委不容易啊,这么大的一场火灾,社会影响这么广泛,上上下下涉及了那么多人,来自各方面的干扰和压力可想而知,朝阳和永强同志硬是顶住了嘛!"看了看坐在身边的唐朝阳和林永强,又和蔼地说,"朝阳、永强啊,我可不是丧事当着喜事办啊,经验教训要总结,该肯定的还是要肯定嘛! 是不是啊!"

　　唐朝阳表情平静地道:"长恭同志,这得力于您的正确领导和大力支持嘛!"

　　林永强看着王长恭,极是漂亮地当场将唐朝阳卖了:"王省长,这您可表扬错了,'八一三'大案能办成今天这个样子,都是唐书记掌握得好啊,我这个市长不过执行罢了,有时执行都不得力! 王省长,在这里,我得先向您和省委做个检讨,我这人心太软啊,有时也爱感情用事,唐书记可没少批评我啊。我呢,过去还不太服气,今天听您这么一说,才知道自己在原则性上是有不少问题哩!"

唐朝阳觉得一阵恶心。林永强想干什么?这是检讨还是献媚?他是不是想说明,让王长恭极不满意的这一切都和他没关系,全是他唐朝阳一个人的事?这个政治小人怎么一点廉耻都不讲了?还什么同志加兄弟呢,他过去真是瞎了眼!

王长恭和林永强的配合可以说是天衣无缝。林永强话一落音,王长恭便接上来说:"永强同志,你有这个自我批评精神就好!在讲原则这一点上,你是要向朝阳同志学习,我也要好好学习嘛!"话头突然一转,"坚持原则,依法办事,应该充分肯定,但不能把丧事当做喜事办!长山这把大火烧死了一百五十六人,人民的生命财产损失惨重。虽说火灾肇事者和相关渎职犯罪分子受到了严惩,可这还远远不够!这把大火暴露的问题触目惊心,同志们要反思一下,我们对人民负责了没有?该承担什么责任?我和汉杰同志就有责任嘛,在一些干部的任用上,在制度建设上,给这届班子留下了不少隐患。我在省委常委会上已做了两次深刻检查,前天还向中央写了引咎辞职报告,准备承担自己的历史责任,决不含糊!"

这倒是唐朝阳没想到的,王长恭作为前任市长引咎辞职,他还有什么可说的?

于是,在接下来的表态发言中,唐朝阳认真检讨了自己的失职,说自己官僚主义作风严重,没把人民的生命财产放在心上,忽视了安全问题,对"八一三"大火负有主要领导责任。最后,当着王长恭和与会者的面,郑重提出引咎辞职。

王长恭在唐朝阳表态结束后,做了即兴发言,听上去语重心长,实则是在定调子:"朝阳同志,我知道你会有这种态度!你是个原则性很强的同志,对同志们要求严格,对自己的要求会更严格!你的检讨我看也是实事求是的。永强虽然是市长,可来长山的时间毕竟很短嘛,不过五个月嘛!你这个市委书记呢?来了一年多了,都忙了些啥呀?能这么官僚主义吗?能这么不管老百姓的死活吗?!"

事情很清楚,人家在搞诱敌深入,你明知是套还得往里钻!不钻还不行,人家脸一拉,会甩起鞭子把你往套里赶,这位长恭同志把政治手腕玩得炉火纯青了。

林永强跟在唐朝阳后面做了检查,也一脸真诚地提出要引咎辞职。

王长恭却阻止了,半开玩笑半认真地道:"怎么回事啊?同志们要把这个会开成辞职大会啊?小林市长,哦,还有在座的同志们,你们都给我听清楚了,总结表态时不要开口辞职,闭口辞职,大家都辞职,长山这盘买卖还要不要了?我们的改革事业还干不干了?!我把话说清楚,省里要引咎辞职的是我王长恭,市里就是朝阳同志,其他同志要放下包袱,轻装上阵,用行动给党和人民挽回损失!"

话说得真漂亮!既报复了他这个不听招呼的市委书记,又拉拢了人心。

晚上吃饭时,王长恭笑眯眯地把唐朝阳拉到自己身边,还给唐朝阳敬了杯酒,似乎很贴心地说:"朝阳啊,感谢你的理解和支持啊!在这种情况下,我们不下地狱谁下地狱啊?啊?你我引咎下台,承担责任,其他同志就好处理了!"好像唐朝阳撤职已成了事实,又半真不假地问,"朝阳,说说看,离开市委书记岗位后想干点啥啊?我们一起开个公司好不好呢?而今迈步从头越嘛!"

唐朝阳压抑着心头的极度反感,笑道:"怎么?王省长,你还想发财啊?"

王长恭呵呵大笑起来:"哎,朝阳同志,为什么我就不能发财啊?啊?当官不能发财,做生意就要发财嘛!做生意的都不发财,咱们国家的经济就别发展了!"

唐朝阳这才勉强应付说:"王省长,我呀,今后还是想研究点实际问题!"

王长恭又乐了:"那也好啊。朝阳,去省农科院做副院长怎么样?农业问题既是实际问题,又是大问题,你真有这个想法,我可以郑重向省委建议!"

这分明又是个套,而且太明显,也太拙劣了!唐朝阳这回不钻了,引咎辞职是没办法的事,安排新的工作岗位,组织上还得征求他本人的意见,他不能这么被王长恭牵着鼻子走!于是,明确说:"王省长,我可没有这个想法啊!我在大学是学机械制造的,和农业没任何关系,就算下台搞研究,也研究不了农业嘛!"

王长恭"哦"了一声:"朝阳,你不是农大毕业的吗?我还搞错了?好,好,你这么一说,我就有数了!"话头一转,谈起了工作,"你我的事先不说了,还是说说你们处级干部的处分方案吧!省委原则上同意你们的处理意见,只是对个别同志还有些想法。比如,公安局长江正流,党内警告是不是轻了些呢?"

唐朝阳颇为意外,以为听错了:"王省长,对江正流同志的处分轻了?"

王长恭点点头:"这个同志是不是应该考虑调离现岗位,行政降级啊?"

唐朝阳意味深长地看着王长恭,故意刺激王长恭说:"王省长,关于江正流和您的关系,长山方方面面的说法可不少啊!都说他是您一手提上来的……"

王长恭表情庄严:"哎,朝阳,你这就不对了嘛。不能因为正流同志是我建议使用的干部,就从轻从宽嘛,必须讲原则嘛!朝阳同志,你们可不要看在我的面子上替正流辩解啊。情况很清楚嘛,公安局内部渎职和腐败问题很严重,正流同志这个局长负有不可推卸的责任,我看再摆在这种要害岗位上很不合适嘛!"

唐朝阳想了想:"王省长,那您认为谁做这个公安局长更合适呢?"

王长恭笑道:"哎,朝阳,怎么问起我来了?你们市委研究决定嘛!"

唐朝阳一声夸张的长叹:"这恐怕不是我的事喽,我随时准备下台走人了!"

王长恭脸一拉:"朝阳,你好像有情绪嘛?!不客气地说,在这一点上你得学学我!我告诉你,请你记住,中央只要一天不免我的职,我就会恪尽职守,承担起我的责任;就算决定请我下台了,我也要把长山的事全处理完以后再下台!"

唐朝阳全听明白了,这实际上等于公开告诉他,不把他从市委书记的位置上弄下来,人家不会轻易下台!再说,你还弄不清人家是不是真向中央打了辞职报告!

王长恭营造的政治剿杀氛围极为成功,在嗣后两天的会议中,除了林永强到他房间里汇报了点琐事,应付过一次,没哪个市委常委和副市长再到他房间来过,大家已经在躲着他了。林永强的房间倒是客人不断,据秘书汇报说,林永强似乎因祸得福,要取代他成为一把手了。市级干部处分方案在这种气氛下拿出来了,他被予以撤职处理,林永强行政记过一次,主管副市长和常务副市长各记大过一次。对处级干部的处分也做了个别调整,江正流党内严重警告,行政上降一级使用,调市司法局任副局长。根据政法委田书记的提议,暂由伍成义出任公安局代局长。

王长恭代表省委、省政府做了总结讲话,要求长山市委对处级干部的处分尽快宣布,新闻媒体公开报道。而对包括唐朝阳在内的四个市级干部的处分,则待省委慎重研究决定之后,由省委另行宣布。王长恭说,处分结果也将公开见报。

听王长恭做总结讲话时,唐朝阳心里冷飕飕的,这一切其实都是他自找的,如果他早听王长恭的招呼,以权代法,压着叶子菁,或者撤了叶子菁,把失火办成放火;如果他按王长恭的意思庇护周秀丽,极力把周秀丽从案子中脱开;即使到了判决后,如果能按王长恭的要求多做做叶子菁的工作,让检察院撤回抗诉,他也许不会落到今天这个下场。可他在原则问题上不愿妥协,也不敢妥协,结果就被人家以原则的名义装进去了。而林永强眼睛向上,丧失原则,大耍政治滑头,乌纱帽却保住了。这样下去怎么得了啊?!这个党,这个国家就太危险了!不错,作为长山市委书记,他的确不能推卸自己应负的一份领导责任,也从没打算推卸这个责任,可那位同样应该负领导责任的市长林永强同志怎么就这么平安地开溜了呢?

让唐朝阳没想到的是,在这种孤独而艰难的时刻,在同志加兄弟的老搭档林永强卖身投靠的时刻,市人大主任陈汉杰毅然站了出来,这个和他没有任何历史渊源关系的前任市委书记把他心里想说的话全说了出来,说的是那样大义凛然……

52

陈汉杰和市政协金主席是在总结会散会后,被王长恭请去通气的。参加通气会的,除了王长恭带来的省事故处理领导小组成员和省委组织部、省纪委的有关同志外,还有唐朝阳、林永强和长山市其他七个市委常委,拉开的阵势很强大。

气氛从一开始就不轻松,陈汉杰已得知了会上的情况,进门就挂着脸,对王长恭阴阳怪气地开玩笑说:"王副省长啊,怎么听说你们判了朝阳同志一个斩监候啊?我老陈呢?该是斩立决了吧?你看是不是把我老家伙也拉出去枪毙啊?"

王长恭并不示弱,听起来也像开玩笑,可话里有话:"陈主任,看你说的,就算把你拉出去枪毙,也得培钧书记来勾啊!我算老几?我和你,和朝阳同志一样,现在都是待罪之身!所以,你陈主任也不要这么急,该和你结的账总要结的!"

陈汉杰呵呵笑道:"好啊,那我就候着了,你王副省长可别公报私仇啊!"

王长恭也呵呵笑了起来:"陈主任,你只管放心好了!公报私仇肯定不会。不过向你老学习一下,搞点大义灭亲,倒也不是没可能!"说罢,摆了摆手,"好了,不开玩笑了。言归正传,向你和金主席通报一下情况,听听你们的意见!"

其实,这些情况不通报陈汉杰也知道,一切完全在他预料之中,他今天来参加这个通气会,就是想为落入陷阱的唐朝阳说点公道话,也和这位口口声声代表省委的王长恭理论理论!就算不能改变什么,也要让大家了解一些相关情况,让同志们睁大眼睛看清楚,这位满嘴大话的王长恭同志究竟在耍什么政治把戏?!

政协金主席在此之前没什么思想准备,听完对唐朝阳和林永强等人的处分方案和处分理由后,很替唐朝阳惋惜,直截了当地提出:"王省长,对朝阳同志的处分是不是太重了?难道非撤职不可吗?朝阳同志可是刚熟悉了长山的情况啊,有很多大事想办呢,比如坑口电站,还有市属国企全面改制的事,我看以不撤为好!"

王长恭一副公事公办的口气:"金主席啊,市委书记的职务和一百五十六条人命怎么比啊?想想那些在大火中哭泣的冤魂,朝阳同志,你说重不重呢?"

唐朝阳苦笑说:"是的,金主席,您别说了,我觉得这处分还是适当的!"

陈汉杰看了看唐朝阳,又看了看王长恭,谈起了自己的意见:"王副省长,朝阳同志能有这种认识很好,没推卸自己的责任嘛!但是,我们不能因此就把朝阳同志往火坑里推啊!我赞成金主席的意见,朝阳同志以不撤为好!永强同志调来长山的时间不长,朝阳同志也不太长嘛。再说,朝阳同志并不是市长,是市委书记,对行政事务也管不了这么具体嘛!所以,王副省长,我看还是应该由你我多承担一些责任!你能主动引咎辞职当然很好,可也不一定非逼着朝阳同志辞职嘛!"

王长恭实在是下套的高手,马上把脸转向唐朝阳,又将球踢给了唐朝阳:"朝阳同志啊,请你向陈主任解释一下好不好?我和在座的哪一位同志逼你辞职了?"

唐朝阳落入了王长恭的套中,看来是难以挣扎出来了,不无痛苦地说:"老书记,您错怪王省长了。王省长和任何一位同志都没逼我辞职,是我自己决定要为'八一三'大火承担领导责任!一把大火烧死了那么多人,让我日夜不得安生啊,别说撤了我,就算处分再重一点,开除党籍,开除公职,我也没话可说,真的!"

王长恭冲着陈汉杰笑笑:"看看,你把朝阳同志的觉悟想得太低了吧!"身体往沙发靠背上一倒,又不无讥讽地说,"陈主任,不要以为只有你觉悟高,朝阳同志和我觉悟也不低,我们引咎辞职是不谋而合嘛,就是要主动站出来负责任嘛!"

陈汉杰被激怒了,拉下了脸:"我说王副省长,你建议省委先撤了我行不行?你不要讥讽我,我告诉你,打引咎辞职报告的还有我老陈!如果你真那么有胸怀,完全可以和我一起把责任全担起来,让朝阳同志他们这届班子轻装上阵嘛!"

王长恭也拉下了脸,话说得梆硬,简直是掷地有声:"陈主任,你我的责任是你我的责任,朝阳同志的责任是朝阳同志的责任,这是两回事!请你不要这么讨价还价,也不要试图和我、和中共孖江省委做什么交易,共产党人必须讲原则!"

陈汉杰拍案而起:"王长恭同志,你很清楚,我老陈从来不会做什么交易,更不会拿原则做交易!倒是你,很有些生意人的气味!今天既然把话说到了这一步,我们不妨来一次畅所欲言!王长恭同志,'八一三'大火案发生后,你想没想过和唐朝阳同志,和长山市委做交易?你可以不承认,但事实一桩桩一件件全摆在那里!"

王长恭反倒冷静了:"陈主任,不要这么激动,请坐下说,我洗耳恭听!"

陈汉杰没坐下,仍站在王长恭面前:"王长恭同志,是谁这么容不得叶子菁同志?是谁在事实不清的情况下就向大家表态,该保的还要保,市级干部争取一个不撤？是谁这么护着犯罪分子周秀丽,拿方清明的匿名信大做文章,在会上大发脾气？又是谁一次次向唐朝阳同志和长山市委施加压力,要把叶子菁从检察长的岗位上拿下来？新检察长人选你都替我们长山选好了嘛,就是那个听你招呼的副检察长陈波嘛！陈波表现得好啊,出发去搜查周秀丽,也没忘了给你通风报信！"

王长恭听不下去了,也站了起来："陈主任,你……你说完了吗？"

陈汉杰手一摆："没有,王长恭同志,请你再忍耐一下,让我把话说完！如果唐朝阳同志也像陈波同志和我们今天在座的某位同志那样,看着你的脸色行事,事事处处听你的招呼,及早撤了叶子菁,把失火办成放火,把周秀丽从案子中脱出去,我相信你会兑现你的承诺:市级干部一个不撤！这是不是交易啊？可朝阳同志这个市委书记和朝阳同志领导的这个长山市委说到底是过得硬的,在原则问题上没妥协,没听你无原则的招呼,你今天就以原则的名义把朝阳同志装进去了！"

王长恭又开了口,语气阴沉地问："陈主任,你现在是不是说完了？"

会议室里的气氛紧张极了,充满了火药味,仿佛划根火柴就会爆炸。

陈汉杰点了点头："先说到这里吧,王副省长,请你指教了！"说罢,重回沙发上坐下了,坐下时才注意到,坐在斜对面椅子上的唐朝阳眼里含着泪水。

王长恭开始反击了,眼睛不看陈汉杰,却看着林永强和长山市委常委们："同志们,陈主任今天对我的批评很严厉啊,责问很尖刻啊！主席当年说陈伯达大有炸平庐山、停止地球转动之势,我看陈主任也有这个气势啊！按说,我职责范围内的工作没必要向陈主任汇报,但和同志们通通气还是必要的,以正视听嘛！"这才将脸转向了陈汉杰,"陈汉杰同志,请问我们对'八一三'大火案有没有一个侦查取证过程？最初的放火结论是在我的指示下做出的吗？叶子菁是不是在办案过程中上过方清明的当,走过一些弯路？难道就一点都批评不得吗？她这个检察长和长山检察院当真独立于党的领导之外了？在案子进展缓慢,上压下挤的情况下,我这个领导小组组长建议换一个检察长不可以吗？朝阳同志和长山市委听不听都很正常,哪来的什么交易呢？你陈主任是不是因为自己做惯了交易才这么想啊？至于陈波为搜查周秀丽的事向我通风报信,就更让我奇怪了！陈主任啊,你这些小道消息都是从哪儿来的啊？你怎么就是对这种事感兴趣啊？心态是不是不太正常啊？"

陈汉杰冷冷道："王副省长，我的心态你不必揣摩。不过，这件事的消息来源我倒可以告诉你，是叶子菁同志向我汇报的，坦率地说，我听到后很吃惊！"

王长恭口气一下子严厉起来："我更吃惊！一个办案的检察长遇事不向市委汇报，不向我这个领导小组组长汇报，倒跑到你陈汉杰那儿嘀咕，正常吗！另外，我也澄清一下事实，在我的记忆中，陈波同志没给我打过电话，这完全是无稽之谈！"

唐朝阳插了上来，当面将军道："王省长，你可能记错了。陈波确实给你打过这个电话，叶子菁也向我汇报过这件事！叶子菁很忧虑，和我说，就算她下来，不当检察长，也不能让陈波这种不讲原则、不讲法制的同志做检察长！而你呢，王省长，为了把叶子菁拿下来，再三建议我们启用陈波同志，这是不是事实啊？！"

王长恭把脸转向了唐朝阳，脸色难看极了："朝阳同志，就算这件事我记错了，就算陈波真给我打过这个电话，又能说明什么呢？陈波不能向我汇报吗？向我汇报就变成通风报信了？就变成不讲原则，不讲法制了？这是哪一家的逻辑啊！"

陈汉杰意味深长道："王副省长，这要问你嘛，我和朝阳同志对你的行为逻辑感到困惑嘛！刚才谈对朝阳同志的处分时，你还提到在大火中哭泣的冤魂，可我就是搞不明白，你怎么对周秀丽这么情有独钟呢？周秀丽被捕前的事不说了，怎么对长山检察院的抗诉也这么不满啊？好像还在四处做工作，想撤回抗诉吧？"

王长恭逼视着陈汉杰："陈主任，你这说法又来自唐朝阳同志吧？啊？"

陈汉杰把目光再次投向唐朝阳："王副省长又点你的名了，你说说吧！"

唐朝阳说了起来："好吧！叶子菁提出抗诉的当天，王副省长就打电话给我，要我和长山市委想办法做工作，争取让叶子菁撤回抗诉。在电话里王副省长情绪挺激动，明说了，如果周秀丽真判了死刑，干部处理可能就要水涨船高了！"

陈汉杰看着王长恭笑了："王副省长，这件事你也可以否认，没有旁证嘛!"

王长恭嘴角抽颤了半天:"陈主任,我否认了吗?如果连这种小事都要否认,我这省委常委、常务副省长就不要当了!我请问一下在座的同志们,我王长恭还是不是中华人民共和国公民?我这个公民有没有权力对一个案件的判决发表个人看法?周秀丽这十五年徒刑不也是法院判的吗?我连赞同的权力都没有吗!"

唐朝阳平静地道:"王副省长,你不是一个普通公民,你是中共孜江省委和孜江省人民政府的高级领导干部。你的一言一行,对下属干部,下属单位,有着难以估量的重大影响!在目前这种特有国情条件下,干部由上级任命,乌纱帽拎在上级手上,我们有的同志就不会去看老百姓的脸色,就会去看你们这些领导的脸色!"

王长恭手一挥,反驳道:"你唐朝阳什么时候看过我的脸色啊?啊!"

陈汉杰再次插上来:"所以,你就不保护朝阳同志了嘛,就建议撤职嘛!"

王长恭倒也坦率:"当然要撤嘛,这是毫无疑问的!今天我在这里讲,以后在省委常委会上也会这样讲!就是要讲原则嘛,不能只对别人讲原则,不对自己讲原则!"看着在场的林永强和几个市委常委,又说了起来,"同志们,陈主任刚才对我有个批评啊,说我在事实情况不清的时候就提出保干部,对市级干部争取一个不撤。这我不否认,我既说过这话,也为此做了不少工作,这就犯错误了嘛!尽管我是出于好心,主观上是想保持长山干部队伍的稳定,可这不是理由啊,没把情况搞清楚就表态,丧失原则立场了嘛!现在看来,还是唐朝阳和陈汉杰同志做得好啊,支持叶子菁和检察院把案子办到了这种程度,第一批就起诉了三十七个,还要另案处理一批苏阿福黑名单上的另一些腐败分子嘛!好啊,大快人心啊,我和省委充分肯定!但是,我仍然要说,功是功过是过,对长山干部要这么评价,对周秀丽也要这么评价!不瞒同志们说,为抗诉的事,我不但找了朝阳同志,也找了省政法委、省检察院和省高院,就是要在法律许可的范围内为这个干过好事的干部讨个说法!我可以告诉同志们,我的态度没变,还是要保护干部,在坚持原则的前提下坚定不移地保护干部!在任何时候、任何情况下,我王长恭都不能冷了那些认真干事的同志们的心,都不能为了爱惜自己的政治羽毛,不管底下同志们的死活!"

让陈汉杰和唐朝阳没想到的是,王长恭话一落音,林永强率先鼓起了掌,随即其他在座的常委们也热烈鼓掌,甚至连省委组织部的那位年轻处长也鼓起了掌。

陈汉杰这时已看清楚了,现在不但是唐朝阳,包括他这个前市委书记也陷入了前所未有的孤立之中。王长恭的庸俗政治学迎合了在座干部们明哲保身的心理,原则和正义便不复存在了。这种情况陈汉杰不是没想到,来开这个通气会之前就想到过,可却没料到这些同志的反应会这么明显,这么强烈,竟然为王长恭公开鼓掌!

就在这时,政协金主席站了起来,没和任何人打招呼,提起包便往门外走。

王长恭有些意外:"哎,金主席啊,你怎么走了?会还没开完呢!"

金主席仍向门外走着:"小王省长,你们好好开吧,我得到医院挂水去了!"

王长恭脸上挂不住了,向前追了两步:"金主席,你还没谈意见呢!"

金主席在门口站住了:"小王省长啊,我的意见不是被你堵回去了吗?你真想听,我就再重复一遍:我不赞成撤了朝阳同志这书记!"看着陈汉杰,又说,"老陈,你还没看出来啊?人家小王不想听咱们老家伙说三道四啊,赶快散了吧!"

陈汉杰却说:"别,别,老金,我劝你也不要走,得把这会开出点水平来!"

金主席不听陈汉杰的劝:"算了,我身体吃不消,再开下去要犯心脏病了!"

王长恭拿即将彻底退下来的金主席毫无办法,只得眼睁睁看着金主席走了。

金主席走后,王长恭又冷着脸问陈汉杰:"陈主任,你还有什么话要说啊?"

陈汉杰没理睬王长恭,目光扫视着林永强和在座的常委们,郁郁说:"我说同志们,你们乱拍什么巴掌啊?为什么要拍巴掌啊?庆幸自己溜掉了是不是?请问同志们,你们党性何在,良知何在啊?叶子菁现在还在医院躺着啊,这个女同志已经付出了沉重的代价,你们今天还眼睁睁地看着朝阳同志继续付出代价吗?同志们,说严重一点,在你们丧失原则的掌声中,我听到了这个党、这个国家的危机!"

众人沉默着,没人接茬儿,林永强似乎想说什么,却被王长恭的眼色制止了。

王长恭看着陈汉杰,说话的声音不大,却很刻薄:"陈主任,怎么又对着同志们来了?不要这么危言耸听,对党和国家负责的不是你一个!我也提醒你一下,不要再发一把手的脾气了,民主集中制的原则必须坚持,不同意见的掌声也要听!"

陈汉杰"哼"了一声:"王长恭同志,现在我真后悔啊,和你搭班子时,我就是因为对你的不同意见听得太多了,对你太放手了,才犯下了历史性错误,才给朝阳同志留下了隐患!"说罢,站了起来,"王长恭同志,我和你已无话可说了!我准备尽快向赵培钧同志当面做个汇报!最后再重申一下,对你主持拟定的这个市级干部处理意见,尤其是对朝阳同志的处理,我这个人大主任不同意!"

王长恭冷冷一笑:"陈汉杰同志,你可以保留意见,也可以找培钧书记汇报,这都是你的民主权利!"手一挥,声音骤然提高了八度,宣布道,"散会!"

陈汉杰没等王长恭的话落音,便气冲冲地转身出了门,脚步踏得山响。

唐朝阳冷眼扫视了一下会场,二话没说,也紧跟在陈汉杰后面出了门。

走到电梯口,陈汉杰回身看了看才注意到,林永强和其他常委都没出门,会议室里又响起了说话声,是谁在那里说,说的什么听不清。

上了电梯,唐朝阳一把握住陈汉杰的手,泪水落了下来,声音也哽咽起来:"老书记,今天太……太谢谢您了!有您和金主席的理解,我也聊以自慰了!"

陈汉杰心里真难受,抚摸着唐朝阳的肩头,很动感情地说:"谢什么?朝阳同志,要谢得谢你啊!如果不是你唐朝阳这个坚持原则的好同志挺在市委书记的岗位上,如果换上林永强做市委书记,叶子菁和长山检察院根本别想把案子办下来,没准叶子菁早就被拿下来了!"略一停顿,又苦笑着问,"朝阳,你现在后悔吗?"

唐朝阳摇摇头:"不,老书记,我不后悔。这种后果我不是没想过,只是我没想到王长恭竟然能挺到现在！长山的案子是子菁同志在办，子菁同志不可能包庇王长恭。可目前的事实是，周秀丽的受贿渎职和王长恭没任何关系，苏阿福名单上的受贿干部和王长恭没任何关系。省委调查组在长山这么认真查，也不过查出了些工作决策上和用人上的失误，并没查出王长恭在经济上有什么问题……"

说到这里，电梯到了底层大堂，几个客人上了电梯，唐朝阳没再说下去。

在门厅送陈汉杰上车时，唐朝阳索性钻进了陈汉杰的车内，又说了起来："不过，老书记，倒是有件事引起了我的注意，王长恭和江正流的关系你清楚，你曾不止一次提醒过我，要我注意江正流和王长恭的不正常交往。可奇怪的是，现在不是别人，偏是王长恭要加重对江正流的处理！这当真是坚持原则吗？"

陈汉杰心里有数了："朝阳，我看这里面有文章，也许是大文章！当初江正流和公安局那么坚持放火的定性，和王长恭有没有关系？有什么关系啊？他们之间到底发生了什么？一定要搞搞清楚！"想了想，又提醒说，"还有个问题不知你考虑过没有，已经到这种地步了，王长恭怎么还这么公开死保周秀丽啊？当真是对周秀丽有情有义吗？如果真是这样的话，倒也让我老头子有点敬佩哩！"

唐朝阳心里似乎也有数，热切鼓动道："哎，老书记，您说得好，接着说！"

陈汉杰迟疑了一下，还是没说："朝阳，现在多说也没用，要有事实根据！"

唐朝阳却忍不住说了："老书记，你慎重，没根据的事不愿说，那我不妨说说我的推测和判断。有没有这么一种可能呢？王长恭和周秀丽是某种利益组合？因为周秀丽手上掌握着王长恭的秘密，王长恭才要保下周秀丽一条命？如果情况真是这样，那么，只要叶子菁抗诉成功，法院判了周秀丽的死刑，周秀丽就会开口了！"

陈汉杰意味深长地点了点头："所以，朝阳啊，我看这好戏还在后面呢！"

第十五章 果然有好戏

53

作为一个经验丰富的检察长,叶子菁也不止一次想到过王长恭和周秀丽的特殊利益关系。尤其是得知王长恭亲自出面,跑到省检察院、省高院为周秀丽做工作后,愈发觉得这里面有文章。以往的办案经验告诉她,类似周秀丽这样有后台的犯罪分子不到最后绝望时刻一般不会抛出后台。三年前办市投资公司腐败大案时,涉案的那个老总态度就很顽固,自以为有人保他,拒不交代问题,直到宣布判了死刑,才把身后的主管副市长交代出来。周秀丽也许就像那个老总一样,也在等着王长恭把她保下来,真到保不下来的时候,她就要一吐为快了。

然而,后来的事实证明,这个判断是错误的。在省检察院的支持下,抗诉获得了成功,周秀丽二审改判死刑。周秀丽精神虽然垮了,可却没有一吐为快,更没有提及王长恭任何事情。叶子菁要求公诉处长高文辉继续做工作,想法挖清周秀丽的余罪。周秀丽却不予配合,又哭又闹,搞得高文辉毫无办法。更让叶子菁恼火的是,周秀丽的丈夫归律教授竟带着自己八岁的儿子堵到她家门上,要她给周秀丽留条生路。叶子菁只得给这位统计学教授上起了法制课,同时要求这位教授不要让年幼无知的孩子也搅进来,在孩子幼小的心灵上留下难以平复的创伤。

社会上因此纷纷议论,说是该死的没死,不该死的反要死了。尤其是机关干部,反应更强烈,有些人公然骂叶子菁心狠手辣。唐朝阳的处境也不好,据说由于王长恭的坚持,撤职已成定局,只是未来的去向一时还不清楚。市政府院里已传出话来,道是不少同志已把鞭炮准备好了,只等着这位不管别人死活的市委书记一滚蛋,就放鞭炮庆祝,送瘟神了。背后骂陈汉杰的人也不少,可陈汉杰毕竟不像唐朝阳那样在长山没根基,手下有一批知根知底的干部,日子倒还过得下去。这些干部或是出于自身的正义感,或是出于对陈汉杰的多年感情,对这种不正常的现状颇为不满,纷纷问陈汉杰,这都是怎么回事?王长恭到底变了什么政治戏法?竟然扳不倒?陈汉杰的回答很含蓄:谁要扳倒王长恭啊?一个人倒台都是自己倒的!

　　一直到这时候,王长恭还没有倒台的迹象——非但没有倒台的迹象,威望反倒空前提高了,在一部分干部嘴里竟然成了大救星。人们添油加醋传说着王长恭保护干部的离奇故事,说是没有王长恭的保护,还不知要处理多少干部呢!对周秀丽的庇护,不但没有成为人们针砭王长恭的口实,反而映衬了王长恭的有情有义。

　　这期间,陈汉杰和唐朝阳不断打电话来,找叶子菁和检察院了解情况。叶子菁知道陈汉杰和唐朝阳要了解的是什么情况,但是,没有。她这边的确一点情况也没有。周秀丽的缺口始终打不开,黑名单上的受贿干部也没涉及到王长恭。其实,就算有这类情况,她也不能无原则地提供给他们,她在感情上同情他们是一回事,按法律规定的程序办案是另一回事。执法者不能有私情,法律不容许报复,不管这个人是王长恭还是李长恭。因而,每每接到唐朝阳和陈汉杰这类电话,叶子菁总提醒自己保持理智和清醒,告诫自己不能感情用事,要求自己回到当初对查铁柱的审视状态中去,在对王长恭进行法律审视的时候,力求客观。

　　以往的经验全用不上了,叶子菁甚至也怀疑起自己的判断了:难道王长恭真是一个既有原则,又有情有义的人吗?王长恭在和周秀丽的交往过程中就没有利用手上的职权为周秀丽或者他自己谋取过私利吗?如果真是这样,如果王长恭和周秀丽多年以来只是个人感情的交往,如果王长恭对周秀丽在经济上要求很严格,周秀丽又怎么敢收苏阿福三十万元贿赂,闯下这场弥天大祸呢?

　　真是人算不如天算,让叶子菁没想到的是,事情的发展颇具戏剧性:尽管周秀丽这边死不开口,没让王长恭栽在她手上,苏阿福那边倒意外提供了重要线索!

　　苏阿福求生欲望很强烈,上诉被驳回后仍不死心,在即将执行死刑前一个小时,突然说自己还有问题没交代完,要求继续交代,死刑因此终止。在暂缓执行的这段日子里,苏阿福并没交代出什么新的重大犯罪事实,只不过又多活了十八天罢了。上个星期,最高人民法院新的死刑执行命令又下达了,鉴于上次的教训,最高检察院有关负责同志专门打了个电话过来,要求长山检察院把工作做到家,在死刑执行前务必让苏阿福把要说的话都说完,绝不能再出意外了。

苏阿福对王长恭的这个关键举报,就是在死刑执行前二十四小时发生的。苏阿福的最后二十四小时是由起诉处年轻公诉员刘平华陪着一起渡过的。刘平华具体分工负责苏阿福的案子,和苏阿福打了两个多月交道,对苏阿福的心态十分了解。刘平华在死囚牢里最后做苏阿福的工作,要苏阿福认罪伏法,不要再节外生枝了。苏阿福偏又节外生枝,提出要最后见叶子菁一面,说是又想起了一条重要线索,要和叶子菁当面谈。刘平华没想到这个举报会涉及王长恭,要苏阿福和他说。苏阿福不干,耍赖说,要么请叶子菁过来,要么他明天到刑场上再提出举报。

在这种情况下,叶子菁只好赶到死囚牢见了苏阿福,去时根本没抱什么希望。在暂缓执行死刑的十八天里,此人并没有交代出什么了不得的新东西,怎么这时候又要交代了?叶子菁最初和刘平华的判断一样,认为苏阿福不过是耍赖而已。

因此,一到死囚牢,叶子菁就和颜悦色地做苏阿福的工作说:"苏阿福,你犯了什么罪你知道,我们的起诉书和法院的判决书上写得清清楚楚:枪杀出租车司机,图谋爆炸加油站是严重的暴力犯罪,大肆行贿,行贿的后果极其严重,造成了一百五十六人死亡,你说你还要什么赖呢?周秀丽受贿三十万不也判了死刑吗?"

苏阿福这才知道周秀丽也判了死刑,不免有些吃惊,愣了好半天才说:"怎么,叶检,你……你这抗诉还就成功了?还……还真办了周秀丽一个死罪?啊?"

叶子菁点了点头:"苏阿福,我说话是算数的,当初对你的许诺全做到了!包括周秀丽在内,没一个犯罪分子从我手里溜掉!所以,你也不要心存幻想了!"

苏阿福不说自己的事了,喃喃道:"王长恭省长到底没保下周秀丽啊?"

叶子菁审视着苏阿福说:"王长恭副省长也得在法律范围内活动嘛,任何人都没有超越法律的特权嘛!"

苏阿福戴着脚镣手铐,低头坐在床沿上呆呆听着,不知在想些什么。

叶子菁又很诚恳地说:"苏阿福,你这个人还是讲义气的,又向我投了降,在客观上帮我们办了案,不说报答你了,我也得讲点感情。你的死罪谁也免不了,换了任何人办你的案子结果都一样。可法不容情人有情,你说说吧,家里还有什么事放心不下?还有什么事需要我和检察院出面帮你办?如果有就提出来!"

苏阿福满眼是泪,抬起了头:"叶检,你……你和检察院真愿意帮我吗?"

叶子菁郑重表示说:"是的,只要在法律许可范围内,我们一定尽量帮你!"

苏阿福想了想:"叶检,你知道的,我最放心不下的就是我儿子苏东堤。我和大富豪的资产全被查封了,东堤留学的事泡汤了,东堤他妈又因为这些年帮我偷漏税进了监狱,估计要判几年,这孩子怎么办啊?叶检,你们能不能给我儿子留点生活费?另外,能不能帮我儿子改个名,换个学校呢?别让人家知道他是我儿子!"

叶子菁答应了:"可以,给苏东堤改个名,换个学校问题不大,我找公安局和教育局的同志协助一下,尽快帮你办了。孩子生活费的问题也可以解决,不过,你的期望不要太高,再像过去那么奢侈是不可能了,我们尽量安排吧!"

苏阿福挺感动,哽咽着,连连道:"叶检,那……那我就太……太感谢您了!"见叶子菁一直站着,又说,"叶检,您坐。坐下,我还有些话要和您说!"

叶子菁却不敢坐,虽说出了院,臀部的伤却仍没好利索,可也不好和苏阿福说,只道:"苏阿福,你不要管我了,还有什么想说的就说吧,别留下遗憾!"

苏阿福看了看守在面前的持枪武警和刘平华:"叶检,让他们出去行不?"

叶子菁摇起了头:"这恐怕不行,对死刑犯的看守,看守所是有规定的。"

苏阿福只好当着武警和刘平华的面说了:"我想见见我老婆,交代点事!"

叶子菁苦笑起来:"苏阿福,你知道的,这不行啊,你老婆的偷税案还在审理过程中,我怎么能违反规定让你们见面呢?你真想向你老婆交代什么,就对我们交代吧,我们负责转达,而且,你也可以写遗书嘛,你有这个权利。"

苏阿福却不愿放弃,泪眼汪汪看着叶子菁:"叶检,我们做个交换好不好?你马上安排我老婆来和我见个面,我就给你再提供一个线索,交代一个大的!"

叶子菁本能地感到这个大的可能会是王长恭,心一下子拎了起来。

苏阿福哀求不止:"叶检,我没别的意思,就是要见个面,十分钟就行……"

叶子菁不敢答应,可又不能放弃苏阿福可能提供的重要线索,想了想,转身出了牢房大门,要苏阿福先等一下,说是立即请示一下,马上给苏阿福一个回答。

在看守所办公室要通了省检察院丁检察长的电话,把情况向丁检汇报了一下。丁检破例同意了,问叶子菁,苏阿福和他老婆的这次见面要多长时间?叶子菁想,既然已经请示了,就不妨多争取一点时间。便说,半个小时左右吧!丁检指示说,那就定半小时吧,你们严格掌握时间。而且,在苏阿福和他老婆见面时必须有我们检察机关和武警同志在场密切监视,以免发生什么意外。叶子菁答应了。

得知会面时间为半个小时,苏阿福很满意,但对临死前的这次会面要被武警和检察人员监视,苏阿福不能接受,坚持要大家都出去,就给他半个小时的安静。

叶子菁真为难了,对苏阿福说:"苏阿福,能给你争取到这半小时,已经是破例了,没人监视怎么行呢?你和你老婆串供怎么办?你把你老婆搞死了,或者你老婆把你搞死了又怎么办?让我怎么交代啊?你也设身处地替我想想嘛!"

苏阿福便替叶子菁想了:"叶检,您是大好人,我服你,也不想为难你!你看这样好不好?就你一个人留下来监视我们吧,让刘平华和武警他们都出去!"

叶子菁觉得苏阿福不可能向自己下手使狠,便同意了,说:"这也行!"

刘平华立即反对:"哎,叶检,这哪成啊,这可不符合安全规定啊!"

一位武警战士也跟着说:"叶检察长,我们得对你的安全负责啊!"

苏阿福不高兴了:"我不会碰叶检一下的!你们把我锁定在床上好了!"

问题就这么解决了,苏阿福自愿被紧锁在死刑犯专用的铁床上,和老婆见了最后一面。苏阿福的老婆走进死囚牢时是当天晚上二十一时十分,计时的小电子钟在苏阿福面前放着,苏阿福还冲着叶子菁说了一句:"叶检,时间你可记准哦!"

死到临头,其言也善,苏阿福和他老婆说了许多。说自己不但害了"八一三"火灾中的那一百五十六人,也害了自己,害了他们这个家庭。苏阿福很感慨地提到十几年前老婆对他的提醒,泪水直流,追悔不已,说想在临死前见她最后一面,就是因为这深深的后悔。苏阿福的老婆已是悲痛欲绝,搂着苏阿福号啕大哭说,现在还提这些干什么?当时你不听我的,还骂我打我,为了发昧心财,你不顾一切了!

叶子菁在一旁默默看着,听着,心里也感叹不已。苏阿福的犯罪卷宗她熟得不能再熟了,在这十几年的经商过程中,苏阿福靠送礼行贿毒化了许多人,也毒化了周围环境。反过来说,他周围有毒的环境和许多人也在不断地毒化他。在公共权力被异化和泛用的情况下,在权力可以靠金钱收买并为收买者服务的前提下,在一个人们为了追逐金钱而普遍放弃责任和道义的环境里,苏阿福的结局是注定的,就是没有今天,也会有明天和后天。从这个意义上说,苏阿福也是受害者。

死囚牢里这生死离别的一幕,让叶子菁在嗣后的生命历程中永难忘却。

苏阿福是守信用的,说好半小时就是半小时,当面前的电子钟指向二十一时三十九分时,苏阿福没用叶子菁提醒,便主动和老婆道了别:"……好了,你走吧,快走吧!让苏东堤记住我的教训,一定不要犯法,一定要正正派派做人啊!"

几乎就在苏阿福最后一句话落音的同时,刘平华和武警、狱警们冲进了门。

苏阿福的老婆被狱警押走了,死囚牢里的气氛一下子沉寂得吓人。

在一片沉寂之中,刘平华提醒说:"苏阿福,现在你该交代那个大的了吧?"

苏阿福向刘平华翻了翻眼皮,有气无力道:"我只和叶检说,我就服叶检!"

叶子菁走到苏阿福身旁,和气地道:"苏阿福,你的交代必须有旁证在场。说吧,你是个讲义气的人,现在,请履行你的承诺吧!"

苏阿福这才躺在死囚床上,戴上手铐脚镣进行了最后交代,嗓子卡着一口痰,咕噜响着,话音麻木而空旷,不像一个活人在说话,像从墓穴里发出的声音:"叶检,我可不是要对你和检察院耍花招,更不是想保王长恭,是这事有些拿不准,现在想想,还是得说,说出来供你们参考吧!一九九九年,王长恭在长山当市长,我和新世界地产公司熊老板争解放路6号地块,那是块商业用地,是公认的黄金宝地,转手出去就有上千万的暴利。我知道周秀丽和王长恭的关系,就通过周秀丽给王长恭送去了四十万。周秀丽向我打包票说,这块地就批给我了。可不料,地最后被新世界地产公司的熊老板拿去了,熊老板转手赚了九百八十万!"

这可是过去从没掌握的新情况!周秀丽竟然敢代表王长恭打包票,敢收苏阿福四十万贿款,足以说明二人之间有着特殊的利益关系!更蹊跷的是,周秀丽收了苏阿福四十万,王长恭却把地批给了那个熊老板,这又是怎么回事?熊老板不费吹灰之力转手赚了九百八十万,能亏了王长恭和周秀丽吗?!熊老板和他的这个新世界地产公司在长山可是大大的有名啊,公司招牌都是王长恭题的字!

叶子菁压抑着内心的激动,尽量平静地问:"那你送的四十万就白扔了?"

苏阿福说:"没白扔,过后没几天,周秀丽就把这四十万退给我了。所以我才拿不准:第一,周秀丽是不是真的就能代表王长恭?我搞不清楚。第二,我送给周秀丽的钱,周秀丽退给我了,是不是还能算受贿?可我又想了,周秀丽既然能收我这四十万,答应为我办事,就不会收熊老板的钱,为熊老板办事吗?我觉得熊老板出的价一定更高,肯定远远超过了四十万!不过,这也是我瞎猜。"

叶子菁心里有数了:这不是瞎猜,解放路6号地块的转让上确有问题,甚至是很严重的问题。如果她判断没错,如果王长恭和周秀丽确有特殊的利益关系,王长恭迄今为止的一切所作所为就可以得到合乎情理的解释了。

从看守所出来后,叶子菁没有回家,马上赶到检察院连夜安排,要求起诉处长高文辉不要放弃努力,根据苏阿福提供的这一最新情况,继续做周秀丽的工作;要求吴仲秋和反贪局立即行动,传讯新世界地产公司老板熊向海,必要时予以拘捕;自己则亲自出面,找到市政府办公厅查阅当年解放路6号地块的批复文件。

不出所料,文件是王长恭批的,白纸黑字,证据确凿。更令叶子菁惊喜的是,新世界地产公司老板熊向海当夜也被吴仲秋和反贪局的同志们堵到了。而且,熊向海一进检察院就交代了,承认自己当年为拿到解放路6号地,通过周秀丽给王长恭送了四百八十万。事情进展得这么顺利,叶子菁反倒有些不放心了,怕吴仲秋和反贪局的同志求功心切,给熊向海上了手段。吴仲秋在电话里大笑不止,汇报说,叶检,你放心好了,这都是熊向海主动交代的!熊向海一见我们就瘫了,以为周秀丽判死刑后顶不住了,把他交代出来了,所以,决定走坦白从宽的道路!

次日,苏阿福被押赴刑场,执行枪决。刘平华根据法律规定,继续履行职责,监督死刑的执行。据刘平华事后告诉叶子菁,苏阿福到死也没忘了王长恭,在临被击毙前,还向刘平华交代,如果真把王长恭办进去了,别忘了跟他说一声……

54

对"八一三"大火有关责任者的处分决定公开宣布了,是市长林永强代表市委、市政府在全市党政干部大会上宣布的。市委书记唐朝阳主持了这次党政干部大会,在家的市委常委们集体出席,一个个坐在主席台上不苟言笑,像给谁开追悼会。当天的《长山晚报》和电视新闻对会议进行了公开报道,搞得家喻户晓,人人皆知。

江正流沮丧极了,党政干部大会结束后,没按市委要求和接任的代局长伍成义办交接手续,直接跑到市人民医院住院去了。这么做当然有情绪因素,可身体状况也确实不太好,肝区已经疼了好长时间了,硬挺着才没离岗。这倒也不是因为思想境界怎么高,而是想对得起组织。市里最初上报的处分方案江正流是知道的,只是党内警告,既没把他调离公安局长的岗位,也没降他的职级,江正流觉得,自己不好好工作就太对不起组织对他的爱护了。不曾想,王长恭来长山开了个经验教训总结会,一切就变了，不但是他，据说连唐朝阳也要被撤职了。

王长恭这么干分明是报复，就因为他没在追捕途中干掉苏阿福，王长恭就记恨了！不服还不行！不服你去告啊，指示杀人灭口？有什么证据啊？你这是诬陷嘛！

江正流只好服了，连唐朝阳都不是王长恭的对手，他这个公安局长怎么可能是对手呢？这么一想也就想开了，既然报复已成为事实，倒也去掉了一块心病，此后再不怕王长恭拿他开刀了。就像一笔交易，就此银货两讫了。再说，这报复结果还不算太坏，还是他能够忍受的，他斗不过人家，也只有忍下了。

平心而论，唐朝阳赶到医院看望江正流的那个晚上，江正流的情绪已平静下来了，并没想就王长恭指示对苏阿福搞杀人灭口的事进行举报。在唐朝阳来之前，江正流还就公安局这边交接的事主动和伍成义打了个电话，说明了一下情况，请伍成义务必谅解。伍成义也挺客气，说是不急，让江正流好好养病。

刚放下电话，唐朝阳进来了，很随意地问："怎么回事啊，正流同志？就这么经不起考验啊？这边处分一宣布，你那边就住院了？看来情绪不小嘛！"

江正流苦笑着说："唐书记，我哪敢有情绪啊？我连襟王小峰和钟楼分局一帮家伙腐败掉了，我老婆背着我拿了大富豪上十万的装潢材料，我都有责任啊！"

唐朝阳说："你知道就好，就不要再闹情绪了，这么闹情绪影响可不好啊！"

江正流见唐朝阳认定自己是闹情绪，有些委屈了，拉开床头柜上的抽屉，把一叠检验报告拿了出来："唐书记，您看嘛，我这肝硬化已经很严重了！"

唐朝阳似乎有些意外，翻了翻检验报告，说："哦，我还错怪你了？！"

江正流郁郁道："这也不能怪您，您不了解情况，这么想也很自然。"又感慨地表白说，"唐书记，说真的，如果不是因为要对得起您，我早就躺倒不干了！"

唐朝阳在床前的沙发上坐下了："对得起我？正流同志，你什么意思啊？"

江正流挺动感情地说了起来:"唐书记,我老婆背着我受贿的事,我知道后是连夜向您汇报交代的。您当时对我的批评和指示,我现在还记得很清楚。你说我在关键时刻做出了正确选择,要我去廉政办退赃。后来考虑处分时,您和市委也是实事求是的,根据我的错误和认识错误的态度,决定给我警告处分……"

唐朝阳摆了摆手,严肃地道:"哎,正流同志,你不要误会啊,现在对你降职换岗也没错,也是市委的决定嘛,是我拍板同意的,这你可要正确对待啊!"

江正流还是说了下去,有些不可遏止:"唐书记,您别做我的工作了,我知道是怎么回事!王省长不会放过我,也不会放过您!要说委屈,您比我还委屈!您不听王省长的招呼,死活不愿把叶子菁拿下来,让叶子菁和检察院把'八一三'大案办到了这种地步,不但把周秀丽送上了法庭,还送上了刑场,王省长不报复你就不是王省长了!别人不了解他,我可太了解他了!说穿了,这个人骨子里根本不是共产党,可却打着共产党的旗号,把整人坑人的那一套政治把戏玩得溜熟!"

唐朝阳很敏感,听到这话,眼睛明显放亮了,注意地看着江正流问:"哎,正流啊,你怎么这么评价王长恭同志呢?你这个评价,有没有事实根据啊?"

江正流话到嘴边又收住了。这位市委书记的处境比他好不到哪去,甚至比他还差,自己还是省点事吧,别再闹出一堆麻烦来!于是,转移了话题:"唐书记,王省长的事不说了,咱们今后等着瞧好了,总有他垮台的一天!我只说我自己,我也想穿了,到哪里不一样干啊?我就准备养好病,到司法局好好做这个副局长了,当了多年公安局长嘛,这司法局副局长应该能得心应手……"

唐朝阳却打断了江正流的话头:"正流,你不要只把话说半截嘛!长恭同志不愿放过我的原因你说了,可为什么又不愿放过你呢?你们之间发生了什么?能不能和我说说呢?我们都是共产党员,彼此应该襟怀坦白,尤其是涉及到重大原则问题,更不能含糊其辞!如果王长恭同志真像你说的那样,已经完全不是共产党人了,那么,我们本着对党负责的态度,就有责任、有义务把问题搞搞清楚嘛!"

江正流苦苦一笑:"唐书记,我说了也没用,王长恭这人的把柄很难抓!"

唐朝阳正色道:"我们不是要抓谁的把柄,而是要澄清一些问题。比如说,你们公安局当初这么坚持放火的定性,和王长恭同志有没有关系呢?请你回答我!"

江正流想了想,觉得这事不好说,放火结论的确不是在王长恭授意下做出的。可做出了放火结论,尤其是和检察院发生冲突后,王长恭的态度却是很明确的,私下里话也说得很透彻:"定放火比较有利,杀了查铁柱和周培成就可以对上对下有个交代了。"便实事求是地把情况说了说,又解释道:"……唐书记,您知道,火灾发生后情况很复杂,案件性质是随着侦查过程一步步明了的,所以我们和检察院在定性问题上的争执真是工作争执,包括您和叶子菁最初不也认为是放火吗?"

唐朝阳若有所思道:"子菁同志最初的认识和我们当时的认识,是判断上的偏差,没有主观倾向性。长恭同志就不一样了,有倾向性嘛。他关注的不是事实,而是是否有利!"又追了下去,"正流同志,你到底怎么得罪了这位老领导呢?因为坚持放火结论,你和子菁同志吵得很凶嘛,长恭同志应该满意啊!最终没把失火办成放火,是叶子菁和检察院坚持的结果,也是我和市委掌握的问题,长恭同志总不会怪罪到你头上吧?这里面是不是还有其他问题啊?"

江正流仍不想说,摆着手道:"唐书记,算了,还是别说了,说了没用!我的确在一件大事上得罪王省长了,得罪狠了,人家恨不能一枪毙了我啊!可这事关系太大了,又没有旁证,人家不会认账的!王省长来长山时当面警告我了,根本不承认有这回事!"长长叹了口气,"我知道自己不是人家的对手,就认倒霉吧!"

唐朝阳不高兴了:"正流同志,你认什么倒霉?究竟怕什么?中共孜江省委书记现在还不是他王长恭,只要是事实,你就说出来,证明事实的途径不止一条!"

江正流没办法了,又迟疑了好半天,才将王长恭在那个风雨之夜指示他在追捕途中对苏阿福杀人灭口的事说了出来,还提到了其中的关键细节:"……王省长当时就防我一手了,下这个指示时没有使用保密电话,我是事后才注意到的。"

唐朝阳十分吃惊:"竟然有这种事?!这个王长恭胆子也太大了吧?!"

江正流道："唐书记，王长恭胆子不是今天才大起来的，在长山当市长时胆子就大得很！一九九八年冬天，两个外地流窜犯跑到我们南四矿区，轮奸了一个矿工家的媳妇，抢了三百多块钱，那个矿工脱身后喊来一帮人，活活将这两个家伙乱棍打死了。案子当时是我负责处理的，我把情况向王长恭一汇报，王长恭就说了，这两个流窜犯死了活该！你们再去仔细调查一下，看看他们是不是被我们矿工打死的呀？会不会是畏罪自杀呀？我看应该是畏罪自杀！你们别再劳神费心找什么凶手了。王长恭这么一定调子，我们还有什么话说？那两个流窜犯就变成了畏罪自杀……"

唐朝阳勃然大怒："江正流同志，你这个公安局长就这么办案的吗？王长恭定自杀就是自杀了？你们还有没有起码的法制观念？有没有一点原则性啊？"

江正流解释说："这事也比较复杂，其一，打死的是外省流窜犯，有前科；其二，当时矿工们的情绪也很大，都说自己是见义勇为，责任者难以查找……"

唐朝阳手一挥："不要说了，江正流同志，你这个公安局长早该下台了！"

江正流有了些后悔，觉得自己说得太多了，怯怯地看着唐朝阳，住了嘴。

唐朝阳却没有就此罢休，沉默片刻，又意味深长地说了起来："由此看来，王长恭同志的无法无天是有历史根源的！而你这个同志呢，不是同流合污也是政治上糊涂！这么重要的一个电话，杀人灭口啊，你竟然捂到现在！那天夜里，你已经跑来找我和市委交代问题了嘛，为什么不把这个重要事实说出来呢？"

江正流苦着脸，讷讷道："事实归事实，可唐书记，就是没旁证啊！那夜我犹豫来犹豫去，最终没敢向您汇报！后来，我倒也想过向叶子菁和检察院举报，还是因为缺少证据，才没敢去。今天不是您这么追问，我……我本来也不想说！"

唐朝阳没再批评下去，想了想，问："正流同志，据你说，王长恭在江城的电话号码是周秀丽给你的？有没有这个可能，王长恭打这个电话时周秀丽在身边？"

江正流道："这个问题我也想过，可能性不是没有，可周秀丽和王长恭是什么关系？她会证死王长恭吗？再说,现在周秀丽又被判了死刑,据看守所的同志告诉我,表现得很顽固,把检察院的同志气得要死。我想,她不可能咬出王长恭!"

唐朝阳不做声了,沉思片刻,指示道:"正流同志,这样吧,你把这个情况如实写下来,每一个细节都不要漏掉,写好后马上交给我。同时,你也去趟检察院,向叶子菁正式举报,请叶子菁和检察院就这个重要电话问题再审周秀丽,我也会以市委的名义给叶子菁打招呼!记住,这事目前一定要严格保密!"

江正流仍没太大的信心:"唐书记,王长恭可是省委常委、常务副省长啊,退一万步说,就算周秀丽证实有这个电话,叶子菁和长山检察院也办不了人家啊!"

唐朝阳想了想,说:"我今天就去省城,向赵培钧书记汇报,必要时直接向中纪委领导汇报!这件事的性质太严重了,是我们的党纪国法绝对不能容忍的!如果苏阿福真被王长恭杀人灭口了,将是什么局面啊?周秀丽这一帮贪污受贿、滥用职权的家伙就全溜掉了!我们就对党和人民犯了罪,就对这个国家犯了罪!"

江正流真诚地附和道:"是啊,是啊,唐书记,我现在想想还后怕啊!"

唐朝阳最后说:"正流同志,你的错误归错误,可该肯定的还是要肯定。关键时刻,你没有执行王长恭别有用心的指令,今天又把事情谈出来了,为此,我要感谢你!同时,我也要求你坚定对党、对法制的信心,不要把现实想得这么灰!"

嗣后发生的事情让江正流目瞪口呆,原以为王长恭树大根深,不会被这件事轻易搞倒台,可没想到,仅仅三天之后,王长恭就被中央双规了。据省城传出的消息说,宣布对王长恭实行双规那天,省委正在开常委会,讨论长山南部破产煤矿和全省类似困难群体的解困问题。王长恭还提出了一个重要方案,在长山矿务集团股份制改造过程中,拿出一部分股份划入社保基金,得到了省委书记赵培钧和与会常委们的高度重视。常委会结束后,赵培钧很客气地将王长恭请到了自己的办公室,王长恭还以为赵培钧要和他继续商量社保基金持股的事,不料,进门就看到了中纪委的一位领导同志,一下子傻了眼。也就在王长恭被双规的第二天,中纪委的同志到长山找到了江正流,调查了解有关那个杀人灭口的电话,江正流如实做了陈述。

中纪委的同志走后,江正流给唐朝阳打了个电话,把有关情况说了说,然后,疑疑惑惑地问:"唐书记,这都是怎么回事啊?为这么个电话就把王长恭'规'了?"

唐朝阳挺不客气地说:"正流同志,不该打听的事少打听!"

55

叶子菁在此前的工作经历中从没碰到过这样的情况,案子办到这种地步,竟然卡壳了!王长恭的犯罪线索清清楚楚摆在那里,似乎伸手就能抓到了,可就是抓不到。周秀丽不配合,王长恭不交代,两条线索没一条能落实下来。杀人灭口的电话没法证实,王长恭一口咬定江正流因为受了处理,对他进行政治陷害;周秀丽也否认那夜自己在王长恭身边。四百八十万的受贿问题查得也不顺利,新世界地产公司熊老板的交代材料放在面前,周秀丽还是死不认账,既不承认自己收了这四百八十万,更不承认和王长恭有任何关系。说到退还给苏阿福的那四十万,周秀丽振振有词说,那是因为她和苏阿福关系比较好,抹不开面子,在推辞不了的情况下暂时收下的,解放路6号地块有了结果,她就主动把钱退还给苏阿福了,似乎她还是个廉政模范。更要命的是,赃款去向不明,像似在人间蒸发了。据熊老板交代,周秀丽当时要的是现金,他就给了现金,是装在两只邮袋里送去的。因此,公司和银行账户上反映不出这四百八十万的去向,而检察机关对王长恭和周秀丽及相关亲属的依法搜查又一无所获,叶子菁陷入了空前被动中。

这时候,不但是叶子菁和长山检察院的同志们急了,省检察院丁检察长也坐不住了,专程从省城赶来了解情况,忧心忡忡地告诉叶子菁:"……如果这四百八十万赃款最终找不到,如果没有确凿证据证明王长恭和这笔赃款有关系,我们这被动就太大了,不但是你叶子菁,连我和省检察院都得向省委、省政府做检查啊!"

叶子菁知道丁检说的是实话,郁郁地怔了好半天才说:"是的,丁检,这个严重后果我已经想到了,不瞒您说,我……我已做好了下台的思想准备!"

丁检察长却又安慰说:"不过,也不要灰心,既然有明确线索证明王长恭卷了进来,也只有硬着头皮搞下去了!你和长山的同志们心里还是要有底气,要和同志们说清楚,我们并没做错什么,有线索就是要查,不管他官多大,职位多高!"

叶子菁不愿因此连累丁检察长和上级检察院,建议说:"丁检,这事你最好不要管了,也别说我们向你汇报过,万一搞错了,你代表省院严厉批评处理好了!"

丁检察长不同意,挥挥手说:"子菁同志,这种话别说了,该下台时我会陪你一起下台。这一次我也准备付出代价,了不起做另一个唐朝阳,也去当教授嘛!"

叶子菁这才知道唐朝阳要去当教授了,便问:"朝阳同志的去向定了?"

丁检察长叹了口气:"听说定了,到省城理工学院做个挂名党委副书记!"

叶子菁颇为不解:"王长恭被双规了,省委怎么还这么处理朝阳同志?"

丁检察长道:"这有什么好奇怪的?你以为对唐朝阳不满的只是王长恭吗?你想想,被你们送上法庭的那些犯罪分子和被处理的干部,扯扯连连在省里有多少关系?这些人谁不巴望唐朝阳倒台。再说,唐朝阳作为市委书记本来也该负责任!"

叶子菁愤愤不平地说:"可这处理毕竟还是太重了,有失公道啊!"

丁检察长说:"你认为对唐朝阳处理重了,人家还认为对周秀丽判重了呢!"禁不住感慨起来,"'八一三'大案能办下来,大家都不容易啊!你叶子菁和长山检察院不容易,唐朝阳和长山市委也不容易,这位市委书记付出了大代价啊!"

叶子菁叹息道:"我知道,所以,心里才不好受!过去,我们常抱怨党委部门不依法办事,却不知道党委部门的难处!朝阳同志这次坚持原则,依法办事了,竟落得这么个结局,不让人寒心吗?我们的理论和实际怎么脱节到了这种程度?!"

丁检察长说:"也要一分为二,事情还要辩证地看。你叶子菁现在还在检察长的岗位上嘛!'八一三'大案到底办下来了嘛!法制还是胜利了嘛！就连那位不可一世的大人物王长恭不也被你们办进去了嘛。唐朝阳这代价我看也没白付！"

叶子菁苦笑着摇起了头："丁检,现在可还没把王长恭办进去啊,搞不好,倒可能把我们办进去哩！"沉默片刻,才又发狠说,"我还就不信王长恭这回能溜得了！如果真让此人溜掉了,那就是笑话了,我这个检察长也该主动下台让贤了！"

丁检察长鼓励道："你知道就好！子菁同志,那就请你和同志们拿出业务水平来,不要放过任何蛛丝马迹！突破口还在周秀丽这里,就是那四百八十万的问题,你们不要放弃最后的努力,要继续攻,哪怕押上刑场前最后一分钟攻下来也行！"

叶子菁当然不会放弃,送走丁检察长的当天,便决定到看守所亲自做周秀丽的工作。这时,周秀丽的上诉已被驳回,死刑三天后就要执行,情绪变得很坏。高文辉劝叶子菁不要去了,说是周秀丽现在提起她就大骂不止,估计她们之间谈不出什么结果,搞不好反会惹出一肚子气来。叶子菁主意已定,没听高文辉的劝阻,还是在高文辉的陪同下去了,去之前做好了挨骂的思想准备。

没想到,周秀丽倒还安静,见叶子菁来了,只当没看见,把脸扭向了别处。

叶子菁故作轻松地说："周秀丽,听说你一直在骂我啊,怎么不骂了？"

周秀丽"哼"了一声："你算他妈什么东西？我还想省点力气上刑场呢！"

叶子菁笑道："这么说,你到底认罪服判了？高文辉的工作没白做啊！"

周秀丽冷眼看着叶子菁,阴阴地道："怎么？你姓叶的还想最后捞把稻草吗？告诉你,叶子菁,这梦就别做了！老娘好歹一个死,不存什么幻想了！你也别有什么幻想,王省长的事老娘别说不知道,就是知道也不会告诉你们！什么杀人灭口的电话,什么四百八十万,全是你们的诬陷,有本事你们把那四百八十万拿出来！"

叶子菁避开了锋芒,迂回道："哎,周秀丽,你不要叫嘛。我说要和你谈案情了吗？我今天就是来看看你嘛,我们谈点别的好不好？比如,彼此的家庭、爱情什么的。我知道你的婚姻不太美满,也能理解你和王长恭省长之间的那份感情……"

周秀丽及时插话说:"所以嘛,我也能理解你和陈汉杰之间的感情!"

叶子菁忍着气,强笑着问:"周秀丽,我和陈汉杰同志之间有什么感情啊?"

周秀丽道:"那么,我和王长恭副省长之间又有什么感情呢?你给我设什么套啊?叶子菁,我再重申一遍,我的事就是我的事,和王长恭省长没任何关系!"

叶子菁摆了摆手:"好,好。周秀丽,这事我们先不说!你和王长恭在工作上总有些关系吧?我们先来谈谈你们之间的工作关系好不好呢?据我所知……"

周秀丽满眼是泪叫了起来:"谈什么谈?老娘不谈了!老娘毁在你手上了,不是你,老娘进不了监狱,不是你,老娘判不了死刑,老娘就是变成鬼也饶不了你!"

叶子菁正色道:"这话说错了吧?你不是毁在我手上,是毁在你自己手上了!因为你的受贿渎职,这么多受害者丧身火海,那些受害者的冤魂饶得了你吗?!"

高文辉也斥责说:"周秀丽,你是怎么回事啊?从你进来以后,我们的同志一次次和你谈,谈到今天你竟然还是这么个态度,当真没有一点人性了吗?啊!"

周秀丽这才认了账,讷讷道:"我……我的罪过我承认,是我的事我不赖!事情一出,我……我也后悔死了!可我罪不当死啊,我……我和查铁柱的情况一样,也……也是过失犯罪!我……我主观上没有要烧死这……这些受害者的想法!"

叶子菁见周秀丽主动谈起了案情,觉得有了进一步对话的可能,便也和气地说了起来:"看看,又错了吧?你和查铁柱的情况怎么会一样呢?查铁柱是违章烧电焊,大意失火。你呢?可是个城管委主任啊!你硬要了苏阿福三十万,放弃了自己的职责,批准苏阿福把一大片违章门面房盖到了大街上,就造成了这么严重的后果。因此,你才受到了法律的严惩!"顺着话头,说到了正题上,"所以,在解放路6号地的问题上,我们就不能相信你嘛!你说你把苏阿福的四十万退回去了,又没收熊老板那四百八十万,这可能吗?谁都不是傻瓜,有基本判断嘛!没有熊老板的四百八十万的巨额贿赂,你不可能退掉苏阿福的四十万嘛,熊老板也交代了,熊老板开着车亲自到你家送了两个装满现金的邮袋,这种细节编得出来吗?"

周秀丽不做声了,茫然看着身边的一位女武警战士,不知在想些什么。

叶子菁注意地观察着周秀丽的反应,继续说:"苏阿福三十万块你主动要,四十万你会退?怎么回事?幡然醒悟了?想做廉政模范了?是不是太讽刺了啊?"

周秀丽又开了口:"一点不讽刺,我是城管委主任,能批准苏阿福盖门面房,那三十万就敢要。解放路6号地得市里批,我办不了,当然不能收!"

叶子菁试探着问:"哦?你说话王长恭同志也不听吗?他会不帮你办?"

周秀丽看了叶子菁一眼:"叶子菁,请你不要再诱供了!我明白地告诉你,长恭同志原则性比你还强,这事我只提了个头,就被长恭同志顶了回去!"

叶子菁又问:"那么,王长恭怎么又把这块地批给熊老板的新世界公司了?"

周秀丽眼皮一翻:"这事请你去问长恭同志,市长是他!我怎么会知道呢!"又讥问道,"叶子菁,陈汉杰过去做决定时,是不是也和你商量呢?"

叶子菁没心思这么斗嘴:"哎,周秀丽,你不要这么偷换概念嘛!"

周秀丽长长叹了口气:"叶子菁,我劝你到此为止吧。长恭同志你办不进去,他不是贪财的人!你想想看,他女儿结婚,大家送了三十二万,合法收入嘛,王长恭都捐了,怎么可能私下收这种黑钱呢?这合乎情理吗?"

叶子菁马上说:"周秀丽,这我得纠正一下,那三十二万可不是什么合法收入啊!连王长恭自己都说嘛,他不当这个常务副省长,就不会有这么多人送礼!"

周秀丽不再争辩了,苦笑着说:"对,对,叶子菁,你说得对!可这不正说明长恭同志在廉政问题上很注意么?!你还这么揪住长恭同志不放干什么?我看,你倒是该想想自己怎么下台了,现在回头好像还来得及!我的上诉已经驳回了,就等着一死了。所以,也不想就诱供的问题再告你们了,咱们最好都省点事吧!"

叶子菁注意到,周秀丽说这番话时,神情语气竟很平和,便也平和起来:"那么,周秀丽,死刑执行前,还有什么要求啊?想不想和归教授还有儿子见一面?"

周秀丽笑了笑,笑得竟然很好看:"叶子菁,你不要搞假慈悲了,我的权利我知道,用不着你提醒!和归律见面的要求我已提过了,儿子不见了,太伤心!"

叶子菁赞同说:"这也好,孩子太小,不能在他心灵上留下这种沉重!"

和周秀丽的会面就这么结束了,结束得很平静,这有些出乎叶子菁的预料。

出了死囚牢,到了检察院驻所检察室,高文辉手一摊,对叶子菁说:"看看,叶检,我说不会谈出什么结果吧?你还不信!好在她还没破口大骂你!"

叶子菁回味着会面的细节,若有所思道:"小高,你别说没有结果,我看这里面可能有文章!周秀丽为什么不大骂我啊?到这种地步了,她还怕什么啊?"

高文辉疑惑地看着叶子菁:"哦,叶检,你发现了什么?"

叶子菁判断道:"周秀丽这种平静不太正常,直觉告诉我,她好像并没完全绝望,还存在一丝侥幸。她侥幸什么?应该是那四百八十万!我想,这四百八十万或者已落到了归律手上,或者还在她手上没交出去。小高,你分析一下呢?"

高文辉想了想,说:"估计不会在归律手上,归律和周秀丽的关系并不好。再说,他们家也搜查好多次了,确实没有这笔赃款的下落。如果赃款的秘密现在还没交代给归律的话,只怕周秀丽也不会再交代了。叶检,你这推断不太合理啊!"突然想了起来,"哦,对了,周秀丽要见的可不仅是归律啊,还有她小妹妹哩!"

叶子菁眼睛一亮:"哎,这就接上茬儿了嘛,周秀丽完全可能把赃款的秘密交代给她妹妹嘛!"马上指示道,"在死刑执行前的这七十二小时内,你们死死盯住周秀丽,不能让她搞任何把戏!她和她妹妹以及归律的会面要密切监视,转交给亲属的遗物要仔细检查,一句话:瞪大眼睛,等着看她最后怎么表演!"

嗣后的这七十二小时注定是紧张迫人的。作为死刑犯的周秀丽难以安眠，作为检察长的叶子菁也难以安眠。叶子菁手机二十四小时开着，随时等待来自死囚牢里的消息。周秀丽则日夜坐在牢狱的床上看着牢门发呆，似乎在企盼着最后的机会。

次日夜里，当高文辉和监视的女警已困乏得睁不开眼的时候，周秀丽突然来了精神，拿起桌上让她写交代的纸笔涂鸦起来，也不知是不是在写遗书。女警想出面制止，被高文辉无声地拦住了。高文辉眼见着周秀丽写了撕，撕了写，折腾了大半夜。到得天亮时，七页检察院的讯问记录纸全撕光了，地上扔得四处都是纸片。而就在这时候，周秀丽和她小妹妹会面的时间快要到了，高文辉预感这里面有文章。

对周秀丽的彻查是从那七页讯问记录纸开始的。高文辉和两个女警将地上的碎纸片一片不留，全捡了起来，一页页拼接，拼接下来后发现，总数少了大约四分之一页。这一来，情况就清楚了，就是说，这四分之一页纸被周秀丽移做它用了！

果不其然，这四分之一页记录纸被两位女警当场从周秀丽的贴身胸罩里搜了出来，纸上写着广州一家银行的地址和一个保险箱号，以及一组9位数的密码。上面还仓促写了一句话："小妹：永别了，孩子交给你，我来世的希望也交给你了！"

然而，来世的希望最终还是破灭了！周秀丽原以为自己干得很漂亮，可以利用和小妹最后见面的机会把纸条塞到小妹妹手上。她再也想不到，高文辉竟会注意到这四分之一页记录纸的缺失，竟在她和她小妹会面之前捻灭了她的希望。

纸条落到高文辉手上后，周秀丽瘫倒下来，像是已被提前执行了死刑……

高文辉根本顾不上周秀丽了，马上赶到检察院，向叶子菁进行了紧急汇报。

叶子菁大喜过望，当即叫来反贪局长吴仲秋，命令吴仲秋把手上的事都放下，马上带人飞广州，根据纸条上的银行地址和密码，打开那只保险箱，取回赃款。

下达这个命令时，叶子菁心里仍不轻松，赃款下落虽然找到了，但毕竟是从周秀丽保险箱里找到的，如果最终不能证明这笔赃款和王长恭有关系，她和长山检察院就仍没走出被动的绝地。因此，吴仲秋和反贪局的同志们走后,叶子菁没敢离开办公室一步,两眼盯着桌上的保密电话机,盯得眼睛发酸,一颗心仍紧张地悬着。

五小时后,广州的电话来了,吴仲秋在电话里叫了起来:"叶检,拿到了!"

叶子菁握话筒的手禁不住抖了起来,极力镇定着问:"四百八十万都在吗?"

吴仲秋显然处在极度兴奋中:"都在,全是现金,这种隐藏赃款的方法也是一绝了!更绝的是,熊老板当年送赃款的邮袋还在,长山邮政的字清清楚楚……"

叶子菁更急切地想知道,这笔巨额赃款和王长恭有没有关系?有多大的关系?可话在嘴边转着,就是不敢开口!那当儿,她不知咋的变得软弱极了,好像一生之中从没这么软弱过。在那个加油站的惊魂之夜,面对苏阿福的枪口和炸药,她也没有过这样的感觉。此刻,她真害怕吴仲秋的回答会使她失望……

似乎心有灵犀,吴仲秋在电话里主动说了起来:"叶检,还有更大的收获,我们在保险箱里发现了周秀丽和王长恭的假护照!他们都改名换姓了,王长恭不叫王长恭,叫刘武强了!周秀丽不叫周秀丽,叫田萍了!可照片上的人却是王长恭和周秀丽!我们的结论是,这四百八十万赃款肯定是王长恭和周秀丽的共有财产!"

这就对了,吴仲秋叙述的事实到底没让她失望!叶子菁紧绷着的神经一下子松弛了,身子像是突然散了架,禁不住软软瘫倒在办公桌前,话筒也跌落到桌面上。

话筒里,吴仲秋的声音还在响:"叶检,我们赢了!王长恭这回溜不掉了!"

眼中的泪水夺眶而出,叶子菁重又抓起话筒,声音也哽咽起来:"好,好。小吴,这……这可真是太好了!我……我们赢了,到……到底打赢了……"

吴仲秋在电话里听出了异样:"哎,叶检,你……你怎么哭了?"

叶子菁这才意识到了自己的失态,抹去了眼中的泪水,努力镇定着情绪,向吴仲秋做起了指示,要求他们立即将赃款和假护照押回长山,对这些情况严格保密。

陈汉杰似乎听到了什么风声,当天下午,又打了个电话来询问情况。

叶子菁不好向陈汉杰透露案情,只欣慰地说:"老书记,您当初说得太对了,他们这个后台那个后台,都没大过人民和法律这个根本后台,王长恭到底垮了!"

第十六章　现在轮到了你

56

一缕阳光从审讯室的高窗外射进来,映照着王长恭略显浮肿的脸和王长恭身着囚衣的前胸,让王长恭变得有些滑稽了。这是一件旧囚衣,红色条纹已洗得污浊模糊,衣襟的边口全洗毛了,最下面的两粒纽扣也掉了。叶子菁注意到,王长恭在受审位置上坐下来后,几次下意识地扯拉囚衣敞开的下摆,借以遮掩不时袒露出来的肚子。到这种份儿上了,这位前省委常委、常务副省长还那么注意自己的形象,极力要保住昔日的尊严。然而,此人内心深处的惊慌是掩饰不住的,眼神中透着明显的虚怯,从走进审讯室的那一瞬开始,就在有意无意地回避叶子菁的目光。叶子菁觉得,这个昔日不可一世的大人物现在活像一只骤然暴露在光天化日下的老鼠。

看着王长恭这副样子,叶子菁有了一种恍若隔世的感觉,一次次把她逼入被动和绝境的就是这个人吗？这个穿着囚衣的犯人怎么会有这么大的神通呢？他这神通是从哪来的？是与生俱有的,还是手上的权力造就的？答案显而易见:是手上的权力造就的。权力让人们敬畏,古今中外,概莫能外。中国的情况就更特殊了,是社会主义国家,权力来源于人民,权力的掌握者们就在理论上代表了人民,头上就套上了太多的光环。他们其中的某些败类,比如王长恭之流,就钻了这个空子,让人们不敢违拗,不敢怀疑。现在,依法剥夺了他的权力,他就什么都不是了！

当然,也必须承认,这位曾身居高位的家伙不是等闲之辈,干起背叛国家的勾当来,智商颇高,手段狡猾,有很强的未雨绸缪能力和反侦查能力。双规期间,王长恭拒不交代任何问题,进入司法程序后,最高人民检察院指令省检察院将案子交由长山检察院侦查起诉,王长恭仍坚持抗拒,讯问笔录至今还是空白。

于是,便有了这次短兵相接的讯问。为了搞好这次讯问,叶子菁在反贪局长吴仲秋和同志们的协助下,做了几天的准备。做准备时,曾经的屈辱和悲哀一一记起了,过去那个不可一世的王长恭时常浮现在眼前,几次让叶子菁潸然泪下。也正因为如此,今天进了看守所,叶子菁又有些犹豫了。由她主审王长恭是不是合适?她会不会感情用事?即将面对的审讯对象毕竟是她感情上最不能容忍的一个人!吴仲秋和同志们都说,她出面主审最合适,王长恭最怕见的就是她。想想也是,一物降一物,办案策略上需要这样做。再说,她也有信心,相信自己不会感情用事。她要做的就是在法律规定的范围内,落实已取得的罪证,把王长恭在预审中拿下来,送上法庭接受法律的公正审判,给"八一三"大案画上一个完整的句号。

此刻,这位犯罪嫌疑人就在三米开外的专用受审椅上静静坐着,目光越过她的头顶,痴痴地看着审讯桌后的白墙,不知在想些什么。阳光仍在这个犯罪嫌疑人的脸上和胸前的囚衣上跳跃,像一支打偏了的聚光灯。聚光灯的光源来自犯罪嫌疑人左侧装着铁栅栏的高窗口,窗外是看守所办公区的院子,那里有着晴空下的自由。

叶子菁看着高窗外那片自由的天空,缓缓开了口,语气平静极了,几乎没有任何感情色彩:"王长恭,现在终于轮到了你!二〇〇一年八月十三日晚上,当大富豪娱乐城大火烧起来的时候,我没想到最后会把你也办进来!今天我能请你这位前省委常委、常务副省长坐到受审的位置上,实在太不容易了!我必须承认,你精明过人,也很懂得为官之道,靠不住的钱不收,还在川口捐了座希望小学,欺骗性挺强。可你的欺骗最终还是没能得逞,事实证明,你心很黑,通过情妇周秀丽的手收受贿赂,一笔赃款竟然高达四百八十万,有点出乎我的意料!现在想起来我还有些后怕啊!如果我当时懈气了,不对周秀丽追下去;如果周秀丽不试图把这笔巨额赃款转移出去,让赃款就此消失,也许你坐不到今天这个位置上,是不是?"

王长恭这才看了叶子菁一眼:"女人就是女人,到死都忘不了身外之物!"

叶子菁盯着王长恭:"既然知道是身外之物,那你为什么还这么贪婪啊?"

王长恭扯弄着囚衣的下摆:"你们又怎么能证明我的贪婪呢?根据在

哪里?"

叶子菁"哼"了一声:"你和周秀丽的假护照难道不是根据吗?你王省长的假护照怎么会出现在周秀丽租用的保险箱里?这个事实你否认得了吗!"用力敲了敲桌子,"说真的,王长恭,一直到广州那边起出了赃款我的心都还悬着,就怕拿不到你受贿的确凿证据!可一听说你改名换姓叫刘武强了,我这心才放下了!"

王长恭抬头看着叶子菁,反问道:"叶子菁,你凭什么认定这四百八十万赃款和我有关?就凭那张假护照吗?既然你早就知道我和周秀丽的关系,就不该想到可能发生的另一种情况吗?周秀丽是不是会背着我拿上我的照片去办假护照呢?"

叶子菁心里一动,盯了上去:"这么说,你承认和周秀丽是情人关系了?"

王长恭怔了一下,只得点头承认:"这事瞒不了,我……我也不想再瞒了!"

叶子菁有数了,离开讯问桌,走到王长恭面前踱着步,故意顺着王长恭的话说了下去,似乎很赞同王长恭的狡辩:"倒也是啊,你和周秀丽是情人关系,彼此也就没有什么秘密可言了。周秀丽从你身边任何一个地方都有可能拿走你的照片,给你去办一张假护照嘛!"盯着王长恭,话头突然一转,口气骤然严厉起来,"可这么一来,新世界地产公司熊老板行贿的这四百八十万就好解释了。你利用手上的权力给熊老板批地,你的情妇周秀丽从熊老板那里受贿收赃,事实是不是这样啊?"

王长恭却否认了:"事实不是这样!不错,新世界的地是我批的,但周秀丽受贿我不知道,也不可能知道!如果知道有这种事,我饶不了她!告诉你,周秀丽收苏阿福那三十万块,我也是大火烧起来后才知道的,为此,我打了她的耳光!"

叶子菁嘴角浮出了一丝冷笑:"王长恭,你对周秀丽要求可真严格啊,竟然打了她的耳光?"脸突然拉了下来,一声断喝,"王长恭,请你把头抬起来!"

王长恭抬起了头,佯做镇定地正视着叶子菁,目光中透着一丝惊恐。

叶子菁逼视着王长恭:"王长恭,你说漏嘴了吧?这说明,'八一三'特大火灾发生后,你对周秀丽受贿渎职的犯罪事实是很清楚的!可你这个负责火灾处理的省委常委、常务副省长究竟干了些什么？你明目张胆地包庇周秀丽，甚至不惜命令公安局长江正流同志对苏阿福搞杀人灭口！对长山检察机关的正常办案，你横加干涉，制造障碍，还试图压着长山市委和唐朝阳同志把我撤下来！我当时怎么也不明白，你王省长到底想干什么？现在，你的这一切所作所为都可以得到解释了！"

王长恭有些慌了，极力辩解说："叶子菁，你这理解不是太准确！我……我知道周秀丽受贿渎职并不比你早，也……也就是在周秀丽被抓前一天知道的。我骂过周秀丽之后，就劝周秀丽去自首，周秀丽也答应了，可……可我没想到，你们没等周秀丽去主动自首，就……就在传讯后突然拘留了她。真的，这事很突然……"

叶子菁紧追不舍："那么，在这之后，甚至在我们检察院对周秀丽的判决提出抗诉之后，你为什么还这么公开替周秀丽喊冤，还在四处为她做工作？仅仅是感情使然吗？你是不是怕周秀丽被判了死刑后，把你王副省长这个大后台供出来？"

王长恭毕竟是王长恭，在这种时候应变能力仍然很强，听了这话，反倒变得镇定下来，平静地反问说："叶子菁，周秀丽判死刑后把我供出来了吗？好像没有吧？如果这四百八十万真和我有关，我又没能保下她，她还有什么不会供的？"

叶子菁一怔，无法对应了，周秀丽一直到今天都没有写下一个字的交代！

王长恭岂会放过这种主动进攻的机会？趁着叶子菁的短暂被动，夸夸其谈说了起来，满嘴官话，似乎又回到了过去大权在握的好时光："叶子菁同志，我原来不想说，可想想还是得说，我们都是共产党人，共产党人讲什么？讲唯物主义，讲辩证法，讲实事求是嘛！我希望你这位检察长和长山检察院也能对我实事求是……"

到了这种时候，面前这个曾身居高位的犯罪嫌疑人竟然还试图给她上课！叶子菁听不下去了，厉声打断了王长恭的话头："王长恭，看来我有必要提醒你注意自己的身份了！你现在不是省委常委、常务副省长了，你是一个在押的犯罪嫌疑人！这里也不是哪个大会的主席台，没有谁请你做报告，这一回你是插翅难逃了！"

王长恭仍没放弃，怔了好半天，又开了口："叶子菁，我理解你的情绪，落到你手上,我做了最坏的思想准备,甚至准备和周秀丽一起上刑场!可我仍然要说,必须实事求是!那张假护照不足以认定我的犯罪事实,我将做无罪辩护!"似乎动了感情,"请你冷静地想一想,我王长恭是党和国家的高级领导干部,在我们这个国家,在孜江省,享有这么优越的条件,我有什么理由要搞个假护照呢?"

叶子菁想都没想便驳斥道:"因为你心里清楚,党和国家是容不得像你和周秀丽这种腐败分子的!党的反腐之剑和法律惩罚的利剑一直悬在你们头上!所以,你们一边贪婪地聚敛财富,一边像做贼一样忐忑不安,时时刻刻担心自己的背叛行径暴露在光天化日之下,你们当然要留后路!这还用得着明说吗?!"

王长恭当真激动起来,身不由己地从椅子上站起来:"叶子菁,照你这么说,我王长恭就从没做过什么好事吗?我从一个大学生成长为一个党和国家的高级领导干部,就这么一天到晚做贼吗?这是一个辩证唯物主义者的态度吗?是事实吗?"

叶子菁长长吁了口气:"王长恭,你不要这么激动,请你坐下来,坐下!"

王长恭看了看身边的看守人员,被迫坐下了,坐下后仍是激动不已的样子。

叶子菁也回到审讯桌前坐了下来,平静客观地说:"王长恭,我并没说你从没做过任何好事,也没说过你一天到晚像做贼!你能从一个中文系大学生走到今天这种位置,是做过不少好事。别的地方我不太清楚,可你在长山的情况我还是比较清楚的。公道地说,你来长山做市长对长山是有贡献的。并不像有些人说的那样,只搞了个赔钱的飞机场,养了群骚狐狸。你在城市规划、基础建设,在长山这座资源型城市的定位和资源的开发利用上,都做了很多有益的工作。在你做市长期间,长山开放搞活了,长山经济进入了一个高速发展的时期。也正因为有了这些不可抹杀的政绩和成绩,你才得到了提拔重用,才做了省委常委、常务副省长。因此,在办案初期,当陈汉杰同志敏锐地发现了你的问题,盯着你不放时,我对陈汉杰同志还产生过一些误解,还曾出于公心,劝过陈汉杰同志。就在你公开羞辱了我以后,我仍然没有改变对你政绩和成绩的评价,我这是不是辩证唯物主义的态度啊?"

王长恭又抓住了进攻的机会:"叶子菁,关于陈汉杰我正要说,这个老同志对我有偏见!我调到省里后,陈汉杰心态一直不平衡,总想找我的麻烦!关于我和周秀丽的风言风语,也是陈汉杰最早搞出来的,还故意在大会上给我辟谣……"

叶子菁毫不客气地打断了王长恭的话头:"王长恭,你就不要狡辩了!你和周秀丽的关系是风言风语吗?你自己都承认了嘛!案子办到今天这一步,一切已经清楚了。在你的问题上,陈汉杰既不是心态不平衡,更不是找麻烦,是坚持原则,依法办事!没有这位老同志敏锐的政治嗅觉和无私无畏的支持,案子很可能就办不下来!你不要以为我不知道,你发现自己的危机之后,抓住陈小沐刑事犯罪的把柄试图和陈汉杰做交易,被拒绝了!陈汉杰宁愿将儿子送上法庭判上八年,也不屑于和你这种人为伍!陈汉杰当然不是什么完人,也有缺点错误,可却一身正气!和这位一身正气的老同志比起来,你王长恭算什么东西?不过是个败类而已!"

王长恭咕噜道:"什么败类?我……我就是政治上失败了,这我承认!"

叶子菁像没听见,说了下去:"王长恭,你要清楚,党和人民培养一个高级干部不容易啊,把你绳之以法,不仅是让你个人付出了代价,党也付出了沉重的代价。不但是对你多年的培养教育落空了,党的形象因为你的腐败堕落受到了很大的伤害!今天不仅是我,许多熟悉你的同志,都在替你惋惜啊!大家都认为,你不是没才干没水平,可惜的是,你没用才干和水平为人民服务,而是为自己和情妇牟私利。人民和国家赋予你的公共权力被你滥用了!所以,你就不要再抱什么幻想了,国家和人民必须对你的犯罪行为予以追究和惩罚,法不容情啊!"

王长恭似乎看到了一线希望,态度变得有些恳切了:"子菁同志,你这话说得让我感动。现在,我要向你检讨,在'八一三'特大火灾案的处理上,我犯了不少错误,甚至是很严重的错误!我最对不起的就是你,我希望能得到你的原谅……"

叶子菁摆了摆手:"王长恭,你不要说了!你不是犯错误,是犯罪,犯罪的性质还很严重!现在你要求得党和人民的原谅,要老老实实交代自己的犯罪事实!"

一谈到犯罪事实,王长恭的态度马上变了回去,又是一推六二五了。

审讯进行了整整七个小时,审讯者和受审者一直在斗智斗勇。斗到后来,双方都很疲劳了。可在讯问笔录上签字时,王长恭仍极力振作精神,把长达三十三页的讯问笔录仔细看了一遍,还在几个他自认为关键的地方对照录音做了更正。

在讯问笔录上签过字后,王长恭再次声明:"叶子菁,我要做无罪辩护!"

叶子菁已是胜券在握,收起讯问笔录说:"可以,王长恭,这是你的权利!你可以死不认账,可以拒不交代,但是,我这个检察长和长山市人民检察院照样可以根据已取得的证据以及今天这个讯问笔录把你押上法庭,代表国家提起公诉!"

王长恭又有些后悔了,突然提出:"这个讯问笔录我……我还要再看一下!"

叶子菁轻蔑地笑了笑:"没这个必要了吧,王长恭?这份讯问笔录你看得已经够细的了,你对自己已经很负责任了!"停了一下,又补充了一句,"如果你过去对国家和人民也这样负责的话,也许就不会有今天这份讯问笔录了!"

将王长恭押走时,叶子菁又一次注意到了王长恭旧囚衣上已掉落的两个扣子,对看押人员交代道:"你们要么找件新囚衣,要么就把那两个扣子给他钉上!"

王长恭听到后,在门口回过头来,冷冷一笑:"叶子菁,谢谢你的关照!"

叶子菁摆了摆手:"谈不上什么关照,在押疑犯也要注意衣着整齐!"

57

王长恭的被捕落网,并没能改变唐朝阳被撤职的命运。唐朝阳还是为"八一三"大火承担了主要领导责任,黯然离开了市委书记的领导岗位。上周五,省委组织部裘部长代表省委和唐朝阳正式谈了话,要求唐朝阳对这一组织处理措施正面理解,正确对待。唐朝阳也只能正面理解了,正确对待了,再次诚恳地向省委做了检讨,没发一句牢骚。不过,让唐朝阳感到意外的是,工作去向最终还是改变了一下,省委没让他到省城理工学院去做挂名的党委副书记,改派他到省民政厅任副厅长兼党组副书记了。谈到去向的改变,裘部长语重心长地说,这是培钧同志提出的建议,也是省委最后慎重考虑的结果,希望他在弱势群体的社会保障上能多做些实际工作。

上周五谈的话,熬过了周六和周日漫长的四十八小时。周一上午,裘部长和主管干部工作的省委副书记秦志成就带着省委新任命的长山市委书记刘小鹏来开全市党政干部大会了。大会结束后,例行的交接工作马上开始。唐朝阳不愿让谁感到自己在闹情绪,或者要"狼狈逃窜",便没急着离开长山,照常上下班;交接时也很认真,还不顾机关干部的眼色,像以往在职时一样,正常到市委机关食堂吃饭。

秘书婉转地劝唐朝阳不要再到机关食堂吃饭,说是自己可以替他打回来吃。唐朝阳开始并不理解秘书的苦心,后来听到一些议论才知道,他实际上是在自找难堪了。一年零八个月前,他雄心勃勃来长山上任,长山干部们接风接了一个多月。现在要走了,竟然没有一个人来为他送行,竟然在离去的最后两天还吃食堂。这说明了什么?不正说明他这个市委书记已经激起了官愤,在长山成为孤家寡人了吗!

没想到的是,在即将离去的最后一天,陈汉杰亲自找到市委机关食堂来了。

正是中午刚开饭的时候,市委机关食堂里人很多,唐朝阳已打好了一份饭菜,准备端到自己和几个副书记专用的小餐厅去吃。陈汉杰大步过来了,夺过他手上装着饭菜的不锈钢餐盘,往身边的大餐桌上一放,大声说:"走,走,朝阳同志,咱们不在这里吃了,我个人请客,给你这个有原则、有立场的市委书记送送行!"

陈汉杰的声音这么大,引得周围不少就餐的机关干部往他们这边看。

唐朝阳有些不安了,劝阻说:"哎,哎,老书记,你别这么大声嚷嘛!"

陈汉杰似乎也意识到了什么,没再嚷下去,拖着唐朝阳出门上了自己的车,上车后很动感情地说:"朝阳同志,有些情况我听说了,要我说,激起点官愤没什么了不得,激起民愤才可怕呢!公道在人心啊!知道吗?要给你送行的单位和同志还真不少,有我们人大,子菁同志和他们检察院,还有长山矿务集团的同志们!"

唐朝阳真感动,心里也很有数:"老书记,这恐怕都是你安排的吧,啊?"

陈汉杰摆了摆手,没正面回答:"朝阳同志,这事是我忽略了,原以为林永强和市政府要先给你送行,你又要和新书记刘小鹏办交接,就没急着安排。今天偶然听说你这两天一直在机关食堂吃饭,就觉得味道不太对头了,就跑来请你了。"

唐朝阳苦笑道:"老书记,林永强这人你还没数吗?他现在哪还顾得上我呢?人家忙啊,后门送旧,前门迎新,正攒足劲等着拍新书记的马屁呢!党政干部大会开过以后,就一直躲着不和我照面。直到我今天上午发了火,他才跑来了,口口声声说是向我汇报。我说得也不客气,不是什么汇报了,是我这个滚蛋的市委书记要交代一下遗嘱!我虽然滚蛋了,南部破产煤矿的失业救助问题还是要解决的!"

陈汉杰摇了摇头:"这种时候了,还谈什么?林永强肯定不会再听你的了!"

唐朝阳神情黯然:"是的,我看得出他是在应付我,也知道他不会再落实我的指示了,可该说的我还是得说!这是对他负责,也是对三万失业矿工负责!"长长叹了口气,"对林永强我是看透了!人家会看领导的脸色啊,这一次又让他赌准了嘛,明明知道王长恭有问题,他还就敢在王长恭身上下赌注,艺高人胆大呀!"

陈汉杰不无忧虑地叹息说:"我担心林永强搞不好会是又一个王长恭啊!"

唐朝阳点了点头:"所以,老书记,我有个想法,也征求一下你的意见,我想就林永强的问题向省委做一次汇报,给培钧书记提个醒,你看可以吗?"

陈汉杰赞同道:"我看可以!"略一迟疑,也交了底,"不瞒你说,朝阳,为你的事向培钧同志汇报时,我已经先提起了这事,建议省委把林永强从市长的位置上拿下来。培钧同志有些意外,不过还是挺重视的,问了林永强不少情况哩!"

这倒是没想到的!唐朝阳马上问:"培钧同志和省委态度明确么?"

陈汉杰说了下去:"培钧同志的态度比较谨慎,说了两点:一、林永强在'八一三'特大火灾案的处理上确有耍滑头的嫌疑,但和王长恭没有经济利益或其他特殊的利益关系,只是执行了王长恭的指示,这没什么大错。二、林永强这位同志毕竟比较年轻,摆到长山市长的岗位上又没多久,还要再看一看,继续观察一段时间。"

唐朝阳心里禁不住一阵悲哀,默默看着车窗外的街景,不想再接茬儿了。

陈汉杰安慰说:"朝阳,你也不要太沮丧,培钧同志和省委我看不糊涂,对你和市委坚持原则,依法处理'八一三'大案的做法是充分肯定的。培钧同志说,这场特大火灾的事实证明,长山这部机器的每一颗螺丝钉都松动了,法庭的审判和我们对长山干部的处理,既是必要的惩戒,也是为了拧紧这部机器的螺丝钉啊!"

唐朝阳听了这话,心里一震,感慨地说:"培钧同志这话说得倒是深刻!如果按王长恭的做法,无原则保护干部,包庇罪犯,长山这部机器还要带病运转下去!"

陈汉杰最后劝道:"所以,朝阳,你真得正面理解啊!我看,培钧同志亲自点名把你安排到省民政厅意味深长,既是必要的组织处理,也还是想用你的嘛!"

唐朝阳心想,事已如此,也只能这么想了,便郁郁地说:"但愿如此吧!"

原以为陈汉杰私人请客,是想借送行的机会和他最后好好聊聊,不料,到了古林路5号陈汉杰家才发现,女检察长叶子菁早已笑眯眯地等在那里了。

唐朝阳这才努力振作精神,和叶子菁开玩笑道:"叶检,你怎么也跑来了啊?让我们那位王副省长一人呆在看守所里不寂寞嘛?还是这么目无领导啊,啊?"

叶子菁也开玩笑说:"哎,唐书记,这你批评错了!我眼中还是有领导的,对王副省长的囚衣问题都关心哩,前几天还专门做了个具体指示。今天一早,王副省长就很幸福地穿上了新囚衣!我亲自检查了一下,挺不错的,囚衣上的红条纹十分鲜艳,衣扣很整齐,一粒不少,可我们这位王副省长就是不领我的情啊!"

唐朝阳心情舒畅多了,哈哈大笑起来,笑出了眼泪:"好,好。子菁同志!能让王副省长穿上条纹鲜艳的囚衣,我下台也值了!"在桌前坐下后,指着叶子菁,又对陈汉杰发起了感慨,"老书记,你用叶子菁这把扳手拧紧了我这颗螺丝钉啊,不是你这个老钳工和叶子菁这把好扳手,我这颗螺丝钉现在没准还松着呢!"

陈汉杰呵呵笑了,一边给唐朝阳面前的酒杯倒着五粮液,一边半真不假地说:"朝阳啊,这么说你还颇有自我批评精神嘛,啊?承认自己也耍过一些滑头?"

唐朝阳笑道:"事情有个认识过程嘛。当然,滑头也耍了些,应该说是领导艺术、工作策略,我们中国就是这么个国情政情嘛,我们总得面对现实嘛!"

陈汉杰不悦地说:"什么领导艺术、工作策略啊?如果我们各级领导干部都明哲保身,搞这种滑头,我看也就党将不党、国将不国了!所以我就想,有时候我们就是要做孤臣,为了国家和人民的利益,不能怕被孤立,不能怕罢官,要有勇气把乌纱帽和身家性命一起押上去!朝阳啊,你做了这个孤臣,我好好敬你一杯!"

唐朝阳将陈汉杰敬的酒一饮而尽,又说了起来,说得很诚恳:"老书记,如果说孤臣,子菁同志算一个,我还算不上。我开始也有私心啊,'八一三'那夜,看着大富豪娱乐城的冲天火光,我就想到了今天这个结局,也想避免这个结局。可在大的原则问题上,我不敢耍滑头!比如定放火,比如换检察长,如果在这种事上耍了滑头,今天就不是这个局面喽,上刑场的就不是周秀丽、苏阿福,而是查铁柱了!"

叶子菁举杯站了起来,冲动地道:"唐书记,就为了这,我也要敬你一杯!"

唐朝阳动情地说:"子菁同志,是我要敬你啊,敬你这个优秀的检察长啊!在'八一三'大案的办案过程中,你和长山市人民检察院的同志们用忠于人民、忠于法律的勇敢行动向世人证明了一种精神,一种人格,一种法律和道义的力量!"

陈汉杰也站了起来:"好,好,朝阳同志说得好。子菁,我也敬你一杯!"

叶子菁举杯站在那里,有些不安了,笑道:"老书记,唐书记,你们二位领导是不是存心不让我吃这顿饭了?没有你们二位开明领导的坚定支持,这天大的案子我叶子菁和长山检察院怎么办得下来啊?怎么能把王长恭也办进去啊?还是我敬你们吧,在你们两位领导身上,我和同志们已经看到了依法治国的希望！"

唐朝阳笑道："好啊，那么，我们就一起为依法治国的希望干一杯吧！"

这杯酒喝罢，陈汉杰吃着菜，也做起了检讨，话是冲着唐朝阳说的："朝阳，你做了自我批评，承认自己这颗螺丝钉松过。其实，我这颗螺丝钉也松过，'八一三'大火烧起来后，我真吓出了一身冷汗啊！当时很巧，子菁正好在我家，我是坐着子菁同志的车赶到火灾现场的，看到那片盖到街面上的门面房，我马上想到了城管委女主任周秀丽，继而，很自然地想到了和我搭过班子的那位王长恭同志！"

叶子菁接了上来："哦，对了，老书记，我记得你当时还和我过一句话，这把火一烧，我们有些领导同志日子就不好过了！当时我就想问，您说的领导同志究竟指谁啊？可话到嘴边还是没敢问。现在我想问您，老书记，您当时说这话时有没有个人偏见呢？这个疑问在很长一段时间里一直困扰着我。"

这困扰也是唐朝阳和许多同志的困扰，唐朝阳便也注意地看着陈汉杰。

陈汉杰抿了口酒，缓缓说了起来："怎么说呢，要说没有一点偏见不现实，我和王长恭搭班子时毕竟有矛盾嘛！但基本上还是就事论事的。其一，我对王长恭和周秀丽的特殊关系心里比较清楚；其二，我对王长恭胆大妄为的作风也比较清楚。而且更巧的是，第二天我又收到了方清明的匿名信，心里就更疑惑了。"

唐朝阳笑着推理说："于是，你老书记就兴奋了，就向王长恭发起了攻势？"

陈汉杰摇了摇头，苦笑道："朝阳，这你想错了！我当时一点也兴奋不起来，心情很沉重，连着几天几夜睡不着觉啊！我翻来覆去一直在想，长山怎么搞到今天这一步了？怎么会酿成这么大的一场火灾？我这个前任市委书记该负什么责任呢？越想越不能原谅自己！王长恭是从长山上去的，和他搭班子时，他很多毛病已经暴露了，某些做法是党纪国法所不容的。比如说，他一上任就在人民广场立起了一块牌子：'一切为了长山人民。'我就对王长恭说，为人民没错，仅仅为了长山人民就不对了；嘴上说为长山人民，实际上只为自己的政绩就更不对了！王长恭听不进去，一再强调党政分开，开放搞活，说他这个市长和市政府要做实事，做大事，政绩工程一个接一个上。什么农民住别墅啊,什么飞机场啊,还在大会小会上暗示大家先造假,后创名牌,据说这也叫开放搞活……"

叶子菁不太同意陈汉杰的意见,婉转地插话说:"哎,老书记,您也别这么情绪化,还是得实事求是嘛!王长恭在城市基础建设,在这座资源型城市的定位和资源的开发利用上,真也做了不少贡献哩!而且开放搞活本身也没错……"

陈汉杰倒也承认:"这也是事实,这位市长好事坏事干得都轰轰烈烈!"叹息着,又说了下去,"要党政分开嘛,人家又年轻嘛,所以我这个书记尽管对他干的不少事有看法,还是放手让他干了。这一放手不得了啊,就收不回来了,就变成市长强书记弱了。搞到后来,他政府那边的许多事都不向我和市委汇报了!为了领导班子的团结,为了不给省委和班子里的同志造成嫉贤妒能的印象,我还不好说!这就丧失了立场,丧失了原则,就犯下了严重的历史错误!所以我才说,我这颗螺丝钉也松过,在和王长恭搭班子时就松了,我才向省委主动打了辞职报告!"

唐朝阳知道,面前这位前任市委书记不但打了引咎辞职报告,还几次给省委写信,主动承担责任,但省委只给了陈汉杰一个党内警告处分。于是便说:"老书记,我看你也不要过分自责了,王长恭的问题只能由王长恭负责,谁也不能替他当保姆嘛!再说,如果当时你老书记真的坚持原则,和王长恭公开对立起来,我看也未必就有好结果,搞不好两个人手拉手一起下台!这种事不是没发生过,一个班子出了矛盾,上面就各打五十大板,谁给你分那些是是非非啊!"

陈汉杰叹息道:"是啊,是啊。这个结果我也想到过,我们有些领导是非不分嘛,见了矛盾绕道走嘛,有什么办法呢?!"看着坐在对面的叶子菁,又说,"不过,值得庆幸的是,在对子菁同志的任用问题上,我坚持住了,没听王长恭的!王长恭私下和我嘀咕过几次,说是检察长的人选一定要慎重挑选,一定要选准,万一选错人就麻烦了。现在看来,子菁同志我是选对了,用了一个好检察长啊!"

叶子菁笑道:"对王长恭来说,你老书记就选错了,给他选了个掘墓人!"

唐朝阳这才问起了王长恭的案子:"子菁同志,你估计王长恭会判死刑吗?"

叶子菁想了想，慎重地说："唐书记，这不好估计，怎么判是法院的事，根据目前的情况看，死刑可能判不了，最多是无期徒刑吧！"

陈汉杰也很关心王长恭的结局："哎，子菁，你能不能透露一下，你们检察院到底落实了王长恭哪些罪证？怎么听说王长恭还在做无罪辩护啊？"

叶子菁答道："是的，有这么回事。王长恭说他是有错无罪，要做无罪辩护。杀人灭口的电话因为没有旁证，难以认定，我们仍在争取。现在有确凿证据认定的就是新世界地产公司的那四百八十万贿款，就这一条已经是重罪了！"

唐朝阳欣慰地说："那就好，将来公审的话，我一定专程赶来旁听！"

这日的送行酒，因为意义特殊，因为百感交集，因为彼此有着太多的感慨，作为前任市委书记的送行者和作为下台市委书记的被送者都难得喝多了。两瓶五粮液竟让唐朝阳和陈汉杰喝去了一瓶半，不是最后叶子菁极力劝阻，没准就喝光了。

临分手时，唐朝阳眼里闪着泪光，拉着陈汉杰的手颠来倒去地背古诗："风萧萧兮易水寒，壮士一去兮不复返。长山市我唐朝阳今生今世恐怕是回不来喽……"

陈汉杰拍打唐朝阳的手背，翻来覆去地发着感慨："朝阳啊，别说了，啥都别说了，'苟利国家生死以，岂因祸福避趋之'，这个孤臣我们还得当下去啊……"

最后上车的一瞬间，唐朝阳才骤然发现，站在一旁的叶子菁已是泪流满面了。

第十七章 国家公诉

58

送走唐朝阳以后,叶子菁心情一直不太好受,总觉得唐朝阳的撤职离去有些不合理,不公道,可到底哪里有问题,叶子菁却又说不出来。叶子菁由此明白了什么叫有苦难言。坚持原则太难了,孤臣太难当了!然而,也正因为有了这么一批忠于国家、忠于人民的孤臣,这个民族才有了脊梁,这个国家才有希望。

"高尚是高尚者的墓志铭,卑鄙是卑鄙者的通行证",这话说得真不错。事实证明,作为前任市委书记的陈汉杰和作为撤职市委书记的唐朝阳,已经用他们的正确抉择和道德操守为自己写下了高尚的政治墓志铭;而像王长恭这种毫无道德感的政客,则用自身的卑鄙获取了前往地狱的通行证,对这个政客的公审已成定局。

对王长恭起诉的准备工作进行得很顺利,院党组和院检察委员会为此分别召开了专题会议,进行了慎重研究。在院检察委员会的会上,大家对王长恭那个杀人灭口的电话还是有争议。张国靖和起诉处长高文辉希望把仗打得更漂亮些,担心在法庭上陷入被动,不同意将这一缺乏旁证的犯罪线索列入起诉范畴。反贪局长吴仲秋和陈波则持相反的意见,认为还是列入比较有利。双方引经据典,争得不亦乐乎。

最后,还是叶子菁一锤定音,当场拍了板:"好了,同志们,大家都不要争了!我的意见是这样的,王长恭的这个犯罪事实即便不能被法庭认定,即便会有些被动,我们也要写到起诉书上,拿到法庭上去!这起码可以让人们看得更清楚一些,这个王长恭到底是什么人?胆子有多大!无法无天到了什么程度!"

说到王长恭的无法无天,陈波才突然想了起来:"哎,这旁证我看还有了!"

叶子菁一时有点摸不着头脑:"旁证在哪里啊?陈检,你倒说说看!"

陈波不无兴奋地道:"叶检,王长恭无法无天是有前科的嘛!我听说过这么一件事,一九九八年冬天,南四矿区的矿工打死了两个外地流窜犯。当然,这两个流窜犯不是什么好东西,不被矿工打死也得判重刑,甚至是死刑。可你不能打死嘛,王长恭却不让查这事,指示定畏罪自杀,两个流窜犯就变成了畏罪自杀。这不就是旁证吗?王长恭敢这么违法乱来,就不会下令杀人灭口吗?法庭可以分析判断嘛!"

这事叶子菁倒是头一次听说,认真一想,觉得陈波说得不无道理,便在散会后先找到了江正流。江正流证实了这一情况,却叹息说,自己现在已不在公安局了,要叶子菁去找伍成义。叶子菁便又亲自找到了市公安局,要代局长伍成义把当年的卷宗拿出来,把具体办过此案的同志找来,给检察机关提供帮助。

伍成义没听叶子菁说完,就叫起了苦:"叶检,你还叫不叫我活了?我现在可是代局长啊!这陈谷子烂芝麻的事,你还倒腾啥?把这些同志都抓起来办渎职啊?看在咱们曾经一起垂死挣扎过的分上,姐姐,你饶了我行不行?算我求你了!"

叶子菁极力扮着笑脸:"伍局,不是你求我,是我求你!既然你还记得咱们一起垂死挣扎过,就得帮我把案子办完嘛!"知道伍成义在代局长的位置上,不敢多得罪人,便又说,"你放心,我们这回要办的是王长恭,不会办你们的同志!"

伍成义根本不信:"叶检,你骗别人行,可却骗不了我!'八一三'大火案刚办时,我们公安局的人你也说过一个不抓,后来抓少了?!"越说越恼火,"哦,对了,我正要找你呢!上个星期你们检察院怎么又来找我们的麻烦了?什么收赃车啊?我们矿区公安分局不过把没收的车临时借用了一下,就犯法了?!"

叶子菁可没想到,当初和她一起顶着压力并肩作战的战友伍成义今天一做了代局长,说话办事的口气就和当年的江正流一模一样了。由此看来,压力压不垮的好同志,却很有可能被一顶破乌纱帽压得喘不过气来,哪怕是代字号的乌纱帽。

伍成义还在那里叫:"关于矿区公安分局办案借用没收车的问题,江正流在任时向你和检察院解释过,我到任后也和你解释过!你倒好,一点面子不给!"

叶子菁这才苦笑道:"伍局,不是我不给你面子,收赃车的事有实名举报,事实确凿,你们就必须立案侦查嘛,老这么拖着,我们矿区检察院当然要行使法律监督职责嘛!"又说起了正题,"哦,伍局,咱们还是说说那个流窜犯案子吧!"

伍成义手一摆,一口回绝了:"别,别,我的姐姐,这案子你可别和我说!一九九八年我分管交警支队和后勤,有关交通事故和后勤的事你可以找我,其他的事你该找谁找谁去!你们不是说这案子是江正流办的吗?你们就找江正流好了!"

叶子菁忍着气道:"伍局,现在的局长可是你啊,你给我公事公办行不行?"

"公事公办?"伍成义瞬时间换了副模样,变得有些皮笑肉不笑了,"哦,可以啊!叶检,我看这么着吧,你呢,回去后以你们市检察院的名义开个正式介绍信来,把你们的要求写写清楚,我这边呢,就让分管的刘副局长尽量安排!"

叶子菁实在忍不住了:"伍成义,我这个检察长还代表不了检察院吗?"

伍成义仍在笑:"哎,叶检,这不是公事公办吗?你们又是查卷宗,又要找人调查,我们这边手续必须完备嘛!"像是突然想了起来,"哦,对了,对了。我的好姐姐,还有个事得先和你打个招呼,你们检察院十几台车年检都过期了,要罚款。车管所的同志可能会去找你们,你们一定要正确对待啊,千万别闹出什么不愉快!我和车管所张所长说了,我们公安和检察是一家,款照罚,但执法要文明!"

叶子菁被弄得哭笑不得,一时真不知说什么才好,看着伍成义,怔了好半天才气狠狠地说出了一句话:"伍成义,我但愿你这代局长就这么永远代下去!"

伍成义一点不气,手一摊,夸张地道:"看看,多好的姐姐!多美好的祝愿!可叶检,我告诉你,只要我能像今天这样公事公办,这代字很快就会去掉了!"

叶子菁再也不愿和伍成义啰嗦了,扭头就走,走到门口,把门摔得很响。

伍成义是这么个态度，结果就可想而知了。当年的卷宗根本查不到任何违法事实，接受调查的几个办案人员也口径一致，这件事的证明人仍然只有一个江正流。

偏在这时，那个被钟楼区法院以贪污罪判刑两年缓刑三年的方清明又意外地跳了出来，像苍蝇一样嗡嗡叫着，四处乱飞乱撞，搞得叶子菁心里一阵阵作呕。

起源又是匿名信。这封厚厚的匿名信是省纪委批转给省检察院后，由省检察院办公厅转到长山检察院来的。匿名信点名道姓把叶子菁告了，信口开河诬陷说，身为检察长的叶子菁收了放火犯查铁柱和方舟公司的好处，把放火案办成了失火案，已经引起了广大长山人民极大的愤慨，署名是"长山一批正派的党员干部"。

叶子菁见匿名信的笔迹有些眼熟，很自然地想起了那位曾经打过交道的卑鄙小人方清明。便让院里技术人员拿着这封匿名信，和方清明以前存档的匿名信对照验证了一下，结果证明了叶子菁的判断。还有个没想到的情况是，就在收到这封匿名信的同时，一份和匿名信内容大致相同的小传单也出现在长山街头了，十几个火灾受害者家属们看到这份小传单，又跑到法院门口闹起了上访。叶子菁接到法院的情况通报后，不得不重视了，便把副检察长张国靖和陈波找来，三人碰了一下头。

在此之前，张国靖接待过方清明的上访，知道方清明的心态。张国靖便先介绍情况说，被钟楼区法院判了缓刑的方清明委屈得很，说自己虽然有些小问题，但功劳更大，不但奋不顾身地举报了周秀丽，客观上也协助检察院搞出了大腐败分子王长恭，检察机关不该起诉他，一口咬定长山检察院和叶子菁对他有偏见。

叶子菁讯问道："照方清明这么说，我们是不是该给他立功授奖？判二缓三就是考虑到了他客观上对我们的协助，已经对他够客气的了！他还闹什么闹！"

张国靖苦笑说："叶检，这话我当面和方清明说了，就怕他再乱写匿名信，没想到他还是写了！不过，他见我那次态度还算好，只是向我诉苦，说是他在长山根本没人理了，走到哪里哪里的人就都不说话了，大家躲他就像躲瘟疫似的……"

叶子菁挺不客气地评论道："我看方清明这种人就是瘟疫！如果这种

人有市场,大家不躲着他,反而追着他,我们这个社会还健康吗?还不早就乱了套?!"

陈波说:"是的,叶检。不能让方清明这么胡闹下去了,得下决心收拾了!就从这封匿名信收拾!你是检察长,也是普通公民,就到法院告他诬告陷害罪!"

叶子菁头脑很清醒:"这不仅仅是我个人的问题啊,我看是比较严重的社会问题,涉及到社会秩序的稳定,他那个小传单已经起作用了嘛!一些不明真相的受害者家属跑到我们法院上访了嘛!方清明恐怕要收监啊,他现在不是在缓刑期间吗?我建议和有关部门联系一下,收监执行,并依法追究他煽动闹事的责任!"

张国靖和陈波都表示赞同,陈波态度尤其积极,主动请缨道:"叶检,这事就交给我负责吧,方清明在匿名信里告了你,你最好回避一下,免得方清明要赖!"

叶子菁看得出,陈波对她内心有愧,千方百计想讨她的好,便也同意了。

陈波倒也雷厉风行,当天晚上就在法院和有关部门的配合下采取了行动,在方清明家里把方清明抓个正着,不但当场查到了那封匿名信的底稿和部分复印好的小传单,还找到了一堆尚未寄出的匿名告状信。其中有一封是告唐朝阳和林永强的,说唐朝阳和林永强二人相互勾结,干扰办案,拼命包庇腐败分子周秀丽。还有一封信是告陈汉杰和叶子菁的,像是写了一大半,还没最后写完。信的内容很荒唐,说陈汉杰长期以来和叶子菁有不正当男女关系,并为他亲眼所见,某年某月某日,在市委办公室,他按周秀丽的指示去给陈汉杰送城管委的汇报材料,正见着陈汉杰搂着叶子菁干那种伤风败俗的事,接下来是不堪入目的细节描述,还引用了毛主席语录,假的就是假的,伪装应当剥去,现在是剥开叶子菁画皮的时候了……

看着面前这一堆匿名信,尤其是看完那封关于她和陈汉杰乱搞男女关系的匿名信,叶子菁反而不怎么气了,倒是怀疑起了方清明的精神是否还正常。如果方清明精神还正常的话,就不可能像疯狗一样这么四处乱咬人,逮着谁咬谁。更不可能幻想出她和陈汉杰在市委办公室里开着门做这种事,就算诬陷也诬陷得太失水准了。

于是,叶子菁提醒陈波说:"陈检,方清明精神是不是有问题啊?我建议你们把方清明送到市精神病院检查一下,如果没病就收监,有病还是要给他治病!"

　　陈波根本不相信方清明会有什么精神病:"叶检,你看看他写的这堆东西,思路清晰,条理清楚,哪会有精神病啊?我看一般的作家记者只怕也写不出来!"

　　叶子菁叹息说:"还是送他去检查一下吧!精神病有多种类型,偏执狂就是一种,方清明现在的表现很像这种偏执狂患者!你看看这些信,啊,满嘴文革语言,引用了这么多毛主席语录。哦,对了,还有,直到现在他还死咬着放火不放嘛!"

　　这无意中的一句话,却让陈波敏感了。陈波怔了一下,婉转地道:"叶检,当初在讨论火灾定性的检委会上,我……我可是按你的要求,才提了不同意见啊!"

　　叶子菁发现陈波误会了,忙笑道:"哎,陈检啊,又重提当初干什么啊?这件事我并没批评过你嘛,有不同意见和看法很正常,我最初不也以为是放火吗?!"

　　本来,叶子菁倒是想和陈波谈谈王长恭私下对他的许诺,和搜查周秀丽那夜的电话,可话到嘴边还是没说。面前这位副检察长本质上不是王长恭这类野心家,只要没有大的政治风浪,不涉及他个人重大利益,平时干起工作应当说还是不错的。

　　叶子菁便又和陈波谈起了仍在停建中的检察大楼,要陈波再去市财政局交涉。

　　陈波搓着手说:"叶检,这事恐怕得你亲自出面了!我几次请汤局长吃饭,汤局长都不答应,说是要廉政!如果你能出面请他一下,也……也许他会给面子!"

　　叶子菁不无悲哀地想,现在连伍成义都变成了这种样子,和人家财政局汤局长还有什么好说的呢?你公事公办,把人家亲弟弟办了,还不准人家有情绪?只得苦笑道:"行,陈检,只要汤局长能来,你就安排吧,该花的钱就花,别廉政了!"

59

对王长恭的公审近在眼前了,虽然具体的日子还没敲死,但大体定下来了。根据省委的要求和最近召开的省政法工作会议精神,王长恭重大受贿渎职案必须在二〇〇二年春节前开庭,和南坪市市委书记卖官案以及省城一桩重大经济犯罪案件同时审理,以期在客观上形成一种法律威慑的合力。对王长恭的公审地点也定下来了,还是在长山市政府的人民舞台,旁听人数控制在八百人之内。市政法委田书记在公检法三家的碰头会上布置工作时说得很清楚,现在离春节还有半个月,只要省城和南坪两家准备停当,长山随时有可能开庭公审王长恭。还着重说了,省委书记赵培钧有指示,长山这边对王长恭的公审是重头戏,一定要唱好!

让叶子菁没想到的是,就在公审前的一个晚上,省委书记赵培钧只带着一个秘书和一个司机,开着一部吉普车,悄悄从省城赶到长山市来了。去过南部几个破产煤矿后,突然来到了叶子菁家,把正吃晚饭的叶子菁和黄国秀都吓了一大跳。

门铃响起时,是叶子菁去开的门。叶子菁开门一看,面前站着一个穿旧皮夹克的男人,觉得有些面熟,还以为是某位来找黄国秀的煤矿基层干部。倒是黄国秀眼神好,放下手上的饭碗,喊了声:"这不是省委赵书记嘛!"叶子菁才恍然大悟,这个笑呵呵站在她面前的其貌不扬的男人竟然是中共孜江省委书记赵培钧,她经常在孜江新闻里见到的!电视新闻里的赵培钧西装革履,出现在哪里都前呼后拥,不论说什么都是重要指示。可现在站在她面前的这个男人,分明孤身一人,衣着随便得近乎邋遢,来敲门时连司机、秘书都没带,也难怪叶子菁不敢认。后来才知道,赵培钧这次就是要搞暗访,不论走到哪里都要求司机和秘书远远躲在吉普车里不露面。

认出赵培钧后,叶子菁手忙脚乱了,话也说得笨拙可笑:"赵书记,您……您怎么突然来了?我……我和黄国秀可……可没接到市里任何通知啊?!真的!"

黄国秀问得也荒唐:"赵书记,您……您接见过我们林市长和刘书记了么?"

赵培钧一边往客厅走，一边笑眯眯地说："我接见林永强和刘小鹏干什么啊？我这次来长山，就是要亲眼看看南部煤田的失业矿工，也看看咱们的好检察长叶子菁同志，当然，还有你黄国秀这个讨债鬼，不想见你也得见啊，躲不了嘛！"

黄国秀讪笑道："赵书记，您还是得先打个招呼嘛，也让我们有个准备！"

叶子菁应和说："是啊，是啊，这啥也没准备，搞了我们个措手不及哩！"

小静可不愿放过这种热闹的机会，这时已吃完了饭，碗一推，叫了起来："看你们说的，还准备？！叶检、黄书记，要你们准备什么？赵书记这叫微服私访！"

赵培钧乐了："哦，小姑娘，你也知道微服私访啊？好，过来，过来！"

小静更快活了，像个人物似的，大大咧咧坐到了赵培钧对面的沙发上："小看人了吧？我怎么不知道微服私访呢？乾隆爷下江南就是这么做的嘛！赵书记，黄书记认出你时，我也认出来了！所以，我觉得你这次微服私访不咋的！还得改进！"

赵培钧呵呵笑着："好啊，说说你的建议，我该怎么改进啊，啊？"

小静很认真地端详着赵培钧，建议起来："赵书记，你该贴上假胡子，或者戴个发套，当然，还得有随从，有男有女，最好女的会武功，关键的时候护驾……"

赵培钧做了个手势："哎，打住，打住！姑娘，我可不是乾隆爷啊！"

小静连连点头："知道，知道。你是省委书记，算封疆大吏，可你身边还得带几个随从！你得用人，用武艺高强的能人！"迅速摊牌了，"赵书记，你看我跟着你去微服私访怎么样？扮你的书童！仗剑行天下，尽扫人间不平事，岂不快哉？"

赵培钧哈哈大笑起来，笑得前仰后合。笑罢，拉着小静的手说："行了，行了，小姑娘，先让黄书记和叶检察长给你买把好剑，你再和我一起去快哉吧！"

黄国秀和叶子菁也都跟着笑了起来，屋里的气氛因此变得轻松多了。

叶子菁得知赵培钧从南四矿过来，怕赵培钧还没吃饭，要赵培钧一起在这里随便吃点。赵培钧说，他在南四矿一位老矿工家吃过了，要叶子菁和黄国秀继续吃。叶子菁和黄国秀哪能让省委书记干坐一旁继续吃饭，便也不吃了，匆匆收拾了桌上的碗筷，把小静赶到房间写作业，泡好茶，端来水果，陪赵培钧聊了起来。

赵培钧便从在南四矿吃的那顿无法下咽的晚饭聊起，深深叹息说，长山南部破产煤矿的失业矿工活得真是太艰难了，潜在的社会危机真是太严重了！一再夸奖黄国秀这个分管破产工作的党委副书记是个明白人，有危机感，有共产党人的政治良知，心里有老百姓，知道老百姓要吃饭，要填饱肚子，知道这是个天大的事情！

说到激动处，赵培钧站了起来："国秀同志，前些时候我在一些同志面前说过这个问题，因为要填饱肚子，老百姓才跟着我们党闹革命，凤阳一帮农民同志才为我们这场改革破了题！现在改革又到了一个很关键的历史路口，我们各级领导干部都必须切实负起责任来，不能总呆在办公室里研究来研究去！所以，尽管春节之前省里的事很多，我还是抽空悄悄来了！来之前我和刘省长说了，这回我不听任何人的汇报，就是要亲身体验一下长山南部矿区的这种贫困，看看到底怎么解决！"

黄国秀笑道："赵书记，这种贫困还用体验？您是不是被底下干部骗怕了？"

赵培钧感叹道："真是被骗怕了，好事不敢相信，坏事也不敢全相信！刚才你家姑娘要我贴上假胡子去暗访，不瞒你们说，这事我还真干过！去年秋天查省城郊县的一个吹牛不上税的县委书记，我就贴上假胡子，扮成个海外客商去和他周旋了一通，让这位县委书记为他所有牛皮上了税——撤职罢官！"摆了摆手，"继续说正题吧！本来节前刘省长要代表省委、省政府到矿区慰问，我刚才在路上给刘省长打了个电话，让他和省里任何领导都不要来了，不要再做这种节前访贫问苦的政治秀了，要切实解决问题！唐朝阳同志到了民政厅以后，工作力度比较大，已经千方百计筹措了一亿多资金，加上中央配套拨款就是两个亿了。长山南部煤田失业矿工家庭的最低社会保障问题，必须头一批优先解决，节前就动起来！"

这下子黄国秀激动起来："赵书记，这可太好了，其实早就该这么办了！王长恭上次来长山时，我还和王长恭说过，长山南部煤田失业矿工家庭的普遍贫困有特殊性，是我们的产业结构调整和关井破产造成的，贫困人口又很集中，潜在的危机就超过了一般的城市贫困家庭。我们就是从安定团结的大局出发,也必须优先考虑！可王长恭没当回事,上完报纸,上完电视,只给了一百万就应付过去了！"

赵培钧挺客观地说:"国秀,这倒不好怪王长恭,尽管王长恭腐败掉了,马上要开庭公审,可我们还是要实事求是！我省欠发达,财政很紧张,这次是停了省委宿舍区的二期工程,才挤出了点钱,当时王长恭能批一百万也不错了！"

叶子菁附和说:"是的,是的,赵书记,这我们也必须实事求是嘛！"

赵培钧又说:"实事求是地说,王长恭在这个问题上是动了些脑子的,在省委常委会上提出一个方案,将来长山矿务集团搞股份制改造时,拿出一部分股份划入社保基金,我和刘省长觉得是个好思路。另外,朝阳同志还提出,可以考虑由政府出资买下一些公益性岗位,变生活保障为职业保障。我这次暗访时了解了一下,失业下岗的矿工同志们都很乐意啊,说是只要代交养老保险,每月二三百元就成！"

黄国秀更兴奋了:"赵书记,那我们就这么办起来嘛,春节过后就试点！"

赵培钧应道:"可以,就在你们长山先搞试点！"指点着黄国秀,又批评说,"你这个破产书记以后也要多动动脑子啊,不能满足于当讨债鬼嘛,见谁赖谁！"

这批评不无道理,黄国秀挺不好意思地笑了:"是,是的,赵书记！"

叶子菁插上来说:"赵书记,你不知道,我家老黄不但是讨债鬼,急起来时就像疯狗啊,逮着谁咬谁,连我也被他咬过哩！不过,老黄也真是太不容易了！"

赵培钧这才说起了叶子菁,说得很动感情:"子菁同志,国秀同志这个破产书记当得不容易,你这检察长当得就更不容易了！王长恭是省委常委、常务副省长,还是'八一三'事故处理领导小组组长,又是从长山上去的干部,在长山的关系盘根错节,你办案的难度和压力可想而知。可你这个检察长有立场,有原则啊,只唯法,只唯实,忍辱负重,千难万难,到底把案子办下来了,也让王长恭这个腐败分子彻底暴露了！我和省委要向最高人民检察院为你和长山市人民检察院请功哩！"

黄国秀听得这话又有些冲动,似乎想说什么,却被叶子菁的眼色制止了。

赵培钧是个明白人,马上笑了:"国秀同志,你又想说什么啊?是不是想说,既然我知道咱们的女检察长这么难,为什么早不把王长恭拿下来?是不是啊?"

其实,这话不但是黄国秀想说的,也是叶子菁想说却不便说的。

赵培钧自问自答道:"王长恭问题的暴露有一个过程,中央和省委对王长恭的认识也有一个过程。在没有证据的情况下,我和省委不能仅凭社会上的议论就随便向中央建议撤换一个副省级领导干部。子菁同志,你说是不是这个道理啊?"

叶子菁想想也是,别说赵培钧和省委,她和检察院不也是到最后一分钟都悬着心吗?没从周秀丽租用的保险箱里找到王长恭的假护照之前,谁敢认定王长恭是个犯罪分子? 于是便恳切地道:"赵书记,确实是这个道理! 不瞒您说,当我们的反贪局长从广州给我打电话时,我一颗心都提到了喉咙口上,就怕搞错了!"

赵培钧愈发动情,拉着叶子菁的手说:"子菁同志,你真了不起啊! 你的事迹我过去不太清楚,王长恭不可能向我汇报你的事迹。我是最近才听省检察院丁检察长和省政法委的同志们介绍的。那天夜里在加油站,面对苏阿福的枪口、炸药,情况那么危险,那么紧急,你挺身而出,化解了一场灾难,有勇有谋啊!哦,对了,怎么听说你还在我们的法庭门口被坏人刺了一刀?凶手现在抓住没有啊?"

叶子菁苦笑道:"听刑警支队同志说,前天抓到了。简直让人难以置信,竟是一个外地民工,和'八一三'大案没任何关系,有人给了他一千块钱,他为了这一千块钱就捅了我一刀! 幕后指使人到底没找到,那个民工是在街头认识指使人的!"

赵培钧一声叹息:"子菁同志,让你受委屈了,真不该让你流泪又流血啊!"

叶子菁心里一热,眼睛湿润了:"赵书记,有您这句话,我……我就知足了!"

赵培钧却摇起了头:"这么容易满足啊?没这么简单吧?子菁同志,今天我到这里来,就是想听你诉诉苦,甚至听你骂骂娘! 说吧,有苦诉苦,有冤申冤!"

叶子菁觉得机会实在难得,便也和面前这位省委书记交起了心,不过却没谈自己的事:"赵书记,难过的事都过去了,苦也好,冤也罢,我都不想说了!有个同志我倒想提一下,就是市委书记唐朝阳同志。没有市委和朝阳同志的正确领导和支持,'八一三'大案很难办下来,可省委最后处理时,还是把唐朝阳的书记撤了!其中内情我知道,主持干部处理的是王长恭,朝阳同志在办案过程中顶住了王长恭的压力,王长恭就趁机整唐朝阳,而市长林永强一直听王长恭的招呼,所以,只给了个记过处分!赵书记,我真不明白省委是怎么把握的?唐朝阳同志冤不冤啊?"

赵培钧思索着,缓缓点着头:"是啊,是啊。子菁同志,你这话不是没道理,我也知道唐朝阳是个好同志,在坚持原则,支持你和检察机关依法办案这一点上做得很不错,到省民政厅这一个月干得也很不错嘛,筹资力度不小,提出了扶贫解困的新思路。刚才我说的变生活保障为职业保障就是新思路嘛!朝阳同志冤不冤啊?好像有些冤。但是,子菁同志,另一个事实你也不要忘了,朝阳同志毕竟是长山市委书记,是一个地区的一把手,必须对这场发生在自己辖区的严重事故负责任,这和王长恭的关系并不大!王长恭是不是想整朝阳同志?根据现在的情况看,当然想整,不整才怪哩!可这并不是当时省委处理唐朝阳的主要因素。至于林永强同志,也不能说就是王长恭保下来的,暂时不撤林永强的职,我和省委考虑了两个因素:一、林永强同志到长山任职的时间比较短;二、把市长、书记两个一把手同时拿下来,换两个不熟悉情况的新同志过来,对长山的稳定恐怕不是太有利吧?!"

叶子菁觉得赵培钧说得也不是没道理,心里虽然仍不太服,却也不好争辩了。

赵培钧又缓缓说了下去:"子菁同志啊,你对朝阳同志的公道评价和正义感我能理解,可我也希望你对省委能有份理解。我在南坪做市长时,我们老省长和我说起过这么一件事:战争年代,有个连队奉命守一座山头,一百多人打得只剩下连长和八个带伤的士兵,连长违令退了下来,下来后就被军部下令枪毙了。奉命执行枪毙任务的是老省长。老省长和我说,面对这位受了伤,浑身是血,军装被战火烧得四处焦黑的连长,他真下不了手啊,可怎么办呢?这个人丢了阵地,只能执行战场纪律!这位连长冤不冤啊?也冤嘛,可不这么做就不能令行禁止!其他连长、营长们还会在以后的战斗中丢阵地、丢山头,我们就不能赢得战争的胜利!现在尽管不是战争年代了,但不等于说我们的各级领导干部可以不负责任!我最讨厌的一个说法就是交学费,我们学费交的已经够多了,不能再交下去了!国家和人民没有这么多的银子让他们这样交学费了,任何事情都必须有人对它负责,就这话!"

叶子菁心里一震,看着赵培钧不禁肃然起来:"赵书记,您说得太好了!"

赵培钧继续说:"要说难,大家都难。我省委书记有我省委书记的难处,市委书记和市长们有市委书记和市长们的难处,你叶子菁和检察机关也会有你们的难处,可这都不是为自己推卸责任的理由!我们这个党是来自人民的党,是为人民执政的党,我们这个国家是社会主义国家,是人民当家做主的国家,我们每个党员干部都要明确承担起自己对这个党,对这个国家的责任,也就是对人民的责任!要经常问问自己,在今天这个岗位上,你尽职尽责了没有?长山'八一三'特大火灾的事实证明,我们的党员干部没有尽职尽责嘛,长山这部机器的每一颗螺丝钉都松动了!"

叶子菁马上想到赵培钧在'八一三'大火汇报材料上的重要批示,冲动地接了上来:"所以,您才批示说,我们法院对长山这批渎职犯罪分子的法律追究和我们对长山市部分干部的处理,既是必要的惩戒,也是为了拧紧这部机器的螺丝钉!"

赵培钧点着头:"对,这个话我在常委会上也说过,和许多同志都说过!"

叶子菁不无兴奋地道:"赵书记,您这话说得太深刻了!王长恭案实际上是'八一三'大案的重要组成部分,我准备的公诉材料就阐述了您的这个重要批示精神!"

赵培钧说:"那好啊,开庭时,我请新任市委书记刘小鹏和林永强同志,哦,包括长山所有处以上干部都到旁听席上去听一听,让我们的干部也受受教育!"

叶子菁怔住了:"赵书记,我们已经定了,旁听人数控制在八百人之内……"

赵培钧手一挥:"定了也可以改嘛,人民舞台嫌小,就换平安大剧院吧,那里能坐三千人!哦,这不要你去说,回省城我让办公厅给长山市委打电话安排吧!"

这日，赵培钧在叶子菁家一谈就是三小时，直到快十点才告别离去。临走又问叶子菁有什么困难和要求，叶子菁及时想到了盖了三年仍未盖起来的检察大楼，便提了出来，还自嘲说，得主动腐败一回，请那位廉政的财政局汤局长好生撮一顿。

赵培钧一听就挂下了脸："子菁同志，这个客你和检察院不要请，看林永强盖不盖！你只和林永强说一句话，就说我说的，半年后要来视察你们的检察大楼！"

让叶子菁没想到的是，当晚检察大楼的事就顺利解决了，简直像做梦！

赵培钧走后约摸半个小时，林永强不知从哪里得到消息，气喘吁吁赶到叶子菁家来了，一再追问赵培钧此次来长山有什么重要指示，叶子菁还没来得及开口，黄国秀倒先抢着说了，道是赵培钧书记对检察院很关心，半年后要来视察检察大楼。

林永强怔住了，当场了解工程量。一听说工程量很大，半年内估计盖不起来，这下子急了眼，四处打电话安排，要求工程队明天就恢复开工，日夜加班！

财政局汤局长不了解赵培钧来长山的情况，还想拖，仍在电话里说没钱。

林永强火了，当着叶子菁的面，对着电话和汤局长大发脾气："那你就去偷，去抢，反正你给我想办法！实在不行，就把我这个市长送到拍卖行去拍卖好了！"

得知赵培钧要让长山干部到法庭上受教育的事，林永强又说："哎呀，叶检，看你说的！这哪还用省委办公厅再打电话安排布置啊？赵书记说了我们就办嘛！审判地点就改平安大剧院。发个通知，宣判那天全市处以上干部去旁听，不准请假！"

叶子菁提醒说："平安大剧院不是有几个春节团拜会么？请柬都发下来了！"

林永强不屑地道："还团拜什么？让它们全都给赵书记的重要指示让道！"

叶子菁有些哭笑不得，心想，就凭林永强落实省委领导指示不过夜的精神，就算以后升起来有些困难，只怕眼下这市长不会是暂时的了，肯定是当稳了……

60

平安大剧院是王长恭在长山做市长头一年亲自抓的形象工程,是尝试着按市场规律运作起来的,没用财政一分钱,可以说是长山开放搞活的一个代表作。叶子菁至今还记得,建平安大剧院那阵子,王长恭大会小会讲开放搞活,要求全市党政干部大胆解放思想,做开放搞活的领头羊。市政府还成立了个临时机构——开放搞活办公室,简称"开放办"。嗣后的事实证明,开放搞活没错,长山的城市建设、基础设施建设和国民经济就此进入了一个高速发展期。可也就是在这个高速发展期,长山干部队伍的腐败和经济犯罪也进入了一个从未有过的高发期,直至今天连王长恭本人也陷了进去,这是另一种事实,很沉重的事实。那些大大小小的王长恭们在开放搞活的过程中,在搞市场经济的同时,也把手上的公共权力和理想信念一起开放搞活了。悲剧因此而注定了,不但是大大小小的王长恭们的悲剧,更是这座欠发达城市、这座城市五百万人民的大悲剧,"八一三"大火的危险火种实际上早已播下了。

因此,在庭审过程中,作为主诉检察官的叶子菁看着被告席上的王长恭,时常想,在王长恭一手抓起来的这座开放搞活的大剧院里审判王长恭,王长恭会作何感想?王长恭会不会想到自己过去说过的那些大话,"做官先做人,正人先正己"?"其身正不令而从,其身不正虽令不从"?会不会想到在党政干部大会上的宣言,把自己这个市长的工作价值取向和人生目标与长山人民群众的利益、共产党人的奋斗目标统一起来,一切为了长山人民?王长恭会在这个具有特殊意味的法庭上,面对旁听席上一千五百名处以上长山党政干部和一千多名市民代表,忏悔自己的罪过吗?

没有,一点也没有,王长恭在做无罪辩护,答辩时情绪激烈,态度傲慢。

王长恭也提到了这座作为刑事审判庭的平安大剧院,提到了自己对长山这座资源型城市的贡献,对自己的严重犯罪事实和"八一三"大火却只字不提,连有确凿证据认定的四百八十万赃款也绝口否认。进行最后陈述时,还挺激动地多次提到了良心。说自己在任市长期间,建起了包括这座大剧院在内的一系列标志性工程。

然而,不论王长恭如何狡辩,如何慷慨激昂,旁听席上一直保持着静默。这次审判的气氛和上次在人民舞台的审判大不相同了。在十天的庭审过程中,没有任何人再喝倒彩,发嘘声。宣判那天,市长林永强和新任市委书记刘小鹏以及在家的市委常委们全来了。前任市委书记唐朝阳也专程从省城赶来了,叶子菁在起诉席上注意到,唐朝阳在开庭前就和陈汉杰一起坐在了旁听席第一排醒目的位置上。

在法庭对王长恭宣判前,叶子菁以国家公诉人的身份进行了最后的总结发言。

这是一个庄严的时刻,面对法官席和近三千名旁听者,叶子菁缓缓开了口。

61

审判长、审判员,旁听席上的女士们、先生们、同志们!

法庭调查和辩论已经结束,我作为支持公诉的国家公诉人,已经在法庭上宣读并出示了大量依法收集的证据,前后询问了十八位出庭证人,经法庭质证证明,被告人王长恭无可置疑地犯有本起诉书所指控的受贿罪、包庇罪、滥用职权罪,相信法庭会依据《中华人民共和国刑法》对被告人王长恭做出公正的判决。

被告人王长恭在今天宣判前的最后陈述中提起了良心,让我深感震惊!我现在要请问一下被告人王长恭:你真还有良心吗?你的良心究竟在哪里?如果有良心,你能在长山南部煤田几万失业矿工吃不上饭的情况下,在他们的生活陷入极度贫困的情况下,伙同情妇周秀丽一次受贿四百八十万吗?如果有良心,你能忍心看着将失火错定为放火,将一个罪不至死的失业矿工推上刑场吗?如果有良心,你能为了包庇周秀丽进而掩饰自己的受贿罪行而千方百计阻挠长山市人民检察院对"八一三"大案的查处起诉吗?如果有良心,你能向公安局长江正流发出对重要证人苏阿福杀人灭口的指令吗?你的所作所为,尤其是"八一三"大火发生后的所作所为,到底哪一点上体现了你哪怕一点点良心?因此,当你提到良心时,我就不能不反问,作为一名党的高级领导干部,你对得起自己加入的这个执政党吗？作为孜江省常务副省长，一个级别很高的国家公务员，你对得起生你养你的这个人民共和国吗？作为长山前任市长，你对得起五百万朴素善良的长山人民吗？这些年，当你在一个个会议的主席台上做报告时，当你满嘴国家和人民批评训斥别人时，当你在报纸电视上高谈阔论做重要指示时，你相信自己说的这些话吗？只怕你从没相信过，从来没有！在这部人民共和国的国家机器上，你这颗很重要的螺丝钉早就滑丝了，并且落入了机器的齿轮箱里，严重阻碍破坏了机器的正常运行！所以，王长恭，我必须正告你：今天我和长山市人民检察院代表国家对你提起的公诉，和长山市中级人民法院即将对你的判决，正是为了共和国的良心今后不再在大火中哭泣！将你押上今天的法庭，既意味着"八一三"大案画上了圆满的句号，也意味着法律和正义战胜了你手上被异化和滥用了的公共权力，共和国的良心终于取得了含泪带血的胜利！

审判长、审判员，旁听席上的女士们、先生们、同志们！

我刚才说到了"机器"，我们这个人民共和国的国家机器。我指出了一个事实，王长恭这颗很重要的螺丝钉滑丝了，已经掉进了机器的齿轮箱里，阻挠破坏了机器的正常运行。那么，我们呢？作为一个市长、一个局长、一个处长、一个科长，一个承担着不同领导职责的螺丝钉，我们在这部国家机器上的现状又怎么样呢？赵培钧同志在总结"八一三"大火沉痛教训时尖锐而深刻地指出：长山这部机器的每一颗螺丝钉都松动了！非常正确，也非常准确！"八一三"大火的侦查结果证明，从市委、市政府领导同志，到城管、城建、公安、消防、工商、税务、文化市场管理，以及所有相关单位和部门，都负有程度不同、性质不同的责任。这其中有法律责任、有领导责任、有道义责任。在我列举的上述单位和部门中，任何一个单位和部门的领导者真正负起了责任，这场大火都不会烧起来，都不会造成这么巨大的灾难和损失。如果消防支队、工商局、文化市场办公室认真履行了公务职责，这场大火就有可能避免。如果市城管委主任周秀丽不向苏阿福索取三十万贿赂，不批准盖那片阻碍消防通道的门面房，火灾的损失和后果就不会这么严重。"八一三"大火中的一百五十六名死难者已经用他们焦黑的尸体证明：长山市这部国家机器一直在带病运转！

审判长、审判员，旁听席上的女士们、先生们、同志们！

将被告人王长恭和负有不同领导职责的各级国家公务员比作国家机

器上的螺丝钉,无疑是一种狭义的政治比喻。现在我想说一个广义的概念,为了表达和论述的方便,我想把我们国家和社会也比作一部庞大的隆隆运转的机器,把在座旁听的市民代表和"八一三"大火的受害者家属,以及法庭外的每一位普通公民比作螺丝钉,谈谈你的社会责任和道义责任。你是个普通公民,无权无势,你必然会为法律将要给予王长恭的严惩鼓掌欢呼。对此我毫不怀疑,并且深深感谢来自你们的正义的掌声。不过,我也想问一问,公民同志,当你义愤地诅咒腐败时,向腐败现象和腐败势力妥协了没有?你有没有为达到自己某些也许是正当的目的去请客送礼?你是不是助长了腐败陋规的横行?你在这个人民当家做主的法治国家里尽到一个正直公民的道义责任没有?你有没有想过,正是你面对陋习的一次次妥协,一次次忍让,正是你善良而无奈的无限宽容,造就了一个国家、一个社会的腐败土壤和氛围!最终给了那些大大小小的王长恭们以掠夺这个国家、吞噬你们血肉的机会!公民同志们,挺起你主人的胸膛,时不时地问一问自己:我这颗最普通的螺丝钉松动了没有?!

　　这种最普通的螺丝钉也存在一个滑丝问题。因此,公民同志,你还要问自己一个严峻的问题:如果今后有一天,当某种权力掌握在你手上的时候,你会不会也腐败掉呢?市城管委有位方清明先生,此人对周秀丽和腐败分子可以说痛恨至极,可也就是这位方清明先生利用一切工作之便拼命捞取任何可能的非法利益和好处,甚至是办公室的文件打印纸!方清明先生的这种反腐动力来源于哪里呢?来源于对社会的不满,他愤愤不平地认为自己获得的腐败机会太少了。说到这里,请允许我再举一个例子。大家也许都知道,在"八一三"大火中,我市钟楼区税务局有位税务专管员一家三口被活活烧死了,死得很惨,无疑是受害者。可另一个事实大家或许不知道,正是这位年轻的受害者凭着到大富豪娱乐城收税的工作便利,经常带着自己的老婆孩子一家人在大富豪白吃白喝白拿白唱!这颗普通螺丝钉是不是滑丝了?显然滑丝了,这颗螺丝钉的滑丝不但败坏了社会风气,最终也害了他自己一家三口!

　　在改革开放的今天,在职业和生活可以自由选择的条件下,你选择了你的职业岗位,选择了你的生活方式和人生目标,就一定要珍惜,就要做到敬业爱岗,就要负起你对单位、对家庭、对社会、对国家的这一份责任,绝不能像那位死在大火中的税务员一样害人害己了!公民同志,拧紧你这颗螺丝钉,从现在做起!

审判长、审判员,旁听席上的女士们、先生们、同志们!

现在,被告人王长恭站在被告席上,正等待着法律公正的判决,举世瞩目的"八一三"大案即将画上一个令人满意的句号,可我的心却依然异常沉重!一直到此时此刻,一直到我说这番话的时候,二○○一年八月十三日二十一时零五分发生在长山的那场大火还在我眼前和心头燃烧。那片蹿上夜空的疯狂火舌,伴着火光四处翻滚的浓烟,在烟火中腾起的水雾,全历历在目,清晰可见。我仿佛又看见了大富豪娱乐城被大火吞噬后化成的狰狞废墟,和摆在废墟四周的一百五十六具焦黑的尸体,似乎又听到那些尸体身上的手机、BP机在撕人心肺地响个不停!因此,从二○○一年八月十三日二十一时零五分那个已凝固的沉重历史时刻开始,我作为一个检察长,一个国家法律的执行者,宁愿被撤职也不敢渎职!因此,在领导长山市人民检察院的同志们侦办此案的日子里,不管是在风里雨里,是在顺境中还是逆境中,也无论来自上上下下各方面的压力和风险有多大,我和我的同志们都不敢放弃自己肩负的这份使命和责任!我和我的同志们每时每刻都在提醒着自己:拧紧你自身这颗螺丝钉,永远都不能松动,更不能滑丝,永远,永远……

二○○二年十月写于南京、北京
二○○七年一月修订于南京碧树园